Aus dem Dornbusch

A. E. JOHANN wurde 1901 in Bromberg geboren und zählt seit dem Erscheinen seines ersten Reisebuches »*Rund um Asien*« zu den bekanntesten Schriftstellern im deutschsprachigen Raum. Im Laufe seines Lebens schrieb der Autor zahlreiche Romane und veröffentlichte unzählige Artikel in Zeitungen und Zeitschriften. A. E. Johann starb im Alter von 95 Jahren.

A.E. JOHANN

Aus dem Dornbusch

ROMAN

Weltbild

Besuchen Sie uns im Internet:
www.weltbild.de

Genehmigte Lizenzausgabe für Verlagsgruppe Weltbild GmbH,
Steinerne Furt, 86167 Augsburg

Umschlaggestaltung: Atelier Seidel, Neuötting
Umschlagmotiv: ZEFA Visual Media (© Tim Fitzharris),
Düsseldorf
Gesamtherstellung: Oldenbourg Taschenbuch GmbH,
Hürderstraße 4, 85551 Kirchheim
ISBN 3-8289-7960-2

2009 2008 2007 2006
Die letzte Jahreszahl gibt die aktuelle Lizenzausgabe an.

Die Schaukel der sieben Jahrzehnte

Bericht vom Lebensweg
eines leidlich anständigen Menschen
aus Preußen

3. Band

I

Zwei dicke Bücher habe ich schon geschrieben: über mich selbst, über die Menschen, die mir nahestanden, und über die Umstände, in denen ich lebte. Die Bücher sind gedruckt worden und haben eine größere Zahl von Lesern gefunden, als ich jemals für möglich gehalten hätte. Wenn ich mich überhaupt weiter über mich selber äußern und damit zugleich die Wißbegier der Leser, die auf eine »Fortsetzung« warten, befriedigen will, so wird es Zeit, denn ich habe das siebzigste Lebensjahr bereits überschritten.

Wenn ich heute die ersten beiden Bände der »Radmacher-Geschichte« wieder zur Hand nehme und darin blättere, so wird mir stets von neuem wohl und übel zugleich. Wohl, weil mir einige Schilderungen der vergangenen Zeiten und auch die Abbilder einiger Menschen durchaus gelungen erscheinen, so etwa, um zwei Beispiele zu nennen, das Berlin der großen Inflation nach dem Ersten Weltkrieg, betrachtet und erlebt aus dem Gesichtswinkel mittelloser Studenten der Humboldt-Universität – und weiter etwa die Gestalt meines unvergeßlichen Freundes Limpy aus dem zweiten Band.

Unbehaglich dagegen stimmt mich, daß vieles, was ich damals offenbar angemessen oder »richtig« gefunden habe, heute sentimental wirkt, auf eine Weise romantisierend, die ich mir inzwischen mit den meisten Zeitgenossen abgewöhnt habe.

Allerdings hatte ich eine zwar keineswegs unproblematische, aber doch im ganzen überaus glückliche Liebe und Ehe zu beschreiben – und das wird heute modischerweise nicht mehr erwartet, ist nicht mehr gefragt, wird am Ende gar als unglaubwürdig empfunden. Ich wollte die Liebe und das Glück beschreiben, schließlich die vollendete Harmonie. Ist es mir wirklich gelungen?

Ist so etwas überhaupt möglich? Oder habe auch ich damit meinen Tribut an jenen diffusen und zugleich für einen Autor tödlichen Begriff gezahlt – »Kitsch«? In die Gefahr jedoch, allzu lyrisch zu werden, was die Liebe zu meiner Frau anbetrifft, werde ich nicht mehr kommen, denn Susanne, meine Geliebte, ist tot. Seit mehr als einem Vierteljahrhundert bin ich mit meiner großen Liebe und mir selber allein und werde es bleiben bis zu meinem Ende, das mir jeden Tag, Schritt für Schritt, näher kommt – und ich fürchte es nicht. »Ich habe Lust, abzuscheiden – –«

Wer schreibt, verschweigt vieles, auch wenn er Ehrlichkeit und »Wahrheit« anstrebt. So habe ich beispielsweise so getan, als sei der Held der beiden früheren Bücher, Hans Radmacher, eine erdachte Person und habe nichts mit mir zu tun, ein Romanheld eben, dem man nach Belieben ein paar Stükke der eigenen Kleidung umhängt. Ich will diese Fiktion aufgeben. Um also mit der Wahrheit herauszurücken:

Hans Radmacher ist nicht ein erdachter Held, ich bin es selbst! Ich heiße auch gar nicht Hans Radmacher, sondern Hans Reckel. Das ist kein weiter aufregender Name, und eine geheime Nebenbedeutung vermag man ihm beim besten Willen nicht anzulasten.

Es liegt mir schon seit Jahren auf der Seele, daß zu den zwei Bänden, die schon geschrieben sind, noch ein dritter zu schreiben ist – und womöglich noch ein Epilog, wenn ich lange genug lebe. Dann würde der erste Band siebenundzwanzig Jahre umfassen, der zweite zwölf – und dieser dritte, wenn ich ihn je beende, wird sogar zweiunddreißig Jahre zu überbrücken haben. Welch ein aussichtsloses Unterfangen, zweiunddreißig Jahre dieser fürchterlich vollgestopften Gegenwart auf ein paar hundert Seiten unterzubringen.

Der Epilog wird dann – sollte er erforderlich sein – wohl viel kürzer ausfallen. Man wird mit der Zeit immer wortkarger. Das ist auch gut so. Vielleicht wird es nur noch ein Nachruf sein in wenigen dürren Worten.

Denn es wird ja immer leerer ringsum. Die Freunde, die ferneren und näheren Weggenossen, sie sterben fort. Neulich erst war's der prächtige Walther Trockenholt. Er starb in Lourenço Marques an der ostafrikanischen Küste, wo er sich nach dem Kriege niedergelassen hatte. Wir beide und viele andere gleich uns sind in unserer zweiten Heimat nie ganz heimisch geworden. So sehr wir uns auch von der ersten abwandten – und ich würde es heute abermals tun, gerade auch, nachdem ich alles weiß und erfahren habe, was ich nun weiß –, in vollem Umfang zu ersetzen war die erste, die alte, die angeborene Heimat nie. Für das Angeborene gibt es keinen Ersatz.

Vor zwei Jahren habe ich einen guten jüdischen Freund verloren, Sascha Blumstein. Ich lernte ihn nach dem von Deutschland verlorenen Krieg in dem großen Internierungslager bei Marburg kennen, wo sich neben Tausenden von Deutschen auch einige Dutzend Amerikaner und Kanadier (unter ihnen auch ich) dafür zu verantworten hatten, daß sie sich vom Krieg in Deutschland oder den von Deutschland okkupierten Ländern hatten festhalten lassen. Sascha, einer der Vernehmungsoffiziere, erkannte sehr bald, daß mir schwerlich eine andere Wahl geblieben war. Wir schlossen Freundschaft. Er sorgte dafür, daß ich bald die Erlaubnis erhielt, nach Kanada zurückzukehren und mich um meine beiden Kinder, Fritz und Katlen, zu kümmern.

Von den übrigen wahren Freunden, von denen es ja immer nur sehr wenige gibt, sind außer den allerdings wesentlich jüngeren Hansteds, Oky und Lotta, nur noch die Berks übrig. Sie leben jetzt in London und wollen mich im kommenden Herbst wieder einmal besuchen. Dann werde ich mit dieser Niederschrift noch nicht fertig sein, und die beiden werden irgendwie in dies Buch eingehen.

Ich finde es stets von neuem reizvoll, zu beobachten, wie gut sich die scheue, aber im Grunde sehr sichere und selbstbewußte Lotta Hansted, die Tochter eines großen Hofes aus Dalarne in Schweden, und die elegante, intelligente und doch in meine Wildnis im Chilcotin-Lande wie vernarrte Hertha Berk nach den ersten zwei Tagen des Sich-wieder-aneinander-Gewöhnens verstehen und ohne großen Aufenthalt ein Herz und eine Seele werden – zwei Exemplare des weiblichen Geschlechts, so verschieden wie nur möglich und doch beide auf ihre spezielle Weise einmalig und überzeugend. Dabei muß ich zur Erklärung hinzufügen, daß mein Haus und der behäbige Schreibtisch aus Rot-Zeder, an dem ich hier sitze, sich auf dem Grund und Boden von »Hansteds Ranch« befinden, daß Oky und Lotta mich schon seit Jahren vorzüglich betreuen und ich Oky bei seiner vielen Arbeit beispringe, wenn er ohne zweiten Mann nicht auskommt. Ich danke Gott wahrlich, daß ich immer noch acht oder zehn Stunden zu Pferde sitzen kann, wenn es darauf ankommt, ohne hinterher mehr als ein bißchen steif in den Knien zu sein, und daß ich höchstwahrscheinlich zwischen diesen Hügeln und Wäldern bei den Hansteds »das Zeitliche segnen« werde, wie man es früher pompös auszudrücken pflegte. Mit meinem Segen für das Zeitliche wird es allerdings nicht weit her sein. Hubert Berk wird natürlich wieder auf einen Elch gehen wollen oder womöglich auf einen Schwarzbären oder einen Grisly und vor lauter Hingerissenheit über das »herrliche wilde Tier« danebenschießen. Nun, ich werde dafür sorgen, daß er nicht ohne Trophäe wieder abzureisen braucht; und wenn nicht ich, weil ich dem Jagen um des Jagens willen nie viel abgewinnen konnte, wird Oky Hansted ihm dazu »verhelfen«. Oky ist in delikaten Situationen solcher Art unbezahlbar. Man sieht es dem bärenstarken, wenn auch nur mittelgroßen Oky kaum an, wie blitzschnell und treffsicher er zu reagieren vermag, wenn es darauf ankommt. Hubert wird natürlich überzeugt sein, daß er selbst den tödlichen Schuß angebracht hat. Auf Oky, der ja oft genug Bankiers oder andere Großkopfete aus Chicago oder San Francisco auf solche Jagden zu führen hat, auf Oky kann man sich in dieser Hinsicht absolut verlassen. Ich habe mir schon manchmal erheitert gedacht, daß selbst Louis XIV. oder Wilhelm II. sich keinen klügeren und diplomatischeren Oberjagdmarschall hätten wünschen können, als den mein guter Oky aus dem schwedischen Hälsingland sich jeden Sommer und Herbst von neuem zu bewähren hat.

Und die in Deutschland verbliebenen Freunde? Sie sind alle im üblen Krieg umgekommen oder in sein beinahe noch übleres Kielwasser geraten, darin ertrunken oder auch mit einem Mühlstein um den Hals darin ersäuft worden. Von den kanadischen Freunden will ich jetzt nicht reden; sie werden vielleicht noch auf diesen Seiten auftauchen. Auch von ihnen ist mehr als einer auf höchst blödsinnige Weise um die Ecke gegangen. Wirklich, ich meine es wörtlich und ganz ohne Ironie, wenn ich sage: es ist schier unglaublich, wie »großzügig« der liebe Gott die Welt regiert. Es fallen so entsetzlich viele Späne …

So bin ich also gleich wieder ins Schwatzen geraten. Ich muß aufpassen, daß dem Hans Reckel, das heißt meiner Wenigkeit, dies nicht zu häufig passiert. Um den Faden wieder aufzunehmen, wo er mir entflattert war:

Ich hatte die beiden Geschichten von Hans Radmacher, »Im Strom« und »Das Ahornblatt«, sozusagen als chemisch gereinigtes Tagebuch eines anderen erzählt, hatte versucht, mein eigenes Dasein als ein Beispiel für das Überleben in dieser atemlosesten aller Zeiten – stellvertretend für Millionen anderer durchschnittlicher Existenzen – darzustellen. Jetzt, Jahrzehnte später, habe ich längst erkannt, daß darin ein gehöriges Maß an Aufspielerei und Vermessenheit enthalten war. Ich will mich nicht im einzelnen darüber auslassen; es ist auch nicht sehr wichtig. Aber wenn man »ich« meint, soll man auch »ich« sagen.

Ich also, Hans Reckel, ganz einfach und ohne an den Haaren herbeigezogenen Hintersinn wie »Radmacher«! Ich hoffe, daß ich in meinem Alter die Prätentionen endlich hinter mir habe. Um es aber dem Leser bei der Forterzählung meiner Biographie nicht gar zu schwer zu machen, will ich, soweit möglich, die anderen Namen beibehalten, so, wie sie in zwei dicken Romanen in der Phantasie des Autors und vielleicht auch des Lesers zu Gestalten mit eigenem Leben und Charakter wurden.

Wo finde ich mich also wieder, ich, der Hans Reckel, der ehemalige Hans Radmacher, »auch einer« wie viele andere, nicht ganz gelungen wie die meisten Menschen, aber auch wie sie nicht ganz mißlungen; nicht sehr gut, dieser Kerl, aber auch nicht sehr schlecht, mit sehr viel irdischem Staub und Dreck behaftet gleich der übergroßen Mehrzahl seiner Zeitgenossen? Ein wenig ist schon angedeutet, aber nun will ich im Ernst beginnen.

Wo finde ich mich also?

2

Wenn ich den Blick hebe von diesem Blatt Papier, so breitet sich jenseits der drei Meter breiten Scheibe aus Verbundglas (es war ein kostspieliges Kunststück, sie einhundertsechsundfünfzig Meilen weit, das sind etwa zweihundertfünfzig Kilometer, über die grobe Straße 20 von Williams Lake heranzuschaffen, der einzigen erreichbaren Eisenbahnstation der Pacific Great Eastern, der einzigen Eisenbahnlinie weit und breit), ja, es offenbart sich vor meinen Augen jene unerhört großartige Landschaft, die mir längst mehr bedeutet als alle anderen Landschaften dieser Welt. Die hinreißend makellose und unberührte wilde Welt um mich her ist längst in mich hineingewachsen, ich kann mich nicht mehr von ihr trennen. Oder richtiger: ich bin hier eingewachsen und kann mich nicht mehr herausreißen, empfinde auch nicht das geringste Verlangen danach.

Über den sanft geneigten Hang einer halbwilden Wiese gleitet der Blick zum Pourquoipas-See hinunter. Die wenigen Amerikaner, die gelegentlich im Sommer oder Herbst hier aufkreuzen, um zu fischen und zu jagen (sehr willkommen sind sie, lassen sie doch erwünschtes Bargeld in Okys und Lottas Kasse klimpern oder besser rascheln), die Amerikaner pflegen den Namen des Sees zu unserer nie versiegenden Erheiterung beinahe stets etwa Paur-Quäu-Paß auszusprechen. Wir Westkanadier hier, gottlob nur aus den Zeitungsspalten mit dem ewigen frankokanadischen Ärger im fernen Osten des Landes vertraut, wissen es natürlich besser und sprechen die Worte französisch aus: pourquoi pas – »warum nicht?«. Oky, Lotta, der eisengraue John Fennimoor und ich sitzen manchmal um den großen, bullernden Holzofen in Oky und Lotta Hansteds großem Wohnhaus drüben an der Westseite der Wiesenlichtung – im Winter, wenn das Thermometer minus dreißig oder minus vierzig Grad Celsius ausweist – oder, wie man hier rechnet und sagt, »twenty to forty below«, Fahrenheit nämlich; und wenn Fennimoor dann trotz der Kälte die zehn Meilen von seinem »Platz« weiter westlich herübergekommen ist, um seine Post und die Zeitungen abzuholen, sitzen wir beieinander, draußen funkelt die Sonne in abertausend Schneekristallen, und fabeln darüber, warum wohl der frankokanadische Waldläufer, der dem See vor hundert oder hundertfünfzig Jahren den Namen gegeben hat, ihn gerade »Pourquoipas« genannt hat. Dabei stellt sich dann heraus, daß in der Wildnis tausendfach Situationen denkbar sind, bei denen es sich empfiehlt, »warum auch nicht –!« zu sagen.

Mein schöner Pourquoipas! Die im Frühjahr manchmal bis zur halben Höhe vom See überschwemmte Wiese, die zur Zeit fußhoch in allergrünstem Gras steht – bald werden wir es schneiden –, ist von der weiten Fläche des Sees durch einen üppigen Saum aus Weiden, Gebüschen und Pappeln getrennt. In diesem Saum klafft jedoch eine wohl zwanzig Schritt breite öffnung. Die Rinder und vor allem die Pferde, die hier Tag für Tag zur Tränke ziehen – das Wasser des Pourquoipas ist glasklar, wohlschmeckend und stets sehr kalt –, halten diese zwanzig Meter Breite ständig offen. An ihrem rechten Rand führt der Bootssteg ins Wasser hinaus, der, wie ein großes T geformt, draußen im schon etwas tieferen Wasser einen Quersteg erreicht, an dem unsere beiden Boote vertäut sind, Okys und mein eigenes. Die Außenbordmotoren dazu sind in einem kleinen Häuschen auf dem Quersteg verwahrt. Dazu für jeden von uns ein Faß Treibstoff.

An diesem Quersteg legen auch die kleinen Wasserflugzeuge an, meist Lufttaxis von Williams Lake oder Kamloops, die gelegentlich den Hansteds zumeist sehr willkommene

Gäste, Jäger und Fischer, ins Haus bringen. Auch den Berks werde ich raten, im Herbst von Williams Lake herüberzufliegen, wenn sie mich besuchen. Es ist sehr bequem, nicht allzu teuer und ein grandioses Erlebnis, das tiefgefurchte Tal des Fraser River, die grenzenlos in die Ferne wallenden Berge, Täler, Hügel, Wälder des Chilcotin-Landes und schließlich die wilderen Landschaften des Klinaklini-River-Gebiets in niedriger Höhe zu überfliegen, um schließlich, sanft ausschwebend, auf dem blitzenden Spiegel des Pourquoipas niederzugehen und die sich in seiner blanken Oberfläche abmalenden Bilder der schneeigen Gletscherberge im Westen, der Kaskaden, in hundert bunte Farbflecken zu zerfurchen.

Jenseits des Sees nämlich, der von meinem Blickpunkt aus wohl zwei Meilen breit ist, steigen ohne Übergang die Wälder auf zu dunklen Bergzügen, an keiner Stelle unterbrochen durch Zeichen menschlicher Besiedlung. Vor tausend oder fünftausend Jahren schon werden sie nicht anders als heute dort ihre schwarzgrüne Wand aufgebaut haben, die Regimenter der Fichten, schweigend, schattend, duftend.

Hinter diesen minderen Bergketten (sie sind in Wahrheit sehr schroff und unwegsam, wenn man sie aus der Nähe erlebt) ist am Rande des königlich weiten Horizonts wie im Halbrund ein herrlich leuchtendes Panorama aufgerichtet, das seinesgleichen, scheint mir, auf der ganzen Erde sucht. Und ich sitze an meinem Schreibtisch wie in der Ehrenloge, in der Mitte der ersten Reihe des ersten Ranges wie vor einer ungeheuren Bühne, und habe die ganze Pracht vor mir, wie für mich allein geschaffen, und nichts, gar nichts behindert meinen Blick.

Dort heben sich die Grate des Küstengebirges in den oftmals quellend überwölkten Horizont, während über uns der blaue Himmel im Sommer und Herbst nur selten getrübt wird. Dort greifen sie mit silbernen Gletschergipfeln, jeden Morgen und jeden Abend von nie sich wiederholenden Farben überspült, in die Höhe hinauf, messerscharf gezeichnet, die Spitzen des Talchako und Monarch im Westen, des Remote, Waddington und Munday im Südwesten und des Queen Bess, des Grenville und Good Hope im Südosten; aber dort stechen sie gerade noch wie ein paar gleißende Pfeilspitzen über den dunklen Vorbergen hoch am anderen, dem Südufer des Pourquoipas.

Und wo in aller Welt könnten die Wolken eine so phantastische Dramatik entfalten wie gerade hier vor meinen Augen! Die feuchten, fast stets aus dem Westen wehenden Winde vom Stillen, vom größten aller Ozeane stoßen an der westkanadischen Küste auf die schroffen Wälle des Küstengebirges – der Kaskaden, wie die Amerikaner sie weiter im Süden ungewöhnlich poetisch bezeichnen. Sie werden von den unablässig folgenden Luftmassen in die Höhe gedrängt und regnen sich ab. Nur selten überwinden ihre Reste die große Barriere, so daß es dort, wo wir wohnen, im »Regenschatten« des Gebirges, verhältnismäßig trocken ist. Von der beinahe tropisch anmutenden üppigen Vegetation mit ihren Riesenbäumen im Westen des Gebirges ist hier auf seiner Ostabdachung nichts mehr zu merken. Die Wälder sind licht und ohne große Mühe zu durchreiten; weite Wildwiesen sind in sie gebettet, viele Seen wie der Pourquoipas; glasklare Flüsse und Bäche rauschen zu Tal, manche eiskalt und jadegrün, wenn sie von den Gletschern stammen, andere ebenso klar, aber viel wärmer, wenn sie von den Hochmooren herkommen oder den leuchtenden Vorgebirgstälern, in denen sich sommers die Sonne sammelt wie in einer flachen Schale.

In unserer Gegend streben die Wasserläufe dem höchst ungebärdigen Klinaklini zu, der sich vor dem hohen Gebirge im Westen nicht fürchtet. Der Fluß schäumt zunächst nach

Nordosten und Osten, als wolle er das Gebirge fliehen, wendet sich dann in einem Anfall von Zorn plötzlich nach Westen zurück (»der zu sich selbst zurückkehrt«, das etwa bedeutet sein indianischer Name) und bricht sich mit einer Gewalt, die seit Jahrzehntausenden nicht erlahmt sein kann, eine Bresche durch die Wälle des Gebirges, bespült ganz ungerührt den Fuß des mächtigen Remote, des »Abgelegenen«, und endet seine schäumende Reise in dem stillen Fjord, den die Leute hier Knight Inlet nennen, eine Salzwasserenge, die erst 140 Kilometer weiter westlich in die Queen Charlotte Strait ausmündet und damit wenigstens annähernd den Pazifischen Ozean erreicht.

Hansteds Anwesen ist von meinem Wohnzimmer mit dem breiten Fenster nach Südwesten nicht zu erblicken. Okys und Lottas Haupthaus, das Küchen- und Vorratshaus, die Ställe, die Geräte-, Werkzeug-, Sättel- und Motorenschuppen, die kleine, aber wohlbestückte Schmiede und Autowerkstatt bekomme ich nur zu Gesicht, wenn ich in meine Küche gehe – eine prächtige, blanke, kleine Küche übrigens, die ich peinlich in Ordnung halte; was mir nicht schwerfällt, denn ich koche so wenig wie möglich. Wenn es mich gelegentlich nach kulinarischen Genüssen verlangt, so lädt mich Lotta stets mit Vergnügen ein; sie ist eine phantasievolle Meisterin der Kochkunst, weit über das Chilcotin-Land hinaus berühmt, und spielt auf der blitzenden Batterie ihrer Töpfe, Kasserolen, Kessel und Pfannen mit der Sicherheit eines großen Dirigenten je nach Wunsch auf schwedisch, deutsch, amerikanisch, französisch und sogar indonesisch. Mir schmeckt's bei ihr immer, ich lobe sie hemmungslos und bin deshalb an ihrem Tisch stets willkommen. Neben der Küche, also ebenfalls an der Westflanke meines Hauses, liegt auch mein geräumiges Schlafzimmer. An der Ostseite des Hauses gibt es ein Gastzimmer mit zwei Betten; es ist viel Platz in diesem Zimmer, so daß außer den Schränken sich ein großer Tisch, Sessel, Sofa, Stühle, Bücherständer durchaus nicht zu drängen brauchen.

Das Bad mit Dusche, Wanne und allem, was sonst noch dazugehört, befindet sich neben dem Gastzimmer, damit es die Gäste – im Sommer und Herbst bin ich selten allein im Hause – bequem haben. Für mich selbst liegt das Badezimmer weniger günstig, da ich den großen, nach Norden sich öffnenden Flur überschreiten muß, um dorthin zu gelangen. Aber das habe ich mit Absicht so entschieden, werde ich doch dadurch gezwungen, jeden Morgen und jeden Abend vom Hause aus nach allen vier Seiten einen Blick aus dem Fenster zu werfen. Oky hat von Anfang an, als vor sieben Jahren der Plan Gestalt gewann, daß ich mich in seiner Nähe niederließe, darauf bestanden.

Es sieht alles sehr modern und komfortabel aus bei mir. In Küche und Bad wird Propangas zum Kochen und zur Warmwasserversorgung benutzt. Das Haus pumpt sich sein eigenes Wasser aus fünfzehn Meter Tiefe – herrliches Wasser! – mit einem Dieselmotor in den Vorratstank auf dem Hausboden. Es wärmt sich über eine Ölheizung mitsamt Boden und großer Garage, Werkstatt und Schuppen hinter der Nordwestecke des Hauses (von meinem Schlafzimmer über einen kurzen, geschlossenen Durchgang vom Wetter unabhängig zu erreichen). Auf elektrisches Licht habe ich von vornherein verzichtet, denn das ewige Tuckern des Dieselmotors paßt nicht in die große Stille. Wenn ich sehr helles Licht brauche, kann ich die Gasglühlichtlampen anstecken. Aber im allgemeinen reicht mir das friedlich goldene Licht der Petroleumlampen vollständig aus. Ich bin sowieso dafür, das Tageslicht auszunutzen und die Dunkelheit zu verschlafen, was aber natürlich nur im Sommer zu machen ist.

Das ist alles schön und gut, aber ich vergesse nie, daß hinter meiner Behausung nach Norden und Osten mich der unermeßliche Wald umzingelt, die ungebändigte, zumeist sehr friedliche, aber immer unberechenbare Wildnis beginnt, über Tausende von Quadratmeilen hinweg unermeßliche Einöde. Ein winziges Inselchen ist es nur, die Hansted-Ranch mit meinem kleinen Quartier daneben, ein kaum erwähnenswerter Ankerplatz im grenzenlosen Ozean der Wälder.

Die einzige Fahrstraße, die »British Columbia 20«, die uns mit der sogenannten Zivilisation verbindet – 150 Meilen nach Williams Lake im Osten, 120 wesentlich gröbere, langsamere, halsbrecherische Meilen westwärts über das Gebirge zum Salzwasser nach Bella Coola am North Bentinck Arm des Burke Channel oder Burke Fjords –, die staubige »B. C. 20« bedeutet nur ein spinnwebdünnes Band, an dem wir mit einigen anderen Viehfarmen und einigen winzigen, zumeist indianischen Siedlungen quer durch die wilde Weite der Wälder, Berge und Gewässer hinweg höchst prekär aufgefädelt sind. Von unserem Platz am Pourquoipas Lake zur 20 sind etwa drei Meilen durch den lichten Wald zurückzulegen. Dieser zwar gebahnte, aber nicht besonders befestigte Fahrweg stößt von Norden her auf Hansteds Platz hinunter. Von dort führt dann nur eine einzelne Fahrspur zu meiner Garage herüber, dicht am Waldrand entlang, aber schon innerhalb des klobigen Viehzauns gelegen, der die Wiese vor mir, die leuchtendgrüne weite Flur zum See hinunter, gegen die Wildnis und ihr gern genäschiges Wild, aber auch gegen die Rinder und Pferde der Farm abschirmt. Das Vieh soll sich sein Futter jetzt im Frühling und Sommer auf den Wildwiesen weiter draußen und am schattigen Grund der Wälder suchen; es bietet sich dort in reicher Fülle an.

Die große Wiesenfläche um Hansteds und meine Wohnstätte hat vor allem das Heu zu liefern, um das Vieh bei allzuviel Schnee zur Not über den Winter zu bringen. Sie ist nicht die einzige dieser mit Alfalfa verbesserten Wildwiesen. Je mehr Heu ein Mann wie Oky Hansted im Sommer aufspeichern kann, desto mehr Kühe und Jungtiere bringt er mit einiger Sicherheit über den Winter, desto größer wird sein Viehbestand, desto sicherer und größer die Rendite von seinem riesigen, an einem ganzen Tag nicht einmal halbwegs zu umreitenden Gelände.

Die Regierung hat Oky den Platz vor dreißig Jahren für wenig mehr als eine Grundbuchgebühr überschrieben, froh, daß sich jemand fand, der unbekümmert »so weit draußen« sich anzusetzen entschlossen war und auch das Zeug mitbrachte, sich zu behaupten. Damals gab es noch keine Straße, sondern nur einen alten Indianerpfad. Heute ist Oky nicht mehr »der letzte« vor dem Gebirge. Inzwischen ist die Straße nicht nur bis hierher vorgedrungen, sondern über das Gebirge bis zur Küste hinuntergeklettert, sehr holprig und atembeklemmend. Doch wird sie einmal in der Woche von einem Laster befahren, hin und zurück; der bringt alles mit, was man sich in der Woche zuvor aus Williams Lake bestellt hat – und auch die Post und sonstigen Lesestoff.

Wir alle hier an der 20 haben durchaus nicht den Eindruck, daß wir weniger von der Welt wissen als die Leute in den großen Städten; wir wissen es vielleicht ein paar Tage verspätet; aber wir haben viel mehr Zeit und Ruhe, darüber nachzudenken und es doppelt und dreifach zu studieren. Im Notfall wirft Oky den Diesel an und setzt das Radiotelefon in Gang. Dann können wir zehn Minuten später mit Anahim Lake im Westen oder Williams Lake im Osten sprechen.

Als Lotta vor zwei Jahren vom Trecker gefallen war und sich dabei den Oberschenkel gebrochen hatte, war der Hubschrauber aus Williams Lake, den die »Berittene Polizei« (die Royal Canadian Mounted Police) für dergleichen in Bereitschaft hält, zwei Stunden nach dem Anruf schon zur Stelle und schaffte die stöhnende Lotta schnurstracks über Berge und Täler ins Hospital nach Williams Lake. Wir sind also gar nicht so weit aus der Welt, wie man denken mag.

Schon wieder bin ich ins Schwatzen geraten. Ich hoffe, das hat nichts mit meinem Alter zu tun, sondern nur mit der Schwierigkeit, die Bühne aufzubauen und abzuschreiten, auf der dieser Bericht notgedrungen stattzufinden hat.

Die kleine Standuhr auf meinem Schreibtisch – Schreibtisch ist reichlich anspruchsvoll ausgedrückt; es handelt sich um eine drei Finger starke Zedernholzplatte, massiv, bleischwer, einen mal zwei Meter zwanzig im Format, die an den Schmalenden auf zwei kräftigen Böcken aus dem gleichen Holze ruht; was ich an Papieren und dergleichen unterzubringen habe, wird in zwei kleineren Schränken aufbewahrt, die rechts und links unter der Platte neben meinen Beinen stehen; auf alle Fälle habe ich damit einen Schreib-, Lese- und Kartentisch vor mir, so groß, wie ich ihn mein ganzes Leben lang haben wollte – pardon, womit begann der Satz? – richtig, die Uhr zeigt ein Viertel vor zwölf. Der Kalender daneben kündigt Sonntag an, den 9. Mai 1971 – ein strahlender Tag übrigens, wenn auch die Wiese weiter unten noch sehr naß ist und in manchen Senken und Schattenwinkeln schmutziger, verharschter Schnee an den vergangenen Winter erinnert.

Am Sonntag bin ich stets bei Lotta zum Mittagessen eingeladen, und wenn sie, wie in drei Vierteln des Jahres, keine fremden Gäste hat oder nur solche, die auch ich kenne und schätze, dann versäume ich die Sonntage an Lottas Tisch nicht. Oky sagt: »Du hilfst mir beim Vieh, im Wald, auf den Wiesen so oft und so viel, Hans – da werden wir dich wohl zum Sonntag mittag einladen dürfen!«

Wenn ich unter der Woche bei Hansteds esse, so bezahle ich, was sonst bezahlt wird, es sei denn, Oky und ich sind gerade von einer gemeinsamen Arbeit hereingekommen und müssen danach wieder zu ihr hinaus. Das ist aber in der Tat die einzige Ausnahme.

Also freue ich mich auf Lottas schön gedeckten Sonntagstisch in dem großen Eßzimmer, den die sorgsam übereinandergelegten Stämme der Fichten, die die Wände bilden, dunkelbraun gebeizt, so anheimelnd machen.

Und im übrigen: pourquoi pas? Warum auch nicht! Die kleinen Freuden sind die zuverlässigsten.

3

Ich habe die, weiß Gott, höchst unerwarteten Ereignisse und Eröffnungen des gestrigen Sonntagnachmittags erst einmal überschlafen. Es ist mir nicht leichtgefallen, und es ist auch nicht besonders gut gelungen. Als mein Sohn Fritze gestern abend wieder abgefahren war, hätte ich mich am liebsten sofort hingesetzt und die ganze Geschichte aufgeschrieben, folgte dann aber dem Vorsatz, mir durch nichts den Gleichmut und die Nüchternheit bei der Niederschrift dieser Seiten nehmen zu lassen. Weder was in der Vergangenheit geschehen ist, noch was jetzt oder in Zukunft geschehen wird, soll mich noch groß erregen. Die Umstände sind so stark, die uns Heutige einengen, daß der Spielraum für den »freien Willen« des einzelnen sehr gering ist. Die »Bandbreite«, innerhalb welcher er seine Kurse nach eigenem Ermessen steigen oder fallen lassen kann, ist bei Licht besehen lächerlich schmal; immerhin sollte wenigstens sie nach Kräften ausgenutzt werden. Also habe ich mich gestern abend zum Schlafengehen gezwungen, habe geschlafen; heute früh aber war ich mit erster Helligkeit gegen vier Uhr schon wach, fing an nachzudenken.

Wenn ich die schon beschriebenen Seiten durchblättere,

wird mir deutlich, daß ich bisher mit den Karten nur ein wenig herumgemischt habe, ohne zu wissen, wem und wie und zu welchem Spiel ich sie austeilen würde. Nun liegen die Karten plötzlich alle auf dem Tisch, sind ausgeteilt an die Toten und Lebendigen unter den Gefährten meines Daseins, die gewünschten und unerwünschten. Die Partie hat zu beginnen.

Während wir also gestern an Hansteds Tisch beim Hauptgang sind – Lotta hatte in einem jener Anfälle von besonderer Sympathie für mich ein Essen zubereitet, das ich gern habe und dem auch Oky mit der Zeit viel Gefallen abgewonnen hat: Königsberger Klopse mit goldgelber Kapernsauce –, während wir munter speisen und sich sogar der gewöhnlich wortkarge Oky ein Lob für die Köchin abringt, hören wir draußen die Haustür gehen.

Wir blicken auf und sind sehr erstaunt. Durch die Küche, die sich an den Hausflur anschließt, kommt ein Mann geschritten und steht schon im Türrahmen zum großen Eß- und Wohnzimmer. Drei Augenpaare sind auf ihn gerichtet. Es ist Frederic Reckel, mein Sohn, den allein ich noch »Fritze« nenne, auch wenn wir, wie meistens, englisch miteinander reden; sein Deutsch ist längst sehr unbeholfen und brüchig. Ich rufe:

»Fritze, das ist eine Überraschung! Seid ihr schon aus Europa zurück? Was machen Tilly und die Kinder? Hast du sie mitgebracht? Wo stecken sie?«

Fritze hebt die Hand und lächelt über sein ganzes braunes, mageres Gesicht. Ich stellte wieder einmal fest, daß er gut aussieht, der Bursche, mit seinen vierundvierzig Jahren, die man ihm noch kaum glauben will.

»Zu viele Fragen auf einmal, Vater! Erst einmal: guten Tag allerseits! Ich hoffe, daß es euch gutgeht, Lotta und Oky!

Schönste Grüße von Tilly, Susy und Janet. Sie sind alle drei wieder zu Hause in Vancouver. Wir sind vorgestern, Freitag, zurückgekommen, haben uns ein bißchen ausgeschlafen und an die verspätete Zeit gewöhnt nach dem langen Flug von Frankfurt. Gestern habe ich Tilly geholfen, unser Haus wieder bewohnbar zu machen nach drei Monaten Europaurlaub. Abends bin ich dann nach Prince George geflogen, habe mir ein Leihauto genommen und bin heute in aller Frühe losgefahren. Die Straßen waren leer, die Polizei schlief noch; man konnte schnell und zügig fahren. In Williams Lake habe ich kurz gefrühstückt. Die Nr. 20 ist gerade neu geschrappt. Es machte weniger Mühe hierherzukommen, als ich gedacht hatte.«

Lotta warf ein:

»Alles sehr typisch für Fred Reckel! Setz dich hierher an meine Seite, Fred! Du wirst Hunger haben. Ich hole dir Teller und Besteck. Es gibt eins der Lieblingsgerichte deines Vaters!«

»Großartig! Schönsten Dank, Lotta! Ich wußte, daß ihr einen armen Fahrensmann nicht darben laßt. Glas Bier? Sicher, Oky! Nehm ich mit Vergnügen!«

Er hatte schon Platz genommen auf seinem Stammstuhl neben Lotta an der Breitseite, von wo man durch die niedrigen, aber zusammen sehr breiten Fenster einen wunderschönen Blick über Lottas kleinen Blumengarten mit seinen dicken Büscheln bunter Primeln zum Waldrand und zu der Buschwildnis am Seeufer hat – und jenseits der flirrenden Wasserfläche stehen die Wälderhügel, die Berge, die silbrigen Gipfel der Coast Range Parade.

Ich glaubte, eine versteckte Spannung auf dem Gesicht meines Sohnes wahrzunehmen. Fritze ist mir längst total entwachsen und in mancher Hinsicht fremd, in beruflicher meistens unbegreiflich – aber ich glaube doch, ihn gut zu kennen, besser manchmal, als er sich selber kennt; kein großes Wunder, denn ich kannte seine Mutter, er nicht, kannte seine zweite Mutter, er sie nur, als er noch Kind war. Ich sagte also, als wir auf Lotta warteten, die in der Küche Fritzens Essen anrichtete:

»Du hast es offenbar sehr eilig gehabt, mich wiederzusehen, Fritze. Das freut mich natürlich. Ich vermute aber, daß dich etwas anderes so Hals über Kopf sozusagen hergetrieben hat. Wann willst du wieder abreisen? Mußt du nicht morgen wieder im Geschäft sein?«

»Ich dachte, heute abend wieder abzufahren. Dann bin ich morgen früh wieder in Prince George, nehme die frühe Maschine nach Vancouver und kann gegen elf Uhr meinen Partnern ›guten Tag‹ sagen und beim Mittagessen hören, was Wichtiges geschehen ist. Richtig anfangen wollte ich ohnehin erst am Dienstag.«

»Das wird eine fürchterliche Hetzjagd, mein Junge. Du solltest dir nicht wieder die Nacht um die Ohren schlagen. Schlafe wenigstens hier und reise erst morgen früh ab!«

»Morgen abend gibt es keinen Rückflug nach Vancouver, Vater. Außerdem glaube ich, daß du dir in meinem Alter auch die Nächte um die Ohren geschlagen hast, wenn du es für nötig hieltst.«

»Du hieltest es also für nötig?«

»Ja, durchaus! Laß uns am Nachmittag in Ruhe darüber reden. Lotta, es schmeckt mir ausgezeichnet!«

»Wie sieht's aus in Europa, Fred?« wollte Oky Hansted wissen.

»Die letzten Wochen fühlte ich mich ganz wie hier in Amerika. Die Fluglotsen machten Dienst nach Vorschrift, und man wußte nie und auf keinem Flughafen, ob man richtig wegkommen würde. Alles, was reisen mußte so wie wir – wir hatten den Rückflug ja schon lange im voraus gebucht –, schäumte vor Wut. Das ist nun unsere Welt und eins der hochgelobten Wunder der Technik, sagte ich zu Tilly und den Mädchen, als wir in dem unerträglich schwülen Warteraum des Frankfurter Flughafens auf die Durchsage unseres Air-Canada-Fluges warteten und mir der Zorn den Hals abschnürte, das kann ich wohl sagen: ein paar Kerle irgendwo im Hintergrund, die man nie zu fassen oder zu sehen bekommt, muten ungezählten Tausenden völlig unbeteiligter Menschen ungestraft die übelsten Strapazen, Zeit- und Geldverluste zu, obgleich die Reisenden ihren Anspruch, befördert zu werden, völlig korrekt, rechtzeitig und gegen bar erworben haben. Aber, Gott sei Dank, jetzt bin ich hier: kein Lärm, schönstes Wetter und eine herrlich reine Luft!«

Fritze hatte den Bericht, ohne innezuhalten, herausgesprudelt. Der Ärger saß ihm noch in den Knochen. Das war deutlich. Oky hatte zu essen vergessen beim Zuhören. Die Intensität, mit der er anderer Leute Erzählungen aufnimmt, wenn sie ihm wichtig erscheinen, setzt mich in Erstaunen. Er verliert dann kein Wort und registriert alles, was gesagt – und manchmal auch nicht gesagt – wird, mit höchster Genauigkeit in seinem Gedächtnis. Solche Genauigkeit, solche Schärfe des Zuhörens und Beobachtens bringen nur Leute auf, deren Wahrnehmungsfähigkeit durch Jahrzehnte in der Wildnis geschärft und ganz gesund geblieben ist.

Wir sprachen über die Krise der europäischen Währungen, die Fritze ebenfalls in der Zentrale Frankfurt miterlebt hatte, und setzten uns schließlich zum Kaffee in die Sessel und das große Sofa an der Rückwand des großen Raums unter dem hohen offenen Dach.

Ich konnte mich des Eindrucks nicht erwehren, daß Fritze gar nicht danach drängte, mit mir allein zu sein, als hätte er den Mut verloren, mir vorzutragen, was ihn so atemlos hergetrieben haben mußte.

Aber schließlich war alles verrichtet. Oky und Lotta brauchten ihren Feiertag. Ich wanderte mit Fritze am Wald entlang zu meinem Haus hinüber. Der Tag leuchtete. Die Wiese duftete süß und üppig; der warme Wald mischte seine herberen Gerüche dazwischen. Der Wind von Südwesten, von den Schneebergen, trug Frische heran.

Fritze sprach kein Wort.

Wir setzten uns auf die hölzerne Bank vor meinem Hause. Sie steht im flüsternden Schatten eines hohen, dichten Busches an der Südwestecke meiner hübschen Hütte.

4

Es gab nun kein weiteres Präludieren mehr. Fritze weiß gewöhnlich sehr genau, was er will. Er eröffnete das Gefecht mit den Worten:

»Du hast mir nie gesagt, Vater, daß ich zwei Mütter hatte.«

– – –

Tauchte sie also aus der Tiefe herauf, die alte Zeit, in der sie für immer versunken gewesen war, wie ich lange geglaubt hatte? War, um es anders auszudrücken, die Abrechnung nicht mehr aufzuhalten? Ich muß es wohl geahnt haben, daß es soweit war; warum hätte ich mich sonst mit vager Absicht, einiges von dem Gewesenen aufzuzeichnen, zu dieser Niederschrift aufgerafft. Auf dunkle Weise – wenn man nicht durch allzuviel Lärm ringsum gestört wird – weiß man immer, wann eine innere Entwicklung reif zu werden beginnt. Und Lärm gibt es bei mir und Hansteds nicht. Ich habe mich ja für den Schlußakt meines Lebens hier niedergelassen, weil hier die atmende Stille der Schöpfung noch nicht zerstört ist.

Ich saß und rührte mich nicht. Ich weiß nicht, wie lange.

Auch Fritze bewegte sich nicht. Wir vernahmen, wie der Nachmittagswind sachte in dem hohen Weidenbusch zu unserer Rechten zu lispeln anfing. Das Summen der Wildbienen und Hummeln in der blühenden Wiese zu unseren Füßen war ebenfalls vernehmbar geworden. Ich mußte jetzt sehr vorsichtig antworten, wenn ich nichts verderben wollte.

»Ist es nicht besser, Fritze, zwei Mütter zu haben als keine Mutter? Väter müssen zusehen, daß den Kindern ihr Recht wird. Das ist nicht immer ganz einfach. Aber, bitte, mein Junge, wir haben ja nicht allzuviel Zeit zu verlieren, wenn du morgen vormittag schon wieder in deinem Office antreten mußt. Es stimmt: du hast zwei Mütter. Wie bist du darauf gekommen? Ich schlage vor, daß du im Zusammenhang berichtest.«

Er begann zögernd, wie es sonst gar nicht seine Art ist:

»Du weißt ja, Vater, daß ich mich seit Jahren bemühe, die näheren Umstände aufzuklären, unter denen Mutter umgekommen ist, dazu mein kleiner Bruder und Mutters Tante, die du stets ›die Baronin‹ genannt hast. Ich wollte wissen, warum die drei auf dem Treck von der Weichsel nach Westen im Winter 44/45 so spurlos verschwunden sind, als hätte sie der Erdboden verschluckt.« Er hielt plötzlich inne, legte seine Hand auf mein Knie und fuhr noch langsamer und umständlicher als bisher fort (weil dies ganz ungewöhnlich bei ihm ist, verriet sich mir darin seine geheime Erregung):

»Es geht uns ja unverschämt gut, Vater. Ich weiß das ganz genau. Ich liebe Tilly und kann mir keine bessere Frau denken, wenn wir uns auch manchmal in den Haaren liegen; alles ist wie frisch poliert, wenn man sich wieder geeinigt hat. Du hattest so sorgfältig vorgesorgt für Katlen und mich, als du 1939 mit Mutter nach Deutschland fuhrst, um vor der drohenden Katastrophe noch einmal deine Eltern und die Baronin wiederzusehen – bei der euch dann in Polen der

Krieg überrumpelte und festnagelte. Katlen und ich hatten ja, wenn schon Pflegeväter nicht zu umgehen sind, von euch die besten von der Welt zugewiesen bekommen, Pastor Stangel und den alten Hafner, wobei Stangel –«

Ein Lächeln, das ihn mir sympathisch machte – wieder einmal –, siedelte sich für eine Weile um seine Mundwinkel an.

Wobei Stangel mehr die väterliche Strenge, Erziehung zu Disziplin, Fleiß und erbarmungsloser Reinlichkeit zu vertreten hatte, während Hafner mehr den in die Kinder vernarrten Vater darstellte, der mit ihnen Komplotte schmiedet, wie die Ergebnisse konsequenter Erziehung am besten wieder in die Luft geblasen werden konnten; das heißt, er verwöhnte uns, besonders Katlen, nach Strich und Faden und fand keinen unserer Wünsche übertrieben. Daß wir dieses fortgesetzte Wechselbad von kalt und heiß so gut überstanden haben, Katlen und ich, beweist eigentlich, daß wir aus recht dauerhaftem Material konstruiert sein müssen. Als du dann nach sieben Jahren, 46, wiederkamst, ohne Mutter, von der wir nie aufgehört hatten, heimlich zu fabeln und zu träumen, waren wir uns zwar anfangs völlig fremd, wie sollte es anders sein, aber das gab sich bald. Du hast das damals so großartig gemacht, spieltest überhaupt nicht den Vater, beanspruchtest keine Rechte oder versteiftest dich auf Pflichten. Wir hatten ja auch ohne deine Anwesenheit einigermaßen menschenähnliche Züge angenommen. Nein, du bewarbst dich einfach vorsichtig um unsere Freundschaft. Das heißt, du beschämtest uns ein bißchen und ohne es zu wollen. Und, weißt du, wir waren ja einfach, nach allem, was dazwischenlag, und als Mutter nicht mehr wiederkehrte, so furchtbar gern bereit, auf dein sehr zurückhaltendes Angebot von Freundschaft einzugehen.«

Seine Hand, die auf meinem Oberschenkel lag, drückte

ein paarmal kräftig zu. Er lachte mich an. Manchmal ist es ein Vergnügen, zu leben und gelebt zu haben. Ich sagte:

»Ja, ihr beide, übrigens auch Stangel und der alte Hafner, habt mir damals wieder klargemacht, daß das Dasein bei all seiner Schwierigkeit und seiner erbärmlichen Unzulänglichkeit auch erfreuliche Züge tragen kann. Nach dem materiellen und moralischen Ruin in Europa habt ihr mir, sicherlich unbeabsichtigt, beigebracht, daß ich mit Kanada und als Wahlkanadier das große Los gezogen hatte. Sieh dich um, Fritze: daß ich Kanadier geworden bin, ist einer der wenigen Tatbestände in meinem Leben, den ich nie zu bereuen gehabt habe.«

Mein Sohn erwiderte, und es war mir angenehm zu hören: »Ich bin der Meinung, daß es eine ganze Menge von Entschlüssen gibt, die du durchaus nicht zu bereuen brauchst. Ich will jetzt weiter berichten. Du kennst ja unsere Beziehung zu den Ihlenbachs, dem Gärtnerehepaar in Tiefentalau, die als einzige Deutsche damals 1945 nicht mit euch und den andern vor den Russen geflohen sind. Du hast ihnen nach deiner Rückkehr nach Kanada stets Pakete geschickt. Das hat Tilly dann übernommen, nachdem wir geheiratet hatten: jedes Jahr ein großes Weihnachtspaket und einen Brief, der den Ihlenbachs mitteilte, wie es uns und vor allem dir ergeht – im Januar oder Februar kam dann ein magerer Dankesbrief, in dem außer ganz persönlichen Mitteilungen nichts von Belang zu finden war. Du machtest uns klar, daß die Briefe gelesen würden, bevor sie Polen verlassen, und daß sie deshalb nichts enthalten durften, was dem Schreiber schief angekreidet werden könnte. Aber dann hatten die Ihlenbachs uns im letzten Januar geschrieben, daß sie nach den neuen Absprachen der westdeutschen Regierung mit den Polen ebenfalls die Ausreise in die deutsche Bundesrepublik beantragt hätten und daß Aussicht bestünde, daß die Genehmigung erteilt würde. Das brachte mich auf den Gedanken, im Auffanglager für die Volksdeutschen aus Polen, im Lager Friedland, einen Brief für die Ihlenbachs zu hinterlassen. Sie sollten sich sofort bei mir melden. Ich sei über das Kanadische Fremdenverkehrsamt in Frankfurt, Biebergasse 8, stets zu erreichen. Ich brauchte nicht lange zu warten. Sie haben sich gemeldet, und Tilly und ich haben die beiden alten Leute in Friedland aufgesucht. Wir fuhren mit dem Auto dorthin. Die beiden Söhne sind in amerikanischer Kriegsgefangenschaft gewesen und haben sich nach dem Kriege nach Westdeutschland entlassen lassen. Sie hatten die Hoffnung aufgegeben, noch jemals etwas von ihren Eltern und der alten Heimat zu hören. Erst viele Jahre später haben sie mit Hilfe des Roten Kreuzes festgestellt, daß die Eltern noch lebten – ganz einfach dort, wo sie immer gelebt hatten, in Tiefentalau. Seitdem haben sie die Eltern gedrängt, nach Westdeutschland überzusiedeln, wo die Söhne es zu guten Stellungen im Stuttgarter Industriegebiet gebracht haben. In diesem Jahr ist den Eltern der schon oft gestellte Aussiedlungsantrag endlich genehmigt worden. Und da saßen wir also und redeten; die beiden Alten noch in den abgetragenen, ungeschickten Anzügen, in welchen sie gekommen waren, aus Tiefentalau bei Buschkowo, dreißig Kilometer von Bromberg, gar nicht weit hinter Berlin, für unsere kanadischen Begriffe nur ein Katzensprung – und doch seit fünfundzwanzig Jahren so weit weg wie auf einem anderen unerreichbaren Kontinent. Dann die beiden Söhne, sehr behäbige, selbstbewußte Männer mit Auto und Eigenheim und Meisterposten in einem großen Industriewerk, und ich, ›der Sohn von Herrn Reckel aus Kanada‹, wie ich stets apostrophiert wurde. Der ›Herr Reckel‹ und die ›Frau Reckel‹, die kamen in ihrer Erinnerung gleich nach der ›gnädigsten Frau Baronin‹. Die Bilder dieser drei, so schien es mir, waren in ihrer

Erinnerung mit einem Strahlenglanz alles Guten und Schönen aus der besten Zeit ihres Lebens umgeben, woraus ich nur schließen kann, wie grau die Jahre unter den Polen gewesen sein müssen.«

Ich hatte ihn nicht unterbrochen. Es ist mir schon lange rätselhaft und auch manchmal unheimlich gewesen, mit welcher Hartnäckigkeit Fritze die Jahre aufzuklären bemüht bleibt, die wir fern von ihm und Katlen in Polen und Deutschland verbringen mußten. Mir liegt nicht allzuviel daran. Die Toten sind tot. Ich habe damals alles getan, ihre letzten Spuren, ihre Überreste zu finden und mir Gewißheit zu verschaffen. Es war vollkommen vergeblich. Bis ich mich im letzten Augenblick zurückriß und in Sicherheit brachte, um vielleicht für die beiden Kinder in Kanada übrigzubleiben. Inzwischen fiel die Tür für mich ins Schloß. Ich versuche nicht mehr, sie zu öffnen. Aber anscheinend habe ich einen Rest meiner damals so verzweifelten und dann ausgebrannten Bemühung, über das Schicksal der Geliebten, des Kindes und der Baronin Aufschluß zu gewinnen, auf Fritze vererbt.

Ich blickte zum Pourquoipas-See hinunter und zu den strahlenden Gebirgen im Hintergrund und nahm nichts davon wahr. Warum konnte er die Toten nicht ruhen lassen! Nichts brachte sie mehr zurück. Vielleicht treffe ich sie wieder in veränderter Gestalt, wenn auch ich die Grenze überschritten habe, die sie schon hinter sich ließen. Aber das hoffe ich nur. Ich weiß es nicht.

Fritze fügte nach einer Weile hinzu:

»Tilly und ich hatten den Eindruck, als rege es die alten Ihlenbachs heftig auf, so bald nach ihrer Ankunft dem Sohn von ›Herrn Reckel aus Kanada‹ die Hand drücken zu können. Daß ihre beiden Söhne ebenfalls in Friedland erschienen waren, sie in Empfang zu nehmen, kam ihnen wohl nur selbstverständlich, wenn auch höchst erfreulich vor. Die Söhne haben die Kriegsjahre in Tiefentalau nicht miterlebt, sie wurden schon Anfang 1940 zur Wehrmacht eingezogen. Ihr beide aber, du und Mutter, seid bis zum Zusammenbruch ihrer Welt mit den alten Ihlenbachs zusammengewesen, das heißt, ›bis die Russen kamen‹. Diese Formel kehrte häufig in ihren Berichten wieder. Als die Russen kamen, als die Baronin und ihr und das ganze Gut sich auf die Flucht begeben hatten, als sie ganz allein zurückgeblieben waren, weil nach Vater Ihlenbachs Meinung schließlich ›irgendein zuverlässiger Mensch‹ dazubleiben hatte, wie er es ausdrückte, um ›nach dem Rechten zu sehen‹. Daraus ist nicht viel geworden. Die Russen steckten das Gutshaus an, nachdem sie den kleinen Weinkeller geplündert hatten, vergewaltigten die Frau. Ihlenbach kann von Glück sagen, daß er nicht verschleppt wurde wie ungezählte andere. Er wußte sich wahrscheinlich bei den Truppen unentbehrlich zu machen. Und dann hat er sich mit polnischen Neusiedlern aus dem von den Sowjets annektierten Ostpolen arrangieren müssen. All das hat er überstanden. Wir hier können uns nicht einmal theoretisch vorstellen, wieviel List, Zähigkeit, Schauspielerei und ein im Grunde unzerstörbares Selbstbewußtsein dazu gehören, ein solches Dasein ewiger äußerster Unsicherheit fünfundzwanzig Jahre lang zu ertragen, ohne davon zerrieben zu werden. Tilly insbesondere fand die beiden bewundernswert. Tilly verstand ja genug Deutsch, um ihren Erzählungen folgen zu können. Soviel Blut und Brand, Schrecken und Tränen, Gewalt und jahrelanger Druck! Trotzdem sind die Ihlenbachs geblieben, was sie waren, wie du sie mir einmal beschrieben hast, zuverlässige, im wesentlichen unbestechliche Menschen, in ihrem Kern unveränderbar ordentliche Menschen. Wir sind nach zwei Tagen von Friedland wieder abgefahren. Ihlenbachs waren noch nicht mit ihren Befragungen, Formularen und so weiter fertig, die sie sehr geduldig im Durchgangslager Friedland über sich ergehen ließen. Wir spürten, das heißt, Tilly spürte es – ich selbst konnte von ihren Geschichten nicht genug bekommen –, daß wir den beiden Söhnen im geheimen lästig wurden. Du hattest mir so viel von euren Jahren in Tiefentalau erzählt, daß die Alten, so versicherten sie mehrmals, sich mit mir über die Jahre 39 bis 44 ebenso selbstverständlich unterhalten konnten, als wenn du selbst, Vater, ihnen wieder begegnet wärst. Sie lassen dich sehr, sehr herzlich grüßen, und wenn sie erst zur Ruhe gekommen sind und eine feste Adresse haben, wollen sie dir mehr schreiben, und du sollst ihnen antworten.«

»Das werde ich gewiß tun, Fritze!« –

Die alten Geschichten, die alten Gestalten, die ich längst versunken geglaubt hatte, sie steigen alle aus der Versenkung wieder auf. Von mir aus hätten sie verschollen bleiben können. Ich will nichts mehr davon wissen. Dies hier ist meine Heimat: leer, hell, mit reinster Luft und kristallenen Gewässern, mit nur wenigen Menschen, die ebenso wie ich nirgendwo sonst leben wollen als hier in beinahe schon himmlischer Einsamkeit.. Aber pflichtschuldigst werde ich natürlich einen Brief Ihlenbachs beantworten, genauso nett und ausführlich, wie er es erwartet. Gärtner Ihlenbach, ich sehe ihn noch vor mir, breit, sehr kräftig, mit mächtigen, aber sehr geschickten Händen, die zu viel mehr zu gebrauchen waren als nur zur Gartenarbeit. Die Baronin hielt große Stükke auf ihn und zog ihn immer wieder heran, wenn im Gutshaus, »Schloß« sagten die Leute, etwas zu verrichten war, was Intelligenz oder auch Anstand erforderte. Von der Frau hielt sie weniger; sie war ihr ein wenig zu gesprächig und auch neugierig. Ich sagte plötzlich zu Fritze, der still neben mir saß, als hätte er nichts weiter zu berichten:

»Ich sehe die Szene noch vor mir, Fritze: die breite Tür zum Gutshof hin steht offen. Der Himmel ist grau. Aber der

Schnee ist frisch gefallen, ist noch rein weiß und macht es sehr hell. Es ist kalt, Mitte Februar, mindestens zehn Grad Celsius unter Null. Die Leiter- und Kastenwagen, auch einige Langschlitten für Langholz, wie wir sie für die Waldarbeit brauchten, weißt du, sind fertig beladen und bespannt. Die Pferde sehen kräftig aus, sind gut im Futter. Dafür hatte ich schon seit Wochen gesorgt, hatte mich auf die beruhigenden Radiodurchsagen nicht verlassen, obgleich selbst die Baronin ihnen so lange vertraut hatte, bis zum erstenmal ferner Kanonendonner uns die ebenso traurige wie gefährliche Wahrheit enthüllte. Von Truppenbewegungen hatten wir nicht viel gemerkt; wir lagen ja vier Kilometer abseits der Hauptstraße Vandsburg-Crone-Schwetz. Du wirst es nicht glauben, aber es war tatsächlich so: die Tatsache, daß ich kanadischer Staatsbürger war – wenn auch deutscher Abstammung –, umgab mich durch all die schrecklichen Jahre wie eine schützende Glasglocke. Wir sahen, was vorging, aber es betraf uns nicht. Manchmal hatte ich den Eindruck, als wenn alle Welt ringsum verrückt sei, die Deutschen fast alle, selbst die Baronin, nur ich nicht. Man hatte uns ja nicht gerade sehr freundlich behandelt, nachdem im Oktober 1939 sich die deutsche Zivilverwaltung in den frisch eroberten polnischen, ehemals kaiserlich ostdeutschen Gebieten etabliert hatte; und auch später bis 44 konnten wir uns nicht viel rühren. Ohne die Baronin und dann ihren Vetter, den Offizier bei der Waffen-SS – er ist später während der Rückzugskämpfe an der Beresina gefallen –, wäre es uns, Mutter und mir, vielleicht sehr übel ergangen.

Ich sehe sie also noch stehen in der großen Halle, die Baronin, schon in einem langen Pelz zum Schlittenfahren, Lederseite nach außen, das graue, volle Haar von einem roten Wolltuch bedeckt, da steht sie in der Tür zu ihrem Arbeitszimmer und redet auf Gärtner Ihlenbach ein:

›Sie dürfen nicht bleiben, Ihlenbach! Sie können nicht allein zurückbleiben! Sie haben doch gehört, wie die Russen in Tissowo gehaust haben. Kommen Sie, auf meinem Schlitten ist Platz für Sie und Ihre Frau. Reckels haben ihren eigenen Schlitten.‹

›Nein, Frau Baronin, meine Frau will nicht‹, sagt Ihlenbach in seinem breiten, schweren Preußisch-Platt. ›Sie will nicht, und wenn sie nicht will, dann will sie nicht. Das ist wohl auch gut so. Einer muß hierbleiben und nach dem Rechten sehen. Uns werden die Russen nichts tun. Wir haben ihnen ja auch nichts getan. Wir sprechen ja auch gut Polnisch.‹

Die Baronin zuckt die Achseln und senkt den Kopf, eine entsetzlich hoffnungslose Gebärde; sie wischt mit der Hand etwas Unsichtbares beiseite und schließt so leise, daß man es kaum verstehen kann:

›Gut, Ihlenbach, sehen Sie nach dem Rechten. Gehen Sie noch einmal durchs ganze Haus und kontrollieren Sie, ob irgend etwas Persönliches oder Verräterisches liegengeblieben ist. Wenn möglich, nehmen Sie es an sich und heben Sie es auf. Vielleicht hat Ihre Frau recht, wenn sie hierbleiben will. Vielleicht sind wir es, die ins Verderben rennen, nicht Sie, Ihlenbach. Leben Sie wohl, Ihlenbach!‹ Sie reicht dem Manne die Hand und schreitet schnell aus der Halle ins Freie. Die Tür läßt sie offen. Draußen hat man nur noch auf sie gewartet; es ist ungefähr neun Uhr vormittags. Ich habe im Eßzimmer noch einmal versucht, Nachrichten zu hören. Vergeblich. Habe dann den Abschied beobachtet. Sage noch zu Ihlenbach: ›Lassen Sie Türen und Schlösser offen. Irgend etwas zu verrammeln ist sinnlos. Alles Gute, Ihlenbach!‹ – ›Alles Gute, Herr Reckel! Man immer westwärts, Herr Reckel, und keinen unnötigen Aufenthalt! Die Pferde sind gut im Stande!‹

Wir drücken uns die Hände.

Mein Schlitten, nicht sehr voll bepackt, wir haben nicht viel mitzunehmen, verläßt als letzter den Hof. Susanne, Mutter, weißt du, und der kleine Erik hocken wohlverpackt hinter mir. Ich sehe mich noch einmal um. Ihlenbach steht in der großen, offenen Haustür und winkt. Seine Frau ist nirgends zu sehen; sie hatte sich versteckt.«

Fritze regte sich:

»Ich kann es mir vorstellen, wenn ich sie auch jetzt nur als alte Frau erlebt habe. Sie war sehr freundlich zu Tilly und mir, schien auch sehr geehrt und erhoben, daß wir zwei Nichtdeutsche zu ihrem Empfang erschienen waren. Aber noch mehr war sie von den gewichtigen Persönlichkeiten ihrer beiden Söhne beeindruckt. Uns gegenüber fühlte sie sich im Grunde unsicher. Vielleicht hatte sie immer noch irgendwo einen Rest schlechten Gewissens, daß sie sich damals versteckt hat. Für ihn, den alten Ihlenbach, war das ganz anders. Für ihn bedeutete, uns zu treffen und so ausführlich zu sprechen, was er unbewußt von seiner Ankunft im Westen erwartet hatte. Es bedeutete für ihn die Wiederaufnahme des Daseins, das sein wahres Dasein gewesen war: Tiefentalau, die deutsche oder so gut wie deutsche Insel in der polnischen, von ihm stets als künstlich und provisorisch empfundenen Umwelt; die Baronin, oben war oben und unten war unten, alles stand am richtigen Platz; der große Park, der Blumen- und Gemüsegarten, die ihm aufgetragen waren und wo er über ein halbes Dutzend weiterer Gärtner und Arbeiter gebot, samt ihren Frauen, wenn sie gebraucht wurden; die Stellung besonderen Vertrauens, die er im ›großen Hause‹ genoß – das alles war seine Welt gewesen. Mit ›Herrn Reckel aus Kanada‹ als letztem hatte sie von ihm Abschied genommen. Mit ›Herrn Reckel aus Kanada‹ begann sie auf seine alten Tage noch einmal von neuem. Darin bestand das eigentliche Glück für ihn während der zwei Tage, die wir in der Nähe des Lagers verbrachten. Es kam mehr als einmal aus ihm heraus, wahrscheinlich ohne daß er es wußte. Er betonte: ›Die Jahre unter den Polen, Herr Reckel, erst den Russen und dann den Polen, Herr Reckel, nachdem die Frau Baronin und alle anderen fortgezogen waren, das war ja gar kein Leben mehr, war kein richtiges Leben wie früher, war ja man bloß, daß man nicht gerade umkam.‹

Ich frage mich allerdings, Vater, ob die beiden Alten sich in der geschniegelten, gut gepolsterten Umwelt des Eigenheims in Stuttgart mit Auto, Fernsehen, Kühltruhe und Waschmaschine wirklich wohlfühlen und eingewöhnen werden. Frau Ihlenbach wird begeistert lossegeln und das Einkaufen mit Vergnügen lernen. Aber er –?«

Fritze hatte gut erzählt. Ich vermochte mir die Szenen im Durchgangslager Friedland – ich hatte Schilderungen in der »Frankfurter Allgemeinen« gelesen, der einzigen deutschen Zeitung oder Zeitschrift, die ich mir hier halte –, ja, ich vermochte mir Fritze und Wilhelm Ihlenbach – Wilhelm war sein Vorname, wenn ich mich nicht irre; er hieß sonst immer nur Gärtner Ihlenbach – sehr deutlich vorstellen. – –

Am Nachmittag des 9. Mai 1971 saß ich also im innersten, entlegensten Herzen British Columbias, wenige Autostunden vom Pazifischen Ozean entfernt, von abertausend Quadratmeilen unberührter Wildnis und Einsamkeit umringt wie von einem ungeheuren schützenden Bollwerk, und hörte mir den Bericht meines Sohnes an. Alleinsein, Vergessen, große Stille und der unvergängliche Glanz der Erinnerung an die verschollene Geliebte, an sie, meine Frau, an Susanne, meine Einzige, an meine Susanne – das ist es, weshalb ich mich in diese karge und zugleich besonnte Einöde zurückgezogen habe.

Und nun durchbricht mein Sohn den schützenden Wall, obgleich er anerkennen muß, daß ich mir den Frieden verdient habe, daß ich ihm und Katlen die Möglichkeit gegeben habe, ihr Leben mit günstigen Chancen zu eröffnen; und sie haben die Chancen genutzt, konsequenter wahrscheinlich und zugleich mit leichterer Hand, als ich es im gleichen Falle zustande gebracht hätte.

Wenn aber Fritze das unsichtbare Zeichen vor meiner Einödfestung »Störungen untersagt!« nicht beachtet hatte, so sollte er nun endlich mit der Sprache heraus. Sie glauben ja immer, die jungen Leute, sie müßten von den Alten Rechenschaft fordern. Ein paar Jahre später merken sie dann, daß auch sie nur in der Gegend umhertappten und Blindekuh spielten, wobei sie oft genug mehr zertrampelt haben, als je wieder herzurichten ist.

Wir schauten dem Fischadler vom Dienst zu, der über dem fernen Ufer des Pourquoipas-Sees seine Kreise zog. Da Fritze sich nicht entschließen konnte, fortzufahren – so schien es mir wenigstens –, wollte ich ihn dazu zwingen. Ich fragte – und war nicht damit einverstanden, daß meine Stimme gepreßt klang:

»Du hast viel erlebt und auch Aufschlußreiches, aber hast du etwas erfahren, was die Hintergründe heller macht, als sie bisher waren, was wir nicht ohnehin schon wußten oder uns zusammenreimen konnten. Du weißt ja, Fritze, daß ich mir von deinen merkwürdig zähen Bemühungen, unsere Vergangenheit in Reih und Glied zu bringen, nie viel versprochen habe. Das Unabänderliche bleibt unabänderlich. Man braucht nicht alles genau zu wissen. Es kommt nichts Greifbares dabei heraus.«

Ich hatte ihm, ohne es zu wollen, ein Stichwort gegeben. Ich vernahm, daß er tief Atem holte. Dann griff er mit einer sonderbar fahrigen oder eckigen Bewegung in die Brusttasche seiner Tweedjacke, zog ein flaches Päckchen hervor, in Seidenpapier gewickelt, entfaltete die raschelnde Umhüllung vorsichtig, hob daraus ein gut fingerdickes Taschenbuch. Es war in ursprünglich schwarzes, nun vor Alter grünlich verschossenes Leder gebunden, auch sein Goldschnitt war vergilbt und fleckig geworden. Es war mir, als preßte mir eine Riesenfaust die Brust zusammen und gäbe sie dann ganz langsam wieder frei. Das war doch –?

Mein Sohn überreichte mir das Büchlein mit beiden Händen, scheu und feierlich, wie ich trotz meines Schreckens merkte. Er mußte sich räuspern, bevor er wieder sprechen konnte:

»Die Szene des Abschieds von Tiefentalau, die du vorhin geschildert hast, Vater, muß sich genauso abgespielt haben, wie sie sich dir in der Erinnerung erhalten hat. Die Baronin hat in der Tat zu Ihlenbach gesagt: ›Gehen Sie noch einmal durchs Haus und kontrollieren Sie, ob irgend etwas Persönliches liegengeblieben ist. Und wenn ja, heben Sie es auf!‹ Ihlenbach war viel zu sehr gewohnt, die Anweisungen der ›Herrschaft‹ genau zu befolgen, als daß er sie auch dieses letzte Mal nicht getreu ausgeführt hätte. Als der ganze Treck erst vom Hofe war und das Knarren der Leiterwagen und Geschirre, die Rufe der Kutscher und Kinder vom Schnee und vom Kältenebel verschluckt waren, hat sich Ihlenbach zunächst noch einmal auf dem Hof umgesehen, hat die Stall- und Schuppentüren geschlossen, hat hier einen liegengebliebenen Halfter, dort einen vom Wagen gerutschten Woilach eingesammelt. Dann hat er pflichtschuldigst im ›Großen Hause‹ ein Zimmer nach dem andern aufgemacht und hat sich umgesehen. Schränke, Kommoden, Schubfächer hat er nicht geöffnet, wie er mir ausdrücklich versichert hat, als hätte ich ihn unerlaubter Neugier angeklagt. Er hat nichts entdeckt, was nach seiner Meinung ›persönlich‹ oder ›verräterisch‹ zu nennen gewesen wäre, lediglich dieses Buch. Es lag aufgeblättert, mit dem Deckel nach oben und einigen verknüllten Seiten, halb unter dem Fußende eures Bettes in eurem verlassenen Schlafzimmer im Inspektorhaus. Ihlenbach nimmt an, daß die Mutter das Buch besonders sorgfältig bewahren und in ihrer Handtasche schützen wollte und daß es ihr gerade deshalb im letzten Augenblick entglitten ist. Daß das Buch Mutter gehört hatte, war auf der vordersten Seite ausführlich verzeichnet. Und daß es sich um ein Tagebuch handelte, war außen und auf der Titelseite sogar in Gold vorgeprägt. Ihlenbach hat mir noch gesagt: ›Ich habe nicht darin gelesen, Herr Reckel, das können Sie mir glauben! Wo werd' ich! War ja eine Privatangelegenheit von Frau Reckel. Ich habe es aufgehoben und verwahrt. Keiner hat darin gelesen. Und jetzt bin ich heilfroh, daß ich es endlich Herrn Reckel wiedergeben kann. Wenn Sie's Ihrem Vater bringen – es wird ihn gewiß freuen.‹ Deswegen bin ich gleich nach meiner Rückkehr zu dir herausgefahren, Vater.«

Ich saß lange mit dem Buch in meinen beiden Händen, regungslos. Natürlich kannte ich diesen kleinen Lederband. Susanne pflegte darin von Woche zu Woche kurz und fast immer ohne Kommentar zu notieren, was sich zugetragen hatte und was sie für wesentlich genug hielt, festgehalten zu werden. Besonders wichtige Ereignisse erhielten stets eine Seite für sich allein, auch wenn die Mitteilung nur wenige Zeilen beanspruchte. Weniger wichtige Vorfälle wurden fortlaufend notiert. Es stellte also nicht eigentlich ein »Tagebuch« dar, dem man seine Sorgen, Träume und vielleicht auch Glückseligkeiten anvertraut, sondern lediglich eine knappe Chronik des Geschehens, war stets nur als Gedächtnisstütze gedacht gewesen, um jederzeit bereitzuhalten, wann und wo sich etwas ereignet hatte, nie aber als Schatulle für geheime Bekenntnisse. Susanne ist ja bei all ihrer mädchenhaften Anmut und ihrer nie erlahmenden Begeisterung für die schönen Dinge dieser Welt zugleich auch ein sehr genau und sachlich denkender Mensch gewesen; es war ihr niemals wohl, wenn sie nicht alles, was sie und dann uns andere anbetraf, stets in guter Ordnung und Übersicht griffbereit hatte.

Ich hatte sie in vergangenen glücklicheren Tagen manchmal wegen dieses Buchs geneckt, hatte es »Susannes Logbuch« genannt und hatte mich mit ihr manchmal im Spaß gestritten, wenn ich etwa mit großem Ernst verlangt hatte, Fritzens erste Fünf in der Schule wegen schlechten Betragens oder Susannes erster Nerzschal müßten unbedingt im »Logbuch« vermerkt werden.

Während unserer glücklichen Jahre in Vancouver und dann am Woodpecker bis 1939 war das Buch in den Hintergrund getreten. Ich war nur noch selten daran erinnert worden. Aber seit das Schiff uns im Juli 1939 in Bremerhaven auf deutschen Boden entlassen hatte, war das Logbuch zu neuer Bedeutung gelangt, in Potsdam und Tiefentalau vielfach fortgeschrieben worden, manchmal jeden zweiten Tag, wenn auch stets nur mit wenigen Zeilen. 1944 war es dann beinahe bis zur letzten Seite gefüllt gewesen.

In all den langen Jahren hatte ich nie den Versuch gemacht, in Susannes »Logbuch« zu blättern oder zu lesen. Das Tagebuch war ihr privates, persönliches Geheimfach. Das hatte ich von jeher und fraglos respektiert.

Schließlich brachte ich heraus:

»Susannes Logbuch! Lieber Gott im Himmel: Susannes Logbuch, vollständig unversehrt!«

Fritz hatte seine Beherrschtheit längst wiedergefunden: »Du wirst verstehen, Vater, daß mir das Buch in der Tasche gebrannt hat und daß ich es dir nach unserer Rückkehr ohne jeden Verzug überbringen mußte. Tilly war nicht nur der gleichen Meinung, sie hielt mich sogar dazu an: persönlich mußte ich es dir überbringen und das sofort. Sie hat zum erstenmal ganz begriffen, wie viel mehr, unheimlich viel mehr ihr im alten Lande erlebt habt oder zu erleben verurteilt wart als wir hier an der kanadischen Westküste, wo Geld verdient und gelegentlich auch wieder verloren wird, aber sonst nicht viel passiert. Tilly ist ja hier geboren, und ihre Eltern, die Squiretons, sind längst etabliert und haben ein sehr geruhsames und komfortables Leben gehabt.«

»Ich danke dir, Fritze, daß du mich keinen Tag länger als nötig hast warten lassen. Sage auch Tilly Dank. Es stimmt, wir waren verurteilt, hundertmal mehr zu erleben als die Leute hier. Das ist weder Vorteil noch Verdienst. Es ist nur eine Last. Hier am Pourquoipas bin ich sie langsam losgeworden und sehne mich nicht nach ihr zurück.«

»Und nun bringe ich dir Mutters Buch.«

»Ja, als wäre es ein Vermächtnis. Als solches ist es mir kostbar. Aber ich habe früher nie darin gelesen und werde es auch jetzt nicht tun. Nur wenn ich vielleicht ein altes Datum wissen oder sonstwie mir die zeitliche Abfolge einer vergangenen Entwicklung wieder vergegenwärtigen will, werde ich nachschauen. Dazu waren diese Notizen gedacht; zu mehr nicht.«

Ich wickelte das Büchlein, ohne darin geblättert zu haben, wieder in das Seidenpapier, in welchem Fritze es mir gebracht hatte. Dann fragte ich:

»Du hast natürlich das Buch gelesen, mein Junge?«

Fritze erhob sich, lehnte sich an die Hauswand, blickte mich nicht an, erwiderte:

»Ich habe es gelesen, Vater. Wie hätte ich dieser Versuchung widerstehen können! Es war ja auch nicht verboten.«

»Natürlich nicht, Fritze. Ich habe keine Geheimnisse vor dir. Du wirst festgestellt haben, daß auch Mutter über die alte Zeit nichts anderes zu berichten hat, als ich dir für dich und deine Kinder berichtet habe. Oder bist du jetzt anderer Meinung?«

»In einem sehr entscheidenden Punkt: Ja, Vater!«

Mich fror plötzlich. Die Sonne war schon weit herumgeschwungen. Der Nachmittagswind war härter geworden und brachte Kühle von den Schneebergen. Ich sagte: »Gehen wir hinein. Ich glaube, wir sollten uns einen Brandy einschenken. Nur in den Mittagsstunden wird es jetzt schon wirklich warm. Unsere dreitausendsechshundert Fuß über dem Meeresspiegel bleiben eben die zwölfhundert Meter, mit denen man sich hier abzufinden hat.«

»Sie haben ja auch ihre Vorteile!« meinte Fritze.

Hatten sie wirklich.

5

Wesentlich langsamer, als ich eigentlich vorgehabt und erwartet hatte, bin ich mit diesem Bericht über den plötzlichen Besuch meines Sohnes Fritze in der vergangenen Woche vorangekommen. Heute ist schon wieder ein Sonntag vom Kalender abzulesen, der 16. Mai 1971.

Gerade hatte ich am vergangenen Donnerstag nach den Zeilen, mit denen das letzte Kapitel schließt, eine Pause einlegen wollen, um mir zu meinem bescheidenen Abendbrot ein Ei in die Pfanne zu schlagen und zwei Scheiben Brot dazu zu rösten, als Oky bei mir anklopfte, das heißt, sein »Anklopfen« besteht darin, daß er stets laut ruft, wenn er vom Wald her um die Garagenecke herum über den Fußpfad auf die Haustür zuschreitet: »Hallo, Hans! This is Oky!«

Es ist wie eine Vorwarnung und Türklingel und belustigt mich regelmäßig, womit ich auch nicht hinterm Berge halte. Und dann tritt Oky auch schon ins Haus, sein harter und zugleich bedächtiger Schritt ist unverkennbar. Vielleicht interessiert es, festzuhalten, warum sich Oky stets auf diese Weise ankündigt und warum er überhaupt auf den ungewöhnlichen Namen »Oky« hört.

Bin ich zu weitschweifig? Warum eigentlich nicht? Ich schreibe dies auf, wie es mir gerade in den Sinn kommt. Ich will mich auf diesen Seiten mit meiner Vergangenheit auseinandersetzen, aber auch mit meinen gegenwärtigen Umständen (in denen ich mich, Gott sei Dank, recht wohl fühle). Ich denke nicht daran, mich bei dieser Niederschrift an irgendeinen imaginären »Faden« von Handlung, irgendein bestimmtes »Thema« zu binden. Außerdem: das gelebte Leben ist nicht so! In ihm schießen die »Fäden« und die »Themen« ebenfalls ständig und oft genug wüst und wirr durcheinander.

Als also Oky vor dem Zweiten Weltkrieg aus Schweden nach den Vereinigten Staaten auswanderte – der junge Schwede muß damals noch ein sehr grüner Bursch gewesen sein –, da hörte er auf den höchst braven Vornamen Sven. Auf dem väterlichen Hof in Schweden war es ihm zu eng geworden. Der Sinn stand ihm nach dem »Wilden Westen«. Er war daheim mit Pferden aufgewachsen, war vernarrt in Pferde und träumte jungenhaft von einem freien Reiterleben.

Unverzüglich war er in den Südwesten der USA vorgedrungen, wo Namen wie Texas oder Arizona lockten, blieb aber gleich im äußersten Nordosten, im »Pfannenstiel« des Staates Oklahoma hängen. Dort hatte es der Zufall gewollt, daß auf einer der riesigen Rinderfarmen jener Gebiete ein Cowboy durch einen schweren Sturz vom Pferd umgekommen war. Der junge arbeitsuchende Schwede kam dem Rancher gerade recht. Sven Hansted verstand sich zwar auf Pferde und Vieh, dies aber auf die gemäßigte Weise seiner alten Heimat. Am oberen Cimarron jedoch, an den sich die Ranch in viele Meilen breiter Front anlehnte, waren die rotbunten Rinder wild wie die Hirsche, sahen nie einen Stall und konnten nur mit List und Tücke in der sozusagen »freien Wildbahn« gebändigt werden. Die Pferde standen zwar den Männern der Prärie wesentlich näher als das nur um des Fleisches willen gezüchtete Vieh, wurden aber nach Svens erlernten oder schon angeborenen, aus Nordeuropa stammenden Vorstellungen längst nicht klug und gut genug behandelt. Auch sonst ging es unter den schroffen, kahlen Wänden der Black Mesa nicht gerade sehr bürgerlich und ehrpusselig her. Wenn man sich zu Fuß oder zu Pferde einem Haus, einer Hütte, einem fremden Lagerplatz als Unbekannter oder auch nur Unerwarteter näherte, so erforderte es der Prärieanstand – und die Vorsicht –, daß man sich durch einen lauten Ruf ankündigte. Es war sogar zu empfehlen, danach zu warten, bis jemand vor die Tür trat und den Besucher heranwinkte. Sven hatte seine Lektion ein für allemal gelernt, nachdem ihm gleich zweimal an zwei aufeinanderfolgenden Tagen völlig unerwartet blaue Bohnen um die Ohren gepfiffen waren. Er lernte überhaupt viel, der junge Sven aus Hälsingland; es wurde ihm meist nicht sehr sanft beigebracht; aber es saß dann besser. Er begriff zum Beispiel, daß in jener rauhen Sorte von Gegend ein Mensch ohne Pferd, wenn ihm das Tier in der Einsamkeit abhanden gerät, so gut wie verloren ist. Sven – oder nun Oky – hat mir viel erzählt aus jenen Tagen im damals noch ziemlich »wilden« Westen, ist auch häufig darauf zu sprechen gekommen, daß man sich unter den dortigen Umständen ein bösartiges Pferd, ein Tier »mit schlechtem Charakter« auf gar keinen Fall leisten darf. Pferde, auf deren Willen und Gehorsam man sich nicht verlassen kann, müssen von der Zucht ausgeschlossen, notfalls ausgemerzt werden, mögen es auch sonst prächtige Tiere sein.

In der eben vergangenen Woche, um es gleich zu sagen, habe ich Gelegenheit gehabt, die Richtigkeit dieses Grundsatzes zu erproben. Ich wäre dabei um ein Haar zusammen-, vielleicht totgeschlagen worden. Das hat mich naturgemäß nicht ganz kaltgelassen, wenn auch erfreulicherweise die alte Regel sich bestätigte: dicht daneben ist auch vorbei! Deshalb schiebe ich Fritze und seine Geständnisse noch für einige Seiten auf.

Oky stapft also am vergangenen Donnerstagabend zu mir herein – aber ich wollte ja zuerst noch den Namen »Oky« erklären: Oky hat den amerikanischen Südwesten schließlich verlassen; die Sommer wurden ihm einfach zu heiß. Er ist wieder nach Norden zurückgekehrt, in seine heimatliche Himmelsrichtung. Im letzten Kriegsjahr hat er noch die amerikanische Uniform anziehen müssen und wurde mit einer Pioniereinheit beim Bau der Alaska-Straße im Nordosten und Norden British Columbias eingesetzt. Dabei hat er das große, wilde Land British Columbia liebengelernt und ist nach dem Krieg dorthin zurückgekehrt. Er fand eine gutbezahlte Stellung auf einer der riesigen Ranches am Big Creek südlich von Hanceville im Chilcotin-Land. Sein Geld hatte er stets zusammengehalten. Die Abfindung, mit welcher er aus der amerikanischen Armee entlassen worden war, kam hinzu. Er konnte sich eine kleine Ranch am Pourquoipas-See kaufen und hat dann diesen Platz mit zähem Fleiß und viel Geschick zu dem ansehnlichen Besitz erweitert, der jetzt ihn und Lotta (die er sich brieflich aus Schweden bestellt hat; aber das ist wieder eine andere Geschichte!) und nebenbei auch mich und mein kleines, geliebtes Haus so großartig trägt. Wahrscheinlich hat er auf der Ranch am Big Creek, wo er als Vormann der Reiter eingestellt wurde, so viel von seinen Cowboy-Erfahrungen in Oklahoma erzählt, erhob vielleicht auch die Methoden, die er in Oklahoma erlernt hatte, so unverblümt zur praktischen Regel seiner Arbeit, daß er bald seinen Spitznamen Oky weghatte. Bei Oky ist es dann geblieben. Er ist vor wenigen Wochen 54 Jahre alt geworden, gilt als einer der erfahrensten Wildnis- und Jagdführer im ganzen Chilcotin-Gebiet und als ein äußerst tüchtiger Rancher, wenn auch sein Betrieb nur zu den kleinen im Lande gehört – aber das ist in dieser schier grenzenlos weiträumigen Gegend schon groß genug.

»Nimm Platz, Oky!« sage ich. »Ich wollte mir gerade ein wenig Abendbrot machen.«

»Lotta läßt sagen, sie hätte frische Waffeln gebacken. Du könntest sie mit gebratenem Speck oder mit Ahornsirup haben. Du könntest wählen, was du wolltest. Du solltest nur schnell kommen. Wie wär's?«

»Lottas frischen Waffeln kann ich nicht widerstehen. Gut, Oky, fahren wir los!«

Oky wendet den kleinen Dodge-Lastwagen, mit dem er zumeist die Verbindung zur Außenwelt hält. Ich steige neben ihn in die ziemlich staubige Fahrerkabine – was soll ein Farmauto anders sein als staubig? Wir gondeln die Fahrspur entlang, die mein Haus mit dem großen Anwesen verbindet. Oky fährt unterwegs fort:

»Ich wollte eigentlich etwas anderes von dir, Hans. Wenn du nicht gerade etwas Wichtiges vorhast, wollte ich dich bitten, mit mir die fehlenden Pferde einzutreiben.«

Ich war überrascht:

»Seit wann weißt du, wo die Pferde stecken, Oky? Ich dachte, du hättest sie aufgegeben?«

»Hatte ich auch beinahe schon getan. Aber gestern nachmittag war ich in Tatla Lake. Ich hielt es für möglich, daß Crosby dort noch ein neues Schneidblatt für deinen Grasmäher auf Lager hat. Dann brauchte ich nicht erst eines in Williams Lake bestellen. Du weißt ja: den kleinen Mäher, den du immer mit dem alten Ford-Trecker gefahren hast. Ich habe es versäumt, mich rechtzeitig um ein neues Schneidblatt zu kümmern. Das alte ist ja im vergangenen Jahr erst am letzten Tag gebrochen, als der Schnitt schon vorüber war. Habe es dann vergessen, und du hast auch nicht mehr daran gedacht. Crosby hatte eins, und ich brachte es gleich mit. Bei Crosby habe ich den jungen Jack McKeston getroffen, der am Kutsitsu Lake das neue Fishing Camp eingerichtet hat. Jack sagte mir, er habe zwei Meilen westlich von seinem See einen großen Fuchshengst mit etwa zehn Stuten und ein paar Jungtieren beobachtet. Der Hengst sei doch wohl meiner. Bei den Stuten müsse man nach den Brandmarken sehen. Aber so nahe sei er nicht herangekommen. Der Hengst sei sehr scheu und wachsam und habe das Rudel schnell fortgeführt. Aber sicherlich blieben die Tiere in der Gegend; es gebe da gutes Gras. Ich solle mir die Herde schleunigst eintreiben. Es liegt Jack gar nichts daran, daß der Hengst ihm auch seine Stuten abjagt; er hat keinen Hengst. Ich muß also morgen früh gleich los, Hans. Es sind ungefähr fünfunddreißig bis vierzig Meilen bis zu McKestons Platz. Aber wenn wir nicht zu zweien sind, Hans –! Allein wäre es eine Schinderei für Roß und Reiter, und ich brächte die Pferde vielleicht doch nicht her. Der Fuchshengst ist schlau und kennt alle Kniffe!«

Ich war mir sofort darüber im klaren, daß ich Okys Bitte keinesfalls abschlagen konnte. Es ist schon ein schwieriges und verdammt anstrengendes Stück Arbeit für einen einzelnen Reiter, auch nur eine kleine Herde Rindvieh einzutreiben. Die Kühe und Kälber sind ein ziemlich wildes Gesindel, und bis man ihnen in der »open range«, in der freien Wildbahn, seinen Willen aufgezwungen hat, steht dem Pferd der weiße Schweiß am Hals und am Sattelgurt, und dem Reiter sind alle Knochen locker nach dem ewigen Kantern, Wenden und den dauernden Karrieren, die wie aus der Pistole geschossen kommen müssen. Einen listigen und mit allen Wildniswassern gewaschenen Hengst »in the prime of his life« – in der Vollkraft und Pracht seiner Jahre – samt seinem Stutenharem in die Pferdekoppel zurückzubringen, wo die ganze Bande hingehört, daran würde selbst ein so erfahrener Rinder- und Pferdehirte wie Oky Hansted scheitern, unternähme er es allein.

Ich sah meinen Bericht über meines Sohnes Fritze Besuch am Horizont der Tage entschwinden. In Seidenpapier gepackt und mit einem Gummibändchen umschlossen, ruht Susannes »Logbuch« nun in einer Schale auf meinem Schreibtisch, soll dort bleiben, mir stets vor Augen, bis nach meinem Tode Fritze oder Katlen es an sich nehmen und – hoffentlich! – für ihre Kinder ehren und bewahren werden. Lotta würde das schmale Päckchen nicht anrühren, wenn sie während meiner Abwesenheit herüberkäme, um wieder einmal bei mir »gründlich rein zu machen« (als ob nur Frauen wissen, was Sauberkeit ist, worüber ich mich stets von neuem amüsiere).

Ich mochte eine Weile mit der Antwort gezögert haben, denn Oky fing nochmals an:

»Es wird ziemlich hart werden, Hans! Darüber mache auch ich mir keine Illusionen. Aber ich brauche die Stuten dringend. Bald kommen die Männer aus Chicago und wollen mit mir für drei Wochen den McClinchy Creek aufwärts in die Berge, einer will einen Grisly schießen, die andern bloß Wapiti oder Elch. Ich brauche mindestens ein Dutzend Packpferde außer den Reitpferden. Der Fuchshengst hat gerade meine stärksten Stuten entführt. Die jungen Tiere, die ich beim Hause habe und in der Pferdekoppel am Biberdamm, gehen noch nicht rührig genug; sie brauchen die alten Stuten zur Führung.«

Ich beeilte mich nun zu versichern:

»Gewiß, Oky, gewiß! Versteht sich von selbst. Morgen früh also los, damit wir schon weit sind, wenn die Fliegen zu stechen anfangen und die Pferde nervös werden. Allein kriegst du den gerissenen Satan mit den Stuten nicht hierher!«

Wir stiegen aus dem Auto und schritten auf Hansteds Haupthaus zu. Oky meinte nachdenklich:

»Ein schönes Pferd, der Fuchshengst. Aber mit seinem Vater, dem alten, braven Spotty, kann ich ihn nicht in eine Koppel tun, er bringt ihn früher oder später um. Ich werde ihn mit ein paar anderen Stuten in der Kälberkoppel bei den Schierlingstannen unterbringen müssen.« Während wir schon ins Haus traten, gab ich zu bedenken: »Wenn er dir nur nicht die Nachzucht verdirbt, Oky! Ich glaube, er ist nicht nur wild, der Hengst. Er hat einen schlechten Charakter.«

»Ach, er sieht so prachtvoll aus, ist absolut fehlerlos, der Bursche. Die Fohlen kommen charakterlich meistens auf den Großvater, und Spotty ist eine Seele von Pferd.«

Lotta hatte das schon mitgehört, während wir uns im Vorraum die Hände wuschen. Sie rief

»Du hast ganz recht, Hans. Der Fuchshengst ist das einzige Pferd, mit dem ich keine Freundschaft schließen kann; er duldet mich nur, und auch das nur widerwillig.«

Oky knurrte:

»Es fehlt gerade noch, die Pferde um Duldung oder Erlaubnis bitten zu müssen, sie zu satteln. Den Fuchshengst habe ich eingebrochen. Mir pariert er, und wenn er es verlernt haben sollte, werde ich's ihm wieder beibringen, goddamned!«

»Wirst du wohl das Fluchen lassen, Oky! Und das in Gegenwart einer Lady! Unmögliche Grobiane, diese Schweden!«

Ich hatte das mit Grabesstimme und feierlich vorgebracht. Lotta, die großen Spaß an solchen Scherzen hat, lachte hellauf. Es ist sicherlich ein sehr kurzweiliges Vergnügen, mit

Lotta verheiratet zu sein; aber man hat dabei jederzeit seinen Mann zu stehen.

Und dann setzten die duftenden Waffeln und – für mich – der Ahornsirup und – für Oky – der gebratene Speck allen weiteren Debatten ein sehr wohlschmeckendes Ende.

Vor Sonnenaufgang am vergangenen Freitag waren wir schon auf dem Wege zum Kutsitsu Lake. Bis zur ersten Brücke über den Klinaklini brauchten wir nur der Nr. 20 zu folgen. Die Pferde mögen die kieselige, steinige Straße nicht besonders, sondern suchen sich lieber, wenn man ihnen den Willen läßt, einen weicheren Pfad auf dem breiten Rodungsstreifen, der die Straße an beiden Seiten begleitet.

Ich ritt die alte, hochbeinige Betsy. Die hat einen schnellen, sehr weichen Schritt, reagiert auf den leisesten Zügelwink und marschiert mit unermüdlicher Ausdauer. Auch ist sie im Urwald stets hellwach, sieht und wittert alles Ungewöhnliche, lange bevor der Reiter es bemerkt. Sumpfige Senken im Gelände geht sie stets mit höchster Vorsicht an, vermeidet sie möglichst. Oky ärgert sich manchmal darüber. Nach seiner Meinung hat ein Pferd zu gehorchen, auch wenn es ihm das Leben kostet. Ich lasse Betsy stets den Willen, wenn es sich darum handelt, in der Wildnis das Mögliche und Unmögliche abzuschätzen, und bin damit immer gut beraten gewesen.

Für den zweiten Tag, wenn wir die entlaufene Rotte würden treiben müssen, trottete locker an meinen Sattel gebunden der schwarzbraune Wallach Quicky hinter mir her, ein wesentlich leichteres Pferd als Betsy, sehr wendig, intelligent, zähe, ein stets williger Galoppierer, ein »cowhorse« ersten Ranges, dabei zutraulich wie ein Hündchen, dem es gar nicht in den Sinn kommt, daß es jemals schlecht behandelt werden könnte.

Oky saß für den Hinmarsch auf der stets ein wenig bockigen und nervösen Lucy, einem Schecken, die beim Marschieren jedem anderen Pferd stets um eine halbe Länge voraus sein will und stets für ein munteres Tempo sorgt. Für den Rückweg hatte sich Oky den äußerst schnellen Wallach Rox mitgenommen, ein hochmütiges, nicht leicht zu behandelndes Pferd, das immer darauf aus ist, seinen eigenen Kopf durchzusetzen. Oky ist der Meinung, daß sich unter seinen fünfzig oder sechzig erwachsenen Pferden kein anderes mit Rox, einem Grauschimmel, messen kann. Oky meint: »Wenn Rox gehorcht, ist er unübertrefflich. Mir gehorcht er. Er ist schneller als Sorrel!« Sorrel, was ja nichts weiter als »Fuchs« bedeutet – auf Pferde bezogen –, das war der Fuchshengst, den wir mit seinem Anhang einzutreiben vorhatten.

Dabei waren alle Vorteile auf unserer Seite. Wir wußten genau, was wir wollten, während Sorrel und die Seinen nicht ahnten, daß sie die goldene Freiheit, die sie den ganzen Winter über genossen hatten, abermals mit Pflichten, Arbeit und Einzäunung vertauschen sollten. Die Menge der Pferde in diesen königlich weiten und noch durch keinen Draht zerstückten Gebieten driftet im späten Herbst von den heimatlichen Gefilden ins Ungewisse, um sich auf eigene Faust bei Kälte, Regen und Schnee irgendwie durchzubringen. Doch mit der Schneeschmelze und dem ersten Grün kehren sie von selbst in die Nähe der Ranch zurück, zu den üppigen Wiesen und lichten Wäldern, wo sie geboren sind. Sie scheinen es auf die Dauer nicht entbehren zu können, gelegentlich eine Handvoll Hafer oder eine Brotkruste aus Lottas oder Okys Hand zu fressen. Sie fühlen sich offenbar zum Haus gehörig.

Was mich anfangs stets wieder verwunderte, war, daß die Tiere im Frühling nach den irgendwo im Schutz der Wälder verbrachten rauhen und armseligen Wintertagen stets wohlgenährt und gut im Stande bei uns auftauchten, eher in besserer Verfassung als die sechs Pferde, die Oky auch den Winter über für alle Fälle in der Hauskoppel behielt und regelmäßig fütterte – das heißt, wir stellten ihnen einen kleinen Heuschober in die Koppel, aus dem sie sich selbst nach Belieben ihr Futter rupften, und boten ihnen als kräftigende Zuspeise in einem offenen Verschlag von Zeit zu Zeit eine nicht kleinlich bemessene Ration Hafer, Mais, Kleie und auch Lecksalz an. Einen Stall sehen die Pferde nie. Ebenso wie das Vieh werden sie irgendwo im Freien, in einer Busch- oder Waldecke geboren und wachsen ebenso unter jeder Art von offenem Himmel heran wie das große Wild der Wälder. Um so mehr kommt es mir oft genug wie ein Wunder vor, wie eng, ich möchte beinahe sagen wie innig sich viele Pferde den Menschen anschließen und auch bereitwillig dienen, wenn sie so verständnisvoll, fest und freundlich eingeschult und behandelt werden wie hier auf Okys und Lottas kleiner, aber höchst angesehener Ranch.

Wir hatten an diesem Tag kein Glück mit dem Wetter. In der Nacht vom Donnerstag zum Freitag hatte sich die kühle, sonnige Frische der ersten Maihälfte lautlos verabschiedet. Es war noch stockdunkel, als wir abritten. Im letzten Augenblick war Lotta noch einmal ins Haus zurückgelaufen und mit einer federleichten Regenhaut aus Kunststoff und einer leichten Zeltbahn zurückgekommen. Die Regenhaut bekam ich hinaufgereicht, denn ich hatte meine hochbeinige Betsy schon erklettert, was ich immer noch aus dem Stand und ohne Fußbank oder Baumstumpf schaffe; Betsy steht allerdings sehr schön still, tanzt nicht umher; sie spreizt die Beine ein wenig und macht sich niedrig.

Die Zeltplane bekam Oky an den Hinterzwiesel seines Sattels gebunden, ohne von Lotta um Erlaubnis gefragt zu werden; er hätte sie nicht erteilt, wie ich ihn kenne. »Sicherlich wird es über Tag regnen oder auch noch schneien. Hängt euch das Zeug um, damit ihr nicht durchweicht. Vielleicht könnt ihr heute abend eure Sachen nicht trocknen.«

»Danke, Lotta!« sagte ich und stopfte mir die dünne Regenhaut in die geräumige Tasche meiner Joppe. Oky erduldete die weibliche Fürsorge ohne Dank oder Anerkennung und knurrte nur:

»Wenn alles glattgeht, sind wir morgen abend wieder da. Aber wenn du schon meinst, daß wir naß werden, dann bring mir lieber das Futteral für das Gewehr; hängt in der Gerätekammer gleich links neben den anderen Gewehren.«

Lotta rannte ins Haus zurück. Goldgelb stand das hohe Viereck der Haustür, vom Licht der Petroleumlampe aus dem Flur gezeichnet, gegen das gestaltlose Dunkel der Nacht. Da war Lotta schon wieder, brachte das Futteral aus Segeltuch. Oky zieht nicht gern ohne Waffe in die Wildnis. Vor Grislys hat auch er Respekt. Ich war wie immer unbewaffnet.

»Danke, Lotta! Auf morgen also!«

Wir wendeten und überließen es den Pferden, den Fahrweg zur Hauptstraße zu finden. Als wir erst in den Wald getaucht waren, umhüllte uns die Finsternis unter dem Gezweig wie ein schwarzes Tuch. Ein Ast streifte mein Gesicht; ich hatte ihn nicht wahrgenommen. Auf Betsy sitzt man sehr hoch im Sattel. Ich hielt mir meinen Hut vors Gesicht, um meine Augen zu schützen. Mein Pferd schritt so sicher und gleichmäßig aus, als trüge es einen Scheinwerfer vor der Brust. Sie müssen sehen können wie Katzen, diese Wildnispferde.

Den ganzen Tag lang, der sich zögernd einstellte, als wir dann die Hauptstraße unter den Hufen hatten, hingen die Wolken wie zum Greifen tief, ohne viel Wind und Bewegung, zuweilen uns mit dichten Nieselschwaden übersprühend. Lottas Zeltbahn und Regenhaut erwiesen sich als Wohltat. Auch Oky gab es zu.

Jenseits der Brücke über den Klinaklini bogen wir von der Nr. 20 fort in den groben Autopfad nach Norden, der zu McKestons Platz führt. Auf einem verwitterten Holzschild waren ein Pfeil und die Worte »Kutsitsu Lake« gerade noch zu erkennen.

Wir redeten nicht viel auf dem langen Ritt, machten auch keine Pause. So paßt es Oky Hansted und mir am besten. Nur wenn es schönes Wetter ist, wir von irgendeiner ordentlich verrichteten Arbeit wieder heimreiten und die Zeit nicht drängt, fängt Oky gewöhnlich an, etwas zu erzählen, meist aus seinen Anfangsjahren in Oklahoma am obersten Cimarron – sie beschäftigen ihn immer noch – oder aus seiner ersten Zeit hier am Pourquoipas-See, als er sich sein kleines Königreich aus dem Busch zu schlagen begann. Er ermuntert mich dann, auch meinerseits etwas zu berichten, möglichst aus der Kriegszeit, der des Ersten oder des Zweiten Weltkrieges. Anscheinend hört er sich diese mehr oder weniger unerfreulichen Geschichten nur an, um hinterher mit einem Kopfschütteln zu bemerken: »Welch ein blutiger Blödsinn das alles gewesen sein muß, Krieg und Bombenterror und Partisanen. Wenn du es nicht wärst, Hans, der das erzählt, ich würde es kaum glauben. Es ist ja fast nicht vorstellbar.«

Ja, hier in der unendlichen Stille, dem ewigen Gleichmut der Wildnis, ist es in der Tat unvorstellbar. Deshalb habe ich mich hier angesiedelt und will nicht mehr woanders sein.

Die Wälder trieften. Den ganzen grauen Tag über wurde es nicht warm. Am Pferdehals vor mir zog die Nieselnässe schwarze, tropfenbreite Rinnsale ins Fell. Die Regenhaut schirmte mich nicht nur gegen die Nässe, sondern auch gegen die Kälte. Von der Hutkrempe goß sich ein kleiner Wassersturz zur Seite, wenn ich von Zeit zu Zeit den Kopf neigte.

Aber mein alter Filz ist so verschwitzt und verharzt, daß er dicht hält. Betsy brauchte nicht angetrieben zu werden. Fünf Schritt vor mir zog Oky auf der gescheckten Lucy zwischen den schwärzlichen Fichtenstämmen dahin, mit Rox, dem Grauschimmel, im Schlepp. Wirklich, wir trödelten nicht. Vielleicht kamen wir bei Jack McKeston unter Dach.

Am Nachmittag trat der Autoweg, dem wir Meile für Meile gefolgt waren, ohne jeden Übergang auf eine weite grüne Lichtung aus, die sich kaum merklich zum Ufer eines großen Sees hinunterneigte. Das nördliche Ufer des Sees, nur schwach erkennbar, lag in der Ferne wie eine dunklere Randleiste auf dem stählernen Grau der Wasserfläche. Zur Rechten, wohl eine halbe Meile entfernt, grenzte Wald die Lichtung ein und drängte bis zum Seeufer vor; dort war ein niedriges Blockhaus zu erkennen. Das mußte McKestons Fishing-Camp sein.

Wo der Weg aus dem Wald in die Lichtung austrat, zügelte Oky sein Pferd. Wir hielten nebeneinander. Oky deutete zu dem fernen Waldstreifen hinüber, an den sich Jacks Hütte anlehnte.

»Hinter dem Waldstück da drüben gibt es noch einige ausgedehnte Seewiesen. Dort müssen unsere Pferde stehen, wenn ich Jack richtig verstanden habe.«

»Willst du sie heute abend noch ausfindig machen, Oky?«

»Ich werde mich hüten. Sie nehmen mich wahrscheinlich eher wahr als ich sie. Der Hengst ist mißtrauisch, ahnt wahrscheinlich, was ihm bevorsteht, treibt und führt die Stuten fünf oder zehn Meilen weiter ab, und wir haben das Nachsehen. Der Hengst wird ohnehin nervös und zornig sein, weil ich mir vorstelle, daß die Stuten jetzt wie unsere anderen Pferde nach Hause drängen, wohin sie gehören. Der Hengst will sich selbständig machen, das ist klar, will aber seine Stuten bei sich behalten.«

All das leuchtete mir ein. Oky kennt sich gründlich aus, was wilde Rinder, Grislys, Elche, Pferde und noch manches andere anbelangt. Auch war es mir ganz angenehm, daß wir nicht noch weiter durch das nasse, hohe Gras zu ziehen brauchten, sondern zunächst in Jack McKestons Hütte Feierabend machen konnten.

Während wir dicht am Waldrand der Autospur weiter folgten und die große Lichtung umritten, erklärte Oky: »Jack McKeston wird noch gar nicht dasein; er wollte noch weiter nach Williams Lake und Quesnel und meinte, er sei vor Sonntag abend nicht zurück. Aber wir sollen es uns bei ihm bequem machen. Die Tür sei nur von außen zugestemmt.«

So simpel und nachbarlich geht es zu in diesem Lande, wo auf alle zehn oder zwanzig oder hundert Meilen ein einziges Menschlein kommt. Von Schlössern und Schlüsseln hält man nicht viel, und die Türen werden nicht gegen die Menschen, sondern lediglich gegen die neugierigen Braunbären, Waschbären, Marder und Eichhörnchen durch einen schräg gegen die Tür gestemmten Stamm gesichert.

Ich wollte noch wissen:

»Hast du schon einen Plan für morgen, Oky?«

»Ja, ich denke, ich reite eine Stunde vor dir und vor Helligkeit westwärts um den See herum. Dann muß ich Sorrel und die Stuten bei erstem Morgengrauen treffen; sie werden nicht weit vom Seeufer stehen und steif sein und verschlafen nach der naßkalten Nacht. Sie werden, wenn ich sie nicht erschrecke – werde mich sehr in acht nehmen –, langsam vor mir herziehen, am Seeufer entlang. Du, Hans, brichst von hier ostwärts um den See auf, wenn es hell geworden ist, weichst aber dem Hengst vom Seeufer weg in die Wälder aus und läßt die Herde vorbei, das heißt, du wendest dann auch und ziehst an der Flanke der Herde auf gleicher Höhe mit ihr mit, damit sie nicht in die Wälder ausweichen kann, vom See weg, wenn der Hengst mißtrauisch werden sollte. Aber ich erwarte das nicht, wenn sie dich nicht vorzeitig zu Gesicht bekommen, sondern dich erst dann gewahr werden, wenn du abseits von ihnen hundert Schritt weiter landein die gleiche Richtung einhältst wie sie selber. Gegen acht oder neun Uhr werden wir sie hier auf dieser Lichtung haben. Dann wird's kritisch. Wir müssen die ganze Bande mit Schwung in die Mündung des Fahrwegs hineintreiben, dort, wo der Weg aus dem Wald auf die Lichtung austritt, dort also, wo wir vorhin angehalten haben. Haben wir den Hengst und die Stuten erst einmal auf dem Fahrweg zwischen den Waldwänden mit ihrem ziemlich dichten Unterholz und den Wurzelstöcken und trockenem Gezweig, das noch vom Wegebau her rechts und links der Straße liegt, ist die Bande erst da einmal richtig im Gang, so haben wir gewonnenes Spiel und bringen sie, wenn wir nur gehörig von rechts und links hinterher drücken, auch auf die Hauptstraße. Und auf der Hauptstraße haben wir sie schon so gut wie zu Hause. Bestimmt wird uns Lotta am Nachmittag entgegenreiten, um zu helfen, wenn nötig.«

Ich gab noch zu bedenken:

»Was hältst du davon, wenn ich morgen früh Betsy und Lucy, die wir morgen nicht reiten, neben der Ausmündung des Weges anbinde, gleich am Anfang, wo der Weg gerade den Wald gewinnt, daß sie also schon fast im Walde stehen. Der Hengst und die anderen Stuten werden sich dann eher dazu verstehen, den Waldweg als Passage und Fluchtweg anzunehmen. Ich steige rechtzeitig ab und binde Betsy und Lucy wieder los. Die beiden ziehen von selber den Weg entlang, den sie hergekommen sind, und halten Hengst und Herde auf der richtigen Straße.«

»Einverstanden, Hans! Das ist ein guter Vorschlag!«

Wir waren vor Jack McKestons geräumiger Hütte angekommen, ließen uns steif aus den Sätteln gleiten und knickten beide ein bißchen in den Knien ein. Die Gelenke sind wie eingerostet nach so langem Ritt, meine wenigstens. Aber auch Oky ächzte vernehmlich nach so vielen Stunden im Sattel bei nasser Kälte. Wir nahmen den Pferden das Zeug ab; sie schüttelten sich und fingen gleich an zu grasen, nachdem wir ihnen die Vorderfüße mit starken Riemen auf etwa einen Fuß Abstand zusammengefesselt hatten, damit sie auf der Lichtung blieben und nicht allzuweit abwanderten. Dann endlich auch für uns: Feierabend!

Ich muß bekennen, daß die fünfunddreißig oder eher vierzig Meilen Ritt durch die rieselnde, nieselnde Feuchte meinen Bedarf an Betätigung für diesen Tag vollständig gedeckt hatten. Ich streckte in der Hütte auf einem flachen, harten Liegestuhl aus blanken Birkenstämmchen alle viere von mir – oder wie anders soll ich das Möbel sonst bezeichnen als Liegestuhl, sicherlich Jack McKestons eigenes Fabrikat. Mochte Oky allein im Kamin und im Herd Feuer anzünden, den Proviant auspacken und für das Abendbrot sorgen. Er tat es auch ganz selbstverständlich.

Draußen schnaubte zuweilen eines unserer Rösser kräftig durch die Nase; die Tiere hielten sich dicht beim Haus, so dicht, daß ich das Mahlen ihrer Kiefer hören konnte, wenn Oky nicht gerade mit der Pfanne klapperte oder das Feuer aufstocherte. Ich schloß die Augen, dachte wie so oft an den Namen meines geliebten Sees, den ihm, wie berichtet, ein verschollener Franzose vom Saguenay oder vom St-Maurice verliehen haben mußte, flüsterte schon halb im Schlaf: »Pourquoi pas! Warum schließlich auch nicht!«

Gewiß um mich zu trösten – war gar nicht nötig! –, sagte Oky nach dem Abendessen eine Stunde später, während in den kleinen Hüttenfenstern schon die Nacht dunkelte – er hatte noch sein Gewehr kontrolliert und durchgesehen –

sauber – trocken – Patrone im Lauf – gesichert? –, wie er es unterwegs des Abends regelmäßig zu tun pflegt:

»Ich bin lausig müde, Hans. Wir haben gestern abend viel zu lange geredet. Wenn du nichts dagegen hast, gehen wir gleich schlafen. Morgen, das wird ein saurer Tag werden.« Ich hatte nicht das geringste dagegen. Wir räumten noch auf, soweit das in Jacks Behausung überhaupt möglich war, stellten uns gebratenes Rindfleisch, einige Stücke Brot und einen Topf Kaffee zum Frühstück bereit. Wir würden uns nicht aufhalten und gar nicht erst Feuer anzünden, sondern gleich in die Hosen fahren. Dann schnell ein paar Bissen Fleisch und Brot in den Mund, ein paar Schlucke Nasses, aufs Pferd und ab!

Wir schürten noch einmal das Feuer im Kamin und legten uns im Raum hinter dem Herd auf die zwei Betten, die Jack im Sommer an Fischer vermietet. Etwas weiter am Ufer hat er noch drei Blockhütten stehen, in denen Familien mit Kindern unterkommen können, Leute aus den Städten allesamt, aus Seattle, Portland, Vancouver, Oregon, und Vancouver, British Columbia, die sich sommers mit frischer Luft vollpumpen wollen.

Ich erwachte noch einmal gegen Mitternacht. Das Feuer war ausgegangen. Ich stand leise auf und zog mir eine Wolljacke über, die ich schon bereitgelegt hatte, genehmigte mir auch noch eine Decke mehr, Okys Atem wehte kaum hörbar, im übrigen war es ungemein still. Das Fensterviereck schien mir heller zu sein als am Abend zuvor. Vielleicht klart es auf, dachte ich noch, und war wieder eingeschlafen.

Das Licht des Sonnabendmorgens zögerte lange, ehe es schließlich durch die tiefhängenden grauen Wolken zur Erde zu sickern begann. Der 15. Mai war angebrochen. Ich werde das Datum schwerlich vergessen. Oky war schon vor vier

Uhr auf, entzündete die Petroleumlampe und stellte sie ins Fenster. Bald darauf wurde das leise Gestapf der Pferde vernehmbar. Das Licht hatte sie angelockt. Ich habe schon oft den Eindruck gehabt, daß die Tiere, wenn sie nicht erschreckt sind oder schlechte Erfahrungen gemacht haben (und davon konnte bei Okys und Lottas Pferden keine Rede sein), nur selten der Neugier widerstehen können, ein wenig zu sehen und zu hören, was bei diesen merkwürdigen Wesen auf zwei Beinen alles vorgeht.

Oky ist morgens nie besonders gut aufgelegt. Er knurrte: »Kannst noch liegenbleiben, Hans. Stehst bloß hier herum und frierst. Du brauchst doch erst eine gute Stunde nach mir aufzubrechen.«

Ich bin im Gegensatz zu Oky und besonders zu Lotta (die für ihr Leben gern morgens lange schläft, wenn sie das vor ihrem Gewissen verantworten kann, was ihr leider nur höchst selten blüht), ich bin morgens geradezu widernatürlich munter. Ich entgegnete also vergnügt:

»Kümmere dich nicht um mich, Oky! Sieh nur zu, daß du bald abreitest. Du wirst in der Dunkelheit nicht schnell vorwärts kommen. Ich habe noch genug zu verrichten, muß die Packsättel fertigmachen für die beiden Pferde, die wir gestern hergeritten haben, und die Tiere zur Mündung des Fahrwegs auf die Lichtung bringen und dort zuverlässig anbinden, dann wieder zurück und um den See herum dir entgegenreiten. Das kostet alles Zeit, und ich hetze nicht gern.«

Als Antwort erhielt ich lediglich ein unverständliches Gebrumm, doch keinen weiteren Widerspruch.

Zehn Minuten später vernahm ich nur noch durch die Tür, die Oky offengelassen hatte, wie er in der Dunkelheit seinen Wallach Rox sattelte und aufzäumte, ständig dabei freundlich mit dem Tier sprechend, gedämpft und vertraulich. Menschen gegenüber ist Oky nicht besonders nachsichtig; ich habe jedoch noch nie erlebt, daß er im Umgang mit Pferden, bei aller Festigkeit, Umsicht und Geduld verliert.

Während ich noch damit beschäftigt war, mir wenigstens der Form halber Gesicht und Hals zu waschen, trat Oky noch einmal ins Haus. Oky griff nach seinem Gewehr, das im Segeltuchfutteral an einem Nagel in den schweren Baumstämmen der Querwand gehangen hatte. Ich sagte:

»Willst du dich wieder damit abschleppen, Oky? Du wirst die Knarre jetzt nicht brauchen. Ich kann sie am Packsattel verstauen.«

Oky, nach der Zwiesprache mit seinem Pferd schon etwas günstigerer Laune, gab zurück:

»Ach, Hans, du wirst das nie lernen! Wir sind hier im Busch und nicht im Stanley-Park von Vancouver. Deine geliebte Wildnis ist mir nur allzugut bekannt. Hundertmal nimmt man den Blunderbuß vergeblich mit, beim hundertundersten Male passiert's, und wenn man ihn dann nicht parat hat, ist man geliefert. Ich weiß schon, was ich tue. Also: in drei Stunden haben wir die Herde hoffentlich schon hier! Mach's gut!«

Ich hörte, wie er sich draußen aufs Pferd schwang, wie Rox ein Tänzchen aufführte, Oky ihn aber bald mit einigen halblauten Rufen versammelte und abtrabte.

Die alte Betsy schaute neugierig zu mir durch die offene Tür herein. Der schöne, große Pferdekopf mit den schwarzen Kugelaugen wendete sich hierhin und dorthin. Die Stute schnob leise durch die Nüstern. Ich sagte:

»Bin gleich soweit, Betsy. Du kriegst dein Stück Brot. Bin sofort fertig.«

Es dauerte eine ganze Weile, ehe ich unsere Decken, sonstiges kleines Gepäck und den Rest des Proviants auf dem Kreuzgestänge der Packsättel zuverlässig verschnürt, die Sättel aufgelegt und festgeschnallt, bis ich den Wallach Quicky für mich gesattelt und gezäumt hatte. Dann sah ich mich noch einmal in der Hütte um, ob wir auch nichts verändert oder vergessen hatten, wodurch sich unser nicht in Erscheinung getretener Gastgeber irritiert fühlen konnte, löschte die Lampe, stemmte von draußen den schweren Baum so gegen die Tür, wie wir ihn vorgefunden hatten, stellte wie stets an solchen Morgen schon nach wenigen Minuten erleichtert fest, daß die vergehende Nacht keineswegs so völlig lichtlos war, wie es von dem erleuchteten Raum aus den Anschein gehabt hatte, bestieg den gleichmütig wartenden Quicky und zog den schwach erkennbaren Fahrweg entlang davon. Die beiden leicht bepackten Pferde, die wir am Tag zuvor geritten hatten, folgten mir an knapper Leine von Sattel zu Halfter und von Sattel zu Halfter.

Es war gar nicht so einfach, die geeigneten Bäume zu finden, die den vielleicht ungeduldig werdenden Pferden standhalten würden. Die Halfter, aus frischem, rohem Rindsleder geschnitten, hatte ich ziemlich fest unter die Pferdekehlen geriemt; sie würden weder reißen noch sich abstreifen lassen; die so gut wie neuen Hanfstricke sollten nicht zu sprengen sein.

Ich band Betsy unmittelbar neben der Stelle fest, wo die Fahrspur aus dem Waldrand auf die Wildwiese bog, Lucy aber weiter waldein, doch so, daß sie von der Wiese her sofort zu erblicken war.

Gut, das war erledigt. Quicky hatte neben Betsy gewartet, ich bestieg ihn von neuem und trabte wieder zu der Hütte zurück, in der wir übernachtet hatten. Zwar herrschte immer noch Dunkelheit, doch verlor sie in sachtem Abschied mehr und mehr an Dichte. So geschieht es stets an solchen Wolkenmorgen. Das Hellwerden stiehlt sich so unmerklich ins Land, daß man es kaum gewahr wird. Bis man dann plötzlich und stets wieder überrascht bemerkt, daß man die Haare in der Mähne seines Pferdes schon unterscheiden kann – der graue Tag ist da wie mit einem lautlosen Paukenschlag.

Ich folgte dem bald nach Norden biegenden Seeufer wie verabredet in etwa hundert Schritt Abstand durch den nicht sehr dichten Wald, der gut zu durchreiten war.

Eine halbe Stunde später stieß ich auf eine andere große Wildwiese, die sich wie ein Viertelmond um eine Bucht des Sees breitete. Das Pferd wäre gern ins Freie getreten; ich bedeutete ihm aber, daß wir uns am Waldrand zu halten und die Lichtung zu umgehen hatten.

Meine Vorsicht bewährte sich eine Viertelstunde später. Ich sah eine Pferdeherde am See entlang auf die Lichtung hinaustraben, anscheinend nicht besonders beunruhigt. Die Pferde verhielten sogar und senkten die Köpfe ins feuchte, üppige Gras. Als letzter kam der Fuchshengst zum Vorschein, den Schwanz aufgestellt wie eine Standarte, ganz Wachsamkeit und gesammelte Kraft. Sorrel, der Hengst, wendete und sicherte zum Walde hin, den er eben verlassen hatte, warf den Kopf auf, schwenkte prachtvoll, trieb wie ein Hütehund seine Stuten und die Jungpferde mit ein paar Bissen zusammen und brachte sie weiter am See entlang auf Trab. Sekunden später tauchte auch Oky aus dem Walde auf und setzte sich ebenfalls in Trab, um hinter Hengst und Herde nicht zurückzufallen.

Ich hatte mich im Schatten der Bäume gehalten; der Hengst Sorrel hatte mich nicht bemerkt. Erst als die abziehende Herde am See entlang in dem Waldriegel verschwunden war, an dessen andere Kante sich Jack McKestons Hütte und die Hauptlichtung mit der Zufahrtsstraße anlehnten, ritt ich für einige Augenblicke ins Freie, winkte, damit Oky erkannte, daß ich die Herde bereits flankierte.

In dem Waldriegel fühlte sich die Herde offenbar wieder sicher, so daß Oky von hinten und ich von der linken Seite dicht aufschließen konnten. Wir drückten jedoch nicht, überließen es vielmehr dem Hengst, seine gar nicht besorgten Stuten durch den Wald und wieder ins Freie zu drängen. In der Nähe von Jacks Hütte erreichten Hengst und Herde, etwa zwei Dutzend Pferde, die Hauptlichtung.

Jetzt ließen wir jede Täuschung fallen, setzten uns von hinten rechts und von hinten links hinter das Pferderudel, wobei Oky etwas kräftiger trieb, um die Herde langsam an den Wald und zur Einmündung des Fahrwegs auf die Lichtung hinüber zu drücken. Hatten wir die Tiere erst einmal im Wald auf die Straße gesetzt, zwischen dem anfangs ziemlich dichten Unterholz, dann brauchten wir nur dichtauf zu bleiben; die Herde würde der Straße folgen; jeden Ausreißer würden wir schnell zur Vernunft bringen.

Die neben der Einmündung der Straße angebundene Betsy wieherte laut, und die etwas weiter waldein wartende Lucy stimmte in den Ruf sofort mit ein. Gute Betsy, dachte ich. Die Stuten kannten sich ja. Die Herde strebte dem Ort zu, wo ich die beiden Pferde als »Lockvögel« an die Leine gelegt hatte.

Der Hengst hatte längst begriffen, was ihm und den Seinen zugedacht war. Wie ein goldbrauner Pfeil mit fliegender Mähne und flatterndem, schlagendem Schweif fuhr er zwischen den Seinen umher und versuchte, sie wieder in den Wald abzudrängen, keineswegs sehr sanft. Doch hatte er keinen Erfolg. Sobald sich drei oder vier Stuten notgedrungen bereit zeigten, vor ihrem zornigen Gebieter in den Wald auszuweichen, warf ich mich dazwischen und jagte die Tiere zurück, während Oky die ganze, allmählich ziemlich aufgeregte Kavalkade unsern beiden Packpferden und der Straßenöffnung entgegendrückte. Der Hengst war nur noch ein geballtes Bündel von Zorn, Verzweiflung und Wut. Das merkte ich wohl. Doch würde er sich damit abzufinden haben, eben Pferd zu sein und dienen zu müssen.

Die Erregung der Herde teilte sich schnell unseren beiden Packpferden mit. Noch einmal wieherte Betsy schrill und schallend, tänzelte um den Baum, an dem ich sie vertäut hatte. Sofort ließ auch Lucy sich vernehmen. Schon hetzten die ersten Stuten in die Straßenöffnung, ein Rudel Jungpferde hinterher, und dann war kein Halten mehr. Nur drei junge Stuten hatte der Hengst Sorrel abzutreiben vermocht. Oky setzte in voller Karriere hinter den Flüchtigen her, überholte sie seitwärts und drehte sie zurück. Der Hengst war rechtzeitig ausgewichen. Um ihn brauchten wir uns nicht zu kümmern. Hatten wir erst alle seine Stuten zum Pourquoipas Lake getrieben, so würde ihn schon zwei oder drei Tage später die Sehnsucht ebenfalls dorthin lenken. Dort konnten wir ihn dann gebührend empfangen.

Jetzt kam es vor allem darauf an, die Stuten Betsy und Lucy loszubinden und mit den drei Jungstuten schleunigst der übrigen Herde hinterherzutreiben. Die beiden erfahrenen Tiere mit den Packsätteln wußten ja, woher sie am Tage zuvor gekommen waren, und würden die übrige Herde auf dem Rückmarsch beisammenhalten. Betsy und Lucy hatten schon allzuoft erlebt, daß sie erst auf der Ranch am Pourquoipas-See von ihren Sätteln befreit wurden. Also stand ihnen dorthin die Nase.

Ich sprang aus dem Sattel, warf den Zügel meines Reittieres über einen Aststumpf, knüpfte Lucy als erste los und schickte sie mit einem Klaps auf die Heimreise. Dann rannte ich zu Betsy am Wiesenrand. Das Tier gebärdete sich gegen seine sonstige Gewohnheit wie verrückt, verlangte danach, sich der auf dem Pfad abtrabenden Herde anzuschließen. Betsy zerrte so heftig am Halfterstrick, daß ich zunächst den Knoten am Baum nicht lösen konnte, so fest hatte sich die Schleife zugezogen.

Vor Ärger und Aufregung hatte ich nicht darauf geachtet,

daß der Kampf zwischen dem auf seinem blitzschnellen Rox unvergleichlich gut berittenen Oky und dem Hengst Sorrel um die drei Jungstuten noch nicht entschieden war. Die drei Jungstuten hatten zwar begriffen, daß es das Sicherste für sie war, der übrigen Herde nachzusetzen. Doch der Hengst trieb sie stets von neuem ab. Oky hatte mit wilden Rufen den Hengst anzugehen, um den Stuten Luft zu verschaffen und die verängstigten Tiere auf den Waldweg zu entlassen.

Das dröhnende Geklopf der Hufe war mir schon ganz nahe. Ich nestelte an dem verwünschten Strick. Der war nicht loszubekommen. Also griff ich mir schließlich den Kopf des Pferdes und löste mit einem Ruck die Schnalle am Halsriemen des Halfters. Der Halfter fiel, und Betsy war frei, segelte sofort den Waldweg entlang davon, plötzlich gar nicht mehr besonders eilig. So, jetzt löste ich den Knoten am Baum in wenigen Sekunden; es wurde nicht mehr an dem Hanfstrick gezerrt. Strick und Halfter durfte ich nicht zurücklassen, dazu waren sie zu wertvoll. Ich wickelte beides zusammen und rannte zu meinem Pferd, um es wieder zu besteigen. Der Wallach zerrte am Zügel und bäumte sich leicht. Es gelang mir nicht gleich, den linken Fuß in den Steigbügel zu bringen. Schon faßte ich ans Sattelhorn und den Schwanzriemen, um mich auch ohne Steigbügel auf den Rücken des Pferdes zu bringen, als ein schriller Ruf Okys mich herumfahren ließ. Im gleichen Augenblick riß der Wallach sich los, sprengte die am Ast hängenden Zügel und jagte davon, nicht aus Furcht vor mir, sondern aus Angst vor dem Hengst.

Der Hengst hatte sich, rasend vor Zorn, auf die Hinterbeine erhoben und griff mich mit schlagenden Vorderhufen an. Seine letzten drei Stuten war er im gleichen Augenblick los; sie fegten an mir vorbei in den Autopfad hinein.

Oky sprengte heran und warf seinen Wallach gegen den Hengst. Doch fing sich das rasende Tier, drehte bei und griff –

kaum glaub' ich's noch, während ich dies schreibe – hoch aufgebäumt den Berittenen an, ein furchtbares Bild unbezähmbaren Jähzorns, elementarer Gewalt. Oky konnte den schlagenden Hufen auf dem funkenschnell reagierenden Rox ausweichen, sprengte beiseite, als wollte er flüchten. Er schrie:

»Halt ihn für ein paar Augenblicke, Hans. Er bringt uns beide um!«

Ich wußte, daß ich zu Fuß so gut wie keine Chance hatte. Aber ich tat, was ich konnte. Oky würde mich keinesfalls im Stich lassen.

Der Hengst stand schon wieder auf den Hinterbeinen und nahm mich an. Ich sprang, mit den Armen fuchtelnd, in die Luft und brüllte ihn an, daß mir fast der Kehlkopf zerbarst. Es wirkte, das Tier erschrak, ließ sich auf alle viere fallen, beschrieb einen Halbkreis, daß die schwarze Erde hinter seinen Hufen hochflog, und war schon wieder da. Als er sich aufbäumte, sprang ich wieder brüllend in die Luft, warf ihm einen Knüppel vor den Bauch, den ich aufgerafft hatte. Wieder der fürchterliche Halbkreis vor mir her und blitzschnell der dritte Angriff.

Ich stolperte über ein Grasbüschel, fiel beinahe vor das Pferd, riß mich aber nochmals hoch und stieß einen Schrei aus, wie ich ihn noch nie von mir gehört hatte. Todesangst? Höchste Verzweiflung? Was weiß ich! Mein halber Fall mochte dem Tier wie ein Gegenangriff vorgekommen sein. Der Hengst kippte fast nach hinten über, fing sich gerade noch und drehte abermals zu einem neuen Halbkreis – seinem letzten, dem allerletzten.

Ein Schuß peitschte von irgendwo sehr nahe. Dem Tier wurden die Beine so plötzlich schwach, daß es schwer zu Boden dröhnte und noch, aus wildestem Galopp gerissen, ein Stück auf dem glatten Wiesengrund weiterrutschte. Sein Kopf sank flach zur Seite. Ein paarmal noch zuckten die schlanken Beine durch die Luft, ganz hilflos schon. Ein paarmal noch versuchte es, den schönen Kopf zu heben. Ein Schauer lief über das goldene Fell Sorrels, des Hengstes. Dann hatte der Tod gesiegt.

Oky kam langsam näher. Das erste, was mir an mir auffiel, war, daß ich einen wie ausgetrockneten Mund hatte. Dann spürte ich, daß mir das Herz wie ein Hammer ging, dann, daß ich in Schweiß gebadet war.

Oky sagte: »Das hätte verdammt schiefgehen können für uns beide. Wenn die Hengste erst diese Sorte von Wahnsinn bekommen, sind sie nicht mehr zu bremsen. Ich mußte erst aus dem Sattel kommen, um schießen zu können. Rox stand natürlich keine Sekunde lang still. Bist du noch heil, Hans?«

»Gerade eben noch, Oky. Es tut mir leid um das schöne Tier.«

»Mir nicht! Ich hätte die Bestie schon vor drei Jahren abschießen sollen, damals, als Sorrel seinen Vater, den alten Spotty, beinahe zuschanden geschlagen hatte. Willst du dich eine Weile ausruhen, Hans?«

»Wird nicht nötig sein, Oky. Leider ist mir mein Wallach ausgebüchst. Wenn wir erst wieder auf dem Marsch sind, habe ich Zeit genug, mich abzuregen.«

»Der Wallach ist nicht weit gekommen; er tritt sich ja ständig auf die Zügel; außerdem ist er mit meinem Rox befreundet, und der ist noch hier.«

So war es. Quicky hatte sich keine hundert Schritt weit auf dem Autopfad entfernt. Er knabberte an den frischen Trieben der Fichten und hatte nichts dagegen, daß ich den gesprengten Zügelriemen wieder knüpfte.

Oky war noch mit dem Leichnam beschäftigt.

»Wir können den Kadaver hier nicht liegen lassen; er verpestet sonst Jack McKestons ganze Gegend. Wir müssen ihn mindestens hundert oder besser zweihundert Schritt weiter am Waldrand entlangschleifen. Die Kojoten und die Geier werden für das weitere sorgen.«

Es war nicht leicht, das tote Tier abzuschleppen. Wir besaßen ja nur einige Riemen und Stricke, die wir nur an unseren Sätteln festmachen konnten. Unsere Pferde mußten also sozusagen mit dem Bauchgurt ziehen.

Aber schließlich schafften wir auch das, stöberten dann unsere Herde im Walde auf, wie sie um Betsy und Lucy friedlich graste, und setzten sie in Marsch.

Kurz vor Dunkelheit hatten wir die Tiere bei uns in der Koppel.

Nur Sorrel, der schöne Fuchshengst, war nicht mehr dabei.

6

Ich sitze an meinem Tisch hinter dem großen Fenster und sehe dem Wolkenspiel zu, da vor mir über dem See, den Wäldern, den Bergen, den Gletschern, ein nie endendes, sich nie wiederholendes, bald grandioses, bald liebenswürdig heiteres Drama, sitze da, bewegungslos, und starre ins Weite und merke erst nach einer Stunde, daß ich mich nicht geregt und natürlich erst recht nichts geschrieben habe. Ich weiß nicht einmal, ob ich in vielen ähnlichen, wie unter einem Bann verbrachten Stunden wenigstens nachdenke; es gäbe ja schrecklich viel, worüber ich nachdenken sollte. –

Aber selbst das erscheint mir müßig. Was nützt alles Nachdenken? An der Vergangenheit ist nichts mehr zu ändern. Schuld bleibt Schuld, und es ist gleichgültig, ob man sie vorsätzlich, nur unvorsichtig öder gar in bester Absicht auf sich geladen hat. Es ist mir auch im Grunde unendlich egal – ich gebrauche dieses schale Wort mit Absicht –, ob mein Sohn Fritze glaubt, mir Vorwürfe machen zu können, vielleicht zu müssen, oder nicht. Was wissen die Späteren davon, wie grausig und zugleich unausweichlich die Gewalten waren, die während des Krieges und der ersten Jahre danach, etwa noch bis 1950, jeden einzelnen gezerrt, gerissen, gemartert haben, wenn er, ohne es aufhalten zu können, in die große Mühle geraten war. Sie ahnen es nicht einmal, die Späteren, die es schon für ein entscheidendes Problem halten, ob sie à la hausse oder à la baisse spekulieren sollen.

Je älter ich werde, desto weniger vermag ich mich des hochmütigen Eindrucks zu erwehren, daß die Majorität der heutigen Leute zunehmend nur noch zweidimensionalen Wesens sind. Von der furchtbaren Tiefe, Hinter- und Abgründigkeit, die das Dasein anzunehmen fähig ist, vermag sie mangels eines geistigen oder seelischen Empfangsorgans nichts mehr wahrzunehmen. Sie haben nichts erlebt, diese Kinder eines nicht von ihnen verdienten Überflusses; sie wissen nichts, geben sich auch keine Mühe, mehr zu wissen, wissen aber auf alle Fälle alles besser! Ach, pourquoi pas! Was rege ich mich auf? Ich bin ja hierher in meine himmlische Einöde ausgewichen, um den ebenso lautstarken wie beinahe erheiternd sterilen Betrieb nicht mehr mit ansehen zu müssen.

Nun gut, ich komme also mit dem Schreiben nicht besonders schnell vorwärts. Wenn ich nicht selbst die Stunden, wie gesagt, vertue und »in meines Nichts durchbohrendes Gefühl« zurücksinke, dann gibt die gute Lotta mir Aufträge, so gestern zum Beispiel, am Dienstag, 18. Mai, den, ihr für den Abend eine anständige Forelle oder einen Hecht aus dem See zu holen. Oky hat für dergleichen Schnickschnack natürlich niemals Zeit und Lotta erst recht nicht. Also bin ich an der Reihe, bin ja schon »auf dem Altenteil«, habe deshalb keine ernst zu nehmende Beschäftigung mehr zu haben, bin also für sozusagen zweit- oder drittrangige Aufträge wie geschaffen. Alle Bauern sind von jeher zutiefst überzeugt, daß nur ihre Arbeit ernst genommen zu werden verdient; bei aller anderen handelt es sich nur um Spielerei oder sogar Tagedieberei, wenn man näher zusieht. Und vielleicht haben sie sogar recht! Die Rancher hier in der westkanadischen Leere sind auch nur Bauern. –

Ich sollte eigentlich mit dem Bericht über Fritzes plötzlichen Besuch bei mir fortfahren, an dem zu schreiben ich vorigen Donnerstag durch Oky und die sich anschließende Fuchshengst-Affäre unterbrochen wurde. Aber ich bin offenbar nicht ohne weiteres dazu in der Lage.

Wenn ich nämlich auch keinen sichtbaren Schaden davongetragen habe, mein karges Frühstück verzehre oder das üppige Abendessen gestern bei Lotta – sie hatte den von mir gefangenen Hecht (Glück muß man haben beim Fischen!) gebacken; er schmeckte vorzüglich trotz seiner zahlreichen Gräten –, wenn ich allem Anschein nach mich genauso wie zuvor von einem Tag in den nächsten schaukle, so hat sich doch irgendwo im geheimen eine Änderung vollzogen. Ich bin wie in einen Dornbusch geworfen. Wie auch immer ich mich bewege, um freizukommen, die Dornen stechen und halten fest.

Ich begegne Oky mit einer versteckten Scheu oder Verlegenheit. Er selber scheint das gleiche zu empfinden, erörtert nur Alltägliches, wenn er nicht vermeiden kann, das Wort an mich zu richten. So während des gestrigen Abendessens. Oky fragte mich, ob ich wieder den kleineren seiner beiden Grasmäher fahren würde, wenn das Gras demnächst schnittreif geworden wäre.

»Versteht sich von selbst, Oky. Wäre dir nur dankbar, wenn du mir einen oder zwei Tage, bevor es losgeht, rechtzeitig Bescheid sagtest, damit ich mich darauf einstellen kann.«

»Hast du so viel zu tun?« fragte er zögernd. Ich, nicht faul, log ihm wacker vor:

»Eine meiner Geldanlagen ist ins Schwimmen geraten. Die Bank hat mir lange Briefe geschrieben deswegen und die Treuhandgesellschaft in Vancouver, die mich ja nicht nur wegen der Steuern berät, ebenfalls. Jetzt bin ich am Rechnen, daß mir der Kopf raucht. Aber das ist sicherlich schon ausgestanden, wenn das Gras soweit ist.«

Sie halten mich für einen unbestimmt reichen Mann, die Hansteds, und sie haben ja nicht ganz unrecht, wenn man nicht gerade phantastische Ansprüche stellt. Aber Sorgen habe ich in diesem Zusammenhang durchaus nicht. Meine Investitionen in Entwicklungsgrundstücken am Stadtrand von Toronto, Calgary und Vancouver sorgen für sich selber. Goldaktien wie Dome Mines, Campbell Red Lake und andere Minenwerte – Kupfer, Nickel, Silber, Asbest – und schließlich das Apartment-House in der besten Gegend von Victoria – damit kann kaum etwas schiefgehen; die Rendite kann ich schwerlich verzehren; sie zahlt die Steuern und summiert sich auf, denn Bargeld brauche ich nicht viel – für Öl, Benzin, Reparaturen, ein paar Anschaffungen ab und zu, Geschenke für die Kinder, Enkel und Freunde, Proviant – soweit ich nicht bei Lotta esse –, Zeitungen, Zeitschriften, Bücher und natürlich die zweitausendvierhundert Dollar im Jahr, die ich den Hansteds an »Platzmiete« für mein Haus, die Garage und überhaupt die Erlaubnis bezahle, mich bei ihnen wie auf eigenem Grund und Boden zu fühlen. Das ist zwar eine sehr reichliche Miete; aber es empfiehlt sich nach meinen Erfahrungen, gerade von guten Freunden keine materielle Begünstigung zu erwarten. Ich habe sie erstens nicht nötig und möchte mich zweitens in dem erfreulichen Bewußtsein wiegen, für die Kosten meiner Unterbringung nicht nur ehrlich, sondern obendrein großzügig geradezustehen.

Oky Hansted beeilte sich also, mir gestern abend zu versichern:

»Hans, wann immer wir dir mit unseren Bitten um Mithilfe auf die Nerven fallen, bitte, geniere dich ja nicht, ›nein‹ zu sagen. Wir vergessen es wirklich nie, daß du nicht mehr der Jüngste bist und daß wir tatsächlich mehr von dir haben als du von uns!«

Natürlich vergessen sie es gelegentlich. Aber wieder einmal: pourquoi pas? Warum auch nicht? Lotta ist fünfundzwanzig Jahre jünger als ich, könnte meine Tochter sein. Ich erwiderte:

»Reden wir nicht davon, Oky. Alles bestens, alles bestens!«

Und danach gab es eine leise peinliche Stille, die Lotta schließlich mit einem ausführlichen Bericht über einen langen Brief ihrer älteren Schwester aus Dalarne in Schweden aufzufangen suchte.

Ich frage mich, warum sich die Beziehung zwischen Oky und mir unter der Schwelle verändert hat, seit er mir – wie auch wahrscheinlich ich ihm – das Leben gerettet hat. Er hat mir nämlich inzwischen erklärt, daß der rasende Hengst ihn angegriffen hätte, nachdem er mich umgebracht oder sich von mir hätte abschrecken lassen. Er, Oky, wäre ja auf einem Gelding, einem Wallach, beritten gewesen, und der Hengst hätte die verschnittenen Tiere von jeher wie die Pest gehaßt. Der Wallach hätte vor Furcht geschlottert, als er ihn mit gröbsten Mitteln gezwungen hatte, gegen den Hengst anzuprellen. Ein zweites Mal wäre das elementar geängstigte Tier nicht dazu zu bewegen gewesen, hätte dann einfach das Gebiß zwischen die Zähne genommen und wäre durchgebrannt.

So war also für Oky nur die Wahl geblieben, abzuspringen und den tödlichen Schuß zu versuchen, wenn es mir gelang, den vor urwildem Zorn schäumenden Sorrel so lange zu beschäftigen.

Okys Hand muß nicht gezittert haben, als er aus zwanzig Meter Entfernung den tödlichen Blattschuß – mitten ins

Herz – anbrachte, als das Tier in voller Karriere zum letzten Angriff einschwenkte, einem Angriff, der wahrscheinlich mein Schicksal besiegelt hätte.

Ich zweifle nicht daran, daß meine narrenhaften Fuchtelsprünge, mein jähes Gebrüll zunächst Okys Leben, dann sein Schuß das meine gerettet hatten. Ich war also ihm, er mir tiefer als je zuvor verbunden.

Ich lege jedoch keinen Wert darauf, mit irgend jemand enger, als sich bisher ergeben hat, verbunden zu sein. Ich möchte meine schwer genug errungene Einsamkeit bei mir selber nicht aufgeben. Und das wenige, was ich noch den Kindern und Enkeln mitzuteilen habe, das soll auf diesen Seiten hinterlassen werden.

Oky spürt sicherlich unbewußt, daß mir seine Lebensretterei nicht ins Konzept paßt. Das ist es, was ihn scheu und verlegen macht.

Ich habe in der Tat, als ich gestern nacht die letzten Zeilen der Hengstgeschichte niedergeschrieben hatte, noch eine lange Zeit vor meinem Schreibtisch gesessen, während mir die unermeßliche Stille drinnen und draußen in den Ohren rauschte, ja, in der Tat, ich habe die Vorstellung nicht verbannen können, daß es kein schlechter Tod gewesen wäre, von den stählernen Hufen dieses herrlich schönen Tieres, dieser gegen den Zugriff des Menschen aufbegehrenden Urgewalt erschlagen zu werden.

Vielleicht ist es das, was den Menschen überhaupt gebührt. Vielleicht beschwören sie es in der frevelhaften Selbstüberhebung, die sie sich bis zur Übelkeit am Baum der Erkenntnis vollfressen läßt, schließlich unvermeidlich herauf.

Natürlich werde ich mich an die Kandare nehmen müssen. Ich werde mit Oky in aller Nüchternheit reden, es zwischen uns quitt sein zu lassen. Keiner hätte sich im andern getäuscht. Sehr gut! Schwamm drüber! –

Schwamm drüber! Aus! Vorbei! Vergessen! Das würde ich am liebsten zu all den alten Geschichten sagen, die Fritze mit seinem Besuch vor zehn Tagen wieder aufgerührt hat.

Auch er ist, und er absichtlich, in mein Haus der Einsamkeit eingebrochen und hat mich gezwungen, Stellung zu nehmen, obgleich ich – wenn ich heute darüber nachdenke – selber wirklich niemals nach meiner Meinung gefragt worden bin, sondern lediglich das Unvermeidbare zu erfüllen hatte.

Ich hätte schon damals, 1926, wissen müssen, daß es unmenschlich war, meiner ersten Frau, Hedda Bennigsen, unser gemeinsames Kind, eben Fritze, abzuzwingen, als wir uns scheiden ließen, mochte ich auch noch so sicher sein, daß Susanne, meine zweite Frau, sich seiner wie eine leibliche Mutter annehmen würde.

Und Susanne und ich hätten uns 1939 nicht von dem Verlangen verführen lassen dürfen, noch einmal Deutschland und die Eltern wiederzusehen. Meine hochgerühmte Intelligenz hätte mir sagen müssen, daß der Krieg jeden Tag hereinbrechen konnte und daß wir keinesfalls die Kinder auf unbestimmte Zeit allein lassen durften. Im geheimen muß Fritze sich damals von uns verlassen gefühlt haben, wenn er auch schon alt genug geworden war, den vernünftigen Erklärungen seines sehr freundlichen und verständnisvollen Pflegevaters, des Pastors Stangel, zu folgen: es sei der Weltkrieg, der ihn, Fritze, und Katlen der Eltern beraubt habe. Vordergründig werden solche Erklärungen anerkannt, aber sie erreichen die Tiefe der kindlichen Seele nicht, wo Verlassenheit, Angst, Enttäuschung nicht zu bewältigen sind und schwer ausrottbare Wurzeln schlagen. Aus dieser dämmrigen Tiefe seines Wesens muß Fritzes fast leidenschaftlich zu nennender Wunsch herstammen, in allen Einzelheiten auszukundschaften, was sich damals während des Krieges mit und an seinen Eltern ereignet hat, warum er vor seiner Pubertät, die er sicherlich nur sehr holprig und qualvoll hinter sich gebracht hat, von Vater und Mutter allein gelassen und auf den guten Pastor verwiesen war, der ihm sicherlich beim besten Willen nur mit Verboten kommen konnte, ach, vor dem man sich mit seinen Fragen und Nöten am liebsten verbarg.

Und dann war die geliebte Mutter nicht wieder aufgetaucht, nur ein verschlossener, in sich gekehrter Vater, dessen Liebe zwar nicht zu bezweifeln war, der aber sonst eher Scheu als Vertrauen erweckte. Ein Vater, der übriggeblieben war, die Schuld dafür zu übernehmen, daß sich die Eltern viele Jahre den Kindern entzogen hatten, daß die Mutter überhaupt nicht wiedergekehrt war.

So versuche ich, mir Fritzes stets insgeheim zwiespältiges Verhalten mir gegenüber begreiflich zu machen. Ich begebe mich damit auf das schlüpfrige und unzuverlässige Parkett der Psychoanalyse, in jedem Fall, wie mir scheint, ein gewagtes Unternehmen – und in dem meinen wahrscheinlich nicht viel mehr als Dilettantismus.

Und nun hat Fritze obendrein entdeckt, daß er gar nicht von meiner Frau Susanne, die das »Logbuch« geschrieben hat, geboren worden ist, sondern daß er von einer anderen, bis dahin nicht einmal geahnten Mutter stammt, von Hedda Bennigsen, meiner ersten Frau, von der ich bald nach Fritzes Geburt geschieden worden bin. Mit dem Menschen, der von frühester Kindheit an für ihn den Namen »Mutter« trug, ist er in Wahrheit mit keinem Tropfen Blut verwandt.

Daß diese neuen Erkenntnisse ihn umgestülpt, unter Umständen verstört haben, es braucht mich nicht zu verwundern. Er kann seinem Schicksal dankbar dafür sein – und ich bin es auch! –, daß er schon während der Studentenzeit dies starke und warme Wesen, seine Tilly, gefunden hat, die ihm die entbehrte Mutter tagein und tagaus, nachtein und nachtaus, zu ersetzen vermag – nicht zu ersetzen, sondern ganz und gar zu sein vermag. Ich danke Gott, daß ich den Instinkt besaß, die Ehe zwischen den beiden von Anfang an zu befürworten, beiden Mut zueinander zu machen, daß ich im übrigen genug Geld besaß, die beiden finanziell zu halten, bis Fritze auf eigenen Füßen stehen konnte – und das konnte er dann schon sehr bald, ganz erstaunlich bald. Er hat mir, was ich weder verlangt noch erwartet habe, die Beträge voll zurückgezahlt, mit denen ich seine Studentenehe möglich gemacht habe. Der versteckte Antrieb dabei mag gewesen sein, daß er sich der Person gegenüber, die er als den Träger der Schuld an seinen seelischen Entbehrungen brauchte, nicht über das Unabweisbare hinaus verpflichtet fühlen wollte.

Vielleicht hängt alles ganz anders zusammen, als ich es eben aufgeschrieben habe. Aber man muß ja versuchen, sich einen etwa einleuchtenden Reim auf die Entwicklungen zu machen, in die man verknotet ist. Ewig im Düstern oder im Halbdunkel umherzutappen, hat mir noch nie behagt und behagt mir auf meine alten Tage weniger denn je.

Wenn ich schon mein Verhältnis zu Fritze hier ein wenig unter die Lupe genommen habe, so will ich auch gleich von meiner Tochter, von Katlen, sprechen. Da ist nichts problematisch, gar nichts, obgleich Katlen weder mein noch Susannes leibliches Kind ist, also keine Spur mit uns verwandt. Es ist schon reichlich verrückt: Fritze kann behaupten, zwei Mütter gehabt zu haben. Aber Katlen ist dem älteren Bruder (der gar kein Bruder ist) noch wesentlich über: sie nämlich vermag mit gutem Recht festzustellen, sogar über drei Väter zu verfügen: ihren leiblichen, in der Eiswüste Zentralalaskas umgekommenen – das hat sich Anfang 1932 ereignet –, dann den alten Hafner, meinen großartigen Partner in der gewagten Spekulation, mit der ich 1932/33 die Grundlage meines heutigen Vermögens legte – auf die kleine Vollwaise hat er alle Zärtlichkeit seines brachliegenden Herzens gerichtet –, und schließlich mich, der mit Susanne zusammen dafür gesorgt hat, daß meines alten Kameraden Kaltenborn hinterlassene Tochter Cathleen – was wir in Katlen verwandelt haben – sich zu einem kanadischen Mädchen aus bürgerlichem Hause entfaltete. Kaltenborn hatte ja dem Kind die abhanden geratene Mutter ersetzen müssen und das mit so viel Liebe, Wärme und Zärtlichkeit vollbracht, daß die Kleine nichts zu entbehren brauchte von dem, was die kleinen Kinder am meisten nötig haben: beschützt sein, geliebt sein, geführt sein. Und dann war Hafner dagewesen, der Bischof Hatton, und dann ich und immer wieder der alte Hafner, der erst nach meiner Rückkehr nach Kanada gestorben ist, über neunzigjährig, aber bis zum Schluß aufrecht, bei klarstem Verstand, streitlustig, spottlustig, spindeldürr, aber zähe irgendwie und unverwüstlich; nur sein Gehör hatte stark nachgelassen. Einen treueren Freund und Partner habe ich nie gehabt und einen geschickteren Verwalter meines, Katlens und Fritzes Vermögens auch nicht.

Fritze hat zwei Mütter entbehren müssen. Katlen aber hat ohne Unterbrechung zwei ganz großartige Väter, ihren eigentlichen, Kaltenborn, und ihren Wahlvater, Hafner, gehabt und schließlich mich als brauchbaren Nachfolger. Ihr Vertrauen in mich ist nie erschüttert worden. Wir lieben uns beide – zärtlich und ganz ohne Umschweife. Heute vormittag (nach meinem deutschen Kalender ist heute, am 20. Mai, Himmelfahrt; aber davon wird ja in Amerika keine Notiz genommen), heute vormittag brachte mir der Frachtfahrer einen Brief von Katlen mit, aus Victoria, wo sie lebt, daß ich für den übernächsten Montag mit einem Besuch von ihr für zwei, drei Tage rechnen könnte, also für Pfingstmontag (aber auch von Pfingsten weiß man in Amerika so gut wie nichts, da es ja nicht zum Anlaß für einen Extrafeiertag genommen wird). Ihr Mann wäre dann auf einer Geschäftsreise in den Staaten, und Harrys (ihres Mannes) Eltern sehnten sich sehr, die kleine Priscilla, genannt Prissy, bisher Katlens einziges Kind, jetzt fünf Jahre alt, für ein paar Tage zu übernehmen, um es einmal nach Herzenslust ohne mütterlichen Einspruch zu verwöhnen. So könnte sie, Katlen, also schnell zwischendurch bei mir ihren töchterlichen Pflichten genügen, dem alten Krauter und Einsiedlerkrebs ein bißchen Leben in die Bude bringen. Das ist so unser Verkehrston. Ich freue mich, daß sie kommt, diese so prächtig geratene Tochter, die bei Licht besehen gar nicht meine Tochter ist – was sie längst und von jeher weiß und was sie nicht im geringsten stört. Katlen steht mir in Wahrheit wesentlich näher als mein echter Sohn Fritze, sosehr ich auch ihn hinter allen Spannungen liebe, sosehr er mir auch in manchen seiner Wesenszüge immer fremd bleiben wird. Wahrscheinlich sind seine Mutter und deren Vorfahren stärker in ihm als ich, sein Vater, und meine Vorfahren.

Fritze hat also das »Logbuch« meiner Susanne durchstöbert – da liegt es vor mir, in Seidenpapier gewickelt, endlich dort, wo es hingehört: bei mir. Ich habe die Stelle schnell gefunden, die allerdings meinen Sohn heftig erschüttert haben muß. Da steht es auf einer der schon leicht vergilbten Seiten – und sonst nichts weiter auf der Seite, von Susanne also als ganz besonders wichtig gekennzeichnet:

»3. April 1928. Tiefentalau.

Heute früh bin ich mit dem kleinen Fritz, Hansens und Hedda Bennigsens Sohn, von Potsdam hierhergereist, um meine Tätigkeit als Sekretärin bei der Baronin Terplitz, meiner Tante, aufzunehmen. Ich war eine Woche in Potsdam, damit der Kleine sich an mich gewöhnen konnte. Vater und

Mutter in Potsdam, Hansens Eltern, waren traurig, das Kind hergeben zu müssen, aber sehr liebevoll zu mir bis zur letzten Minute am Bahnhof. Unterwegs war der Kleine sehr artig. Die Baronin empfing mich auf ihre heitere und burschikose Art: den kleinen Bengel werden wir schon stubenrein kriegen; bei seinem Vater ist das ja schließlich auch gelungen. Ich werde mir alle Mühe geben, dem Kind eine gute und verläßliche Mutter zu sein.«

Mir hätten die Tränen kommen müssen, als ich die Zeilen las, in ihrer zierlichen, völlig schmuck- und schnörkellosen, klaren Handschrift. Sie kamen mir nicht, die Tränen. Ich bin mir jeden Tag und jede Stunde bewußt, was ich mit Susanne verloren habe. Sie spricht jede Nacht mit mir, die Verlorene, aus dem Dunkel, in dem sie weilt, dem Dunkel, das hoffentlich nur für mich und meine diesseitige Enge ein Dunkel ist, für sie aber in Wahrheit ein großes Licht. Die wunderbar einfachen Notizen, die im »Logbuch« im Laufe der Jahre von ihr gesammelt wurden, vermögen der nie unterbrochenen, im vollsten Wortsinn »übersinnlichen« Verbindung nichts hinzuzufügen, was nicht schon vorhanden wäre. Dies »Logbuch« ist also nur wie ein Paar Handschuhe, die sie beim Weggehen liegengelassen, wie ein seidener Schal, den sie beim Abschied für eine begrenzte Spanne Zeit am Kleiderhaken vergessen hat.

Es wird nicht mehr so lange dauern, wie es seit ihrem Weggang schon gedauert hat, und ich werde wieder mit ihr vereint sein – wenn nicht in neuer Gestalt in einer überhöhten, transzendentalen Form der Existenz, einem »Himmel«, einer »besseren Welt«, dann aber auf alle Fälle in der unendlichen Stille und Gestilltheit des Nichtmehrseins, des beschatteten, kühlen Totenlandes. Ich bin mir nicht sicher, welche der beiden Vorstellungen diejenige ist, die ich mir wünsche, wenn Wünsche in diesem Bereich überhaupt Sinn haben.

Die Erkenntnis, daß er seiner geliebten und unvergessenen »Mutter« Sohn gar nicht gewesen ist, daß ihn eine ganz andere, ihm ganz unbekannte Mutter geboren hat, muß meinen Fritze auf seiner Deutschlandreise wie ein jäh aufflammender Scheinwerfer geblendet haben. Er blickte nicht rechts noch links, fragte nicht nach Tilly und den Töchtern, wollte nur Gewißheit haben.

Er flog nach Berlin. Die standesamtlichen Aufzeichnungen hatten erstaunlicherweise die Brände Berlins überlebt. Seinen Geburtstag kannte er ja, den Namen seines Vaters und nun auch seiner Mutter ebenfalls. Im dritten der Bezirksämter, das er aufsuchte, dem Amt Tiergarten – nach Wilmersdorf und Charlottenburg –, fand er die Eintragung, die ihm jene im »Logbuch« vorgefundene Notiz sozusagen amtlich bestätigte: er war am 18. September 1926 als Sohn des Hans Radmacher und seiner Frau Hedda, geborene Bennigsen, auf die Welt gekommen und gewissenhaft nach deutscher Manier mit den Vornamen Fritz, Philipp registriert worden.

Er fragte sich: Wer ist Hedda Bennigsen? Wer ist meines Vaters erste Frau, von der ich nie etwas gehört habe? Warum hat mir Vater nie davon berichtet, sondern mich bis zum heutigen Tage, bis in dieses Jahr 1971, in dem ich fünfundvierzig Jahre alt werde, in Unkenntnis darüber gelassen, daß »Mutter« gar nicht meine Mutter war? Wer ist Hedda Bennigsen? Ich habe es Fritze angemerkt, wie heftig ihn diese und hundert weitere Fragen bestürmt haben müssen. Am späten Nachmittag des vorvorigen Sonntags, am 9. Mai, saßen wir hier in diesem Zimmer, am Kamin da drüben – ich hatte ein Feuer entfacht, um eines nicht zu unterdrückenden Fröstelns Herr zu werden –, tranken Brandy mit Maß, sehr mit Maß, zwischendurch. Fritze war nicht zu bremsen. Er redete alles aus sich heraus. Endlich, endlich! Endlich konnten wir wie zwei Männer gleichen Alters auf gleicher Ebene miteinander reden, ohne Unterschied der Jahre oder der Abhängigkeiten. Ich habe nur dagesessen und zugehört. Alles, was ich zu hören bekam, war mir neu.

Die richtige Fährte hat Fritze aufnehmen können, als er im »Logbuch«, allerdings gar nicht hervorgehoben, unter dem 10. April 1928 eine Notiz entdeckte:

»Ich las zufällig im ›Berliner Tageblatt‹, daß Hedda Bennigsen in Berlin-Wannsee wieder geheiratet hat. Ihr zweiter Mann ist ein Bankier David Nördlinger.«

Das war ein sehr deutlicher Hinweis, und Fritze ist ihm mit all seiner sich nie geschlagen gebenden Energie gefolgt: bei den Einwohnermeldeämtern, beim Roten Kreuz und bei Vermißtenzentralen verschiedenen Hintergrunds. Ich kenn mich in diesen Bezeichnungen nicht aus; er hatte sie bei seinem Besuch alle bei der Hand.

Die Feststellungen Fritzes sind folgendermaßen kurz zusammenzufassen:

David Nördlinger hat es Ende 1933 vorgezogen, nach London überzusiedeln. Dort ist er 1959 im Alter von 62 Jahren gestorben.

Die Ehe mit Hedda scheint nicht viel Tiefgang gehabt zu haben, denn Hedda hat ihren Mann allein nach England ziehen lassen.

Wirtschaftlich scheint es Hedda bis zum Schluß nicht schlecht gegangen zu sein, denn sie hat ihre Wohnung am Oberen Hohenzollerndamm bis zuletzt innegehabt.

Dies »zuletzt« bestand darin, daß Hedda im Herbst 1943 von der Gestapo verhaftet und abtransportiert worden ist. Weder das Datum noch der genaue Grund ist noch festzustellen gewesen; nur vage Vermutungen sind möglich.

1953 hat Heddas zweiter Mann im Rahmen seiner Wiedergutmachungsansprüche Hedda für tot erklären lassen, damit das Vermögen seiner von ihm nicht geschiedenen Frau auf ihn übergehen konnte.

Von Hedda Bennigsen ist nie wieder ein Zeichen, eine Spur oder auch eine Ahnung aufgetaucht. –

Fritze ist offenbar gar nicht auf den Gedanken gekommen, daß das Vermögen seiner Mutter wohl eigentlich ihm zugestanden hätte; wenn doch, so hat er sich gesagt, daß nichts davon wiederzugewinnen sein würde. Wir haben lange geredet, Fritze und ich. Die Trauer verband uns schließlich auf merkwürdige Weise, wie zwei Schiffbrüchige sich verbunden und aufeinander bezogen fühlen mögen, wenn das Unheil sie an den gleichen öden Strand verschlagen hat.

Aber am Schluß, als wir schon an seinem Auto standen, versetzte er mir doch noch einen Stoß vor die Brust, der mich noch lange schmerzen wird, obgleich das kaum in seiner Absicht gelegen hat, vielleicht nur traurig-ironisch gemeint war:

»Eine von meinen beiden Müttern, Vater, hättest du mir wenigstens heimbringen können, wenigstens eine!«

Dann saß er am Steuer, winkte noch einmal, blendete die Scheinwerfer auf und rollte langsam durch die Nacht davon, am Waldrand entlang, ließ Hansteds Anwesen für ein paar Sekunden aufleuchten, tauchte nach rechts in den Fichtenhorst und war weg.

Damit hatte jener Sonntag, der neunte Mai, endlich sein Ende gefunden, ein bedrückendes Ende.

7

Auf dem Kalender steht Freitag, der 21. Mai 1971. Es ist also erst eine Woche her, daß ich mit Oky zusammen in der dunklen, feuchten Frühe losritt, um den Fuchshengst Sorrel und seine Herde einzutreiben, eine Woche erst – und dünkt mich schon wie seit zehn Jahren vergangen. Dabei wird die schöne, vor sieben Tagen im Glanz ihres goldbraunen Fells vor heißer Kraft und inbrünstigem Stolz schier berstende Kreatur noch nicht einmal völlig gefressen und beseitigt sein. Die Kojoten und die Geier werden es wohl kaum noch der Mühe für wert halten, zu dem Kadaver zurückzukehren, vielleicht noch die Racoons oder die Porcupines. Wahrscheinlich aber sind schon die Ameisen dabei, das Skelett schön weiß und trocken zu nagen. Ein Jammer das Ganze, wie dergleichen stets!

Hätte mich der Hengst Sorrel allein zum Gegner gehabt, so wäre jetzt ich in einen Madenfraß verwandelt, und das herrliche Tier trabte noch über die Wildwiesen, mit wehender Mähne, und der goldene Schweif flatterte gleich einer Standarte hinter ihm her. Sorrel würde noch immer wie ein gefiederter Pfeil dahinfegen und eifersüchtig seine Stuten hüten. Es war, wie es immer ist, nur eines von zwei Leben konnte übrigbleiben. Der Hengst hat den kürzeren gezogen, ich bin noch vorhanden, weiß aber seitdem ganz hinten irgendwo, wo keiner hinblickt, daß auch mir irgendwann bestimmt ist, den kürzeren zu ziehen. Fritze ist wohl zu nüchtern und auch zu anständig dazu, mir eine Schuld zuzusprechen, an der ich, soweit man das von menschlichen, stets allzu menschlichen Menschen sagen kann, unschuldig bin. Daß ich ihm eine von seinen zwei Müttern hätte mitbringen sollen, ist gewiß wahr. Daß ich ihm keine heimbringen konnte, wird er mir vielleicht zubilligen. Dabei denkt er sicherlich nur an seine zweite Mutter, die ihn geliebt hat und der er in kindlicher, schon früh auch männlich-kindlicher Liebe ergeben war. Seine leibliche Mutter wird ihm stets ein Schemen und unwirklich bleiben müssen.

Fritze hat gewagt, mich danach zu fragen, warum ich mich

von seiner Mutter habe scheiden lassen – und sie sich von mir. Ich habe darauf geantwortet:

»Ich glaube nicht, mein Junge, daß ich den Wunsch habe, dir die komplizierten Umstände aus einer Zeit vor vierzig oder mehr Jahren auseinanderzufalten. Ich würde es auch gar nicht mehr zustande bringen; es ist zu lange her, und ich habe auch nie mehr das Verlangen gehabt, die Geschehnisse aus meinem Gedächtnis hervorzugraben. Ich kann dir nur versichern, daß deine leibliche Mutter, als wir uns trennten, mir das Recht auf dich mit aller Entschiedenheit übertragen und dann mit der gleichen kompromißlosen Konsequenz, deren auch du fähig bist, den Schlußstrich gezogen hat. Es ist mir danach nie mehr in den Sinn gekommen, den getrennten Faden wieder zu knüpfen. Unsere Trennung und totale Entfremdung waren unwiderruflich.«

Fritze hat diese Erklärung hingenommen. Er begriff, daß er kein Wort weiter erfahren würde.

Aber hätte ich Fritzes zweite Mutter retten können, meine Susanne?

Ich sehe ein, daß ich das erörtern, daß ich den Weggang Susannes genau beschreiben muß, damit mein Sohn, wenn ich gestorben bin, nicht für den Rest seines Lebens mit diesem ewigen Fragezeichen umherlaufen muß – gebrandmarkt mit solchem Fragezeichen, wie er es empfinden, wie es ihm auf die Dauer vielleicht das Verhältnis zu seiner Tilly vergiften würde. So etwas heraufzubeschwören, wenn auch nur als Möglichkeit, darf ich nicht riskieren. Es geistert ohnehin zuviel herrenlose Schuld in der Gegend umher und sucht, wen sie verschlinge. –

Ich hatte mit meinem Schlitten als letzter den Hof von Tiefentalau verlassen, damals, 1945, am 22. Januar. Wir hatten keine Vorstellung davon, daß andere Trecks schon viele

Wochen früher nach Westen aufgebrochen waren, daß wir nur noch im Kielwasser des großen Flüchtlingsstromes schwammen. Aber bei uns war ja immer noch alles ruhig gewesen. Die Baronin hatte mir seit Wochen klarzumachen versucht, daß sie vorläufig ihre Leute nicht zum Abrücken bewegen konnte. Auf keinen Fall wollte sie allein ihr Heil in der Flucht nach Westen suchen. Sie würde die angestammte Heimat nur mit ihren Leuten zusammen verlassen – oder gar nicht. Ich war längst sehr nervös geworden. Doch hatte ich sehr vorsichtig zu sein; Susanne und ich waren »Angehörige von Feindstaaten«, wenn auch als ehemalige Deutsche und nun Kanadier gewissermaßen bevorzugte. Die Baronin hatte zu Beginn des Krieges gegenüber den deutschen Behörden des neuerstandenen Warthegaus die Garantie für uns übernommen. Wir waren sozusagen auf Tiefentalau als »feindliche Ausländer« von der herannahenden deutschen Wehrmacht überrascht und festgesetzt – schließlich auf Betreiben der nun nicht mehr polnischen, sondern wieder deutschen Baronin – sie ließ weitverzweigte Beziehungen spielen – ihr als Arbeitskräfte zugewiesen und auf Tiefentalau »interniert« worden.

Es geschah also, was ich gefürchtet hatte: wir zogen erst aus Tiefentalau ab, als es schon zu spät war. Ich war dafür gewesen, trotz der obrigkeitlichen Warnungen, in denen die Flucht nach Westen mit Hoch- und Landesverrat gleichgesetzt wurde, auf die Wanderschaft zu gehen, um, wenn schon das Ende gekommen war (was ich nicht mehr bezweifelte), lieber den Amerikanern, Kanadiern, Briten in die Arme zu laufen, als mich von den Russen »überrollen« zu lassen, wie der schreckliche Fachausdruck lautete. Unmöglich wäre es gewesen, auf eigene Faust mit Susanne und dem Kinde, unserem kleinen, Ende Januar 1940 auf Tiefentalau geborenen Söhnchen Erik, die Flucht nach Westen zu probieren. (Erik – wir hatten einen im Deutschen wie im Englischen gleich mühelos auszusprechenden Namen gewählt.) Wir wären im Zuge kontrolliert oder auf der Landstraße angehalten worden. Seit immer deutlicher erkennbar wurde, daß nur noch ein Wunder den hitlerschen Turmbau zu Babel vor der Katastrophe retten konnte, war jeder Mann verdächtig, der in wehrfähigem Alter stand, unversehrt schien und Zivil trug. Die drei Kennzeichen trafen auf mich zu. Wir wären spätestens in Schneidemühl oder Landsberg »geschnappt« worden. Was dann mit Susanne und dem Kinde geschehen würde, war vollkommen unberechenbar. Wenn wir durchkommen wollten, so konnte dies nur im Gefolge der Tiefentalauer geschehen. –

(Wenn ich die letzten zwei Seiten noch einmal überfliege, so wird mir klar: was eine Schilderung des Ablaufs der damaligen Ereignisse werden sollte, verwandelt sich unmerklich schon am Anfang in den Versuch einer Rechtfertigung. Rechtfertigung vor wem? Vor meinen Kindern, denen ich die Mutter und das Brüderchen nicht wieder heimgebracht habe. Die Kinder und Enkel sollen die Wahrheit erfahren. Will ich also das »Logbuch« fortsetzen, das Susanne hinterlassen hat? Sicherlich, auch das! Aber vor allen Dingen argwöhne ich, daß ich mich abschließend vor mir selbst, daß ich mich vor einem imaginären Obersten Richter rechtfertigen will. Vielleicht ist er ja gar nicht imaginär, so nur in meiner Vorstellung bestehend, so »als ob« es ihn gäbe nur. Man kann auch von »Gewissen« reden – und das ist nicht imaginär –, davon weiß ich ein Lied mit vielen Strophen zu singen.)

Erst der Kanonendonner in der Ferne – ich sagte es schon – hatte die Tiefentalauer sehr plötzlich und unüberhörbar darüber belehrt, daß der Krieg, den sie bis dahin in ihrer Abgelegenheit mehr oder weniger nur vom Hörensagen gekannt hatten, sich mit Raubtiergrollen auch über ihren engen Horizont heraufschob.

Außer den Ihlenbachs hatten alle eingewilligt, die Heimat

zu verlassen und mit Sack und Pack nach Westen auszuweichen, alle: die mit deutschen, die mit polonisierten, die mit zweifellos polnischen Familiennamen, auch jene also, die schon vor dem Ersten Weltkrieg zu Hause Polnisch gesprochen hatten. Ich war dabei, als die Baronin den Schmied des Gutes, den strohblonden, riesigen Jan Kandzidulsky, fragte:

»Du willst mit uns nach Westen ziehen, Jan, nach Deutschland, jetzt, da dies Land die polnischen Truppen mit den Russen wiedersehen wird? Das sind doch deine Leute, Jan! Willst du mit der Familie nicht lieber hier bleiben, wo du zu Hause bist?«

Jan zerknitterte verlegen das Gesicht. Mit dem Schmiedehammer war er unvorstellbar geschickt im Feinen wie im Groben, aber mit Worten durchaus nicht, schon gar nicht mit deutschen. Er druckste schließlich heraus:

»Wie bei gnädigste Baronin wir gelebt haben, weiß ich woll. Wie bei Russen sein wird, wer weiß –? Gnädigste Baronin hat immer für mir gutgesagt, wenn Polizist kam, mich abholen. Wer wird gutsagen bei Russen? Ich gehen mit gnädigste Baronin.«

In den ungefügen Worten hatte die ewige hilflose Misere der kleinen Leute, des ewigen Schmier- und Heizmittels, der ewigen Opfer der Geschichte unmittelbarer Gestalt angenommen als in irgendeiner anspruchsvollen soziologischen Untersuchung. Jan hat wie ein Berserker geschuftet, Wagen und Schlitten für die lange Winterreise ins Ungewisse so gut wie möglich auszurüsten. Jan ist dann einer der wenigen gewesen, die durchgekommen sind. Ihn und den Vater seiner Frau, Anton Leszinski, der auf Tiefentalau Gespannführer gewesen war, habe ich Anfang 1948 durch blinden Zufall auf dem Hauptbahnhof in Frankfurt wiedergetroffen; es ging ihnen für die damalige Elendszeit erstaunlich gut. Sie hatten rechtzeitig erkannt, daß sie als »verschleppte Polen«

im besiegten Deutschland wesentlich besser fuhren, als wenn sie sich auf ihre ehemalige deutsche Staatsangehörigkeit (vor 1919) beriefen. Sie waren zu »displaced persons« erklärt, von der amerikanischen Besatzungsmacht mit vielen kostbaren Bescheinigungen und Stempeln ausgestattet worden und nun drauf und dran, nach Australien auszuwandern. Diesen beiden verdanke ich viel von dem, was ich über die Katastrophe des Tiefentalauer Trecks – soweit ich sie nicht selbst miterlebt habe – zu berichten weiß.

Es dauerte eine gute Stunde, ehe wir den Treck eingeholt hatten – und das, obgleich unser Schlitten mit der wohl in Stroh und Decken verpackten Susanne und dem Kinde und unserem recht geringen Gepäck überhaupt keine Last bedeutete für die zwei kräftigen Braunen, die ich mir ausgesucht hatte. Der Himmel versprach mehr Schnee, war von einem sanften Grau gepolstert. Doch machte der schon gefallene makellose Schnee den Tag sehr hell.

Die Pferde zeigten sich munter, beinahe übermütig; sie waren gut im Futter und hatten lange gestanden. Nun konnten sie endlich die Glieder bewegen. Es machte ihnen sichtlich Spaß, den Schlitten mit Frau und Kind in schlankem Trab aus der weiten, flachen Senke, dem »tiefen Tal« von Tiefentalau (in der polnischen Zeit hatte es Wirkoczszin geheißen), auf die Höhe, die Kante des Talkessels hinaufzuziehen, wo der Wald seinen Anfang nahm, der Wald, der noch meilenweit zu dem großen Rittergut gehörte und wie ein schützender Wall die weite Tiefentalauer Lichtung umgab, mit den Feldern, Wiesen, Brachen, dem ganzen in seinen alten Park gebetteten Anwesen des Terplitzschen Besitzes, dem »Großen Haus«, den kleineren des Gutsinspektors (dort hatten wir gewohnt), des Gärtners, Schmieds, Stellmachers, Obermelkers und der Gespannführer und weiteren Dienstleute. Dazu die Ställe, Scheunen, Werkstätten im weiten Viereck um den Haupthof, die Viehkoppeln, die Strohschober, die kleinen und großen Obst- und Gemüsegärten des Haupthauses und der Leute. Eine kleine, aber weithin selbstgenügsame Welt, so hatte die große Land- und Waldwirtschaft sicher in sich geruht.

Susanne rief mir zu: »Hans, halte noch einmal an, damit wir einen letzten Blick zurückwerfen. Wir holen die andern schon bald ein.«

Wenn sie dergleichen wünschte, so war es immer das Richtige. Danach brauchte ich nicht mehr zu fragen. Ich zügelte die Pferde und lenkte sie quer über den breiten Fahrweg nach links, so daß auch der Schlitten quer darauf zu stehen kam. So konnten wir drei über die linke Schulter auf das verlassene Tiefentalau hinunterblicken. Der kleine Erik war sehr still, blickte gleich uns aus seiner warmen Schafpelzhülle ins Tal hinunter, an seine Mutter geschmiegt, spürte sicherlich, daß sich in diesen lautlosen Minuten ein schrecklich endgültiger Abschied vollzog.

Kein Rauch stieg mehr aus irgendeinem Schornstein. Kein Zeichen menschlichen Lebens mehr irgendwo in der Siedlung hinter uns, in der weiten, weißen, kalten Schüssel des Talgrundes. Das Rindvieh in den Ställen hatten wir von den Ketten gelöst, hatten die Stalltüren weit offengelassen. Doch waren die Tiere am Morgen noch in der gewohnten Weise gefüttert worden und hatten den Weg in die ungewohnte Freiheit noch nicht entdeckt. Den größten Teil der Schweine hatte ich schon zu Beginn des Winters verkauft, was ganz im Sinne der Baronin gewesen war. Die restlichen hatten wir in den letzten Tagen in großer Hast geschlachtet. Jeder Schlitten und jeder Wagen des Trecks führte mindestens ein halbes Schwein, dazu Speckseiten, Würste, Schmalz, Schinken mit in die Verbannung. »Verbannung«, das Wort ist mir eben nur herausgerutscht – aber es trifft die Situation genau: wir zogen aus dem Frieden und der Sicherheit des Tals und seiner, nun unter schneeigem Trauerleinen versteckten »grünen Aue« in eine vollständig ungewisse Verbannung. Das galt auch für uns, die wir hier im Polnischen, der ehemals deutschen Heimat, vom Kriege überrascht worden waren. Weder die Baronin noch wir, die Leute mit kanadischem Paß, nur »auf Besuch«, hatten damals daran geglaubt, daß der Wahnsinnige in Berlin wirklich marschieren würde. Wir hatten angenommen, daß er wieder nur, wie schon mehr als einmal zuvor, zu bluffen vorhatte und mit solchem Bluff abermals sein Ziel erreichen würde. Wir hatten, wie ich heute längst begriffen habe, einfach nicht an Krieg glauben wollen, wobei der Ton auf »wollen« liegt; hatten nicht daran geglaubt, daß irgendwer es wagen würde, dem deutschen Volk nach dem noch unverwundenen Ersten Weltkrieg abermals ein so entsetzliches Risiko aufzubürden. Aber wer allzu lange oder allzu sicher über politische Macht verfügt, fällt der Hybris anheim, verliert Maß und Ziel und den Instinkt dafür, was Gut und Böse ist.

Wenn ich hier an meinem Schreibtisch über dem See Pourquoipas im wilden Herzen British Columbias sitze und die Augen schließe, so vermag ich mir auch heute noch, am 22. Mai 1971, den Klang jener Worte heraufzubeschwören, die Susanne damals aussprach, während ihre in einem dicken Fausthandschuh steckende Hand sich um des kleinen Erik Schulter legte:

»Tiefentalau, Hans, Tiefentalau, unser Nothafen in den letzten fünf bösen Jahren. Wir werden ihn niemals wiedersehen, niemals –!«

Ich schwenkte härter, als es sonst meine Art war, die Pferde wieder in die Wagen- und Schlittenspuren zurück, die vor uns in wirrem Geschlängel in den Wald hineinwiesen. Weiter! Wir mußten den Anschluß an die übrigen gewinnen. In wenigen Sekunden war es hinter uns versunken und verschwunden, das schöne Tiefentalau, schon zur Zerstörung verurteilt.

Der Schlitten glitt leicht und schnell über die von dem Treck vor uns festgefahrene Bahn. Die Hufe der Pferde warfen manchmal Schneeklümpchen auf, die mir auf meinem Kutscherbrett gegen die Knie oder auf die Brust flogen. Aber der Schnee war in der bitteren Kälte ganz trocken und klebte nicht fest. Es herrschte Windstille: doch schuf die eilige Fahrt sich ihre eigene Luftbewegung, so daß die Kälte mir Backen und Ohren zerbiß.

»Hüllt euch den Kopf ganz ein!« riet ich Susanne.

Schließlich hatten wir die breite Waldbarriere durchquert, die den Tiefentalauer Bezirk von der Nachbargemarkung in Richtung Prust und Zempelburg trennte. Am Ende einer flachen Kurve trat die Straße aus den Kiefern heraus, um sich von dem Landrücken, der den Wald trug, wieder sachte abwärts zu senken.

»Da sind sie!« rief ich. Susanne steckte ihren Kopf aus den Hüllen, und auch der Kleine wollte wissen, was sich Neues anbot.

Auf der weiten, vor uns sanft sich fortneigenden Ebene zogen die Gefährte des Trecks im Gänsemarsch nach Westnordwest. Ein kleiner Schlitten fuhr voraus. Das war der der Baronin. Ihm folgten in unregelmäßig kurzen Abständen die wohl fünfundzwanzig oder dreißig Schlitten und Wagen der anderen Tiefentalauer, insgesamt an die hundert Menschen. Spielzeugklein, schwärzlich gegen den weißen Schnee, wanderte die magere Raupe des Trecks durch die leblose Winteröde, langsam kriechend, wie es mir aus der Ferne erschien, kaum vom Fleck kommend. Aber das war eine Täuschung. Wir hatten noch gut eine halbe Stunde scharf zu fahren, ehe wir uns dem letzten knarrenden Leiterwagen des Trecks wirklich auf Rufweite genähert hatten.

Alle zwei bis drei Stunden ließ die Baronin einmal für zwanzig Minuten haltmachen. Die Pferde hatten ihren Übermut vom Vormittag längst vergessen; wenn sie standen, dampften sie in der kalten, reglosen Luft.

Beim zweiten dieser Aufenthalte, als schon die Dämmerung aus den uns stets begleitenden Waldrändern herausschlich, schob ich mich mit meinem Schlitten an dem übrigen Treck vorbei nach vorn, um zu erfahren, ob die Baronin einen Plan für die Nacht gefaßt hatte.

Ich stand neben der Baronin im Schnee. Ihr Schlitten, der einzige richtige Kutsch-Schlitten im ganzen Zuge mit Wieczorrek hinten auf dem erhöhten schmalen Kutschbock, mit Stepan Wieczorrek übrigens, dem ältesten Sohn vom alten Wieczorrek, den ich noch in den Jahren des Ersten Weltkriegs gekannt habe. Stepan war im zweiten Kriegsjahr, das heißt 1941, zur Waffen-SS eingezogen worden, aber schon im dritten ohne rechten Fuß wieder zurückgekommen, um an die Stelle seines uralt verstorbenen Vaters zu treten. Stepan nestelte am Geschirr des Handpferdes, wo offenbar ein Riemen sich mit einem andern verheddert hatte.

»Ist es nicht unheimlich, Hans?« fragte die Baronin mit gedämpfter Stimme. »Seit wir heute um zehn abgezogen sind von Tiefentalau, sind wir noch keiner Menschenseele begegnet. Nichts ist zu hören, das ganze Land ist wie tot.«

»Wenn wir auf der Hauptstraße nach Prust oder Zempelburg gefahren wären, würden wir wohl Menschen getroffen haben. Aber da wir die größeren Siedlungen alle im großen Bogen umgehen – was ich für sehr ratsam halte –, treffen wir niemanden.«

»Die beiden kleinen Dörfer, die wir durchfahren haben,

Gumbin und Dobrinkowo, waren vollkommen leer, Hans; bloß die Katzen sind dageblieben.«

»Nicht ganz, Baronin. Ich als letzter im Treck habe es beobachtet – aus den Augenwinkeln, und wenn ich mich beim Verlassen der Dörfer plötzlich umsah: es waren noch Leute in den Häusern; sie haben sich uns nur nicht gezeigt. Sie waren mißtrauisch und werden uns vielleicht nicht erkannt haben. Machten wahrscheinlich drei Kreuze hinter uns her, als wir ihnen, so viele Menschen, nicht in die Häuser gefallen waren!«

»Ist es nicht schrecklich und sogar unwirklich, Hans? Wir ziehen wie durch ein totes Land und ein zugleich ganz und gar feindliches. Hätten wir nicht doch daheim bleiben sollen, ganz gleich, was kommt?«

Ich blickte in das geliebte Gesicht dieser in den letzten Jahren sehr gealterten Frau unter der schweren, fast übergroßen Pelzkappe. Von ihr hatten Susanne und ich immer nur Gutes erfahren, ohne daß wir je Gelegenheit gehabt hätten, unseren vollen Dank abzustatten. Sie hatte die zweite Hälfte der Sechziger längst erreicht. Eine namenlose Müdigkeit und Abspannung lagerten um ihre Augen; um ihre Mundwinkel schien sich eine Trauer eingenistet zu haben, die nie mehr weichen wollte. Sie war, seit der Beschluß zu fliehen festgestanden hatte, unmerklich, aber unwiderruflich eine andere geworden, war nicht mehr die sichere, befehlsgewohnte Gutsherrin, ergab sich seltsam ungewissen Stimmungen, war mit einmal eine alte Frau. Ich erwiderte:

»Die Leute wären mit Ihnen in Tiefentalau geblieben, Baronin, gewiß. Als Sie aber das Zeichen gaben, sind sie mit Ihnen abgezogen.«

»Die Leute, ja, ja, so ist es. Ich konnte sie nicht im Stich lassen. Ich mußte ihnen die Chance geben, sich in Sicherheit zu bringen. Die Leute läßt man nicht im Stich.«

Sie sagte das nicht etwa fest und bestimmt, wie man denken könnte, wenn man die Worte nur geschrieben sieht. Sie sagte es leise, zögernd, ungewiß. –

Hinter uns auf der verschneiten Straße die Kette von Menschen und bespannten Gefährten; die Männer in den langen Schaffellmänteln, die unförmig vermummten Frauen waren abgestiegen und stapften schwerfällig hin und her, um ihre kältesteifen Glieder ein wenig zu bewegen. Die Pferde bliesen weißlichen Dampf aus den Nüstern; die zarten Schwaden wehten in einem leichten, aber schneidend kalten Luftzug seitwärts fort und vergingen. Der Himmel, bleigrau, hing voller Schnee, der jedoch in der sich merklich vertiefenden Kälte sein Wolkenbett noch nicht verlassen wollte.

Ich konnte mich plötzlich des Eindrucks nicht erwehren, als sei dies alles gar nicht wahr: die Reihe der schwärzlichen Wagen, Schlitten und sich marionettensteif bewegenden Gestalten, wir selbst vor dem Hintergrund der bleichen Schneeflächen; der schwarze Streifen Wald dahinter, die bleigrau lastende Glocke des Himmels über der öde; nicht einmal mehr eine verlorene Krähe weit und breit – die Pferde, die Schlitten, Wagen, die Menschen – kein Laut aus ihrer Mitte drang herüber – sorgenvolle Schatten vor dem weißen Nichts – das waren wir.

Susanne war nicht mit ausgestiegen. Der kleine Erik war eng an sie gedrückt eingeschlafen. Sie wollte das Kind nicht wecken. Wir fuhren beide, die Baronin und ich, fast erschrokken herum, als uns plötzlich Susannes Stimme halblaut traf:

»Es wird bald Nacht sein. Wo wollen wir bleiben? Seid ihr euch über ein Ziel einig?«

Ich gestehe, daß ich über diese Frage noch nicht nachgedacht hatte. Dies war der Treck der Leute von Tiefentalau. Die Baronin hatte zu entscheiden. Sie tat es.

»Ich denke, wir marschieren bis weit in die Nacht hinein.

Die Pferde sind noch frisch, und es scheint nicht schneien zu wollen. Wir sollten es bis über die Nitza schaffen. Das ist die frühere Grenze zwischen dem ehemaligen Polnischen Korridor und Pommern/Westpreußen. Vielleicht kommen wir bis ins Kublinka-Tal. Dort gibt es einige Rittergüter, mit deren Besitzern ich befreundet bin. Die werden uns nicht abweisen für die Nacht. Morgen früh gleich weiter! Je westlicher wir in den ersten Tagen gelangen, desto besser! Ich hoffe sehr, daß wir Kublinkowo erreichen. Die Haldenbecks, die dort sitzen, sind sogar um zwei Ecken herum mit mir verwandt.«

Wir kamen in der gleichen Nacht noch über die Nitza. Westlich der alten Korridorgrenze waren die Wege deutlicher gekennzeichnet als in den Gegenden, aus denen wir heranzogen. Wir durchfuhren ein großes Dorf, in dem noch niemand daran zu denken schien, den heimatlichen Bezirk zu verlassen. Die Leute am Straßenrand in der Nacht fragten uns sogar, warum wir losgezogen seien. Ob der Russe denn schon über Bromberg hinaus vordringe? Sie hätten gehört, daß es den deutschen Truppen gelungen sei, ihn aufzuhalten. Wir berichteten mit dürren Worten, daß uns der Kanonendonner aufgescheucht hätte und auch die pessimistischen Berichte versprengter Gruppen von deutschen Soldaten, die bei uns durchgezogen wären; die Landser hätten es sehr eilig gehabt, sich nach Westen abzusetzen.

Vor der Kirche mitten in dem dunklen Dorf war ich für ein paar Minuten aus unserer Kolonne ausgeschert, um mit einem breitschultrigen Mann zu reden. Er war ein paar Schritte neben unserem Schlitten hergestapft, hatte die Hand auf den Schlittenkasten gelegt und mich aufgefordert, einen Augenblick anzuhalten. Ich tat es, weil ich wissen wollte, ob wir uns auf der richtigen Straße befanden.

Wenn auch die Nacht nicht sehr dunkel war – der Schnee gab Helligkeit, auch filterte durch die Wolken ein wenig Licht des halben Mondes, der dahinter scheinen mußte –, so war ich doch froh, mich bei einem Einheimischen nach den Wegen erkundigen zu können. Die Baronin besaß zwar eine genaue Karte; aber es gab ja seit langem keine Taschenlampen mehr; und wenn wir versuchten, die Karte mit Streichhölzern anzuleuchten, so blies der eisige dünne Wind die Flämmchen im Nu wieder aus.

Ich zweifelte nicht daran, daß ich in der großen, ungefügen Gestalt den Parteigewaltigen des Ortes vor mir hatte. Seine knarrig harte Stimme verriet, daß er weder gewohnt noch gewillt war, Widerspruch hinzunehmen. Ich ließ es natürlich auf keine Auseinandersetzung ankommen und beantwortete seine Fragen so mager wie möglich.

Der Kirchturm des Ortes ragte neben uns ungewiß in die lichtlose Nacht – Lampen brannten des Nachts wegen der Fliegergefahr schon lange nicht mehr, und wir befanden uns seit zwei Stunden ja nicht mehr auf einem Boden, der zwischen den Weltkriegen polnisch gewesen war, sondern hatten das »richtige« Deutschland gewonnen, und dort herrscht bekanntlich »Ordnung«, wie ich in dem Gespräch mit dem herrischen Riesenkerl in der blaßgrauen Finsternis mit aller nur wünschenswerten Deutlichkeit zu spüren bekam.

(Während ich hier am Morgen des 23. Mai 1971, wieder einem Sonntag, an meinem Schreibtisch über dem Pourquoipas Lake sitze und mich mit halbem Interesse frage, was Oky Hansted dort unten am Bootssteg zu verrichten hat – wahrscheinlich wird er in der nächsten halben Stunde zu mir heraufkommen, um mit mir, wie er sich allmählich zur Gewohnheit gemacht hat, über die Arbeit der kommenden Woche zu sprechen, wie und wo er dabei eventuell auf meine Hilfe rechnen könnte und daß Lotta mich natürlich auch an diesem Sonntag zum Lunch erwartet –, während also mein Leib ganz zweifellos im innersten grünen Innern meines britischen Columbia den Stuhl drückt und die Schneeberge der Kaskaden in der Ferne leuchten – ich brauche nicht einmal die Augen zu schließen, ich höre sie noch, die bösartige, ungnädige Stimme unter dem Kirchturm, der sich aus dem Dunkel über mein Gefährt und die Meinen zu neigen schien, als wollte er uns in der nächsten Minute unter sich begraben.) »Der Wille des Führers garantiert uns den Endsieg. Wer ohne Befehl der Gauleitung auf die Flucht geht, verübt Sabotage an unserer heldenhaften Wehrmacht. Und die Soldaten, die sich jetzt in der Gegend herumtreiben – lauter feige Hunde und Deserteure! Bei uns kommt keiner von der Sorte durch, werden alle vereinnahmt und der nächsten Truppe überstellt. Gehören zu Ihrem Treck Soldaten? Warum sind Sie selber nicht im Volkssturm? Haben Sie Ihre Papiere in Ordnung?«

Meine Papiere –? Das fehlte gerade noch! Der Bursche redete irre. War den Deutschen hier im »richtigen« Deutschland der Verstand abhanden geraten? Wenn ich eins mit Sicherheit wußte, dann dies: der Krieg war aus und verloren. Die einzige Parole, die noch Sinn hatte: Rette sich, wer kann!

Inzwischen waren alle Gefährte unseres Trecks an unserm Schlitten vorbeigezogen und hatten mich mit dem immer bedrohlicher werdenden massigen Burschen in der Finsternis zurückgelassen. Papiere – das war mein Stichwort! Stempel, Behörden, Ausweise, Bescheinigungen – wie ich das hasse, seit mein Leben im Kriege und dann danach an solchen Würgestricken hing. Wut wallte in mir hoch. Ich knirschte den Lümmel an:

»Papiere –? Hol Sie der Geier samt Ihren Papieren!«

Ich klatschte den schon unruhigen und dem übrigen Treck nachdrängenden Pferden hart die Zügel auf den Rücken. »Hüo!« schrie ich. Die Tiere prallten so heftig ins Geschirr, daß ich fast hintenüber gestürzt wäre auf meiner Kutschbank. Der Ortsgewaltige taumelte seitwärts an die Kirchwand, brüllte mir irgend etwas hinterher, was ich nicht verstand und auch nicht verstehen wollte. Ich hatte den aufgeschreckten Pferden die Zügel freigegeben; sie preschten durch das milchige Dunkel, hatten das Dorf in wenigen Minuten hinter sich und gewannen in einigen weiteren wieder Anschluß an den Treck. Die Fahrer erkannten mich und gaben mir den Weg frei nach vorn, wo die Baronin immer noch die Spitze hielt. Ich setzte meinen Schlitten für eine Weile neben den ihren und berichtete ihr, daß der Kerl auf eine Kontrolle – möglichst von uns allen – aus gewesen sei.

»Verfluchte Polacken!«, das hatte er hinter mir hergebrüllt. Jetzt, nachträglich, verstand ich die Worte mit einmal. Die Baronin meinte müde:

»Mach dir keine Sorgen, Hans! Diese Parteihengste riskieren ihre große Schnauze und ihre Drohungen nur noch innerhalb ihrer Mauern. Kollern sich Mut an wie die Kinder im Kohlenkeller. Der hat gar keine Leute, die er uns hinterherjagen könnte. Er selbst wird vielleicht morgen schon der erste sein, der sich allein und heimlich absetzt, nachdem er den Schafsköpfen in seinem Dorf befohlen hat, notfalls für den Führer zu sterben. Merkst du es, Hans? Wir sind zwischen zwei Feuer geraten: hinter uns die Russen, vor uns die Nazis, schon halb irre vor Angst!«

Ich gab keine Antwort. Auch Susanne äußerte sich mit keinem Wort. Als ich meine Pferde verhielt, um unseren Schlitten wieder hinter dem der Baronin einzuordnen, hatte ich mich nach meinen Lieben umgeblickt. Susannes Augen waren weit zu mir aufgeschlagen. Es war, als sei ein Licht in ihnen von innen her und schimmerte zu mir auf – ein Trost- und Richtzeichen.

Drei Stunden später, etwa gegen Mitternacht, rollten oder glitten wir unangefochten auf den weiten Gutshof von

Kublinkowo. Aber die Kublinkowoer waren uns schon um ein oder zwei Tage voraus. Hof und Ställe, Schloß und Dorf waren leer.

8

Sie waren nicht ganz leer, die Häuser und Stallungen von Kublinkowo, wie wir merkten, als wir, zerdrückt von Müdigkeit und Ungewißheit, Quartier bezogen hatten, so gut es ging. Die Pferde hatten sich ohne Widerstand in die leeren Ställe führen lassen; ein Rest von Wärme hatte sich noch darin erhalten, und die Leiber der Tiere wärmten die niedrigen Räume bald von neuem auf. Deshalb bestimmten auch Kandzidulski, der Schmied, und Wieczorrek, der herrschaftliche Kutscher, daß sich die Flüchtlinge auf die Ställe verteilen sollten. Stroh und Heu gab es im Überfluß, sich darauf zu lagern; damit zu sparen, war gewiß nicht mehr nötig; außerdem sollte jeder in der Nähe seiner Pferde bleiben. In Wahrheit waren die Leute von einer noch kaum bewußt gewordenen Scheu erfüllt, die Behausungen anderer Menschen, ohne dazu aufgefordert zu sein, halb und halb besitzergreifend zu betreten. Man war noch keine vierundzwanzig Stunden von zu Hause fort; noch waren fremde Wohnungen fremd und verboten.

Die Baronin hatte den Kutscher angewiesen, ihr ebenfalls im Stall ein Strohlager aufzuschütten. Auch ich hatte es uns in einer leeren Pferdebox neben den zwei Braunen meines Gespanns, so gut es ging, bequem gemacht. Unsere Stalllaterne spendete ein trübes gelbes Licfit, das kaum durch die verstaubten Fenster in die Winternacht hinausdrang. Der kleine Erik hatte sich musterhaft benommen, als begriffe er ganz und gar, was um ihn her vorging. Vater und Mutter waren in der Nähe, damit war die Welt in Ordnung, mochten sich auch sonst alle Umstände unwahrscheinlich geändert haben.

Als ich mich schon niederlegen wollte – ich hatte gerade Susanne und das Kind für die Nacht gut eingepackt –, beugte sich der Schatten der Baronin in unseren Verschlag.

»Hans«, flüsterte sie, »ein paar Leute, die sich im Dorf versteckt gehalten hatten, haben sich zu uns hereingetraut; unsere Wagenschilder haben ihnen verraten, daß wir aus dem Warthegau kommen. Sie erzählten, daß die deutschen Truppen weiter nordwärts, bei Preußisch-Breitenbeil, auf dem vollen Rückzug sind, daß weiter südwärts bei Krojanke bereits die Russen vorpreschten, von der deutschen Wehrmacht nur noch gelegentlich behindert. Deshalb habe sich das ganze Dorf und die Herrschaft gestern früh Hals über Kopf auf die Wanderschaft begeben. Nur wenige Familien, darunter deutschstämmige und polnischstämmige, hätten es vorgezogen, abzuwarten, was kommt. Sie sagen, daß es schlimm werden wird, wenn die Russen einrücken; aber sie sagen auch, daß es nicht schlimmer kommen kann als auf der Flucht jetzt im Winter. Ich habe die Leute gefragt, Hans, ob von der Herrschaft hier, den Haldenbecks, jemand dageblieben sei. Sie haben gemeint: vielleicht der alte Herr Oberst, sonst bestimmt niemand. Sie hätten gestern abend Kerzenlicht in den Zimmern beobachtet, die der alte Herr bewohnt. Hans, es läßt mir keine Ruhe. Ich möchte wissen, wie es im Haupthaus aussieht. Oberst von Haldenbeck muß über neunzig Jahre alt sein. Er ist einer meiner Paten. Aber das hat er sicherlich längst vergessen, und ich habe keinen Gebrauch davon gemacht. Willst du so nett sein, mich zu begleiten, Hans? Allein möchte ich nicht allzugern –.«

Natürlich war ich sofort bereit. Susanne und das Kind waren versorgt. Wieczorrek und seine Frau und Kinder schliefen gleich in der nächsten Box.

Als die Baronin und ich ins Freie traten – wir hatten jeder eine Stallaterne in die Hand genommen –, fiel uns die Kälte an wie mit Messern. Wir schüttelten uns. Unsere Wagen und Schlitten standen vor dem Pferdestall in Reih und Glied, stumm und schattenhaft; selbst die wenigen Hunde, die von unsern Leuten mitgenommen worden waren, hatten sich vor der Kälte mit Pferden und Menschen im Stall verkrochen. Trotz aller Abgeschlagenheit, die ich über mich gestülpt fühlte wie einen härenen Sack, konnte ich mich angesichts der sauber aufgereihten Tiefentalauer Gefährte eines leicht benommenen Grinsens nicht erwehren: noch hielt die alte preußische Ordnung, man war nicht irgendwie, man war brav ausgerichtet aufgefahren, ganz von selber wahrscheinlich, ohne erst nachzudenken. Die Baronin war gegenwärtig; also hatte man in Linie aufzufahren; jeder wußte dann, wo er hingehörte. Ringsum schwieg der weite Wirtschaftshof. Die Nacht lastete auf allem – sonderbar milchig-schwarz (was sich widerspricht; aber so ist es mir in der Erinnerung geblieben).

Die Baronin schien nichts dergleichen zu empfinden. Sie stellte sachlich fest:

»Falls es aufklaren sollte, kriegen wir dreißig Grad Kälte. Wenn wir ins Schloß wollen, benutzen wir am besten den Seiteneingang. Wir müssen da drüben an den Wagenremisen vorbei.«

Wir stapften quer über den verschneiten Hof. Der Schnee knirschte unter unseren Sohlen. Hinter den Remisen ragte der Seitenflügel des Haldenbeckschen Gutshauses auf (die Leute in der Gegend nannten es »Schloß«, aber dazu war es zu bescheiden). Ein paar Stufen aufwärts. Die Baronin faßte nach der Türklinke. Wie erwartet, war die Tür nicht verschlossen. Ich bat verhalten: »Am besten, Sie übernehmen die Führung, Baronin. Ich weiß nicht Bescheid.«

Sie schritt voran. Das gelbe Licht unserer Laterne taumelte

den langen Gang entlang, an geschlossenen Türen vorbei. Am Ende des Ganges entließ uns eine höhere Tür in die Eingangshalle des Schlosses. Eine schön geschwungene steinerne Doppeltreppe flügelte großzügig an beiden Flanken der Halle in den ersten Stock empor, zu einem Quergang mit steinerner Brüstung – ein stolzes und sehr »herrschaftliches« Bild, vom ungewissen Schein unserer Lampen ins Phantastische verzerrt. Im Hintergrund neben den riesigen gläsernen Flügeln der Tür, die auf die Terrasse und in den Park führen mochte, standen zwei annähernd mannshohe chinesische Vasen Wache. Ein dunkel gemusterter Teppich bedeckte mit seinen Ranken und Blumen in mächtigem Quadrat den Raum zwischen den beiden Anläufen der Treppen.

Wir zuckten zusammen, als hinter uns die Tür, durch die wir eingetreten waren, mit einem schußartigen Knall ins Schloß flog. Ich hatte sie offengelassen; ein Zugwind von irgendwoher hatte sie zugeworfen. Unmittelbar nach dem erschreckenden Geräusch hörten wir oben hinter der Balustrade eine Tür gehen. Wir blickten empor, hoben unsere Lampen, um besser sehen zu können.

Über die steinerne Brüstung beugte sich ein sehr alter Mann. Er hielt einen silbernen Leuchter in der Hand; die Kerze flackerte; ihr mageres Licht zeichnete so tiefe Schatten in den dürren, schmalen Greisenkopf unter dem weißen Haar, daß dies Haupt verzweifelte Ähnlichkeit mit einem Totenschädel gewann. Der Totenschädel krächzte zu uns herab, so schrill und laut, wie wir nie zu sprechen gewagt hätten in dieser toten Nacht:

»Ist da wer?«

Die Stimme der Baronin klang auf, beherrscht und klar wie immer:

»Ich bin's, Onkel Udo, die Baronin Terplitz aus Tiefentalau. Und dies ist der Mann meiner Nichte, Hans Reckel.

Wir haben bei Euch im Pferdestall Nachtquartier bezogen und wollten kurz durchs Schloß gehen.«

Wieder krächzte es aus der Höhe – viel menschenähnlicher, wie mir schien, diesmal:

»Juliane Terplitz, um alles in der Welt! Und mitten in der Nacht! Fast nicht zu glauben! Ich komme, ich komme!«

Eine hochbeinige Gestalt stakste die breite Treppe zu unserer Linken hernieder, nur leicht gebeugt. In seiner Rechten trug der Greis die Kerze in Schulterhöhe neben sich her, seine Linke glitt haltsuchend über die steinerne Treppenbrüstung abwärts. Vorsichtig senkte er sich Stufe für Stufe herab. Ich stellte bei mir dümmlich fest – wie einem das manchmal in derartigen Situationen zufliegt! –: seine Hosen sind tadellos gebügelt. Bei jedem Schritt stauchten sie sich leicht über den schmalen Hausschuhen aus Lackleder.

Der Alte flatterte der Baronin entgegen.

»Juliane, ich freue mich, dich zu sehen! Welche unmöglichen Umstände! Man könnte meinen, die Welt geht unter. Wo kommst du her? Bitte, mache mich bekannt!«

Er hatte also auch von mir Kenntnis genommen, dieser Kavalier alter Schule. Die Baronin stellte vor:

»Onkel Udo, dies ist mein angeheirateter Neffe Hans Reckel, kanadischer Staatsbürger dem Paß nach. Er hat mir in den Kriegsjahren den Verwalter ersetzt. War mit meiner Nichte Susanne dem Namen nach auf Tiefentalau interniert. – Hans, dies ist Oberst a. D. von Haldenbeck auf Kublinkowo, Schönewalde und Brotschen, mein Pate und Onkel zweiten Grades.«

Ich verbeugte mich, so gut ich das in meinem groben Schafpelz zustande brachte. Der Oberst a. D. beehrte mich mit einem Nicken seines Geierkopfes, schnarrte dann:

»Ich bin ganz allein hier zurückgeblieben. Kann euch leider, leider nichts anbieten außer einem Glas Portwein. Aber in meinem Wohnzimmer oben ist es wenigstens warm. Habe mir einen großen Vorrat Brennholz auf den oberen Flur tragen lassen, bevor es hier leer wurde. Wirklich reizend, Juliane, dich nach so langer Zeit einmal wiederzusehen. Ich glaube, zum letzten Mal haben wir uns bei der Trauerfeier für meine beiden am gleichen Tag gefallenen Söhne Gert und Achim Haldenbeck gesehen, vor zwei Jahren in der Stadtkirche von Jastrow.« Während er langsam und mühselig vor uns die Treppe wieder hinaufstieg, an der Brüstung bei jeder Stufe nachhelfend, hatte er diese Sätze in dem selbstverständlichen Ton eines wohlerzogenen Gesellschafters vorgebracht, wie es sich einer Dame gegenüber gehört. Einer Dame gegenüber, mochte sie auch in einen unförmigen Kutscherpelz, einen dicken Wollschal um den Kopf, und in schwere Pelzstiefel vermummt sein.

Des Alten Wohnzimmer war beinahe überwarm. Der hohe, schön verzierte Ofen aus Gußeisen, in dem ab und zu die brennenden Scheite knackten, glühte dunkelrot an seiner Flanke, wo die Flammen ihn von innen besonders heftig aufheizten. Wir mußten uns aus unseren Hüllen schälen.

In zwei altertümlichen Lehnsesseln saßen sich der Alte und die Baronin gegenüber. Auf einem Mahagonitischchen zwischen ihnen brannten zwei Kerzen in silbernen Leuchtern. Der Oberst hatte aus einem Wandschrank eine Flasche alten Ports hervorgezaubert, drei schön geschliffene, kleine Kelche und hatte schließlich das beinahe schwarze Naß in die Gläser rinnen lassen. Mit leichter Verbeugung hob er sein Glas der Baronin zu, nickte auch zu mir herüber, der ich auf einem Stuhl einen Schritt weiter ab Platz genommen hatte, und setzte dann sein Glas an die Lippen; wieder die Andeutung einer Verbeugung zur Baronin hinüber, eines Nickens zu mir, das ich sehr höflich beantwortete. Dann stellten wir die Gläser ab.

»Ein herrlicher Portwein!« konnte ich mich nicht enthalten zu loben. Es waren meine ersten Worte. Der Alte schickte mir einen erstaunten Blick herüber. Als hätte ich etwas nicht ganz Passendes bemerkt. Als hätte er mich bis dahin für stumm gehalten. Aber natürlich verlor er die gesellschaftliche Kontenance nie. Er erwiderte:

»In der Tat, ein vorzüglicher Tropfen! Gottlob habe ich noch einen kleinen Vorrat davon. Vielen Dank für das Kompliment, Herr – äh – Recke. Aber nun«, er wandte sich an die Baronin, »erzähle, bitte, Juliane, was euch hierherführt. Bist du ganz allein mit deinem Neffen hier eingetroffen?«

Er hatte also gar nicht wahrgenommen, daß ein großer Treck mit vielen Pferden, Menschen und Fahrzeugen auf seinem Hof Station gemacht hatte.

Die Baronin – seit ich ihr erst den unförmigen Schafpelz von den Schultern genommen, seit sie das Kopftuch abgebunden und mit wenigen Griffen ihr graues, dichtes Haar mit dem schweren Knoten im Nacken geordnet hatte – die Baronin war wie mit einem Zauberschlage aus der treckenden Bäuerin in die große Dame zurückverwandelt, die sie in Wahrheit darstellte. Der alte Grandseigneur, der bis in den nahen Tod hinein das blieb, was er war, ein Herr – er hatte es bewirkt.

Ich saß daneben, ich, Kanadier aus eigenem Entschluß und nach den im brennenden Europa verbrachten Kriegsjahren wieder halb und halb Deutscher; allerdings war ich bis dahin mit der nackten Brutalität der Schlachten und des Schlachtens noch kaum in Berührung gekommen. Ich saß daneben, ein wenig abseits im Dunklen, sah und hörte den beiden Menschen zu, als agierten sie vor mir wie auf einer intimen Bühne.

Der Baronin streng geschnittener Kopf auf dem schlanken Hals, gefurcht schon, nicht sehr sanft modelliert, eine Kamee von unzerstörbarer Eleganz, unverkennbarem Adel –

das vollkommen klar und sicher umrissene Profil hob sich, von den Kerzen angestrahlt, wie ein Schattenriß gegen den hellen Vorhang ab, der vor das Fenster dahinter gezogen war.

Das Profil des alten Mannes ihr gegenüber, an einen Raubvogel erinnernd, obgleich in der hohen, eckigen Stirn, den tiefliegenden Augen, der Hakennase, den dünnen Lippen und dem eckigen Kinn in einzelnen eigentlich nichts Vogelartiges zu entdecken war, dies Greisenprofil, so wollte es mir vorkommen, verriet eine schwer zu fassende Ähnlichkeit mit dem ganz weiblich umrissenen der Baronin, die respektvoll und zugleich herzlich zu verehren ich nie müde geworden war (und die mir, obwohl längst selbst zum alten Mann geworden, auch heute noch als eine unendlich liebenswerte Freundin durch die Erinnerung geistert, als setzte sich in ihr meine Mutter fort).

Die Baronin berichtete ausführlich und mit ruhiger Sachlichkeit, was sich in Tiefentalau abgespielt hatte; sie zeigte dabei nicht mehr Erregung, als wenn sie über eine verregnete Kartoffel- oder Heuernte Auskunft erteilte. Sie schloß:

»Am scheußlichsten an der ganzen Sache ist, daß man keine zuverlässigen Informationen über die Lage an den Fronten mehr erhalten kann. Ich schlage mich also mit der Frage herum, ob es richtig war, meine Leute und mich bei dieser Winterkälte westwärts in Marsch zu setzen.«

Der Greis faltete seine überaus langen, knochigen Hände um das Portweinglas, so daß es fast ganz darin verschwand, beugte sich ein wenig vor, wobei er seine Ellbogen auf die Armlehnen stützte, und erwiderte im zurückhaltenden Stil eines Mannes, dem von klein auf eingeprägt worden ist, daß man andere nicht mit seinen privaten Verhältnissen langweilt:

»Meine liebe Juliane – übrigens wurdest du als Kind allgemein auf französisch Juli gerufen« (der Alte sprach es französisch aus: Jülí), »was sehr gut zu dir paßte –, Jülí, ich bin als blutjunger Fähnrich in den Siebzigerkrieg gezogen; dann war ich zwanzig Jahre lang aktiv im kaiserlichen Heer. Im Ersten Weltkrieg brachte ich es zum Regimentskommandeur und Obristen, bis meine Karriere mit einer schweren Verwundung am Chemin des Dames ein Ende nahm. Diesen Krieg habe ich nur noch aus der Seniorenloge beobachtet. Aber ich bin Soldat genug geblieben, um zu wissen: Dieser Krieg ist aus und verloren, so verloren und aus, wie ein Krieg nur sein kann. Habe mir über diesen schrecklichen österreichischen Proleten mit dem Bärtchen nie große Illusionen gemacht. Habe auch nie begriffen, wie Offiziere mit alten Namen aus unseren Kreisen sich ihm zur Verfügung stellen konnten. Ich war glücklicherweise einer Entscheidung in dieser Hinsicht längst enthoben, als der Schreihals aus Braunau an die Macht kam. Ich will natürlich niemand verurteilen; kann mir schon denken, daß es der Mehrzahl der alten Offiziere sehr verführerisch in den Ohren geklungen hat, wenn nach der reichlich zweifelhaften Weimarer Zeit wieder von ›soldatischem Geist‹ und ›kämpferischer Haltung‹ und ähnlichem Trara gesprochen wurde. Ich hätte mich nie zur Verfügung gestellt, bin für faule Kompromisse nicht zu haben und finde es äußerst degoutant, mit Würsten nach Speckseiten zu schmeißen. Ich blieb also weiter hier sitzen, baute meinen Kohl auf meinen drei Klitschen mit Gusto und paßte auf, daß die Herren Söhne gute Landwirte wurden; ich verdarb ihnen mit List und Tücke jeden Spaß an der aktiven Militärlaufbahn. Reserveleutnant – das war schon mehr als genug; der eine ›schnelle Truppe‹, der andere ›schwere Panzer‹. Sie fielen an einem Tag. Achim hat einen Sohn hinterlassen, Gert zwei Töchter. Ich habe die Enkel mit den Müttern unter der Obhut meines alten Verwalters schon vorgestern westwärts fortgejagt; anders ging es nicht. Das ganze Dorf und die Leute verloren dann die Nerven, haben aufgepackt und sind hinterhergezogen. Ich habe ihnen freigestellt, vom Gut mitzunehmen, was sie wollten, Vieh, Schweine, Pferde, Futter. Sie werden nicht weit damit kommen. Vielleicht schlagen sich die Tiere allein durch den Winter. Auf gar keinen Fall war mir der Gedanke sympathisch, daß Kühe und Pferde angekettet in den Ställen verhungerten. Ich persönlich habe natürlich darauf bestanden, hierzubleiben. Reichlich Feuerholz und Proviant habe ich mir bereitlegen lassen. Wenn die Russen kommen, werden sie mich als verdammten Landjunker, Gutsbesitzer, Ausbeuter mit größtem Vergnügen totschlagen, wenn ich keine Gelegenheit mehr finden sollte, zuvor einige Proletgardisten ins Jenseits zu befördern und mich selbst natürlich ohne Aufenthalt hinterher. Selbstverständlich also, meine liebe Jülí, der Krieg ist aus! Du hast das einzig Richtige getan. Versuche nur, deine Leute und dich selbst so weit nach Westen abzusetzen wie nur möglich, möglichst nach Nordwesten, wo die Briten fechten. Die werden sich vielleicht einen Rest von europäischem Anstand bewahrt haben. Alles Gute, liebe Juliane, oder besser: Hals- und Beinbruch!«

Er hob das Glas mit dem Portwein aus den verschränkten Händen, trank der Baronin und dann auch mir zu, trank bis zur Neige. Wir stellten die leeren Gläser auf das Tischchen zurück. Wir starrten in die Kerzenlichter. Im Ofen fielen knisternd ein paar Scheite zusammen. In der lastenden Stille wollte mir ein ganz fernes, kaum zu ahnendes dumpfes Geräusch vernehmbar werden. Aber ich mußte mich wohl täuschen. Die beiden andern im hohen Raum schienen nichts zu hören. Die Baronin räusperte sich schließlich und meinte mit sonderbar heiserer Stimme:

»Vielen Dank, Onkel Udo, für deinen Rat und dein Urteil. Beides ist mir sehr wertvoll! Aber lasse mich einmal zu dir – und auch zu dir, Hans! – ganz offen und ganz persönlich sprechen: Als mir mein Kutscher in der Pferdebox das Stroh fürs Nachtlager aufschüttete, habe ich erstens begriffen, was es heißt, ›auf der Flucht‹ zu sein und die Heimat verloren zu haben, und zweitens, daß es ein Fehler von mir war, Tiefentalau im Stich zu lassen. Du, Hans, wärst genausogut wie ich oder besser imstande als ich, den Treck nach Westen zu führen; ich bin dazu nicht vonnöten. Ich hätte mich genauso wie du verhalten müssen, Onkel Udo: gib den Leuten, die dir anvertraut sind, zwar den Befehl, in die Rettungsboote zu steigen und abzustoßen; vielleicht ist wenigstens das nackte Leben zu retten. Aber ich, der Kapitän, habe gefälligst auf dem Schiff zu bleiben, auch wenn es am Sinken ist. Ich war ja, genau wie du, Onkel Udo, nicht nur der Kapitän, sondern auch der Eigner des Schiffes. Das Schiff war ich, und ich war das Schiff. Eins ist ohne das andere nicht zu retten; eins geht unweigerlich mit dem anderen verloren. Tiefentalau war das einzige feste Band, das mich mit diesem Dasein verband. Dies Band ist zerrissen. Alles weitere lohnt nicht mehr!« Die Baronin blickte wie abwesend vor sich hin.

Der Greis antwortete nicht gleich. (Was ist dies ferne rollende Geräusch, fragte ich mich abermals, als die Baronin verstummt war. Hören die andern nichts? Saust es mir nur in den Ohren?) Der Greis richtete sich aus seiner zusammengesunkenen Haltung auf. In sehr nachdenklichem Gleichmut, sehr gedämpft, gab er der Baronin Bescheid.

»Liebe Juliane, ob du oder ich nun zu Hause bleiben oder in einem fremden Notquartier im Westen versauern – es macht kaum noch einen Unterschied. Unsere Welt ist so oder so dahin. In diesen Tagen und Wochen geht Preußen unter und nicht einmal sehr ruhmreich, dies Preußen, das seit Ordensrittertagen den Westen Europas gegen den Osten als ein weit vorgeschobenes Bollwerk behauptet hat. Was jetzt kommt, ist wenigstens mir ganz klar: der Osten wird, wohin er ja schon seit Jahrhunderten drängt, wie eine riesige, quallende Wucherung in den Westen einbrechen und ihn wie ein sich zähe vorschiebender Lavastrom unter sich begraben, erst Preußen, dann Deutschland, dann das übrige Europa bis zum Atlantischen Ozean. Ich für meine Person muß bekennen, daß ich meinem Herrgott dankbar bin. Er hat mich diese phantastisch bunten Jahrzehnte vom Aufgang des zweiten Kaiserreichs bis zum vollendeten Untergang dieses sogenannten Dritten Reichs – einer proletarischen Blechattrappe von Anfang an – erleben lassen, ohne daß ich meine komfortable Proszeniumsloge auch nur einen Tag lang aufzugeben brauchte. Jetzt sinkt der eiserne Vorhang über dem letzten Akt. Ich bin dreiundneunzig Jahre alt, habe bis zum Schluß meinen klaren Verstand und den Spaß an einem Glas guten Portweins behalten, bleibe natürlich in meiner Loge und werde mich von den Trümmern des Theaters begraben lassen. Was an kümmerlichen Buden eventuell später errichtet werden wird auf diesen Trümmern, interessiert mich nicht im mindesten!«

Die Stille nach diesen Worten schien vollkommen. Keiner von uns regte ein Glied. Die beiden Kerzenflämmchen standen so unbewegt im Raum, als wären sie aus festem Stoff, von innen leuchtend. In den Ecken des Zimmers und unter der hohen Decke lastete das Dunkel wie schwarze Watte. Fast gegen meinen Willen fuhr mir plötzlich die Frage heraus:

»Was bedeutet nur dies leise Rumpeln irgendwo weit weg?«

Die beiden Menschen vor mir in den Lehnstühlen, der uralte Mann und die – so schien es mir – mit einem Schlage gealterte Frau, blickten mich beinahe bestürzt an; sie lauschten. Sie wurden der kaum vernehmbaren Laute jetzt auch gewahr. Der Alte erhob sich, begab sich durch eine Seitentür ins Nebenzimmer. Wir hörten ihn dort das Fenster öffnen. Kurz darauf rief er leise: »Kommt einmal her!«

Wir standen zu dreien am offenen Fenster und blickten in die lichtlose Nacht. Nackte Parkbäume waren im Dunkel zu ahnen. Das Geräusch war nun viel deutlicher zu hören. Ich erriet sofort, was es war, das uns ans Ohr drang. Der Alte sprach es aus:

»Rollende Panzer weit im Süden.«

»O Gott!« flüsterte die Baronin und krampfte die Hände vor der Brust zusammen. »Ich muß zu meinen Leuten. Komm, Hans!«

Der Greis hielt uns fest. »Noch einen Augenblick, Juliane! Ich rate euch, nicht der Hauptchaussee zu folgen. Zu gefährlich! Wenn ihr unterhalb vom Gut die Kublinka-Brükke passiert habt, biegt gleich dahinter nach links in den Feldweg ein am Flüßchen entlang. Das ist der alte Richtweg; er ist aber auf den Karten nicht mehr eingetragen. Ihr spart viel Zeit, kommt schneller an die Züddow, südlich von Bandeck. Es ist ja alles steinhart gefroren. Könnt einfach quer hinüber. Dann Richtung Stargard nach Greifenhagen! Dort über die Oder! Habt ihr das geschafft, werdet ihr mehr oder weniger in Sicherheit sein.«

Wir hatten sehr genau zugehört. Die Baronin erwiderte, Hast in der Stimme:

»Wir werden uns nach deiner Weisung zu richten wissen. Jetzt aber müssen wir gehen. Leb wohl, Onkel Udo!«

Wir waren wieder in das Wohnzimmer getreten. Fast heiter ließ der Greis sich noch vernehmen:

»Ich scheine nicht so lange warten zu brauchen, wie ich gefürchtet hatte. Ja, also leb wohl, Juliane, um nicht –« Der Rest ging in einem unverständlichen Gemurmel unter. Ich half der Baronin wieder in den Mantel. Der Alte brachte uns bis auf den Treppenabsatz. Dort hatten wir unsere Laternen stehen lassen. Während ich mit der Baronin die breite steinerne Halbrundtreppe hinunterstieg, auf der ein dicker Teppichläufer den Laut unserer Schritte verschluckte, verstand ich nachträglich, was der Alte am Schluß seines Abschieds gemurmelt hatte, die Worte nämlich:

»– um nicht zu sagen: sterb wohl, Juliane!«

Vor dem Pferdestall auf dem weiten Gutshof standen einige unserer Tiefentalauer Männer und lauschten ebenfalls. Einer sagte leise, als wir uns der kleinen Gruppe zugesellt hatten:

»Russische Panzer? Oder deutsche Panzer? Wer kann einem das verraten?«

Es war wieder ganz die Baronin, die jeder gewohnt war, als sie laut und deutlich den Sprecher verwies:

»Keiner kann es, Bargfeld. Es hat keinen Zweck, sich die Nacht um die Ohren zu schlagen. Morgen früh bei allererstem Licht ziehen wir weiter. Ich habe den sichersten Weg erfahren.«

Die Männer stapften wortlos in den Pferdestall zurück. Die schwere Holztür knarrte aufdringlich. Die Baronin hatte entschieden. Das würde schon wie immer seine Richtigkeit haben. Die Baronin zögerte noch mit mir einen Augenblick vor der wieder geschlossenen Tür. Wieder lauschten wir. Sie flüsterte:

»Das Geräusch wird schwächer. Vielleicht ist nur eine deutsche Panzerkolonne durchgezogen, nach Osten, an die Front zur Verstärkung oder irgend so etwas! Hoffen wir's!«

Als ich mich endlich neben Susanne und dem Kind aufs Stroh sinken ließ, mochte zwei Uhr schon vorüber sein. Die Geliebte erwachte nicht; sie schlummerte nach den Anstrengungen der vergangenen Tage sehr tief. (Ich bin noch heute vollkommen gewiß, heute, am 25. Mai 1971, da ich dies in meinem Häuschen auf Oky Hansteds Ranch schreibe, daß Susanne nur deshalb so tief schlafen konnte, weil sie mich in allernächster Nähe wußte. So war es immer, solange wir gemeinsam lebten. Heute ist sie mir nur unsichtbar gegenwärtig, ganz nahe manchmal, manchmal sehr weit. Keiner ahnt das, und ich selber möchte in Augenblicken der Niedergeschlagenheit vermuten, ich narrte mich nur mit Einbildungen.)

Ich schlief in jener Februarnacht nur oberflächlich, gewissermaßen bereit, jeden Augenblick zu erwachen und aufzusein. Um vier, halb fünf fingen die Gespannführer an, im Halbdunkel zu rumpeln und den Pferden die Krippen zu füllen. So waren sie es gewohnt. Danach legten sie sich noch für eine Stunde aufs Ohr.

Als es gegen sieben Uhr hell zu werden begann, waren Wagen und Schlitten schon wieder beladen, die Pferde im Geschirr. Jeder hatte etwas gegessen. Das beträchtliche Hin und Her vollzog sich erstaunlich lautlos. Keines der Kinder plärrte oder zeigte sich störrisch. Auch die Kinder hatten begriffen, daß fraglos gehorcht werden mußte. Zu Widerspenstigkeiten war einfach keine Zeit.

Die Baronin gab das Zeichen zum Aufbruch. »Wieczorrek, spann an!«

Zehn Minuten später waren wir alle vom Hof von Kublinkowo, erreichten die Hauptstraße, glitten oder rollten ins Kublinka-Tal hinunter, überquerten die breite Holzbrücke und bogen gleich danach in den Weg ein, der von der Hauptstraße fort dem Lauf des Baches westwärts folgte. Die eine Fahrspur des Richtweges zur Züddow war trotz des Schnees gut zu erkennen. Ich hatte die Schlitten an den Anfang der Kolonne beordert, damit die Kufen für die Räder der Wagen eine festere Spur ausfuhren. Das bewährte sich. Die Pferde kamen leidlich gut vom Fleck, ohne sich übermäßig anzustrengen. Die Kälte schien etwas nachgelassen zu haben. Es ging kein Wind mehr. Aus dem tiefhängenden, gleichmäßig grauen Himmel hatte es leise, dann immer dichter zu schneien begonnen.

Eine, zwei Stunden lang zogen wir an dem vereisten Flüßchen dahin. Die Pferde hatten sich in ein ruhiges Marschtempo hineingefunden und brauchten nicht angetrieben zu werden. Als im Laufe des Vormittags das Dämmerlicht des Wintertages sachte aufhellte, als der eng gewirkte Vorhang des feinflockig rieselnden Schnees dünner und durchsichtiger wurde und schließlich ganz verging, bemächtigte sich der Menschen des noch durchaus geordneten und fest zusammenhaltenden Trecks eine verhalten heitere Gehobenheit, die sogar bei einigen der Männer (sie waren sehr in der Minderzahl!) in jene ein wenig schwerfällige Ulkerei, jenen gutmütig ironischen Humor überbordete, der für die Leute aus dem Osten so bezeichnend ist.

Gegen Mittag, als wir nach meiner Rechnung vom Tal der Züddow (in welche der Kublinka-Bach einmündet) nicht mehr allzuweit entfernt sein konnten, kämpfte sich die Sonne durch die Schneewolken und entzündete in der weißen Einöde ringsum ein maßlos strahlendes Licht, ein prunkendes Geglitzer und Gefunkel über dem frisch gefallenen Schnee, in den Rändern der froststarren Buchen- und Kiefernwälder, daß wir die Augen zusammenkneifen mußten, sosehr blendete die verschwenderisch strömende Helle.

»Der Schnee muß hinter uns alle unsere Spuren zugedeckt haben, Hans. Dieser Weg an der Kublinka entlang – das war ein guter Rat, den uns der alte Haldenbeck gegeben hat.«

»Ja, Liebe, das meine ich auch. Das Tal wird immer enger und schneidet tiefer ein. Der Wald gibt gerade noch unseren Fahrweg frei. Keiner sieht uns hier. Bald wird dieser Weg in die Niederung austreten, in der die Züddow nach Süden fließt – unter möglichst dickem Eis hoffentlich!«

Wieczorrek, der Baronin Kutscher, der vor meinen Pferden auf seinem schmalen Bock hockte, drehte sich nach mir um und rief:

»Man nicht übers Eis, Herr Reckel! Die Züddow fließt ziemlich schnell. Das Eis hält vielleicht nicht. Gibt ja Brükken genug.«

Ich überlegte: Wieczorrek hat sicherlich recht. Aber war die nächste Brücke nordwärts oder südwärts zu suchen? Wir hatten keinen Menschen getroffen seit der Abfahrt von Kublinkowo, den wir hätten fragen können. In Bandeck gab es sicherlich eine Brücke. Aber wie sah es dort aus? Bis jetzt hatten wir auf den Nebenwegen, die wir benutzten, alle anderen Trecks vermieden. Es mußten gleich uns zahllose weitere unterwegs sein. Das war mit Sicherheit zu vermuten. Wir hatten verlassene Dörfer und Güter bereits zur Genüge passiert. Die Aussicht, vor der Züddow-Brücke in Bandeck vielleicht stundenlang warten zu müssen, bis wir in dem Gedränge der Fahrzeuge an die Reihe kämen, erfüllte mich mit Furcht und Zweifeln. Ich muß die Baronin zu Rate ziehen, dachte ich, als plötzlich Wieczorrek sein Gespann so plötzlich zügelte, daß meine Pferde fast gegen ihn anrannten. Ich zerrte meine beiden überraschten Braunen einen Schritt zurück, um dem Kutscher der Baronin etwas Luft und Abstand von den Köpfen meiner Tiere zu verschaffen.

Hinter unserem Schlitten schlossen die übrigen Gefährte dicht auf und verhielten. Wieczorrek hatte sich hoch aufgestellt auf dem Trittbrett neben seinem Kutschbock. Er lauschte offenbar.

Und schon vernahmen wir es alle: das gleiche dumpfe Rumpeln, das in der Nacht zu hören gewesen war, drang über die Wälder an den Talhängen von Süden her wieder an unsere Ohren. Von fern her, ja, gewiß, aus weiter Ferne – aber ganz unüberhörbar. Drang auch von Norden her? Es wollte mir so vorkommen; ich konnte es nicht genau unterscheiden.

Ich reichte Susanne die Zügel zu. Sie hockte dicht hinter mir mit Erik unter Stroh, Decken und Pelzen und blickte zu mir auf, sehr ernst das geliebte Antlitz unter der formlosen Pelzkappe. Ich stieg von meinem Sitz und stapfte nach vorn zu dem von Wieczorrek geführten Schlitten, in dem die Baronin uns anderen allen vorausfuhr.

Ich stand neben der Baronin im Schnee. Unsere Augen hatten sich für einen Augenblick getroffen. Wir horchten. Das murrende Rollen von weit jenseits der Talhänge hatte dem strahlenden Wintertag alles Leuchten entzogen, hing wie eine verbissene Drohung über dem plötzlich höhnischen Gefunkel.

Wir brauchten die Frage nicht auszusprechen, die uns auf der Zunge schwebte. Die Baronin beantwortete sie nach einer Minute des Zögerns:

»Es bleibt uns nichts anderes übrig, als weiterzuziehen, Hans, denke ich. Diese Schlucht an der Kublinka zwischen den Wäldern deckt uns gegen Sicht. In zwei Stunden spätestens ist es Nacht. Vielleicht gelingt es uns, die Züddow bei Dunkelheit zu queren. Wir dürfen auf keinen Fall den Panzern in die Quere kommen, nicht den deutschen und schon gar nicht den russischen!«

Nein, um alles in der Welt, das durften wir nicht! Ich erwiderte nur:

»Ja, Baronin! Also weiter wie bisher!«

Wir zogen gleichmäßig das langsam enger und schmäler werdende Bachtal entlang. Nur noch ein wenige Schritt breiter Wiesenstreifen trennte den hier und dort noch offenen Bachlauf von dem ihn begleitenden Fahrweg und dem daneben die Talhänge hinaufsteigenden Wald.

Die Baronin hatte richtig gerechnet. Als die Sonne versunken war und die Dämmerung ihren Schleier dichter und dichter webte – es hatte sich leicht bezogen und schien wieder schneien zu wollen –, öffnete sich vor uns die Schlucht, die wir gezogen kamen, ins Freie, Flache. Der tief verschneite Wald stieg an dieser Stelle steil die flankierenden Talwände hinauf.

Wieczorrek vor mir auf dem ersten Schlitten reckte seine Peitsche steil in die Luft: Halt! Ich verhielt meine Pferde. Die Fahrzeuge hinter mir kamen zum Stehen, in enger Folge aufgereiht in der uns deckenden Erdfurche.

Wir hielten Kriegsrat: die Baronin, der alte Leszinsky, der kriegsbeschädigte Gutsstellmacher Pracke, der das Jahr zuvor mit EK II und einem Stahlhaken statt linkem Unterarm aus der Wehrmacht entlassen und heimgeschickt worden war, und ich. Das ferne Murren der Panzer war verstummt.

Die Baronin:

»Ich bin dafür, hier in der Schlucht zu bleiben, bis es volle Nacht ist. Wir haben Mond hinter den dünnen Wolken. Es wird nicht sehr dunkel werden. Wir sollten versuchen, irgendwo abseits über die Züddow zu kommen und dann die ganze Nacht durch marschieren. Sonst geraten wir noch zwischen die Fronten.«

Pracke nahm das Wort:

»Wenn wir man nicht schon zwischen den Fronten sind, gnädigste Frau Baronin. Ich will man bloß sagen, wir sollten ins Freie vorrücken und auf das offene Land an der Züddow. Mir ist gar nicht wohl in diesem engen Hohlweg. Kein Platz zum Ausweichen und zum Umwenden man auch nur sehr knapp!«

Aber der alte Leszinski und die Baronin wollten sich diesen Bedenken nicht anschließen, mochten die in der Tat gute Deckung gegen Sicht (und eventuell Beschuß – aber das wagte noch keiner auszusprechen!) nicht aufgeben. Auch ich neigte eher dazu, daß es ratsamer wäre, vorläufig diesen Hinterhalt nicht zu verlassen. Außerdem schlug ich vor:

»Wir sollten, glaube ich, unsern Schlupfwinkel hier nicht auf gut Glück verlassen; höchste Vorsicht ist geboten. Ich werde, wenn jeder damit einverstanden ist, allein oder mit jemand anders vorausgehen, werde versuchen, auszukundschaften, was Richtung Bandeck und Richtung Rastrow los ist, und möglichst einen nicht verstopften Übergang über die Züddow suchen. Der Treck wartet hier. Wenn ich zurückkomme, können wir uns dann hoffentlich ohne weitere Aufenthalte und Umwege auf den richtigen Weg machen.«

Der Vorschlag leuchtete den anderen ein. Doch Pracke sagte:

»Nicht allein, Herr Reckel! Ich komme mit. Vier Augen sehen mehr als zwei.«

Ich war sehr angetan davon, daß Pracke mitmachen wollte. Pracke war ein besonnener Mann und brachte die Erfahrung eines Frontsoldaten mit.

»Gut, Pracke! Wir zwei werden schon durchkommen. Unsere Mäntel lassen wir lieber hier; sie behindern uns nur.«

Die Baronin beschloß die Debatte:

»Ihr solltet nicht zu Fuß gehen. Zu Fuß kommt ihr zu langsam und mühsam vorwärts. Nehmt euch meine beiden Schlittenpferde und macht euch beritten; die Pferde sind es gewohnt, geritten zu werden, haben sich auch vor meinem Schlitten nicht übermäßig angestrengt.«

Pracke hob seinen verstümmelten Arm; aus dem Mantelärmel ragte der Stahlhaken.

»Reiten ist nichts für mich, Frau Baronin. Mit meinem Haken geht das schlecht. Verstehe auch nichts davon.«

Wieczorrek, der Kutscher, mischte sich ein; zwei Tage zuvor hätte er noch nicht daran gedacht. Jetzt fiel es nicht mehr auf.

»Kann ich ja mitreiten, gnädigste Frau Baronin. Ich versteh' mich auf die Pferde!«

Gut, Wieczorrek also! Wieczorrek war zuverlässig, aber Pracke wäre beweglicher gewesen.

Während Wieczorrek mit sicheren Griffen die Pferde ausspannte, geschah etwas Unerwartetes. Es war schon fast dunkel. Über die bewaldete Kante, die den Talhang uns gegenüber gegen den Himmel begrenzte, schoß plötzlich ein kleines einmotoriges Flugzeug, querte das Tal mit dem Treck in der Tiefe und entschwand nordwärts über die andere Talkante. Unsere Augen waren der Maschine erschrocken gefolgt. Abzeichen waren in der tiefen Dämmerung nicht mehr zu erkennen gewesen. Kreuz oder Hammer und Sichel? Wir fragten es uns vergeblich. Gerade wollten wir uns auf die von ihren Geschirren befreiten, sattellosen Pferde schwingen, als die Maschine zurückkehrte, über dem Treck einen schnellen Kreis beschrieb und südwärts entschwand.

Was das auch immer zu bedeuten hatte, wir spürten alle, daß höchste Eile geboten war. Unser weiterer Fluchtweg mußte so schnell wie möglich erkundet werden.

Wir hielten uns dicht am Waldrand, hatten uns nach links gewendet, als wir zwanzig Schritt vor dem pferdelosen Schlitten der Baronin das Ende des Hohlwegs, seinen Austritt in die verschneiten Wiesen des Züddow-Flußbetts, erreicht hatten. Die Nacht war angebrochen. Doch rieselte vom wolkenlosen Sternenhimmel so viel an mattem Silberlicht, verstärkte sich am weißen Schnee, daß wir weit voraus die totenstille Landschaft überschauen konnten. Rechts von uns verrieten Baumreihen, daß dort eine größere Straße von Nord nach Süd führte; sie mußte es sein, die Bandeck mit Rastow verband. Sie war leer; nichts regte sich darauf. Wieczorrek meinte nach der ersten halben Stunde:

»Kein Mensch weit und breit, Herr Reckel! Wir wollen

querfeldein über die Straße zum Fluß. Der Fluß ist schmal. Vielleicht finden wir eine kleine Brücke, die sich die Anlieger gebaut haben, damit sie leichter auf ihre Wiesen am anderen Ufer kommen.«

Das war genau das, was wir finden wollten.

Wir gewannen das Flußufer eine Viertelstunde später. Ein Feldweg bot sich an, leicht erhöht zwischen dem vereisten Flußbett und dem weiten Schneelaken über den Wiesen. Die Pferde folgten dem Weg unaufgefordert. Eine weitere Viertelstunde rann in die reglose Nacht hinein davon. Zuweilen gluckste neben uns das Wasser unter dem Flußeis. Wir erschraken jedesmal von neuem, ließen es aber nicht merken.

Schattenhaft wuchs ein Dorf vor uns auf. Schon konnten wir die entlaubten Kronen hoher alter Bäume erkennen, breite Dächer, einen spitzen Kirchturm. Wir zügelten die Pferde, lauschten.

Kein Laut! Kein Licht irgendwo! Keine Regung – nichts!

Wieczorrek flüsterte: »Das Dorf ist leer. Dort wird es eine Brücke geben. Wollen wir hineinreiten?«

»Wir müssen es –«

»– versuchen«, hatte ich sagen wollen. Ich kam nicht mehr dazu. Ein Maschinengewehr hatte zu spucken begonnen. Ich sah sein Mündungsfeuer schräg neben uns über dem Fluß aus einem allertiefsten Schatten flammen. Einen Augenblick lang setzte der Herzschlag aus. Mein Pferd hatte sich vor Schreck auf die Hinterhand gesetzt, schnarchte angstvoll, scheute aber nicht. Ich war sofort abgesprungen, faßte das Tier am Kopfriemen, sprach mit ihm, zerrte es die Böschung hinunter auf die Wiese. Wieczorrek war übler dran. Sein Pferd hatte sich aufgebäumt, warf sich nach rechts, ließ sich nach links hinüberreißen. Der Mann kam nicht vom Rücken. Es mag ihm gegen den Instinkt gegangen sein, sich abwerfen zu lassen.

Eine zweite Garbe von Geschossen fegte heran. Ich duckte mich hinter die Böschung, hielt aber mein Pferd am Zügel fest. Wieczorrek kämpfte immer noch mit seinem Gaul.

Vor meinen Augen geschah es: Ehe die fünfzehn oder zwanzig Kugeln über uns hinweggefegt waren, kippte der Reiter plötzlich auf den Widerrist seines tanzenden Pferdes, ächzte und kollerte haltlos aus dem Sitz, rollte die Böschung abwärts, drei Schritt vor mir, blieb liegen, lag still.

Ich kroch zu ihm hin, hielt immer noch mein Pferd am Zügel fest, beugte mich über ihn.

»Wieczorrek, was ist? Wieczorrek!«

Wieczorrek lag still, gab keine Antwort. Blut rann von seinem Kopf in den Schnee, bildete einen dunklen kleinen Fleck. Ein Schuß in die rechte Schläfe, ein zweiter hinter das rechte Ohr. Wieczorrek hat nicht einmal mehr Zeit gehabt, ein Paternoster zu beten.

Wieczorrek war tot! Ich tastete ihn ab, drehte ihn mit großer Anstrengung auf den Rücken, bettete seinen Kopf in den Schnee, daß er dalag wie aufgebahrt.

Entdeckte im blassen Schneelicht, daß ich mir die Hände blutig gemacht hatte. Es war ganz deutlich zu erkennen. Es war hell genug dazu in der wieder totenstillen Sternennacht.

Ich wußte nicht einmal, wer geschossen hatte: die Deutschen oder die Russen – oder die Leute des dunklen Dorfes ohne Namen; habe ihn nie mit Sicherheit feststellen können. Vielleicht glaubten die Bauern, sich auf eigene Faust verteidigen zu müssen.

Dies hier, dieser große, muskelbepackte Mann, ein Pole und zugleich halb deutsch, weil in diesem Land auf der Völkergrenze schon längst nicht mehr genau angegeben werden konnte, wieviel Anteile Deutsch und wieviel Anteile Polnisch ein jeder in seinem Wesen verkörperte, ein Mann, der in beiden Bereichen, dem, den sein Name andeutete, und dem, welchen er im Stil seines Daseins zu erfüllen suchte, ein guter Mensch gewesen war, ein Mann schließlich, dessen natürlicher Anstand, dessen Hingabe bei näherem Zusehen nicht irgendwelchen politisch umgrenzten Vaterländern wie Deutschland oder Polen gegolten hatte, sondern dessen wahrhaft stärkste Bindung den Namen Tiefentalau getragen hatte: Heimat, Felder, Wiesen, Nachbarn und vor allem dem all dies tragenden Pfeiler, der »Herrschaft«, der Baronin, den Leuten des »Großen Hauses«, die manchmal unbequem waren, auf die man sich aber verlassen konnte in allem Glück und Unglück des Lebens.

Was sollte ich tun –? Ich wusch mir meine Hände mit Schnee.

Leb wohl, Wieczorrek!

Wieczorrek war der erste »Gefallene«, den ich, der nur aus Versehen in den großen Krieg hineingezogene Fremde, zu Gesicht bekam.

Drei, vier Einzelschüsse, die, wie es mir vorkommen wollte, nur unbestimmt in der Gegend umhersuchten, weckten mich aus meiner Betäubung. Jetzt erst wurde mir deutlich: Mach, daß du wegkommst, dies ist nicht der Augenblick, tiefsinnige Betrachtungen anzustellen. Und plötzlich die wütende Frage: Was geht mich dieser ganze widerliche Wahnsinn eigentlich an? Ich wollte nie etwas damit zu schaffen haben, und ich habe nichts damit zu schaffen! Auf nur eines kommt es an: übrigzubleiben, nicht an irgendeiner Kugel aus irgendeiner Wahnsinnsnacht zugrunde gehen!

Die Schützen werden denken, mich ebenfalls getroffen zu haben. Die Böschung, auf welcher der Uferweg entlangführte, deckte mich einigermaßen. Schon begann ich zurückzukriechen, auf allen vieren. Ich spürte keine Kälte. Das Pferd? Das Pferd war erstaunlicherweise bei mir stehengeblieben – oder bei Wieczorrek, seinem vertrauten Pfleger. Der Gaul, den er selber geritten hatte, war querfeldein davongaloppiert, eine Blutspur hinter sich her ziehend, wie ich noch im letzten Moment aus den Augenwinkeln erkannte, ehe ich mich wendete, um mich im Schutz des Straßenwalls zurückzuziehen. Ich bekam die schleifenden Zügel meines Reittiers zu fassen, nahm den Riemen zwischen die Zähne, um die Hände unbehindert zur Fortbewegung benutzen zu können. Ich brachte einige beruhigende Laute heraus. Das Pferd folgte meiner vorsichtig zerrenden Aufforderung, nicht zurückzubleiben, ohne zu zögern.

Hundert Meter weiter vermochte ich die Schattenrisse der Dorfhäuser kaum noch zu ahnen. Also konnte ich von dorther auch nicht mehr erkannt werden. Ich schwang mich auf den Rücken des Pferdes: nur fort jetzt, fort! Wir hatten eine Brücke über die Züddow suchen wollen, ehe uns die Schüsse aus dem Dunkel überraschten. Ich nahm mich mit aller Gewalt an die Kandare. Ich zwang mich, mir vorzuhalten: Wenn uns der Ausweg im Süden verlegt ist, vielleicht ist im Norden noch einer offen. Das galt es jetzt nur um so dringender zu erkunden.

Ich trieb mein Pferd an. Ich hatte meine Lektion gelernt, ritt nicht mehr auf dem erhöhten Uferweg längs des vereisten Flußlaufs, sondern hielt mich hinter der deichartigen Erhöhung auf den Wiesen. Der Schnee lag dort nicht tiefer als auf dem Wege; er war bei Windstille gefallen.

Ein leichter, rötlicher Schimmer im Osten über den fernen Wäldern kündigte den Aufgang des Mondes an. Dann würde es bald viel heller ringsum werden, als es jetzt unter dem milchigen Schneehimmel war. Bis dahin, wenn irgend möglich, mußte ich wieder bei meinen Leuten sein; sie würden um uns bangen; vielleicht hatten sie die Schüsse, die uns hatten vertreiben sollen – und die getötet hatten – aus der Ferne vernommen. Ich fragte mich jetzt erst: warum bist du nicht auch getroffen worden? Warum nur er und gleich zweimal? Mit verzweifeltem Hohn stellte ich fest: So sicher bist du also, du mit deinem kanadischen Paß, daß dich die ganze verfluchte Schießerei und Schlächterei nichts angeht, daß du dir gar nicht vorstellen kannst, es hätte einer dich gemeint, als er den Finger auf den Abzug seiner Kugelspritze drückte. Sieh dich vor, Idiot! So einfach liegen die Dinge nicht! Bist nur um ein Haar nicht koppheister gegangen!

Ich kreuzte Spuren im Schnee, die von der Baumreihe der Straße an meiner Rechten zum Fluß herunterführten, unsere eigenen Spuren: zwei Pferdefährten dicht nebeneinander, leicht zu erkennen in der sonst unberührten Schneedecke. Ich strebte geradeaus weiter, wohl wissend, daß ich nun noch nicht erkundetes Gelände zu durchdringen hatte.

Ich setzte meinem Pferd die Hacken ein und zwang es zu schnellerer Gangart.

Ob man es glaubt oder nicht: kaum zweihundert Schritt weiter fand ich, was wir zunächst südwärts gesucht hatten, keine Brücke zwar, jedoch einen Übergang. Der Deich, die Böschung, der ich auf der tieferliegenden Schneefläche folgte, flachte plötzlich ab und gab einen Durchlaß zum Fluß hinunter frei. Zugleich erkannte ich einen breiten Fahrweg, der von der mit Bäumen bestandenen Hauptstraße im rechten Winkel zum Fluß abgabelte. Der Fluß, so bewies es die glatte Schneedecke über dem Eis, war hier sehr breit, mußte also an dieser Stelle sehr flach sein und langsam fließen. Eine Furt lag vor meinen Augen, begriff ich sofort, eine Furt mit geschlossener, fester Eisdecke. Ich lenkte mein Pferd nach links. Ohne Zögern schritt das Tier über das Eis hinweg, erreichte das andere Ufer. Ich wendete und kehrte auf der eigenen Spur zurück. Ich dachte mir: Dem Tier hätte der Instinkt gesagt, daß es dem Eis nicht trauen sollte, wenn es wirklich nicht stark genug gewesen wäre, Roß und Reiter zu tragen.

Hier mußte es möglich sein, fast ohne Umweg aus dem Hohlweg, in welchem sich der Treck versteckt hielt, zur Züddow hinunterzuziehen, auf der von festem Eis überbrückten Furt den Fluß zu queren und drüben dem Furtweg weiter westwärts zu folgen. Vielleicht bot sich uns Tiefentalauern hier eine Chance, dem Hin und Her der sich verkrallenden Fronten – ich ahnte es nur, begriff es nicht – doch noch zu entrinnen.

Bevor ich abritt, versuchte ich noch, mir den Ort und die Landschaft ringsum genau einzuprägen, um ja nicht die Furt zu verfehlen, wenn ich den Treck eiligst aus seinem Unterschlupf zwischen den Uferhöhen über die Hauptstraße und über den Fluß führen würde. Noch einmal stieß mir dabei der Gedanke wie ein Faustschlag ins Gesicht: wenn Wieczorrek und ich sogleich nordwärts geritten wären, als wir den Fluß erreichten, wäre uns die zuverlässig gefrorene Furt sicherlich nicht entgangen. Wir hätten sofort zu den Unseren zurückkehren, hätten den Treck sofort in Marsch setzen können, wären jetzt längst am anderen, dem westlichen Ufer und wahrscheinlich schon außer jeder unmittelbaren Gefahr, die hier überall im milchigen Halbdunkel lauerte – ja, lauerte; ich spürte es in allen Nerven.

Und Wieczorrek wäre noch am Leben. –

Jetzt lag er kalt und tot im Schnee und spürte nichts mehr davon, wie sein Körper im Frost erstarrte.

Ich versuchte, den Braunen auf dem Weg von der Furt zur Chaussee in Trab oder Galopp zu setzen. Das Tier versuchte auch, dem Befehl willig zu gehorchen. Doch das mißlang. Der Schnee war zu tief. Das Pferd fiel wieder in Schritt. Ich mußte es gewähren lassen.

Ich hatte die Fahrstraße gequert und versuchte schon, den tiefen Einschnitt in den fernen Uferhügeln auszumachen, welche das Urstromtal, dem die Züddow folgte, im Osten begrenzten. Der Einschnitt, in dem der Treck aus Tiefentalau auf mich wartete, mußte auch bei Nacht und aus der Ferne unverkennbar sein. Ich folgte einem von hohem Buschwerk gesäumten Feldrain mit einem Drahtzaun dahinter, der in langsamem Anstieg von der Hauptstraße zu den Höhen im Hintergrund hinaufführte. Ich kalkulierte: Verirren kann ich mich nicht; treffe ich am Waldrand auf Spuren, dann sind es die eigenen und die Wieczorreks; ich habe mich dann auf dieser Fährte nach links zu wenden, um den Hohlweg mit dem wartenden Treck wiederzufinden. Zeigen sich am Waldrand keine Pferdespuren, so muß ich nach rechts abbiegen. – –

In ebendiesem Augenblick brach mitten in der reglosen, todesstillen Nacht die Hölle los. Ich schrak zusammen. Der Gaul unter mir setzte sich genau wie eine Stunde zuvor auf die Hinterbacken vor lauter Entsetzen. Ich griff in die Mähne, mich festzuhalten und nicht auf dem glatten Pferderükken abzurutschen.

Über mich hinweg fuhren von den Höhen die Granaten der Artillerie oder der Panzerkanonen in das flache, breite Tal der Züddow hinunter, zielten wahrscheinlich in das Dorf, von dessen Rand her Wieczorrek erschossen worden war. Auch von dort her brüllten Geschütze auf und schleuderten ihre Geschosse auf die Höhen hinauf, denen ich zustrebte.

Pfeifen, Heulen, Knirschen, Bellen, Bersten – ein grausiges Konzert ging über mich hinweg.

Wo war mein Treck, Herr im Himmel, wo steckten meine Leute, Susanne, das Kind, die Baronin und alle anderen –?

Wo, wo –?

Es war, als hätte das Artillerieduell, zwischen das ich geraten war, die Nacht viel dunkler gemacht. Die Mündungsfeuer, die von den Höhen vor mir, aus dem Tal hinter mir aufblitzten, zerstörten das milde Schneelicht der Nacht ringsum, beschworen Finsternis herauf.

Nach den ersten Sekunden des Schreckens faßte ich mich schnell, klopfte dem zitternden Pferd unter mir den schweißnassen Hals. Bebend stand das Tier schließlich still, den Kopf hoch erhoben, mit nervös spielenden Ohren. Ich war bisher nicht entdeckt worden. Die Gebüsche über dem Feldrain neben mir verbargen mich. Wenn sie auch keine Blätter mehr trugen, so war doch ihr Gezweig dicht genug, alle festeren Konturen, die hinter ihnen für einen fernen Beobachter auftauchen mochten, zu verschleiern.

Eine plötzlich übermächtig anbrandende Flut, so schlugen Angst und Sorge über mir zusammen. Die Pferde des Trecks, sie konnten vor Entsetzen Unheil angerichtet haben! Wie mochte die Furcht den Menschen aus Tiefentalau in die Glieder gefahren sein! Würden die Männer den Kopf oben behalten?

Ich trieb mein Pferd vorwärts, klatschte ihm die Zügelenden wütend um den Hals. Vorwärts jetzt, vorwärts, Gaul! Ich muß zurück zu meinen Leuten.

Ich erreichte den Waldrand unterhalb der Höhen, durch welche einen halben oder ganzen Kilometer weiter links, nordwärts also, der Treck in seinem schützenden Hohlweg zu finden sein mußte. Ich erkannte zu meiner unsagbaren Erleichterung, daß die motorisierten Geschütze oder Panzer oder was sonst es war, was von den Höhen über mich hinwegschoß, südwärts von dem Ort aufgefahren sein mußten, wo ich meinen Treck vermutete. Vielleicht waren meine Leute bisher mit dem bloßen Schrecken davongekommen. Vielleicht konnte ich sie immer noch zu der vereisten Furt hinunterleiten. Vielleicht zog sich das Scharmützel die Talsenke der Züddow entlang nach Süden fort. Ich sagte mir auch, daß der Krieg in seinem jetzigen zum Ende drängenden Stadium gar keine festen Fronten mehr kennen konnte, sondern sich als ein weitmaschiges Geflecht schnell bewegter kleinerer Abteilungen abspielte, so weitmaschig, daß ich mit meinen Leuten vielleicht gerade noch rechtzeitig nach Westen in ein relativ ruhiges Gebiet hindurchschlüpfen konnte.

Ich hastete im Schutz des Waldrandes weiter. Ja, da waren unsere Spuren im Schnee zu erkennen, die Wieczorrek und ich hinterlassen hatten, als wir auf Kundschaft ausritten. In zehn Minuten, kaum länger, mußte ich mein Ziel erreicht haben.

Es wollte mir scheinen, als ließe die Kanonade an Dichte der Abschüsse nach. Zugleich aber drängte sich ein anderes Geräusch deutlich und deutlicher hervor, jenes dumpf klirrende Geräusch rollender Panzer. Entwickelte sich irgendwo ein Panzerangriff auf das Dorf an der Züddow, aus dem Wieczorrek erschossen worden war?

O Gott! Nicht irgendwo! Von den Höhen brachen die stählernen Rumpelkästen herunter, um sich in den verschneiten Ebenen zu lockerer Formation zu entfalten, denselben Ebenen, die ich vor zehn Minuten erst verlassen hatte.

Von den Höhen her –? Nein, die waren mit dichtem Wald bestanden! Die Panzer mußten die wenigen Wege benutzen, die sich in den Einschnitten zwischen den Hügeln herabwanden, auch das Tal des Kublinka-Baches, auch den Hohlweg, in welchem mein Tiefentalauer Treck Unterschlupf gefunden hatte –!

Grausen und Furcht würgten mich plötzlich so erbarmungslos, daß mir die Tränen aus den Augen traten.

Da waren sie – keine fünfzig Schritt vor mir rollte der erste Panzer aus den Hügeln ins Freie. Aus meinem Hohlweg, aus unserem Hohlweg –!

Schon kam das nächste Ungeheuer in Sicht. Ich drängte mein Pferd tiefer in den Wald hinein.

Mit erbarmungslosem Getöse zogen die Panzer an meiner

Linken vorbei, formierten sich zu einem weitgespannten Fächer, donnerten fort in die allgemeine Richtung, aus welcher ich gekommen war. Zehn, zwanzig, fünfzig vielleicht – ich habe sie nicht gezählt. Die Kette der schwarzen Ungetüme, die der Hohlweg, mein Hohlweg!, ausspie, schien nicht enden zu wollen.

Dann war es vorbei –!

Ich war im schwärzlichen Schatten des Waldrands nicht bemerkt worden. Ich hockte immer noch rittlings auf meinem Gaul. Das Tier schien den Schutz des Waldrands ebenso zu begreifen wie ich. Es rührte kein Glied.

Der furchtbare Spuk war an mir vorübergezogen, ohne mich zu berühren. Das Gerassel der Panzer wurde schwächer in der Ferne. Kanonen begannen erneut zu belfern, doch nicht mehr in der Nähe, vielmehr nur noch im Süden, an der Züddow. Wahrscheinlich wurde dort um das Dorf gekämpft, aus dem Wieczorrek erschossen worden war.

Das Dorf, ach, das Dorf, das lag auf einem andern Stern. Das ging mich nichts mehr an.

Was war aus unserem Treck geworden, aus Susanne, dem Kind, der Baronin, den andern guten Leuten allen? Oh, Gott im Himmel, was –?

9

Noch heute, mehr als ein Vierteljahrhundert später, am Freitag, dem 28. Mai 1971, empfinde ich das Grauen jener Winternacht im Februar 1945 mit so erdrosselnder, brutaler Gewalt, wurde ich gestern abend so von der Riesenfaust des Entsetzens gepackt und langsam zerdrückt, daß ich es nicht über mich brachte, weiterzuschreiben.

Ich bin auch gar nicht imstande, im einzelnen zu berichten, was in jener verfluchten Mitternacht unter dem fahlen Schneehimmel, was in den Stunden und dem Tag danach ich alles sah, erspürte, roch.

Kann sich hier in diesem friedlichen Lande, an diesem mit strahlend weißen Wolken prunkenden Tage, angesichts des munter sein Wellengekräusel ans Ufer spülenden Pourquoipas Lake – kann sich irgendein Mensch, kann auch ich mir noch vorstellen, was übrigbleibt, wenn sich ein halbes Hundert stählerner, unaufhaltbarer Kolosse über eine geschlossene wehrlose Kette von Wagen, Schlitten, Pferden, Menschen, Vorräten, Pelzen, Decken, Geschirren, Hunden und vermummten Kindern der Länge nach hinwälzt?

Sie konnten nicht nach vorn fliehen, die Tiefentalauer; der unbespannte Schlitten der Baronin versperrte ihnen dort den Weg. Die Pferde, die ja alle im Geschirr standen und auf meine und Wieczorreks Rückkehr warteten, werden gescheut, werden Wagen über Schlitten, Schlitten über Frauen und Männer gezerrt haben, sich selbst und alles übrige zu einem nicht mehr entwirrbaren Knäuel schwingender Deichseln und Wagenleitern, eingeklemmter Frauen und Kinder, zerschlagener und brüllender Männer, fürchterlich durcheinanderstampfend, als die Panzerkolonne den Hohlweg herniederdonnerte, dreißig oder fünfzig Tonnen schwer ein jedes der stählernen Ungeheuer. Kein Ausweichen war möglich; steil stiegen rechts und links der schmalen Straße neben dem halbvereisten Kublinka-Bach die dicht bewaldeten Hänge hoch. Und die Panzer –?

Die Panzer hatten Befehl! Hatten Befehl, sich über die vereisten Züddow-Wiesen hinweg zu einem weitgefächerten Überraschungsangriff auf das Dorf zu entfalten, aus dem Wieczorrek erschossen worden war.

Panzer, das Wort schwillt mir wie eine Kröte im Munde.

Panzer sind dazu da, alles, was sich entgegenstellt, absichtlich oder unabsichtlich, niederzuwalzen, zu zermalmen, ins Erdreich zu stampfen.

Panzer haben ihn zermalmt, den Treck der Leute von Tiefentalau. Unkenntlicher Schleim, blutige Fetzen, zerborstene Bretter, zersplitterte Speichen, Rungen, Kufen, Morast aus Blut und Schnee, Gehirn und zermahlene Pferde- und Menschenknochen, das war alles, was von dem Völkchen von Tiefentalau übriggeblieben war, nachdem sich eine Kohorte von Kolossen den Weg darüber hinweg gebahnt hatte, begierig und befohlen, sich in der offenen Ebene zum Angriff zu entfalten. Die Fahrer des fünften oder zehnten Panzers werden kaum noch gewahr geworden sein, daß sie Tiere und Menschen unter sich plattwalzten. Geschrei, Gebrüll, Gestöhn gingen unter im erbarmungslosen Gedröhn der Motoren und der prasselnden Laufketten.

Dann hatte es zu schneien begonnen.

Ich bin für den Rest der Nacht, halb irre vor Grauen und Verzweiflung, über den schnell steinhart gefrierenden Schlamm der Walstatt getaumelt; der Schnee verhüllte ihn bald.

Nichts, gar nichts entdeckte ich, was ich mit Sicherheit als diesem oder jenem zugehörig zu erkennen vermochte, nichts!

Ich habe mir schließlich zwei nur halb zerfetzte Schafpelze gesucht und mich abseits in einer Mulde unter Kieferngestrüpp in den Schnee gelegt.

Mein Pferd hatte sich geweigert, den Ort des Entsetzens zu betreten. Ich band das Tier in der Nähe meines Schlafplatzes an einen Baum. Der Wille, am Leben zu bleiben, hatte sich meiner unmerklich wieder bemächtigt.

Den ganzen nächsten Tag über habe ich systematisch nach Spuren gesucht, fand in dem mit Schnee verkneteten, unter neuem Schnee verborgenen, festgefrorenen Trümmerfeld, das den Grund des Hohlwegs bedeckte, nichts, was sich eindeutig identifizieren ließ.

Die Panzerschlacht murrte nur noch in weiter Ferne. Sie kümmerte mich nicht. Sie verstummte gegen Mittag ganz. Ich umging mühsam den langgestreckten Schauplatz der Katastrophe, um vielleicht Fährten zu finden, die sich aus dem Hohlweg entfernten. Aber außer den Spuren der beiden Pferde, auf denen Wieczorrek und ich auf Kundschaft ausgeritten waren, entdeckte ich nur die undeutlichen Spuren von zwei Paar Männerstiefeln. Ich folgte ihnen auf die seitliche Höhe. Dort wendeten die Spuren und kehrten wieder in den Hohlweg zurück. Ich vermochte mir keinen Reim darauf zu machen.

Dem Pferd hatte ich einen Armvoll Heu und den Inhalt eines geplatzten, aber dabei nicht völlig entleerten Sacks voll Hafer anbieten können. Das Tier machte sich gierig darüber her.

Tagsüber hatte es nicht geschneit. Die Kälte schien sich ein wenig mildern zu wollen. Als die Dämmerung einsetzte, begann es aus grauem Himmel erneut leise zu schneien.

Eine halbe Stunde später schneite es so stark, daß man keine zwanzig Schritt weit mehr sehen konnte.

Ein weites makelloses Leichentuch breitete sich lautlos, doch vollkommen endgültig über den Ort, wo Susanne, meine Geliebte, meine Schwester und Mutter, meine Freundin und Gefährtin, die Einzige, wo mein und ihr kleiner Sohn, wo die Baronin, wo all die andern guten Leute aus Tiefentalau entsetzlich vom Leben zum Tode gekommen waren.

Ich kletterte auf den Rücken meines Pferdes und wies ihm den Weg aus dem Hohlweg; es würde den Weg zu der gefrorenen Furt von selber finden und mich westwärts tragen, in die Sicherheit oder in den Untergang. Danach fragte ich nicht.

Die Nacht wurde sehr dunkel.
Aber Pferde sehen besser als Menschen.

10

Oky Hansted hat mich gestern abend spät noch in meinem ziellosen Grübeln unterbrochen. Ich hockte über der letzten Zeile der vorigen Seite:

Pferde sehen besser als Menschen.

Immer wanderte dieser simple und, wie mir scheint, beinahe selbstverständliche Satz auf leisen Sohlen durch mein Hirn, wanderte im Kreise, zog in immer engeren Spiralen um mich her, als wollte er mich einspinnen wie in einen Kokon. Dabei hatte ich die Worte nur hingeschrieben, um zu erklären, warum ich in jener grabesfinsteren Nacht nach einem ganzen Tag verlorenen und vergeblichen Suchens noch viele Meilen hinter mich brachte. Das Tier, das mir vertraute, dem Wesen, das in der grimmigen Kälte nicht vergessen hatte, ihm Heu und Hafer anzubieten und ihm einen, wenn auch zerfetzten Schafpelz über die frierenden Flanken zu breiten, dieses braune, große, warme Tier hatte begriffen, daß wir beide, es selbst und der Reiter auf seinem Rücken, uns in die Richtung des Sonnenuntergangs zu bewegen hatten, wenn wir gerettet werden wollten.

So strebte es in jener Nacht vor sechsundzwanzig Jahren unverdrossen nach Westen, fand eine Fahrstraße, die schon von vielen Fahrzeugen glattgewalzt war und in die gewünschte Richtung führte, trug mich, der ich ihm keine Befehle gab, aus der Gefahrenzone der Panzerkämpfe, brachte mich in einem nie zögernden Gewaltmarsch in ein Städtchen namens Tempelburg, am Südostzipfel des mächtigen Dratzigsees gelegen.

Es war noch dunkel, als wir die Stadt durchritten. Jenseits des Ausgangs fanden wir am Ufer des zugefrorenen Sees einen lagernden Treck. Mein Brauner blieb bei den schlafenden Pferden des Trecks, die an die Wagen und Schlitten gebunden die Nacht verbrachten, einfach stehen, deutlich entschlossen, hier Anschluß zu suchen. Was anders hätte ich tun sollen, als dem mir auf so unmißverständliche Art erteilten Rat Folge zu leisten. Ich ließ mich zur Erde gleiten.

Ein breitschultriger hagerer Mann tauchte plötzlich aus dem Dunkel auf; er war auf Wache gewesen in dieser eisigen Morgenstunde. Während ich mein Pferd an ein Wagenrad band, fragte er mich leise nach Woher und Wohin.

Ich erwiderte, daß ich von meinem Treck aus Tiefentalau abgesprengt worden sei und nun nicht mehr wüßte, wo und ob ich ihm wieder begegnen würde. Ob ich mich bis auf weiteres der hier lagernden Gemeinschaft anschließen könne? Wo dieser am Seeufer ordentlich aufgefahrene Treck denn herstamme und wo er hinwolle, begehrte ich nun meinerseits zu wissen. Ich mochte einfach nicht mehr allein weiterziehen, brauchte Anschluß, war entsetzlich müde, schwer vor Erschöpfung wie ein Stein.

Der Mann in der dicken Friesjoppe gab mir Bescheid: sie kämen aus Preußisch-Breitenbeil und hätten vor, durch Mecklenburg nach Holstein zu trecken, wo einige von ihnen begüterte Verwandte sitzen hätten. Wenn ich allein sei und keine Ansprüche stelle, sondern mich unterwegs nützlich mache, dann dürfe ich mich ihnen wohl anschließen; ein Pferd habe ich ja – und an erwachsenen Männern hätten sie großen Mangel.

Aus Preußisch-Breitenbeil? Welch ein Zufall das sei! Ich hieße Reckel, und die Familie meines Vaters stamme ja aus Preußisch-Breitenbeil; ich sei selbst in meiner Jugend oft genug bei meinem Onkel August zu Gast gewesen und kenne die Gegend von Preußisch-Breitenbeil recht gut.

Nun war das Staunen wieder auf der anderen Seite; er heiße Kniatkowski, und sie hätten mit den Reckels immer gute Nachbarschaft gehalten. Aber die Reckels seien nicht mit diesem Treck abgezogen, sondern mit einem andern zwei Tage eher. Aber ich solle, da ich die ganze Nacht geritten sei, mich in seinem Leiterwagen unter die Plane packen und erst mal schlafen. Für mein Pferd würde er sorgen – und alles Weitere würde sich schon finden!

So ist es also, ich hatte eigentlich erzählen wollen, wie Oky mich gestern abend aus meiner Grübelei aufstörte, und bin dabei gleich wieder in die alten Geschichten gerutscht.

Pferde sehen besser als Menschen. –

Ja, natürlich, die großen, schwarzen Kugelaugen an den beiden Vorderkanten des Kopfes überblicken einen weit größeren Ausschnitt des Gesichtskreises als menschliche Augen an der Vorderseite des Menschenkopfes. Pferdeaugen – man hat sie »Augen des Wahnsinns« genannt. Wenn das zutrifft, so kann es sich nur um einen sehr sanften und gutartigen Wahnsinn handeln. Mit Pferden verstehe ich mich besser als mit allen anderen Tieren. Das kommt vielleicht daher, daß auch ich mit meiner für Normal-Zeitgenossen reichlich verrückten Existenz als halber Einsiedler im Urwald am Klinaklini wahrscheinlich von einem »sanften Wahnsinn« besessen bin. »Dabei hat er eine Menge Geld«, sagen die Leute von mir, ganz gewiß. »Warum verkriecht er sich da am Pourquoipas?«

»Nun ja«, antworte ich wieder einmal darauf, »pourquoi pas?« Und damit hat sich's.

Wenn ich darüber nachdenke: es ist schon sonderbar, wie gut ich hier mit Okys vielen Pferden auskomme. Der wilde Angriff des Hengstes Sorrel vor vierzehn Tagen mit der

Absicht, mich umzubringen – der Schock sitzt mir heimlich noch immer in den Knochen. Der Hengst kannte mich nur wenig. Oder kannte er mich doch gut genug, um von mir enttäuscht zu sein, weil ich ihm seine Stuten abjagen wollte? War es gerade die elementare Wut dieser Enttäuschung, die ihn gegen mich allein und nicht gegen Oky anstürmen ließ? Vielleicht sagte ihm sein Instinkt, daß ich nicht ganz auf seiner Seite war, der des Tieres, und wendete sich deshalb gegen mich. Besteht nicht eine gewisse Parallelität zu dem Verhalten meines Sohnes Fritze, der nach alldem, was er seit Beginn dieses Jahres in Deutschland über die Vergangenheit erfahren hat, an seinem Vater zu zweifeln beginnt? (Obgleich er das weder vor sich noch vor anderen zugeben würde.)

Vielleicht hat Sorrel mich gehaßt, weil mich mit seinem Vater, dem alten Hengst Spotty, eine großartige Freundschaft, sozusagen »auf den ersten Blick« geschlossen, verbindet, weil auch ich dabei war mit einem schweren Knüppel, als wir vor Jahren den kaum dem Fohlenalter entwachsenen Sorrel daran hindern mußten, den alten Spotty anzugreifen, wegzubeißen und sich seiner Stuten zu bemächtigen. Vielleicht.

Spotty war und ist mein Freund. Ich bin in den ersten Tagen meines Hierseins halb aus Versehen in seine Koppel geraten, ohne gewahr zu werden, daß es die seine und die dreier alter Stuten war. Er war plötzlich in schlankem, hochbeinigem Trab hinter einigen Büschen her, die ihn mir verborgen hatten, auf mich zugestürmt. Ich war still stehen geblieben – was sonst? Das mächtige Tier verhielt vor mir, fünf Schritt entfernt, mit hoch erhobenem Haupt, gespitzten Ohren, sog hörbar die Luft ein durch leicht geblähte Nüstern. Wir standen uns gegenüber und blickten uns prüfend an.

Ich hob langsam dem Hengst die flache Hand entgegen und sagte gedämpft mit bittender Stimme:

»Komm, Spotty, komm!«

Er kam; senkte das Haupt, ich spürte deutlich, wie sich die Muskeln des Tieres entspannten; er blieb vor mir stehen, schnüffelte an der vorgestreckten Hand, ich spürte den warmen Atem. Sachte schob ich mich noch einen halben Schritt näher an ihn heran, streichelte seine am unteren Ende ganz leicht nach vorn abwinkelnde edle Nase, ließ sein kleines Ohr spielerisch durch die hohle Hand gleiten und klopfte herzlich seinen Hals:

»Gut Freund, Spotty! Das gefällt mir! Hab' ich was für dich?«

Ja, ich hatte was für ihn. Einen Zwieback vom Frühstückstisch; das Gebäck hatte mir bei meiner ausgedehnten Erkundung des näheren Farmgeländes als Proviant dienen sollen. Spotty nahm das knusprige Geschenk mit Vergnügen an. Seitdem sind wir, wie gesagt, eng befreundet. Wenn ich in die Hengstkoppel komme, stürmt er auf mich zu in prächtiger Karriere, daß ich fürchte, er wird mich noch eines Tages über den Haufen rennen. Sage mir irgendeiner, es gebe keine Freundschaft zwischen Tier und Mensch »auf den ersten Blick«! Es gibt sie! Spotty, der Hengst, und ich, der »retired gentleman« von Hansteds Ranch, wir bilden den lebenden Beweis dafür.

Pferde sehen mehr als Menschen. –

Was sehen Menschen überhaupt? Ewig sind sie von Zweifeln zerfressen, wissen nicht, was richtig und falsch, wissen nicht, was gut und böse ist. Pferde wissen das so gut wie immer. Gerade deshalb hat mich der Angriff des Hengstes Sorrel auf eine viel tiefer reichende Weise bestürzt, als ich anfänglich zugeben wollte.

Die Zeit wird auch mit diesem Rätsel fertig werden, so wie sie mit den allermeisten fertig wird: sie löst sie nicht; sie läßt einfach Gras darüber wachsen.

Kommt also Oky gestern abend zu mir herüber, poltert

ein wenig an der nie verschlossenen Tür zu meinem Hausflur (keine Tür wird hier im Herzen des großen British Columbia je verschlossen, in unserer Abgeschiedenheit; wozu und gegen wen sollten wir es tun? Ein Fremder würde schon klopfen!); Oky tritt also kräftig auf, während er mein Haus betritt, damit ich höre, wer kommt.

»Nimm Platz, Oky! Ich dachte schon, ihr hättet mich vergessen. Habe seit zwei Tagen keinen von euch gesehen!«

»Ich will dich nicht lange stören, Hans. Wenn du dich nicht bei uns sehen läßt, dann sagen wir uns, daß du anderweitig beschäftigt bist. Heute abend wurde Lotta mit einem Mal unruhig: Schau doch mal rüber zu Hans, ob da alles im Lot ist. Kannst ihn ja gleich fragen, ob er dir morgen hilft, die Hauswiese zu mähen. Dann seid ihr an einem Tage mit dem Mähen fertig.«

»Gewiß, Oky! Ich bin dafür, daß wir nicht länger mit dem Mähen warten. Schon, damit du dann die Pferde auf der abgemähten Wiese hier beim Hause zusammenhalten kannst. Bald werden die ersten Jagdgäste aufkreuzen. Dann mußt du die Pferde parat haben. Ich bin jederzeit bereit. Wann fangen wir an?«

»Die Grasschneider habe ich schon vor Tagen fertig gemacht. Die Trecker haben neues Öl, sind abgeschmiert und arbeiten tadellos. Ich wollte morgen früh anfangen. Wenn wir uns ranhalten und das Wetter trocken bleibt, sollten wir wirklich bis zum Abend die ganze Wiese geschnitten haben.«

»Möchte ich auch meinen, Oky! Dem Wetter traue ich allerdings nicht besonders.«

Ich trat an die rechte Ecke des großen Fensters vor meinem Schreibtisch und schaute nach dem Barometer, klopfte vorsichtig an dem runden Glas; der Zeiger machte einen kleinen Sprung nach links.

»Das Barometer fällt, Oky. Aber es kann ja sein, daß sich

das Wetter bis morgen abend hält. Auf alle Fälle läßt die Sonne in dieser Jahreszeit nie lange auf sich warten. Wir werden das Gras schon trockenkriegen, auch wenn es zunächst naß werden sollte.«

»Vielen Dank, Hans! Also morgen früh! Sei doch um halb sechs bei mir drüben. Wir müssen die Grasschneider noch an die Trecker montieren. Das macht sich zu zweien besser. Wenn es allerdings wider Erwarten in der kommenden Nacht regnen sollte und morgen früh weiterregnet, dann müssen wir die Mäherei vertagen, bis es wieder ein, zwei Tage trocken gewesen ist. Nächste Woche ist es sicherlich noch nicht zu spät, Hans!«

Nach einer Pause, in der ich für jeden von uns ein Gläschen Rum (anständigstes aller starken Getränke!) eingegossen hatte, fügte Oky seinen Worten hinzu:

»Dabei fällt mir ein: für Montag, den Einunddreißigsten, hat sich doch Katlen bei dir und uns angesagt. Der wirst du dich natürlich widmen wollen. Hoffen wir also, daß wir morgen mit dem Mähen fertig werden. Keinesfalls möchte ich dir das Zusammensein mit Katlen schmälern!« Oky ist ein höflicher und bedachtsamer Mensch. Es ist sehr angenehm, sich ihm als Freund und Nachbarn verbunden zu wissen. Er hat inzwischen die merkwürdige Befangenheit vergessen, die er nach dem Vorfall mit dem Hengst Sorrel an den Tag legte. Auch in solcher Hinsicht läßt das Gras sich nicht aufhalten, vieles zu überwachsen und zu verhüllen. – Jetzt war es an mir, zu sagen:

»Vielen Dank, Oky! Aber Katlen hätte sicherlich Verständnis dafür, daß ich dich mit dem Gras nicht im Stich lassen darf!«

Wir schwiegen eine Weile, nippten an unseren Gläsern. Die aufrichtige Sympathie, die wir füreinander hegen, schwebte wie ein Duft im Raum. Dann versuchte er:

»Hoffentlich macht dir Katlens Besuch mehr Freude als die unerwartete Stippvisite Fritzes hier vor zwei Wochen.«

»Wieso, Oky? Fritze hatte mir zwar einige unerwartete Neuigkeiten aus der Zeit des letzten Krieges mitgebracht, aber im übrigen sind wir als gute Freunde voneinander geschieden wie immer.«

Oky erwiderte zögernd:

»Das kann ich nicht ganz glauben, Hans. Du bist verändert seit Fritzes Besuch, hältst dich stärker zurück; hockst ewig hier hinter deinem Schreibtisch und schreibst; kommst kaum zum Vorschein. Lotta meint das auch. Und Lotta irrt sich selten in solchen Sachen. Und dann, meint Lotta, Kinder sind nun einmal wie ein Lotteriespiel: die meisten sind Nieten. Davon wissen auch wir ein Lied zu singen.«

Ja, das wissen sie: Ihr einziger Sohn ist in der großen Stadt, verdient viel Geld, hat die falsche Frau geheiratet und denkt nicht einmal daran, die Ranch, die ihm seine Ausbildung bezahlt hat, irgendwann zu übernehmen. Oky und Lotta wissen, daß der Sohn und einzige Erbe die Ranch verkaufen wird, wenn die Eltern erst einmal gestorben sind. Das ist der geheime Jammer in Okys und Lottas Leben. Sie sind im Grunde die Bauersleute aus dem alten Kontinent Europa geblieben, als welche sie hierhergewandert sind, Land aufnahmen mitten in unübersehbarer Wildnis – für sich selbst gewiß und an erster Stelle, aber dann ebenso gewiß für die Nachkommen.

Die Nachkommen aber sagen: Eure ewige Schufterei da draußen hinter den Bergen – nichts für uns! Wir verdienen unser Geld leichter. Wir sind so dumm nicht mehr, uns jedes zweite Jahr vom Wetter oder vom Viehzeug oder vom Wild einen Strich durch die Rechnung machen zu lassen. Zuviel Risiko bei diesem Bauern- oder Rancherdasein!

Wir schwiegen uns eine Zeitlang an, Oky und ich. Er nahm noch einen zweiten Rum und ich auch. Rum enttäuscht nie.

Es hängt alles miteinander zusammen, das Vergangene und das Jetzige, die Pferde von damals, die zermalmt wurden, der Braune, dem ich das Leben erhielt, indem ich auf ihm zur Erkundung ausritt, die Pferde von hier und heute, die mich ein wenig lieben und mich manchmal umbringen wollen, die Hansteds und Fritze, ich selbst und Katlen, die nicht meine echte Tochter ist, mir aber wie eine solche nahesteht oder noch näher, der kleine Erik, der in jener fürchterlichen Februarnacht vernichtet wurde, Lottas und Okys enttäuschender Sohn, Susanne, die Einzige, die Geliebte, die Niezuvergessende, und ich und meine eigenbrötlerische, fast pathologisch zu nennende Sucht, nur noch in der Wildnis zu leben, allein, wenn auch nicht menschenfeindlich – alles hängt miteinander untergründig zusammen.

Aber wie und warum und wozu?

Darauf gibt es wahrscheinlich keine Antwort, es sei denn diese: So ist es Gottes Wille – und wenn wir erst in die Welt des Geistes oder nur der Geister eingegangen sind, dann wird es uns »von Angesicht zu Angesicht« klarwerden.

Vielleicht! Vielleicht auch nicht! Wahrscheinlich stellt solche Tröstung nur eine Eselsbrücke dar, die zu begehen sich durchaus nicht lohnt.

Oky verabschiedete sich mit den Worten:

»Erstklassiger Rum, Hans! Ich sollte dich häufiger besuchen, damit ich mehr davon abkriege und du mehr davon trinkst. Allein gehst du ja doch nicht der Flasche zu Leibe, wie ich dich kenne! Also auf morgen früh, Hans! Und rede dem Barometer gut zu!«

»Werde mir die größte Mühe geben, Oky! Und einen schönen Gruß an Lotta! Aber das versteht sich von selbst!«

Ich brachte Oky bis vor die Haustür und ans Auto. Ehe ich noch ins Haus zurückkehrte, stellte ich fest, daß der Himmel nicht mehr klar war.

Über Nacht dann, irgendwann – ich habe es nicht vernommen, muß sehr fest geschlafen haben –, hat es angefangen zu regnen. Und regnete heute morgen, als ich gegen ein Viertel vor fünf aufwachte, wie ich mir vor dem Einschlafen befohlen hatte (einen Wecker habe ich mein Leben lang nicht nötig gehabt). Der Wald triefte; er mußte sich mit Wasser vollgesogen haben wie ein Schwamm. An diesem Sonnabend, dem 29. Mai 1971, war an Grasmähen nicht zu denken. Also würde ich auch im Haupthaus nicht erwartet werden.

Ich war nun einmal auf und wach, setzte mich gleich hin, nachdem ich im Kamin Feuer gemacht hatte, und schrieb dies zehnte Kapitel. Das Manuskript ist nicht viel weitergekommen mit diesen letzten Seiten. Ich bin nicht sehr betrübt darüber, kann mich ja auch einmal nur mit mir selber unterhalten.

Und schließlich: »Pourquoi pas?« sagte der alte Franzose und spuckte in den glasig klaren See. Von Wildwasserverschmutzung wußte man damals noch nichts.

11

Pfingsten heute, am 30. Mai 1971, »Ausgießung des Heiligen Geistes« – in Deutschland ist die Bedeutung des Festes weithin vergessen und hier auf dem Boden Nordamerikas erst recht, da es keinen zweiten Feiertag gibt, also der Pfingstmontag als gewöhnlicher Arbeitstag gilt.

»Ausgießung des Heiligen Geistes« – möchte wissen, was das, bei Licht besehen, eigentlich bedeutet hat. »Mit Zungen reden« – es muß ja irgend etwas sehr Eindrucksvolles gewesen sein, sonst hätte man es nicht aufgeschrieben und ein großes Fest daraus gemacht. Was aber ist damals faktisch passiert? Ich kann es mir nicht vorstellen. In den siebzig Jahren, die hinter mir liegen, ist – über mich wenigstens – noch nie Heiliger Geist ausgegossen worden, unheiliger Geist allerdings des öfteren. Es scheint mancherlei Wichtiges abhanden geraten zu sein auf dem »langen Marsch« der Menschheit durch die letzten zwei Jahrtausende. Heiliger Geist wird nicht mehr ausgeschüttet, dafür aber Berge von unverweslichen Kunststofftüten. Wir heilen die Kranken auch nicht mehr durch Handauflegen, wie es die Jünger nach den alten Berichten getan haben, als Pfingsten sie beseligt hatte; wir drehen die Kranken vielmehr durch supermoderne Diagnostikzentren, aus denen sie dann, in vielfach gestanzte Lochkarten verwandelt, ebenso krank wieder hervorkommen, wie sie vorher gewesen sind. Wir schleudern zwar wackere menschliche Versuchskaninchen auf den Mond, aber einen wackeren Schnupfen können selbst die sagenhaften Ärzte der Mayo-Klinik nach wie vor nicht heilen.

Und keiner kann was dagegen tun, daß es heute immer noch regnet und höchst unfreundliche Kälte aus den triefenden Wäldern in mein Haus zu kriechen versucht. Das Feuer im Kamin reichte nicht mehr aus. Ich setzte heute in aller Herrgottsfrühe die Ölheizung wieder in Gang, schickte einen Gedanken des Bedauerns zu Oky hinüber, der heute noch weniger als gestern daran denken kann, mit mir die Wiese zu mähen, aß meinen Teller Cornflakes mit Büchsenmilch (was mir schon seit Jahren nie langweilig wird, komischerweise) – und dann zogen mich mein Schreibtisch und dies Schreibpapier mit Linien (wie es in den amerikanischen Schulen in unerhört riesigen Bergen verwirtschaftet wird) – in der Tat, seit ich begonnen habe, dies breitspurige Raisonnement niederzuschreiben, ziehen mich Schreibtisch und Linienblock wie starke Magneten an, jeden Tag nachdrücklicher.

Es ist sehr still. Um dieser Stille willen zog ich hierher an den Pourquoipas; diese wunderbare, lebensvolle Stille, die nie aufhören wird, mich zu entzücken! Manchmal knistern die im Kamin sachte zu Asche glühenden Fichtenscheite. Die reife Wiese vor meinem Fenster zum bebuschten Seeufer hinunter ist wie ein seidiger schwellender Teppich in ihrer Nässe. Die Heeressäulen des feinen, durchdringenden Regens wandern in nicht enden wollenden Schwaden darüber hin. Der See ist hinter diesen triefenden Wolkenwallungen kaum noch zu ahnen. Und die Gebirge über seinem jenseitigen Ufer sind von einem gestaltlos grauen Nichts verschluckt.

Der Regen. Er schirmt mich ab. Keiner will was von mir. Keiner kommt. Und ich kann mich – geschwätzig, wie dies Papier mich gemacht hat! – weiter ungestört in der Vergangenheit ergehen.

An den beiden Tiefentalauern, die ich Jahre nach der Katastrophe an der unteren Kublinka auf dem Hauptbahnhof Frankfurt am Main wiedertraf, habe ich die außerordentliche Verschlingungskraft des Alltags genauso feststellen können wie an mir selber. Auch sie hatten bei der Katastrophe Frauen und Kinder verloren, genau wie ich. Aber sie redeten nur noch von ihrer bevorstehenden Auswanderung nach Australien, von den Abenteuern und goldenen Bergen, die sie dort erwarteten. Die Toten treten ab. Die Leere, die sie hinterlassen, wird vom gelebten Leben nicht geduldet. Die Bühne wird anderweitig besetzt.

Die beiden Männer mit den polnischen Namen haben in der verhängnisvollen Nacht ihrer Ungeduld nachgegeben, als Wieczorrek und ich gar nicht wiederkehren wollten. Die Maschinengewehrgarben, die Wieczorrek getötet, mich verschont hatten, waren von vielen aus dem wartenden Treck gehört worden und hatten die Unruhe und Ungewißheit aller verstärkt. Die Baronin hatte sich zu Susanne und dem Kind in unseren Schlitten gesetzt, und Kandzidulski, der Schmied, hatte die drei warm verpackt. Dabei hatte er der Baronin seine Sorge deutlich gemacht, daß wir zwei Kundschafter, Wieczorrek und ich, womöglich abgefangen oder abgesprengt worden wären und daß der Treck nicht unbegrenzt lange auf uns warten könne. Der Treck müsse unbedingt vor dem Morgengrauen den Hohlweg nicht nur verlassen, sondern auch das Züddow-Tal gequert haben; der Treck sollte dann keine Nebenwege mehr benutzen; da konnte man sich zu leicht verbiestern. Die großen Straßen nach Stargard oder nach Landsberg an der Warthe, denen müßte sich der Treck anvertrauen.

Noch wenige Tage zuvor hätte Kandzidulski wohl noch nicht einmal davon geträumt, der Baronin Ratschläge zu erteilen. Doch nun waren die früheren Unterschiede schon eingeebnet. Flüchtlinge waren sie alle, die Baronin ebenso wie Kandzidulski, die Kanadierin Susanne Reckel ebenso wie Leszinski, Pracke oder Wieczorrek und alle die andern, Deutsche, Halbdeutsche und Polen.

Die Baronin hatte dann entschieden: »Wir warten bis Mitternacht auf Herrn Reckel und Wieczorrek. Wenn die beiden bis Mitternacht nicht zurück sind, ziehen wir weiter und versuchen, in Bandeck über die Züddow zu kommen. Jetzt gleich aber sollen sich zwei Männer freiwillig melden, die durch den Wald seitlich auf die Höhe über dem Hohlweg steigen, um zu sehen, ob da oben freies Feld ist, vielleicht ein Dorf, ob überhaupt die Luft rein ist.«

Es meldeten sich die beiden, die mir dann später in Frankfurt begegnet sind. Sie stiegen mühsam durch den dunklen, verschneiten Wald den Nordhang über dem Hohlweg hinauf und erreichten eine offene Ebene, die sich im dürftigen Licht der Sterne und des aufgehenden Mondes völlig tot und leer ins Endlose zu dehnen schien. Furcht mochte die beiden gepackt haben, daß der Treck sich ohne sie wieder in Marsch setzte. Aber gerade als sie sich nach kurzer Umschau schleunigst auf den Rückweg machen wollten, setzte urplötzlich die Kanonade ein, die auch mich erschreckt hatte. Die Artilleriepanzer standen auf der südlichen Gegenkante des Hohlwegs in Bereitschaft. Hätten die beiden statt des nördlichen den südlichen Hang über dem Hohlweg erstiegen, so wären sie wahrscheinlich dem dort auf den Schießbefehl wartenden Truppenverband in die Arme gelaufen und vermutlich nicht mehr wiedergekehrt.

Auf halber Höhe über dem Hohlweg vernahmen sie dann durch den Lärm des Artilleriefeuers das dumpfe Rollen des nahenden Panzerverbandes, dann eine Anzahl von schnellen, harten Abschüssen in der Tiefe. Die Panzer haben wahrscheinlich geglaubt, sich den Weg freischießen zu müssen. Aber der Tiefentalauer Treck führte keine Waffen mit. Die in den Schlitten und Wagen tief vermummt hockenden Menschen, die fest eingeschirrten Pferde, die dicht an dicht aufgeschlossenen Fahrzeuge sind grauenhaft überrascht worden, wurden in wenigen Minuten zerrollt, zerwalzt.

Die beiden Tiefentalauer haben genau wie ich verstört in dem gestaltlosen Morast aus Schnee, Blut, Schleim, Stroh, Wagen- und Schlittentrümmern nach erkennbaren Spuren gesucht und nichts gefunden. Die stählernen Kolosse, fünfzig oder mehr, hatten in dem engen Hohlweg eine beinahe glattgestampfte Bahn hinterlassen, die sofort wieder steinhart gefror.

Warum ich den beiden Männern in der Schreckensnacht nicht begegnet bin, ist mir ein Rätsel. Ich wage auch nicht, an ihrer Darstellung zu zweifeln. Dazu stimmte ihre gar nicht unbeholfene Schilderung zu deutlich mit dem überein, was sich mir selbst ins Gedächtnis geprägt hat.

Vielleicht hatte ich mich schon abseits zum Schlafen in den Schnee gelegt, als sie auf dem Schauplatz des Untergangs der

Menschen von Tiefentalau erschienen. Die beiden haben nicht mehr zurückgeblickt und sind noch in der gleichen Nacht westwärts weitergewandert. Sie schlossen sich befreiten polnischen Zwangsarbeitern an, die durchaus darauf bedacht waren, den Amerikanern, nur ja nicht den Russen in die Arme zu laufen. Halb Deutschland und noch einiges mehr war damals auf der Wanderschaft; kaum einer war noch da, wo er hingehörte – und manch einer konnte nie mehr dahin zurückgelangen, wo er hingehörte, so zum Beispiel die Leute aus Preußisch-Breitenbeil, denen der Zufall mich mit meinem Pferd zugeführt hatte. Ich hatte es übrigens nicht zu bereuen, daß ich mich ihnen anschloß. Mit jenem lederdürren, aber ungemein zähen, hochgewachsenen Manne, mit Heinrich Kniatkowski, der mich in der Nacht meiner Ankunft in Tempelburg in Empfang genommen hatte, verband mich bald so etwas wie Freundschaft. Auch die übrigen Leute im Treck nahmen mich teils mit Gleichmut, teils mit Freundlichkeit hin. Da ich Reckel hieß und die Reckels schon, solange man denken kann, in Preußisch-Breitenbeil zu Hause gewesen sind, wurde ich akzeptiert.

Wir haben auf der weiteren Wanderschaft durch Mecklenburg noch verschiedene Abenteuer zu bestehen gehabt, gerieten wieder zwischen die kämpfenden Truppen und damit in große Gefahren. Von einem Debakel, wie es den Tiefentalauer Treck getroffen hatte, blieben wir jedoch verschont – sonst säße ich kaum hier als noch leidlich brauchbarer Mann und schriebe dies.

Hinter Schwerin splitterte sich der Preußisch-Breitenbeiler Treck in zwei Teile auf: die einen wollten die Elbe zu queren versuchen und auf Oldenburg ziehen; die andern wollten den Übergang über den großen Strom vermeiden, obgleich wir zuvor fast ohne Aufenthalt die Oder überwunden hatten, und nach Holstein wandern. Ich schloß mich der zweiten Gruppe an. Zwischen Lübeck und Hamburg gerieten wir in ein weitgespanntes Auffangnetz der britischen Streitkräfte. Der Treck wurde angehalten, oberflächlich durchsucht, vor allem aber hatten die Männer Rede und Antwort zu stehen, ob sie nicht verkappte Soldaten oder SS-Leute seien. Ich war sehr erstaunt, als sich Kniatkowski bei dieser Gelegenheit als Unteroffizier eines Infanterieregiments entpuppte, das an der unteren Weichsel in die schweren Abwehrkämpfe gegen die Russen verwickelt gewesen war, nicht allzuweit von Preußisch-Breitenbeil. Er hatte sich nichts mehr vom weiteren Glanz des »Dritten Reiches« versprochen und sich rechtzeitig in seine Heimatstadt abgesetzt. Die Wiedersehensfreude hatte nicht lange gedauert. Er war, gerade noch rechtzeitig gekommen, sein Hab und Gut, Frau und Kinder auf den Leiterwagen zu packen und das Heil in der Flucht zu suchen.

In der Nähe von Tremsbüttel also faßten uns die Engländer, unterwarfen die Männer des Trecks einer scharfen Kontrolle, und schon war es um Kniatkowski geschehen. Er wurde mit vier oder fünf anderen Männern, in denen der englische Offizier ebenfalls deutsche Soldaten erkannt zu haben glaubte, in die Kriegsgefangenschaft abtransportiert – in die englische, aus der er hoffen konnte zurückzukehren, und nicht in die russische, der er sich als alter Fachmann der Ostfront entzogen hatte.

Ich hatte mich nicht enthalten können, den Frauen und Männern aus Preußisch-Breitenbeil bei ihrer Vernehmung durch die Briten mit meinen englischen Sprachkenntnissen zu helfen. Ich fand kaum Zeit, mich darüber zu wundern, wie mühelos ich wieder ins Englisch hineinglitt. Die Leute aus Preußisch-Breitenbeil wurden in ihrer Aufregung, nun doch »geschnappt« zu sein – viele von ihnen stotterten und schlotterten vor Furcht und Sorge angesichts dieser merkwürdigen Offiziere mit Bambusstöckchen in der Hand, mit blaßblonden Schnurrbärten – ja, die Krugs, die Bretzows, die Jaguschinskis, Dittmanns, Böhrings, Patzecks und wie die Breitenbeiler Leute sonst hießen, wurden in ihrer Angst nicht einmal gewahr, daß der Fremde mit dem ihnen allerdings vertrauten Namen Reckel plötzlich englisch redete und für sie dolmetschte.

Natürlich hatte ich bald gemerkt, daß der Vernehmungsoffizier mich mehr als einmal mit leicht zusammengekniffenen Augen gemustert hatte, während ich mich bemühte, die unbeholfenen Aussagen meiner Gefährten auf englisch plausibel erscheinen zu lassen. Die Stunde, in der ich mich selbst zu offenbaren hatte, war gekommen. Ich wußte es. Ich war ihr entgegengezogen. Ich hatte mich innerlich darauf vorbereitet, hatte die relevanten Tatbestände bei der Hand, war seit langem auf alle Argumente vorbereitet. Ich war erfüllt von dem unbedingten Willen, mir das Anrecht auf meine ordentlich erworbene kanadische Staatsbürgerschaft zurückzuerkämpfen. Ich hatte mit dem verflackernden Krieg nichts gemein. Ich wollte heraus aus diesem Lande des Wahnsinns, das sich in einer Hybris von Überwertigkeitskomplexen selbst ans Messer geliefert hatte – viele Hunde sind des Hasen Tod! – und das nun in eine Hybris von Minderwertigkeitskomplexen verfallen würde (woran ich nicht zweifelte und womit ich bis zum heutigen Tag auf geradezu lächerliche Weise recht behalten habe).

Selbstverständlich hatte ich vor dem Abmarsch aus Tiefentalau alle Dokumente und Papiere, die über meine, Susannes und des kleinen Erik Person Auskunft gaben, als kostbarsten Besitz eng zusammengefaltet in einen Lederbeutel gesteckt und mir diesen unter dem Hemd um den Hals gehängt. Die Baronin hatte mir aus ihren Gutsakten alle die Belege herausgesucht, aus denen Gründe, Dauer und nähere Umstände meiner »Inhaftierung« und »Arbeitsverpflichtung« auf Tiefentalau ersichtlich waren; auch diese Blätter steckten in dem Lederbeutel auf meiner Brust. Die Baronin hatte vor dem Abmarsch von Tiefentalau allen ihren Leuten dringend angeraten, die wichtigsten Papiere wohlverwahrt mitzunehmen. Ich fand später heraus, daß die Preußisch-Breitenbeiler und eigentlich alle die Millionen von Deutschen, die damals auf Wanderschaft waren, desgleichen getan hatten. Die Deutschen sind eben ordentliche Leute, sind in ihrem ewig hin und her gezerrten Mitteleuropa durch Schaden klug geworden und haben längst nach vielen peinigenden Erfahrungen begriffen, daß ein Mensch erst zu einem Menschen wird, wenn er seine Identität abgestempelt in der Tasche trägt. Nachdem also die Preußisch-Breitenbeiler vor dem herablassend gleichmütigen, seine Stimme stets mäßigenden britischen Offizier ihre Sprüchlein aufgesagt hatten und dann sogar, bis auf die neugebackenen Kriegsgefangenen und einige des »aktiven Nazismus Verdächtige«, mit einem weiteren kostbaren Papier, dem »Passierschein«, versehen worden und fortgewinkt waren, hob der britische Offizier leicht sein Stöckchen, schlug sich damit in die flache linke Hand und wendete sich mit einem Ruck nach links mir zu – ich stand an der linken Schmalseite des Tisches –:

»Weil, my dear fellow, and who are you?[1]«

Er hatte die Stimme kaum gehoben bei diesem Schuß ins Dunkel. Früher oder später hatte diese Frage kommen müssen; sie überraschte mich nicht. Ich erwiderte:

»Ich bin kanadischer Staatsbürger, Sir!«

Der Offizier ließ einen leisen Pfiff durch die Zähne hören.

»Was Sie sagen! Das ist sehr interessant. Aber das müssen Sie ein bißchen erklären, nicht wahr? Protokoll, Jones!« Der Obergefreite, der an der anderen Längsseite des Verneh-

1 »Nun, mein lieber Mann, und wer sind Sie?

mungstisches bisher gelangweilt mit dem Bleistift gespielt hatte, setzte sich in Positur, um meine Aussage mitzustenografieren. Es wurde also ernst. Verwickelte ich mich später in Widersprüche mit diesem meinem ersten Geständnis, so würde ich in des Teufels Küche kommen. Seit ich nach der grausigen Nacht in dem Hohlweg längs der Kublinka der Geliebten nicht besinnungslos in ihren langen Tod gefolgt war, seit ich viel zu lange nach Spuren der Vernichteten gesucht, als wäre es darauf noch angekommen, seit der Schnee eine neue, weiße, makellose Decke über das Unheil gebreitet, ich schließlich mein Pferd bestiegen und in die neue Nacht davongestolpert war, brauchte ich mich nicht mehr zu fragen, ob ich weiterleben wollte. Ich wollte es, obgleich es besser gewesen wäre, konsequenter, treuer, ehrlicher, wenn ich damals ebenfalls »Schluß gemacht« hätte, nachdem mit meinen Menschen »Schluß gemacht« worden war. Da mir also das Leben erhalten geblieben war, hatte ich es mit Geschick und List zu verteidigen. Außerdem gab es in der Ferne irgendwo – damals bei Tremsbüttel mir allerdings kaum noch gegenwärtig –, gab es Fritze und Katlen. Ich durfte es für wahrscheinlich halten, daß die beiden auf mich warteten. Wenigstens ich hatte zurückzukommen, wennschon Susanne nicht mehr zurückkommen konnte. Aber Fritze hat, ich weiß es nun, im Grunde recht, wenn er mich auf dunkle Weise für schuldig hält. Ich hätte Susanne freiwillig in den Untergang folgen müssen, um den mich nur ein blinder Zufall betrogen hatte. Ich habe versagt und bin am Leben geblieben. –

Ich griff hinter meinen Hemdkragen, bekam das Leinenband zu fassen und zerrte den Lederbeutel ins Freie, den ich auf der Brust trug.

Stück für Stück legte ich dem Offizier die Dokumente vor, eines nach dem anderen erläuternd, soweit sie deutsch oder polnisch abgefaßt waren. Da war:

die Bescheinigung, daß uns unsere kanadischen Pässe, Nr. soundso und Nr. soundso, ausgestellt in Osceola, British Columbia, am soundsovielten, versehen mit deutschem und polnischem Einreisevisum, zu Beginn des Krieges von der deutschen Feldpolizei abgenommen worden waren;

da war in polnisch die Bescheinigung des polnischen Arztes aus Crone an der Brahe, daß Frau Susanne Reckel an schweren Schwangerschaftsbeschwerden erkrankt, bettlägerig und bis auf weiteres nicht reisefähig wäre, so daß sie vor dem Ablauf ihres polnischen Aufenthaltsvisums Polen nicht verlassen könnte (die Baronin hatte sich dieses wichtige Papier nach dem Einmarsch der Deutschen in Crone heraussuchen lassen, die kluge Baronin –!);

da war die Benachrichtigung der deutschen Ortskommandantur Bromberg, daß der Kanadier Hans Reckel an Stelle von Zivilinternierung für »feindliche Ausländer« auf das Rittergut Tiefentalau zur Verfügung der Baronin Terplitz zwangsverpflichtet wurde, um als Ersatz für den im polnischen Heer gefallenen ehemaligen Verwalter tätig zu werden – mit Familie;

da war die Geburtsurkunde meines Sohnes Erik vom 27. Dezember 1939, ausgestellt vom Standesamt Tiefentalau, unterschrieben vom Standesbeamten Juliane von Terplitz;

da waren schließlich die von Jahr zu Jahr erneuerten Ausweise, die mich jeden Monat als auf Tiefentalau zwangsverpflichteten Kanadier mit gestempeltem Lichtbild und Kontrollstempeln bestätigten;

da hatte die Baronin weiterhin dafür gesorgt, daß ich eine beglaubigte Kopie des Schreibens hatte mitnehmen können, nach welcher die zwangsweise erfolgte Polonisierung ihres Namens in Terpliçka rückgängig gemacht und ihr alter deutscher Name Terplitz wiederhergestellt wurde (das bedeutete, daß sie unangefochten im Besitz von Tiefentalau hatte bleiben können; Leute aus Grenzländern zwischen den Völkern haben, wenn sie am Leben bleiben wollen, viele Verwandlungen zu mimen, von denen sich die Leute weiter im Lande nichts träumen lassen);

da waren noch einige weitere, weniger wichtige Papiere, im ganzen vierzehn Dokumente, wie ich mich noch sehr genau erinnere.

Ich glaube, ich habe meinen Fall bei jener ersten Vernehmung durch den britischen Offizier nicht übel vertreten. Der Mann griff in die Tasche seines Uniformrockes und bot mir eine Zigarette an. Ich akzeptierte sie und rauchte sie auch, obgleich ich sonst kein Raucher war – und bin. Der Offizier blätterte nochmals in den vor ihm ausgebreiteten Papieren, schob sie schließlich zusammen und meinte, während er sich erhob:

»Klingt alles einleuchtend, Mr. Reckel. Aber natürlich kann ich Sie nicht laufenlassen. Nach meinen Bestimmungen muß ich Sie der nächsten kanadischen Einheit überstellen. Es trifft sich gut, daß unsere Nachbardivision eine kanadische ist. Man wird Sie wahrscheinlich in ein Vernehmungslager einweisen, um festzustellen, was an Ihren Aussagen wahr ist und ob Sie wieder einen kanadischen Paß bekommen können. Heben Sie alle diese Papiere gut auf; an ihnen hängt wahrscheinlich Ihre weitere Existenz.«

Das brauchte er mir nicht zu sagen; ich wußte es selber. Ich verwahrte die Dokumente wieder in ihrer Ledertasche, schob mir die Tasche wieder unters Hemd. Der Vernehmer kaute einige Augenblicke gedankenvoll an seinem fahlen buschigen Schnurrbart und tat es dann: er reichte mir die Hand.

»Well, good luck, Mr. Reckel! I hope you see Canada soon.[1]«

1 »Also viel Glück, Herr Reckel! Ich hoffe, Sie sehen Kanada bald wieder!«

Well, vielleicht hat der Mann das sogar ehrlich gemeint. Die Hoffnung aber hat getrogen; es verging noch mehr als ein Jahr, ehe ich den Fuß wieder auf kanadischen Boden setzte.

Es ist Montag nach Pfingsten, 31. Mai 1971. Heute soll Katlen hier eintreffen. Ich freue mich auf Katlen, wie ich mich selten auf Fritze freue. Um mir die Ungeduld des Wartens zu vertreiben, schreibe ich noch ein wenig davon auf, was sich gestern abend bei Oky und Lotta abgespielt hat – ein bemerkenswertes Gespräch.

Am Nachmittag des gestrigen Tages hat der Regen aufgehört zu fallen; ein kräftiger Wind aus Südosten kam auf und führte wärmere, trockene Luft heran. Gegen Abend konnte ich schon, ohne Gummistiefel anzuziehen, zu Fuß die zehn Minuten zum Haupthaus hinüberwandern; der Fahrweg war einigermaßen abgetrocknet. Aber sicherlich werden wir frühestens morgen, Dienstag, mähen können, wenn es wirklich trocken bleibt. Heute ist das Gras noch viel zu naß und schwer. Katlen wird erst am Nachmittag zu erwarten sein.

Oky und Lotta zeigten sich gestern abend recht mißmutig wegen des Regenwetters. Die ersten Jagdgäste haben sich für den 10. Juni angesagt – und bis dahin will Oky sein Heu unter Dach und Fach haben. Dafür braucht er möglichst ab sofort Trockenheit und warme Sonne.

Ich hatte einige Mühe beim Abendessen, die beiden von der fortgesetzten Debatte über das Wetter abzulenken. Weil ich auf den letzten Seiten einige Male vom Zufall geschrieben habe, noch daran dachte und weil obendrein nichts »zufälliger« ist als das Wetter, kamen wir auf Zufall allgemein zu sprechen.

Oky neigt sonst nicht zum Philosophieren. Aber seit er den Hengst Sorrel hat erschießen müssen, um mich und sich vor ärgerem Schaden zu bewahren, seit ihm nun der ungewöhnlich nasse Frühling ständig Knüppel zwischen die Beine wirft und ihn zu verwünschter Untätigkeit zwingt, durchläuft er eine Periode des Nachdenkens.

»Mit dem ständigen Gerede vom Zufall kommt man ja nicht weiter. Irgendwo muß jemand sitzen, den man nicht kennt, der zieht an Drähten, die man nicht sieht, und dann fallen die Ziegel vom Dach oder die Reiter vom Roß, selbst wenn sie sonst die allerbesten Reiter sind. Das ist dann ein schlimmer Zufall. Und wenn einer auf seinem jämmerlichsten Unland plötzlich eine dicke Kupferader findet, so ist das ein glücklicher Zufall. Ein dümmeres Wort gibt es gar nicht. Alle diese Zufälle sind angeordnet und gehören in einen Plan. Aber der Planer hält sich stets verborgen, und der Plan bleibt ein Buch mit sieben Siegeln. Ich muß schon sagen: auf die Dauer ein verdammt unerfreulicher Zustand!«

Ich erwiderte heiter:

»Du hast eine prächtig schlechte Laune, Oky. Vielleicht ist das schlechte Wetter und daß wir das Gras nicht mähen können zu ›was ganz Besonderem‹ gut. Wir sind bloß noch nicht dahintergekommen. Schließlich war es ja der sogenannte ›reinste Zufall‹, daß wir uns begegnet sind, so daß wir uns zusammentun konnten. Das war doch ein durchaus glücklicher Zufall. Oder seid ihr anderer Meinung?«

Sie lachten und waren es nicht. Ich fuhr fort:

»Wollt' ich mir auch ausgebeten haben! Wenn ich damals vor acht Jahren – oder sind es schon zehn – die Motorpanne nicht gerade vor der Abzweigung zu Hansteds Ranch gehabt, bei euch hätte Hilfe holen müssen und so diesen Platz und die Berge und den Pourquoipas zum erstenmal zu Gesicht bekommen hätte – womit es dann gleich um mich geschehen war –, so wäre ich weitergegondelt und hätte mich sicherlich bei Anahim Lake an dem pompösen Kasten von

Bankiershotel beteiligt. Das wäre vielleicht eine leidlich gute Geldanlage gewesen. Aber den Frieden und die Stille, auf die ich aus war, hätte ich dort nicht gefunden, sondern nur ein neues Investment, ein höchst überflüssiges. Alles Zufall natürlich!«

Oky konnte sich nicht von seiner Vergrämtheit freimachen:

»Wie man's nimmt! Ich sage ja, es gibt keinen Zufall. Obgleich wir heute meinen, daß es ein guter war, der uns zusammengeführt hat, wissen wir nicht, ob wir morgen oder in einem Jahr noch der gleichen Ansicht huldigen werden. Still ist es ja hier genug. Aber friedlich? Wo ist es überhaupt friedlich? Von selber nirgendwo! Man muß ständig balancieren, damit man selber friedlich bleibt und damit es um einen herum einigermaßen friedlich bleibt. Wenn auf der Welt kein Frieden ist, so nur deshalb, weil die Politiker für diesen Dauerbalanceakt zu dumm sind, oder ihn gar nicht wollen, womit sie sich ebenso benehmen, als stünden sie im Privatleben.«

Ich sagte:

»Oky, die Griesgrämigkeit steht dir nicht. Was willst du denn? Das schlechte Wetter wird vorübergehen. Schließlich: unter uns herrscht Frieden, mit den Nachbarn leben wir auch in Frieden und unter euch ist auch alles friedlich. Wenn die lieben Kinder aus der Reihe tanzen, das ist nicht sehr aufregend, sondern der Lauf der Welt. Daß hier auf unserer kleinen Insel Frieden ist, das ist schließlich die Hauptsache!«

In diesem Augenblick fing ich einen zornigen Blick auf, den Oky zu Lotta hinüberschickte. Ich erschrak, und sofort richtete sich in mir die Abwehr auf: wenn ihr uneins miteinander seid, ich will nicht wissen, warum und wieso. Werdet allein damit fertig! Ich bin selber nicht so friedlich, wie ich vorgebe. Ich riegelte mich ab. Oky murrte: »Zwischen mir und Lotta ist kein Friede.«

Wenn er gehofft hatte, daß ich weiter fragen würde, so sah er sich enttäuscht. Ich verspürte nicht die geringste Lust, mich einzumischen.

Lotta merkte, wie die Dinge standen. Sie nahm jetzt zum erstenmal das Wort:

»Was belästigst du Hans mit unseren Geschichten, Oky! Wir werden mit Oscars Anliegen allein fertig werden müssen. Hans hat völlig recht, wenn er nicht den Schiedsrichter spielen will.«

Oscar ist Okys und Lottas erfolgreicher, aber abtrünniger Sohn in Vancouver.

Ich sagte gar nichts mehr.

Lotta kam dann noch mit einem Wunsch heraus, der so etwa alle drei bis vier Monate wieder auftaucht:

»Wir sollten nächstens wieder eine Hausandacht halten. Das würde uns allen dreien guttun. Aber das letztemal, als John Fennimoor hier war, hat er zuviel albernes Zeug geredet und das noch für eine Predigt ausgegeben. Willst du nicht die Andacht halten, Hans? Du kannst das bestimmt!« Oky knurrte dazwischen:

»Ich habe jetzt gar keine Zeit für deine Andachten. Wir kommen auch ohne Andachten aus!«

Ich war ebenfalls nicht sehr begeistert.

»Ich und Andacht, Lotta? Das wird nichts. Ich stolpere immer schon bei der ersten Vaterunser-Zeile. Mitmachen, wenn ein anderer sie hält, gut, meinetwegen! Aber selber eine abhalten, nein, das gibt nichts Gutes!«

Aber Lotta, die Bauerntochter aus Mittelschweden, war nicht umzustimmen:

»Ich lass' das nicht zu, daß wir hier leben wie die Heiden. Ich werde dafür sorgen, daß wir wieder zu einer vernünftigen Andacht kommen. Und wenn nicht anders, dann mit Fennimoor!«

Als ich durch die windige, wolkenreiche, aber nicht unfreundliche Nacht wieder zu meinem Hause zurückwanderte, hörte ich eine Stimme sprechen: Frieden, du Dummkopf, Frieden ist auch nur Zufall! Auf alle Fälle muß er erworben werden!

Hoffentlich hat Katlen keine Panne, keinen Unfall gehabt. Es ist schon sechs Uhr nachmittags – und sie ist immer noch nicht da. Ob ich ihr entgegenfahre –?

12

Ich habe Katlen nicht entgegenzufahren brauchen. Wenige Minuten nachdem ich die letzten Zeilen des vorigen Kapitels zu Papier gebracht hatte und noch überlegte, ob es nicht ratsam wäre, den Werkzeugkasten mitzunehmen, um Katlen eventuell helfen zu können, hörte ich das von ihr stets benutzte Ankunftssignal: zweimal ganz kurz auf die Hupe gedrückt und nach einem Augenblick wieder zweimal kurz. »Here comes: Cathleen« – hier kommt: Katlen – soll das heißen. Und wenn man das weiß, hört man's auch heraus.

Ich ließ alles stehen und liegen und eilte ins Freie. Da stieg sie gerade aus ihrem ziemlich gewaltigen Ford Mercury. (Katlen und ihr Mann, Harry Macphail, sind beide für schwere Wagen. Harry ist also mit dem anderen, dem Oldsmobile, auf seine Geschäftsreise gegangen. Die beiden verdienen, Gott sei Dank, gutes Geld, er mit seiner Schiffsmaklerei in Victoria und sie mit ihrer Agentur für das einzig wahre »Kölnisch Wasser«; das Büro dafür hat sie sich in ihrem großen Privathaus an der Ross Bay eingerichtet, so daß sie ihre wirklich entzückende kleine Tochter Prissy nicht aus den Augen zu lassen braucht. Ein spätes Kind, die kleine, jetzt vierjährige Prissy, und ein sehr lebendiges Denkmal für meiner Katlen Beharrlichkeit und Mut. Katlen hat drei Fehlgeburten über sich ergehen lassen müssen. Erst der vierte Versuch, Harry mit dem lang ersehnten Kind zu beglükken, hat zum Erfolg geführt. Ich muß Katlen auch diesmal wieder sagen, sie sollen ein zweites Kind zu sich nehmen; ihr selbst ist kein zweites zuzumuten. Es bekommt der kleinen Prissy aber auf die Dauer nicht, alleiniger Mittelpunkt der Familie zu sein und ständig den Vater und die väterlichen Großeltern auf den Kopf zu stellen. Ich verschweige übrigens bei dieser Gelegenheit nicht, daß Katlen die Idee, sich mit einer Agentur für »Kölnisch« zu etablieren, von mir bekommen hat; als der zweite Kinderversuch schiefgegangen war und Katlen eine sinnvolle Beschäftigung brauchte. Harrys ohnehin nicht geringer Respekt vor seiner Frau nahm geradezu beängstigende Dimensionen an, als Katlen mit Umsicht und Zähigkeit aus dem Vertrieb des wohlriechenden Wassers ein von Jahr zu Jahr erfreulicheres Geschäft zu machen verstand.)

Da war also meine liebe Katlen! Ihre zweiundvierzig Jahre mag man ihr nicht glauben. Sie kommt auf mich zugelaufen auf ihren hohen, schlanken Beinen, perfekt angezogen, teuer und wie immer ein wenig sportlich, makellos, als hätte sie sich eben erst umgezogen und hätte nicht eine lange und anstrengende Fahrt hinter sich. Ein ungetrübtes Vergnügen, Katlen auch nur anzuschauen – und ich kann nie genug davon bekommen!

Sie fällt mir um den Hals. Wir drücken uns ganz ungeniert und herzlich. Sie ruft:

»Endlich mal wieder, Pa! Wir sehen uns viel zu selten. Alles Gute von Harry und seinen Eltern und sogar von Prissy, die mir die Grüße, ihre ganz speziellen, wohl zehnmal aufgetragen hat. Laß dich anschauen, Pa! Du siehst leidlich aus.

Bißchen zu ernst im Hintergrund wie immer, aber sonst ganz prächtig!«

Ich kann auch ihr nur bestätigen, daß sie prächtig aussieht. Sie strahlt. Sie entschuldigt sich:

»Ich habe schon die allerfrüheste Fähre nach Tsawwassen genommen und bin gefahren wie der Teufel. Hoffentlich hat mich keiner aufgeschrieben. Aber dann wurde im Gebirge und hinter Williams Lake auf der Zwanzig hier zu euch das Wetter so zauberhaft: hohe, weiße Haufenwolken, weißt du, und viel blauer Himmel und eine unwahrscheinliche Fernsicht nach dem Regen in den vergangenen Tagen, nicht besonders viel Verkehr. Man konnte einfach der Versuchung, zu bummeln und die Augen auf die Weide zu schicken, nicht widerstehen!«

»Und dann«, fügte ich illusionslos, wie ich bin, hinzu: »Dann hat dich Lotta drüben am Haupthaus abgefangen und dir eine Tasse Kaffee angeboten; sie hat dich sehr gern, und andere Frauen, mit denen sie einmal reden könnte, sind schrecklich rar auf fünfzig oder mehr Meilen im Umkreis. Und das hat natürlich mindestens eine gute halbe Stunde gekostet. Es gibt irgendwelche Schwierigkeiten zwischen Oky und Lotta, und du kamst ihr gerade recht, sich eine Erholungspause in der Auseinandersetzung mit Oky zu erzwingen.«

Katlen lachte mich aus:

»Ach, Unsinn, Pa!« (Sie nennt mich standhaft ›Pa‹ nach amerikanischer Sitte, nicht ›Vater‹ wie Fritze.) »Lotta und Oky kriegen sich genauso manchmal in die Haare wie Harry und ich. Das macht nichts. Das bügelt die Freundschaft nur auf. Hinterher ist man nämlich besonders nett zueinander, damit der andere die harten Worte vergißt, mit denen man seinen Zorn abgeblasen hat. Ich habe etwas gemerkt da drüben bei Hansteds, stimmt schon, Pa. Aber mach dir nur keine Sorgen! Sorgen machen ist ja deine Lieblingsbeschäftigung!«

Sie nahm mich noch einmal um den Hals und küßte mich schallend auf meine, bitte sehr, gut rasierte Backe, das freche Frauenzimmer, das sich seiner Unwiderstehlichkeit stets so unverschämt sicher ist. Sie fuhr fort:

»Oky fing schrecklich an zu jammern: nun würde das Wetter gut, die Wiese müßte, müßte, müßte gemäht werden. Und du, Pa, hättest schon zugesagt, den zweiten Trecker zu fahren. Und warum ich nicht schon hätte kommen können, solange das Wetter noch schlecht gewesen wäre? Und er bäte mich mit gerungenen Händen, dir gut zuzureden, trotz meines Besuchs deine Zusage, beim Mähen mitzumachen, nicht zurückzuziehen. ›Klar, Oky‹, habe ich ihm gesagt, ›ich kenne dich, alter Freund; Pa schuftet wie ein Irrer, und du sparst den Lohn. Ein Ausbeuter bist du, Oky‹, habe ich ihm gesagt, ›und ich werde Pa dringend abraten, sich weiter von dir ausnutzen zu lassen.‹ Zuerst wußte er nicht, wie das gemeint war, und schien sogar ehrlich betroffen. Aber schließlich habe ich ihn beruhigt: du hättest ein viel zu schlechtes Gewissen, Pa, wenn du Oky morgen sitzenließest und dich statt dessen den ganzen Tag mit mir beschäftigtest. Er sollte unbesorgt sein, du würdest morgen früh antreten. Lotta und ich würden sich einen wunderbaren Schwatz- und Klatschtag machen und euch zwei Schwerstarbeiter abends mit einem ausgeklügelten Dinner überraschen. Mittags kriegt ihr nur einen Bissen. Mit leerem Magen stuckert's sich leichter auf dem Trecker. Sag mal, Pa, stehen wir noch lange hier draußen herum? Dann kann ich mich ja auch an der Regentonne frisch machen. An der Garagenecke, wo du dir das Wasser für Opapas Stiefmütterchen sammelst? Die Tonne ist sicher voll!«

So ist sie, meine Katlen, ein bezaubernder Teufelsbraten, dem nur schwer ein X für ein U vorzumachen ist. Ich beteuerte, die Gemächer für Dero prinzeßliche Hoheit aufs gewissenhafteste vorbereitet zu haben. Sie hakte mich unter, und wir gingen Arm in Arm zum Haus hinüber, so wunderbar einig und heiter, als bestünde die ganze Welt nur aus Lust und Liebe. Ein wahres Labsal, meine wunderbare Katlen! Das schönste Vermächtnis, das Susanne mir hinterlassen hat!

– Was habe ich da eben wie selbstverständlich hingeschrieben? Susanne mir hinterlassen hat –? Katlen ist weder ihr noch mein Kind, ist nur adoptiert. Und trotzdem glaube ich felsenfest, daß es Susanne gewesen ist, die dem winzigen Fräulein in den ersten Jahren seines Lebens den Stempel ihres Wesens unauslöschlich aufgeprägt und aus der kleinen Waise diesen freien, heiteren, selbstbewußten, von innen und außen schönen Menschen gemacht hat. –

Während Katlen leise im Bad und im Gästezimmer rumorte, richtete ich sorgsam den Abendtisch her. Sie ißt nicht viel, meine Tochter Katlen, meine ins unbeschwerte Kanadische übersetzte Susanne. Sie ißt am liebsten einfache Sachen und sehr überlegt. Darin stimmen wir durchaus überein. Wenn ich bei Lotta gelegentlich schwelge, so lege ich hier bei mir einen Fasten-, auf alle Fälle einen geizig mageren Tag ein. Bekommt mir ausgezeichnet. Und Katlen ist immer noch schlank, fest und behende wie ein Rennpferd.

Wie immer in solchen Fällen hatte ich meinen großen Schreibtisch abgeräumt, die blanke Holzplatte mit einem Hauch von Politur noch blanker gerieben und unsere Teller auf zwei dunkelrote Leinendeckchen gestellt. Wir saßen nebeneinander an der Längsseite des großen Tisches. Der üppige Wiesenteppich, die Gebüsche, der See, die Gebirge jenseits davon, die Wälder, die silbernen Firne prachtvoll vor unseren Augen ausgebreitet.

Katlen sagte dann auch, als wir hinter dem breiten Fenster Platz genommen hatten:

»Fit for a king, Pa, this table and this view of the mountains, and thanks very much for this delightful meal![1]«

Sie kann das so nett vorbringen, daß man sich reich beschenkt vorkommt.

»Ich habe dich gern hier, Katlen. Das ist dir kein Geheimnis. Und wenn wir hier den kalten Braten, den Lachs, den Tee und Lottas gutes Brot gemeinsam genießen, so weiß ich das sehr zu schätzen. Ich habe dir für deinen Besuch zu danken, nicht du mir! Laß es dir gut schmecken! Du wirst müde sein nach der langen Fahrt –?«

»Mehr noch nach dem gestrigen Tag und den wenigen Stunden Schlaf danach. Harry war natürlich wieder unsicher und unschlüssig vor seiner Fahrt nach Portland, Oregon, wo ein großes Geschäft vor dem Abschluß steht mit vielleicht mehr als gewöhnlichem Risiko. Ich hatte ihm also den Rücken zu stärken. Mein Vertrauen in seine kaufmännische Vorsicht, aber auch seinen sicheren Instinkt ist unbegrenzt. Mit diesem Vertrauen habe ich ihm vor schwierigen Entscheidungen stets unter die Arme zu greifen. Und dann hatte ich Prissy bei Harrys Eltern abzuliefern. Wer aufgeregter war, die Alten oder die kleine Dame, die ich ständig und manchmal recht energisch zur Räson zu bringen habe, das ist schwer zu sagen. Ich machte, daß ich wieder fortkam. Schließlich hatte ich mir noch Joe bestellt, den wichtigsten Mitarbeiter in meiner Agentur, um mit ihm zu besprechen, was während meiner Abwesenheit alles passieren könnte und was erledigt werden müßte. Danach war ich dann so aufgedreht, daß ich die wenigen verbleibenden Stunden bis zum Aufstehen um fünf Uhr früh heute morgen nur schlecht geschlafen habe.«

1 »Wie für einen König, Pa, dieser Tisch und der Blick auf die Berge – und vielen Dank für dies reizende Mahl!«

Ich erwiderte:

»Habe ich mir alles entsprechend gedacht, Katlen. Wir werden keine langen Nachtgespräche mehr führen. Du wirst gleich ins Bett gesteckt. Und morgen früh schläfst du so lange du willst. Ich verschwinde schon sehr zeitig. Ich werde Oky sagen, daß wir unten am See mit dem Mähen beginnen. Dann stört dich das Rasseln der Trecker nicht. Mittags sehen wir uns bei Lotta. Abends nach dem Dinner bleiben wir nicht allzu lange drüben. Damit wir uns hier noch in aller Ruhe unterhalten können.«

»Dann wirst du sehr müde sein, Pa! Es ist herrlich hier bei dir – einmal ganz ohne den üblichen Anhang, ohne Kind, Mann und Geschäft und Telefon. Aber den verlorenen Tag morgen, den gebe ich nicht auf. Ich bleibe einfach einen Tag länger, wenn's dir recht ist!«

Und ob es mir recht war!

Ehe wir uns für die Nacht voneinander verabschiedeten, machte ich ihr noch ein durchaus ehrlich gemeintes Kompliment über ihren Anzug. Sie hatte sich mir zu Ehren in ein königsblaues Schneiderkostüm gekleidet, das ihre kühle Anmut, ihre herbe Schönheit prachtvoll zum Ausdruck brachte. Ich fand sie überaus vornehm und ganz unnachahmlich elegant. Und sagte es in gar nicht wenigen Worten. Denn wenn ich mich auch als bejahrter Waldschrat im hintersten Winkel von British Columbia so wohl fühle wie nirgendwo anders zuvor, so schließt das keineswegs aus, daß mich eine so schöne Kreatur wie Katlen, mit soviel Geschmack und Klugheit begabt, für ein paar Tage über alle Erdenschwere hinaushebt, wenn sie mir nahebleibt.

Katlen strahlte. Eine warme, liebenswürdige Freude ging von ihr auf mich über. Und es entspricht ihr ganz und gar, daß sie mein Kompliment nicht auf sich sitzenließ, sondern sich mit einem noch netteren erkenntlich zeigte:

»Manchmal, Pa, machst du mich glauben, daß du in jungen Jahren ziemlich unwiderstehlich gewesen bist. Du verstehst es, deine Schmeicheleien so im tiefsten Brustton der Wahrheit an die Frau zu bringen, daß man urplötzlich überzeugt ist, noch nie so perfekt angezogen, so charmant, so wirklich schön gewesen zu sein wie in dem Augenblick, in dem du dein Wohlgefallen bekundest. Du mußt mir gelegentlich von deinen jungen und jüngeren Jahren berichten. Ich bin reife zweiundvierzig Jahre alt und längst alt und weise geworden.«

Sie gab mir einen Kuß zur Nacht, als wäre sie noch das kleine Mädchen von dazumal und nicht die vollendete Dame im kostbaren Schneiderkostüm aus der guten Gesellschaft von Victoria.

Ich hoffe, sie schläft fest und tief unter meinem Dach.

Ich habe leise abgeräumt, die Küche geordnet und mich dann hingesetzt und diese letzten Seiten noch in der gleichen Nacht aufgeschrieben.

Tage wie diese! Welch ein Vergnügen ist es, noch zu leben! Und sich kräftig und gesund zu fühlen – mehr als das: auch zu sein! – wie die Schwarzfichte, die Katlen und ich heute bestaunten, als wir zusammen auf die andere Seite des Pourquoipas geritten waren – sie hatte sich »Hansted's Ranch and the old Reckel's house« einmal von der fernen Kante des Sees aus betrachten wollen. Wir fanden einen märchenhaften Platz unter einer schroff und haushoch über dem See abbrechenden Klippe; vom Fuß der Felswand streckte sich ein makelloser Sandstrand zum Ufer hinunter, rechts und links von lichtem Wald eingerahmt, ein Platz, wie geschaffen dazu, aus dem Sattel zu steigen, sich zu lagern und dem Herrgott den schönen Tag zu stehlen. Ich sagte das auch, und Katlen, der Deutsch zu verstehen keine Mühe bereitet, wenn sie es auch nur sehr unbeholfen spricht, stellte lachend fest:

»Was du stets für lustige Wendungen parat hast, Pa: dem Herrgott den Tag stehlen – großartig! Klingt nach alten Zeiten, wo man sich noch moralisch rechtfertigen mußte, wenn man einmal einen Tag lang, der kein Sonntag war, nicht seine zwölf Stunden abarbeitete. Das ist gründlich vorbei. Manchmal denke ich, daß es nur im Deutschen so farbige Redensarten gibt.«

»Stimmt nicht, meine Liebe! Im Englischen gibt es mindestens ebenso viele. Aber ihr Kinder des Autos und der Scheckkarte habt sie schon vergessen, weil sie im buchstäblichen Sinne unzeitgemäß geworden sind. Es ist ein Glück, Katlen, daß wir in Kanada leben! Scheckkarten und Autos haben wir auch. Aber zugleich haben wir dies – sieh dich um: kannst du dir einen Himmel denken, blauer und klarer als unseren heute? Der See blitzt; in zehn Meter Tiefe ist noch jeder Stein zu erkennen und jede Forelle; die Wälder ins Unabsehbare, unberührt, keine Wege oder gerade nur so viel davon, daß man noch das Auto benutzen kann und schneller vom Fleck kommt, wenn's nötig ist. Sieh dir die Föhre an da auf der Felskante, ein herrlicher Baum, wie das Leben höchst persönlich!«

Unmittelbar über der scharfen Kante reckte sich der mannsstarke Stamm kerzengerade in große Höhe, seine schwarzgrüne, pfeilspitz auslaufende Krone im warmen Nachmittagswind lässig wiegend. Das eigentliche Wunder an ihm aber war sein Wurzelwerk. Die bein- und armdicken Stränge wanden sich die Felswand abwärts in vielen Verschlingungen und klammerten sich mit hundert festen und immer feineren Ästen in jede Falte, Nische und Ritze des Felswerks, verwuchsen mit dem Fels, durchbohrten ihn, umgriffen und umklammerten ihn mit zahllosen Schlingen, damit der königliche Baum sich in der blauen Luft ganz frei und sicher, stolz und prachtvoll im starken Licht der Einöde baden konnte.

Katlen meinte nachdenklich:

»Ich kann es sehr verstehen, warum du hier nicht mehr weggehen willst auf deine alten Tage. Hier ist man gut aufgehoben. Wie winzig Hansteds Platz von hier aus erscheint!«

Die große Wiese am Haus, die wir gestern, Dienstag, mähten (dies schreibe ich am Mittwoch, dem 2. Juni 1971, sehr spät abends), lag als ein kleiner hellgrüner Klecks in den dunklen Wäldermantel getupft – und Okys weitere Wiesen und Weiden bildeten ein halbes Dutzend scheinbar ganz willkürlich verteilter Flicken und Flecken – hellgrün in schwarzgrün – am fernen Nordufer des Pourquoipas, der vor uns vom Winde gestreichelt wurde, ein dunkelblauer Seidensamt. Von unseren Häusern war gegen die Ränder des Waldes nicht viel auszumachen. Hansteds Anwesen setzt sich ja nur aus Blockhäusern zusammen; seine Farben mußten auf so große Entfernung wie die zu unserem Rastplatz mit der des gewachsenen Waldes verschwimmen. Lediglich mein kleines Haus – seine Außenwände sind weiß gestrichen –, hob sich als ein winziges helles Viereck gegen das Dunkel des Waldes, fast einem Blinkzeichen gleich, da die Sonne seine Süd- und Westflanke voll beleuchtete und ab und zu sogar einen Spiegelblitz aus der großen Fensterscheibe meines Wohnzimmers lockte.

Katlen nahm den Faden noch einmal auf:

»Wenn man es von hier betrachtet, dann begreift man erst, Pa, daß du, Oky und Lotta auf einer kleinen Insel in einem Ozean angesiedelt seid. Außer eurem Platz da drüben am anderen Ufer: kein Zeichen menschlicher Existenz, so weit das Auge reicht, nichts, keine noch so bescheidene Spur, die auf Menschen schließen ließe.«

»Ja«, entgegnete ich, »hier hat man Platz, und die Luft wird einem nicht eng. Im Winter wird die Stille und Einsamkeit so überaus absolut, daß ich es an meinem Tisch im

Wohnzimmer schon hören konnte, wenn sich ein Kingfisher, ein Eisvogel, auf dem First des Hauses niederließ und dabei seine winzigen Krällchen in den harschen Schnee bohrte; das ergibt ein ganz kurzes zartes Knirschen. Zweimal habe ich dann den bunten Vogel abstreichen sehen bald danach, weiß also, daß es ein Halcyon gewesen sein muß. Im Sommer wie jetzt ist alles voll Leben und nie ganz still. Und auch das genieße ich in vollen Zügen nach dem langen Winter.«

Wir hatten uns in den trockenen, warmen Sand gelegt, dicht über dem Ufer. Die Pferde standen einige Schritte abseits am Waldrand an eine Fichte gebunden, so daß sie am dort üppigen Kraut und Gras knabbern konnten. Ab und zu ließ meine Betsy ihren langen schwarzen Schweif durch die Luft fegen, um eine Fliege von ihren Flanken zu vertreiben – oder Katlens Lucy warf den schönen Kopf und schnob kräftig durch die Nase, wenn ihr ein aus seiner Beschaulichkeit von dem Pferdemaul aufgestörter Käfer vor Schreck in die Nüstern gekrabbelt war. Welch ein leuchtender Tag!

Ich hatte mich der Länge nach in den Sand sinken lassen und die Augen geschlossen. Gelegentlich blinzelte ich zu Katlen hinüber, die zwei Schritte von mir entfernt am Boden saß, die Arme um die angezogenen Knie verschränkt. Sie trug über den Stiefeln schon ziemlich ausgefahlte blaue Jeans und darüber eine schmucklose weiße Leinenbluse; aus ihrem Ausschnitt stieg der schlanke, feste Hals und stützte den klassisch klar geschnittenen Kopf mit dem leichtgewellten, üppig dunkelbraunen Haar, dem jedoch eine allzu großzügige Entfaltung nicht gestattet wurde.

Eine Hummel brummte vorüber. Im See dicht vorm Ufer sprang ein großer Fisch. Mit schallendem Platsch fiel der Silberleib wieder ins Wasser zurück. Zwei Schönwetterwolken wuchsen, strahlendweiße Watteburgen, in das um sie her nur noch blauer blauende Firmament.

Katlen war hellwach wie immer. Sie liebt die Wildnis genau wie ich, gibt sich aber nie an sie auf, wozu ich mehr oder weniger ständig bereit bin – vielleicht bin ich auch nur so viel älter als sie. Sie begann plötzlich wie aus einer unvermutet laut werdenden Folge von Gedanken her:

»Ich weiß übrigens jetzt, Pa, was Oky und Lotta zur Zeit entzweit. Lotta hat es mir gestern ausführlich berichtet, als ihr beide die Wiese mähtet und wir abends so lange mit dem Essen auf euch warten mußten; Oky hatte sich wegen des starken Grases in der Arbeitszeit verschätzt. Ihr wurdet ja erst nach Sonnenuntergang fertig.« Ich richtete mich auf und stützte den Kopf auf den Ellenbogen. Hier hatten wir Muße, ungestört zu reden. Und wenn sie reden wollte – gern! Wir brauchten erst in einer Stunde wieder abzureiten. Kamen dann immer noch vor Dunkelheit auf den Hof.

»Okys und Lottas Sohn Oscar, der den beiden schon Ärger genug bereitet hat, ist Ursache ihrer Zwistigkeit. Aber wie und warum hat mir Oky bisher nicht im einzelnen verraten«, gab ich Katlen zurück.

»Ein ziemlich starkes Stück, was ihnen da dieser Oscar geliefert hat. Lotta zeigte mir seinen letzten Brief. Darin schreibt er ganz munter, er hätte es satt, weiter Angestellter zu sein, wenn auch für ein gutes Gehalt. Er wolle sich selbständig machen. Er habe vor, sich am Ostausgang des Manning Provincial Park an der Straße 3 ein modernes Motel mit zwanzig oder fünfundzwanzig Zimmern zu bauen. Aber dazu reichte sein Geld nicht aus. Er erwarte also von den Eltern, daß sie ihm sein Erbteil schon jetzt auszahlten. Ihm stünde ja sowieso der ganze Besitz am Pourquoipas Lake zu. Er würde niemals ein Rancher werden, das wüßten die Eltern, und würde ›die umständliche Angelegenheit‹ – wie er sich ausdrückt – ohnehin sofort verkaufen, wenn die Eltern gestorben sind. Also sollten sie die

Ranch und das Vieh entweder bei der Bank in der notwendigen Höhe beleihen oder am besten ›den ganzen Lack‹ – wie er an anderer Stelle sehr liebenswürdig sagt – schon jetzt losschlagen. Die Eltern würden dann in dem neuen Motel an der schönen Nummer 3 unterkommen und mithelfen; er könnte dann einen oder zwei kostspielige Angestellte einsparen, und die Eltern hätten für ihre alten Tage, wenn sie nicht mehr arbeiten könnten oder wollten, eine gesicherte Unterkunft.« Katlen machte eine lange Pause. Wir blickten, ohne uns zu rühren, über den blinkenden See hinweg. Aber der Glanz des Gewässers und der fernen Wälderweiten schien mir um einen Hauch blinder geworden zu sein. Ich räusperte mich schließlich:

»Feiner Oscar dieser Oscar! Bringt immer etwas Neues, nur nichts Gutes. Und was sagen Oky und Lotta zu dem Erbbegehren ihres unternehmungslustigen Sprößlings, während sie beide doch noch ganz munter durch dies irdische Jammertal stolpern?«

»Sie können sich eben nicht darüber einigen, wie der Brief zu beantworten ist. Oky findet den Plan gar nicht so schlecht; er meint, daß sie zu zweien hier die Arbeit auf die Dauer nicht bewältigen könnten. Vorläufig wärst du noch jederzeit zur Verfügung. Oky hält große Stücke auf deine Tüchtigkeit, Pa, und auf deine erstaunliche Zähigkeit. Aber wie lange könnte er dir noch zumuten, vierzehn Stunden hintereinander auf dem Traktor zu hocken und dich durchrütteln und von den Schwarzfliegen zerstechen zu lassen. Jetzt machten dir zehn Stunden im Sattel nichts aus, bestätigt Oky gern. Aber wie lange noch, wie lange noch? Und dann bleiben sie doch eines Tages allein, wenn du zu uns übersiedelst oder jene ganz große Reise antrittst, von der keiner mehr wiederkehrt. Deshalb sollten sie Oscars Motelidee nähertreten, solange die Ranch noch so gut im Schuß wäre wie jetzt und solange sie selber noch nicht mit dem Kopfe wackelten und ordentlich zupacken könnten.«

Katlen schwieg und folgte mit den Augen dem Fischadlerpaar, das eben von den Bergen hereinschwebte, um sich im Pourquoipas seine Abendmahlzeit zu erfischen. Mir hatten sich Katlens Eröffnungen wie ein Mehltau auf die Seele gelegt. Sollte mein Floß, das ich hier am Pourquoipas für endgültig und fest verankert gehalten hatte, wieder ins Treiben geraten? Ob neue Besitzer mir überhaupt behagen würden? Ob andere Leute mich überhaupt am Platz dulden, ob sie sich um mich kümmern würden, wie Hansteds sich um mich kümmerten? Und jener Bursche Oscar, den ich stets, abgesehen von einer gewissen Großschnäuzigkeit, nicht unübel finde, war er nicht vielleicht im Recht? Noch hielten Oky und Lotta den zwölf oder vierzehn Stunden Arbeit am Tag sehr tapfer stand. Aber auch dabei: wie lange noch, wie lange noch? Oky war über 50 Jahre alt, Lotta 49. Bald mußten auch sie anfangen, kürzerzutreten. Und es wurde mit den Jahren nicht einfacher, sondern immer schwieriger, erfahrene und zuverlässige Helfer zu finden. So weit weg in die Einöde, so fern jeder größeren Stadt, Gesellschaft, Vergnügung mochte sich niemand mehr verdingen. Oscars Plan mußte meinem Freunde Oky einleuchten; das verwunderte mich nicht; er hätte wahrscheinlich auch mir eingeleuchtet.

Katlen scheint eine gewisse Begabung fürs Gedankenlesen mitbekommen zu haben. Sie wandte sich mir zu. Mit einem beinahe mütterlichen Unterton:

»Ich weiß natürlich, mein lieber Pa, daß dich dies beunruhigen muß. Aber du solltest dich nicht sorgen. Erstens wären wir selig, wenn du zu uns übersiedeln wolltest, Harry und Prissy genauso wie ich. Und daß du bei uns die Ruhe finden würdest, ohne die du nicht leben magst, dafür würde ich sorgen, so wahr ich Cathleen Macphail heiße, adoptierte Katlen Reckel, geborene Cathleen Kaltenborn – und das ist schon allerhand! Wenn nicht anders, würden wir uns ein Haus viel weiter draußen suchen, in Rocky Point, Metchosin oder Glen Lake. Und zweitens ist hier noch längst nicht aller Tage Abend. Denn Lotta stellt alle ihre Stacheln hoch! Sie ist nicht einmal willens, Oscars Vorschlag auch nur ernsthaft zu erörtern. Sie sagt, daß es heller Wahnsinn wäre, wenn sie entweder ihren Besitz hoch belasteten und dann noch die Zinsen verdienen müßten – oder wenn der Bengel in seinem feudalen Hotel herumsitzt; er macht dann die Honneurs, während Mama die Zimmer der Gäste versieht und Papa den Vorgarten und die Müllabfuhr. Und außerdem hat Lotta mir gesagt, Pa, und ich glaube, Pa, daß sie ganz ehrlich ist: Oky ginge ein dabei, wenn er die Ranch aufgeben müßte, oder er käme vor Sorgen um, wenn er seinen Besitz durch hohe Hypotheken gefährdete. Und sie selbst, Lotta, hätte auch längst verlernt, fünftes Rad am Wagen zu spielen, bei dem Herrn Sohn, den sie leider, wovon sie heute überzeugt ist, in seiner Jugend viel zu wenig verdroschen hat. Auf alle Fälle wird Oky einfach vor Sehnsucht nach seiner Ranch, seinen Pferden, seinen Wäldern vorzeitig sterben. Das wäre selbst ein halbes Dutzend Oscars nicht wert. Und dann hat sie auch noch dies gesagt: ›Und deinen Vater hier‹ – eben dich, Pa! – ›um sein schönes Haus zu bringen und seinen Lese- und Schreibplatz hinter dem großen Fenster, das wäre einfach ein Verbrechen.‹ Das käme nicht in Frage. Sie hätten mit dir auf Treu und Glauben einen mündlichen Vertrag gemacht, der dir, Pa, das Wohnrecht auf Hansteds Platz sichert, solange du dieses Recht beanspruchen willst oder kannst. Und nach ihrer, Lottas, Meinung wären Verträge dazu da, daß man sie hielte, und nicht dazu, bei der ersten besten oder schlechtesten Gelegenheit in die Luft geblasen zu werden. – Ganz sicher bin ich meiner Sache ja nicht – aber doch einigermaßen –, daß Lotta sich durchsetzen wird.

Die Vernunft ist auf ihrer Seite. Wenn mir das gleiche passieren würde, was Lotta zu passieren droht, ich kann dir versichern, Pa, ich würde nicht zulassen, daß ein gieriges Kind das Dasein der Eltern, die Existenz meines Mannes aufs Spiel setzt.«

Ich erwiderte bedrückt:

»Das glaube ich dir unbesehen, Katlen! Aber ob Lotta auch so viel Courage hat wie du –? Oky kann sehr halsstarrig sein und gelegentlich auch gewaltsam – was ihn aber immer erst reut, wenn es zu spät ist. Das habe ich schon erlebt – auch mir gegenüber. Es hat all meiner Diplomatie bedurft, ihn seine Grobheit wieder vergessen zu machen, wenn ihm das Gewissen schlug.«

Katlen:

»Es will mir nicht gelingen, schwarzzusehen, Pa. Frauen sind klüger und stärker, weil sie schwächer sind. Das gilt ganz gewiß auch für Lotta. Ich werde alles tun, ihr beizustehen und sie in ihrer Haltung, der einzig möglichen nach meiner Meinung, zu bestärken! Außerdem – und das finde ich noch besonders interessant – scheint auch Oky seiner Sache nicht ganz sicher zu sein – oder von Lotta schon halb umgestimmt. Er sei nämlich – so Lottas Bericht – vor drei Tagen mit einem neuen Vorschlag zur Güte herausgekommen: es sei ihnen ja vor kurzem eine gute Ranch bei Riske Creek, ziemlich nahe bei Williams Lake, angeboten worden. Dort seien – nicht weit von der Stadt – jederzeit Leute anzuheuern, die Lotta und ihm, Oky, helfen könnten; das Vieh sei leichter und schneller an die Bahn zu liefern und so weiter und so weiter. Oscars Ansinnen sei ja, meint Oky neuerdings, vielleicht wirklich gefährlich in vieler Hinsicht. Aber eine Ranch am Rande der besiedelten Gebiete, das wäre für sie die beste Lösung. Geld hätten sie genügend auf der hohen Kante; außerdem stünde Oky in bestem Ruf bei seiner Bank und würde für ein so gutes Objekt wie die Ranch am Riske Creek jeden gewünschten Kredit bekommen. Lotta ist auch gegen diesen Plan. Sie möchte hierbleiben. Aber sie sagte traurig: es wird Oky auf die Dauer zuviel hier am Pourquoipas – irgendeine Änderung wird nicht zu vermeiden sein. Lotta weiß sehr genau, was sie will, weiß es genauer, als Oky weiß, was er will. Ich verlasse mich auf Lotta.«

Obwohl Katlens Stimme sehr fest und überzeugt geklungen hatte, wurden wir doch beide von einer unbestimmten Schwermut oder Irritation überspült. Der Nachmittag leuchtete ungemindert um uns her. Der Wind hatte das Spiel in den Föhrenwipfeln fast völlig vergessen und war mit einem letzten sanften Seufzer eingeschlafen. Gleich einer unmerklich gewölbten Platte aus geschliffenem Stahl spannte sich der See von den dunklen Wäldern neben uns zu den fernen am anderen Ufer. Dahinter schmiegte sich der pelzige Wäldersamt über die Hügel und Ketten des Berglandes, in immer blasseren Blaus und Veilchentönen abgestuft, so daß der Horizont als nur noch eine allerzarteste Linie Himmel und Erde voneinander zu trennen brauchte. Inmitten dieser jungfräulichen Ewigkeit ruhte die kleine Menscheninsel, Hansteds Ranch, wie ein fest vor Anker gegangenes, wohlgefügtes Floß, eingebettet, geschützt, umfangen von den warmen Polstern des unermeßlichen Waldes.

Und nun? Wenn ich scharf hinblickte, war es mir, als bewegte sich die kleine Rodungsinsel da drüben, auf der auch ich eine Wohnstatt gefunden hatte, bewegte sich, als zerrte sie an ihrer Vertäuung und schickte sich an, ins Treiben zu geraten. Eine Sinnestäuschung, gewiß. Rodungsinseln geraten nicht ins Treiben, sondern immer nur die Menschen, von denen sie geschaffen sind. In wenigen Jahren hat dann der Wald lautlos und duftend seine verlorengegangene Provinz wieder zurückerobert.

Katlen wurde sicherlich von ähnlichen Empfindungen umkreist in diesen stillen Minuten wie ich. Sie strich sich mit der linken Hand das vom Ritt ein wenig zerzauste Haar von Stirn und Schläfen und nahm noch einmal das Wort, etwas abrupt, wie es mir vorkam, als rufe sie sich zur Ordnung:

»Was haben wir heute für einen Tag, Pa? Bei dir hier geraten mir die Daten leicht durcheinander. Ich schlafe hier so tief, wie ich zu Hause niemals schlafe.«

Ihre Frage erstaunte mich etwas, aber ich gab brav zur Antwort:

»Heute ist Donnerstag, der 3. Juni 1971, leider! Denn morgen wolltest du wieder abfahren. Den heutigen Tag hast du deinem ehrwürdigen Pa nur so aus Gnade und Barmherzigkeit zugegeben.«

»Zugegeben? Ach, Pa, ich würde mit Vergnügen noch ein paar Tage länger hierbleiben. Aber morgen Nacht kommt Harry wieder nach Hause und wäre schrecklich enttäuscht, wenn ich nicht vorhanden bin, und ich hätte nicht einmal Nachricht gegeben. Im Juli oder August – wie Harry es einrichten kann – werden wir uns für vierzehn Tage in einem der Cottages von Hansteds einmieten. Harry wird dann begeistert mit Oky unterwegs sein, Prissy bei Lotta und Lotta mit Prissy in der Küche rumoren – und wir beide werden Zeit füreinander haben im Überfluß, wenn du nicht gerade wieder Okys Traktor drücken mußt. Aber das könnte dann Harry übernehmen; dergleichen bekommt ihm prächtig. Ich muß dauernd aufpassen, daß er nicht zuviel Fett ansetzt.«

Ich wußte nicht, wo Katlen eigentlich hinauswollte, und warf ein:

»Ihr könntet auch bei mir wohnen. Es ließe sich ohne Umstand einrichten.«

»Wir beide, Pa, können unbelasteter beisammen sein,

wenn wir nicht bei dir im Haus wohnen. Aber das brauchen wir ja jetzt noch nicht zu entscheiden –«

Sie schwieg. Ich sagte nichts, da ich spürte, daß sie noch nicht fertig war. Merkwürdig zögernd, wie es sonst keineswegs ihre Art ist, fuhr sie nach einigen Augenblicken mit veränderter Stimme fort:

»Heute ist mein letzter Tag. Morgen ganz früh muß ich abfahren. Und ich habe noch immer nicht darüber gesprochen, weshalb ich eigentlich hergekommen bin.«

»Nun, Katlen, ich glaube, dann wird es langsam Zeit, daß du damit anfängst.«

Sie blickte über den See hinweg, während sie wieder zu sprechen begann: »Fritze hat mich angerufen, als er von seinem Blitzbesuch bei dir zurückgekehrt war. Es wurde ein langes Gespräch. Wir haben dann noch zweimal telefoniert. Das machen wir sonst nicht, sondern begnügen uns mit kurzen Briefen oder Postkarten. Er macht auch gern manchmal mit Familie einen Sonntagsausflug zu uns, nimmt dann die Fähre nach Nanaimo.«

»Und warum habt ihr jetzt die hohen Telefongebühren riskiert?«

»Du warst der Anlaß, Pa! Fritze hat mir recht genau darüber berichtet, was er in Deutschland, im Friedlandlager und in Berlin, erkundet hat oder erkundet zu haben glaubt. Soll ich dir ganz offen sagen, was er dir vorwirft, Pa? Ich fürchte, es wird dich kränken, Pa, und ich möchte gleich voraussagen, daß ich für meine Person nichts damit zu schaffen haben will und daß ich seine sogenannten Vorwürfe für ausgemachten Nonsens und sogar für irgendwie unverschämt halte. Das habe ich Fritze auch mit aller nur wünschenswerten Deutlichkeit erklärt. Und es paßte mir sehr gut, daß wir diesen meinen Besuch schon verabredet hatten. Ich bin also gekommen, dich sozusagen zu warnen.«

Mich wollte eine lähmende Müdigkeit beschleichen bei ihren Worten, aus denen doch soviel echte Liebe und Zuneigung sprach:

»Warnen, Katlen? Wovor warnen?«

»Warnen davor, Pa, dich mit Fritze überhaupt auf weitere Debatten einzulassen. Er ist gar nicht in der Lage, trotz all seiner aufgeblasenen Erkundungen auch nur entfernt abzuschätzen, warum ihr damals bei Kriegsausbruch nicht rechtzeitig aus Europa abgefahren seid, warum Mutter bei Kriegsende sterben mußte, obwohl ihr als Kanadier gar nichts mit der deutschen Katastrophe zu tun hattet, warum du dann erst 1946 hierher zurückkehrtest, uns also sieben lange Jahre allein gelassen hast. Was bohrt er überhaupt fortwährend in den alten Geschichten herum! Es ist so billig, jetzt mit Urteilen hausieren zu gehen, mit Urteilen über Umstände, die wir uns hier nicht einmal in unseren wildesten Phantasien vorzustellen fähig sind – und die außerdem längst vergangen und nicht mehr zu ändern sind. Wer sich zum Richter aufwirft, der richtet sich selbst, Pa, das ist schon lange meine Überzeugung!«

»Zum Richter über andere – da bist du gewiß im Recht, Katlen. Aber zum Richter über sich selbst, mein liebes Kind – da gibt es weder mildernde Umstände noch Verjährung. Aber ich bin dir dankbar, daß du meine Partei hältst!«

Sie blickte mich beinahe bestürzt an:

»Ich nehme nicht Partei für oder gegen dich. Ich weiß vielmehr, daß du damals alles getan hast, was in deiner Macht stand. Von keinem Menschen ist mehr zu erwarten. Schließlich sollte auch Fritze sich daran erinnern, wie du für uns während deiner Abwesenheit vorgesorgt, wie du nach deiner Rückkehr mit allen Mitteln und sehr erfolgreich darauf gesehen hast, daß wir keine allzu schweren Fehler begingen und uns richtig etablierten. Fritze hat einfach gar kein Recht, von dir Rechenschaft zu fordern. Ich jedenfalls werde jedem, der es hören will, bekennen, daß ich mir keinen besseren Vater habe wünschen können und mir auch wahrlich keinen anderen wünsche.«

Sie sprach diese wunderbare Liebeserklärung aus, ohne mich anzusehen, leise nur, fast verlegen, ich konnte sie gerade noch verstehen. Was sollte ich anders antworten als: »Vielen, vielen Dank, Katlen. Aber, bitte, entzweie dich nicht wegen mir mit Fritze. Er versucht, der vollen Wahrheit auf die Spur zu kommen. Dies ist niemals überflüssig.«

»Aber sehr ist es, Pa!« widersprach sie höchst entschieden. »Hundertprozentige Wahrheit gibt's nur beim kleinen Einmaleins. Sobald es sich um Menschen handelt, gibt es immer ein halbes Dutzend verschiedene Wahrheiten, und jeder sucht sich die ihm zusagende aus. Natürlich habe ich mich mit Fritze zerstritten und habe ihn nicht im unklaren darüber gelassen, daß er mir gestohlen bleiben kann, solange er nicht Vernunft angenommen und sich bei dir entschuldigt hat.«

Das war Katlen, wie sie leibt und lebt, schnell, klar und höchst unbereit zu Kompromissen. Ich erwiderte einigermaßen lahm:

»Zu entschuldigen braucht er sich eigentlich nicht. Wir haben uns durchaus nicht im Zorn getrennt, sondern ganz freundschaftlich, wenn ich mich recht erinnere.«

»Ja, und dann ruft er bei mir an, um sich ›auszusprechen‹, wie er das nennt, und seinen ganzen ungereimten Kohl vor mir auszubreiten. Er hat sich für seine blöden und völlig unangemessenen Anklagen bei dir zu entschuldigen, Pa, ganz gleich, ob er sie dir ins Gesicht hinein erhoben oder nur in sich hineingefressen und dann bei mir abgeladen hat.«

Dazu hatte ich nichts mehr zu äußern. Katlens Rigorosität behagte mir nicht besonders. Fritze war in Wirklichkeit nicht so sehr mit mir als viel mehr mit sich selber uneins. Katlen bedrängte mich ein wenig mit ihrer stürmischen Sympathie. Und ich will nichts weiter als in Ruhe gelassen werden, damit ich mich dem ungemeinen Frieden und der lebensvollen Stille dieses Landes, meiner wahren Heimat, endlich reuelos hinzugeben fähig werde.

Nach einer langen Pause holte ich uns beide wieder in die Gegenwart zurück:

»Ich glaube, wir sollten jetzt aufbrechen. Die letzten zwei Meilen vor Hansteds Platz haben wir den dichten Pappelbestand zu durchreiten mit morastigem Grund. Das macht sich besser bei noch vollem Tageslicht. Und dann wollte uns Lotta zum Abendessen haben, damit wir nach unserer Tagestour nicht noch anfangen müßten zu kochen. Das kostet uns eine Extrastunde. Und morgen willst du sicherlich um fünf Uhr abfahren, damit du vor Harry in Victoria ankommst. Du mußt mit zwölf bis vierzehn Stunden Fahrt rechnen – eine schöne Strapaze!«

Sie schien gar nicht zugehört zu haben. Ihre Gedanken waren auf verschlungenen Pfaden weitergewandert. Anstatt auf meine Bemerkung einzugehen, fragte sie:

»Pa, kannst du mir nicht ein wenig davon berichten, wie es war, als Mutter und du vor dem Kriege deine Eltern besuchtet, wie es kam, daß euch der Krieg in Tiefentalau überraschte, und wie ihr während des Krieges in Tiefentalau gelebt habt? Fritze hat mich natürlich ein bißchen angesteckt. Es muß sehr merkwürdig gewesen sein, dies Leben als ›zwangsverpflichtete feindliche Ausländer‹ und zugleich bei der Baronin, eurer besten Freundin.«

13

Wenn ich einen Besucher besonders ehren und freundlich auf den Weg bringen will, so fahre ich ihm mit meinem Wagen bis zur Hauptstraße 20 voraus und verabschiede mich erst dort von ihm. Es sind nämlich von meinem Haus bis zur 20 drei Tore zu öffnen und nach der Durchfahrt wieder zu schließen, bevor man freie Fahrt hat. Zuerst das Tor, das die Wiese von Hansteds Hof und Hausgrundstück trennt, dann das Tor, das dies Grundstück gegen den Wald abschließt, und schließlich jenes, das den Austritt unseres Fahrwegs auf die Straße 20 bezeichnet. Man muß also dreimal öffnen und wieder schließen – besonders für Fahrer aus der Stadt eine umständliche Prozedur, und das um so mehr, als die Verriegelungen an den Toren zwar für Okys technische Phantasie ein beredtes Zeugnis ablegen, weniger phantasiebegabten Besuchern jedoch schon häufig Rätsel aufgegeben haben. Ich kenne mich damit aus und erspare also Besuchern, die ich gern gesehen habe, Zeit und Arger, indem ich ihnen das Geleit gebe. Und Katlen ist mir der angenehmste aller Besucher. Wir waren auf die 20 eingebogen, ostwärts. Katlen war wie ich an den Straßenrand gefahren und ausgestiegen. Sie kam auf mich zu:

»Schön, daß du mir die Tore aufgemacht hast, Pa. Wenn man es allein zu machen hat, kommt man sich immer so abgemeldet und ausgeschlossen vor. Leb wohl, mein lieber Pa, und sei nochmals bedankt für das, was du mir gestern auf dem Heimritt von Tiefentalau erzählt hast. Jetzt weiß ich noch besser als vorher, daß Fritze sich in eine böse Sackgasse verrannt hat. Ich weiß, wie recht ich hatte, nie eine Sekunde an dir oder Mutter zu zweifeln.«

Ich nahm es an beiden Armen, hielt es vor mich hin, das prächtige Geschöpf, und lächelte Katlen zu:

»Lassen wir das, Katlenlein! Fahre nicht zu scharf auf der 20, damit dir nichts passiert; die Straße ist auf manchen Abschnitten neu geschottert, und der lockere, grobe Kies hat seine Tücken!«

Sie lachte mich an:

»Weiß ich, mein Verehrter. Bin ja über die 20 hergekommen. Wir sehen uns also alle im Juli oder August, mit Harry und Prissy. Wenn du mir aber das kleine Biest zu sehr verwöhnst, kündige ich dir die Freundschaft!«

»Was du von mir verlangst! Wie jämmerlich wäre ein Großvater dran, wenn er nicht einmal die Enkel verwöhnen dürfte!« Ich hatte ihre Arme fahrenlassen und kratzte mich grämlich am Hinterkopf.

Sie umarmte mich heftig:

»Alles Gute, mein Bester! Ich muß mich beeilen!«

Auf langen Beinen rannte sie zu ihrem Auto zurück. Sie hatte sich verdächtig fix abgewandt. Sie winkte noch einmal, war eingestiegen und knirschte mit einem Schauer von Kieseln hinter den Hinterrädern davon, Wolken von graugelbem Staub aufwirbelnd. Das nannte sie also vorsichtiges Fahren. Ja, alles Gute, Katlen, dir ganz besonders! –

Ich bin gemächlich durch den taufrischen Morgen zurückgegondelt, habe die Tore alle säuberlich hinter mir geschlossen, wie es sich gehört. In Hansteds Haupthaus schien sich noch nichts zu regen. Oky meinte gestern abend, daß wir heute am Nachmittag sicherlich damit beginnen könnten, das Heu auf den Schober zu fahren. Dabei braucht er wieder meine Unterstützung. Wenn alles glattgeht, werden wir damit bis einschließlich Sonntag oder Montag zu tun haben. Also habe ich mich gleich am frühen Morgen nach Katlens Abreise hingesetzt und dies aufgeschrieben, sonst läuft es mir weg.

Es ist immer noch Donnerstag, der 3. Juni, doch spät am Abend, da ich mich heute zum zweitenmal an meinen Schreibtisch setze. Wir haben während des vergangenen Nachmittags Heu zusammengefahren. Oky baut den Schober nicht weit vom Haupthaus, gerade außerhalb des Tors, durch das der Fahrweg zu meinem Hause den weiten Ranchhof verläßt. Lotta fuhr den Traktor. Oky und ich beluden von beiden Seiten den großen Wagen mit dem hoch aufragenden Lattengestell. Wir kamen forsch voran. Der Schober hat bereits eine respektable Höhe erreicht.

Wenn es über Nacht nicht allzu stark tauen sollte, können wir morgen bald nach dem Frühstück fortfahren, könnten bis Sonnabend abend fertig werden. Oky ist in bester Stimmung. Die Wiese hat dieses Jahr besonders reichlich kräftigstes Gras sprießen lassen, so daß Oky sicher sein kann, seine Muttertiere und die Kälber gut über den Winter zu bringen. Dabei sind die Außenwiesen noch nicht einmal geschnitten; aber ihre Erträge sind gewöhnlich nicht so hoch wie die der besonders gepflegten Hauswiese, wie wir sie nennen. Aber gerade gestern habe ich bei dem Ausritt mit Katlen feststellen können, daß zum Beispiel die »Hengstwiese«, auf welcher mein Freund Spotty mit seinen drei Stuten wohnt, so üppig im Gras steht, daß es Vergeudung wäre, es nicht zu mähen.

Wenn wir die Hauswiese freigefahren haben, wird Oky die dreißig Pferde, die er dieses Jahr ins Geschirr nehmen will, auf der abgemähten Grünfläche unterbringen. Dort hat er sie dann immer zur Stelle, wenn er sie braucht – und ich habe die dauernde Freude, daß mir die schönen Tiere unter dem Fenster, vor den Augen bis zur Tränke am Pourquoipas hinunter und rings ums Haus, weiden und ruhen und gelegentlich ihren Unsinn und ihre Spiele treiben. Ich kann dann wieder – welch Vergnügen! – mit jedem einzelnen von ihnen

Bekanntschaft oder sogar Freundschaft schließen, beziehungsweise die Erneuerung schon bestehender Freundschaft auf oftmals erheiternde Weise von ihnen erschmeicheln.

Ich habe mich nach der Heuarbeit und dem anschließenden knappen Abendessen bei Lotta – ein paar Scheiben Brot, dazu Eier mit Speck in der Pfanne gebraten, dazu einen Topf Kaffee mit viel Milch – so wenig angestrengt gefühlt, daß ich der Versuchung widerstand, gleich zu Bett zu gehen. Denn sobald ich wieder bei mir war, machte ich mich daran, mein hübsches, großes Gästezimmer, in dem Katlen gewohnt hat, wieder auf Hochglanz zu bringen. Das war in zwanzig Minuten geschehen. Katlen macht keine Unordnung; sie hatte sogar schon die Bettwäsche abgezogen (Lotta besorgt mir meine Wäsche mit in ihrem großen Automaten). Als ich den Kleiderschrank öffnete, fiel mir ein buntes seidenes Halstuch in die Hände. Katlen hat es offenbar umbinden wollen und dann im letzten Augenblick vergessen. Und mit dem hübschen Tuch, in dem noch ein Hauch irgendeines angenehmen Parfüms zu spüren war, stieg die ganze wirklich bezaubernde Katlen, diese vorzüglich geratene Adoptivtochter, vor mir auf – und dann auch das, was ich ihr gestern auf dem Heimritt von unseren Tagen in Tiefentalau bis zu der alles auslöschenden Endkatastrophe zu schildern versucht habe.

Warum wir nicht rechtzeitig aus Tiefentalau abreisen konnten, als unser polnisches Besuchsvisum abgelaufen war, das habe ich schon angedeutet. Die Schwangerschaftsbeschwerden, von denen Susanne überfallen worden war, erschienen uns anderen, dem Arzt, dem sehr tüchtigen und Vertrauen erweckenden Dr. Kmioczek aus Crone/Brahe, der Baronin und mir so bedenklich, daß wir schon mit einer Fehlgeburt rechneten. Doch dann waren die Beschwerden nach vier Wochen strikter Bettruhe und sorgfältiger Behandlung allmählich abgeklungen. Susanne hat sich bis zur Geburt Eriks am dritten Weihnachtstag 1939 kaum noch hinzulegen brauchen. Auch die Geburt ging verhältnismäßig leicht und schnell vonstatten.

Allerdings stand Dr. Kmioczek, der uns das Kind und vielleicht Susannes Leben gerettet hatte, als Geburtshelfer nicht mehr zur Verfügung, als Erik auf der Bühne dieser Welt erschien. Kaum war nach dem vollständigen Sieg der deutschen Armee über die Polen eine Art von ziviler Verwaltung eingerichtet, da begannen vor allem gebildete Polen zu verschwinden, Leute, die zuvor in der Gesellschaft oder Verwaltung mehr oder weniger wichtige Posten eingenommen hatten. Susanne und ich, wir waren schon damals so gründlich zu Kanadiern geworden, daß wir durchaus nicht begriffen, was eigentlich in den kleinen und vor allem den größeren Ortschaften vorging. Wir saßen weit vom Schuß auf Tiefentalau; der Feldzug war an uns vorbeigegangen; für drei Tage hatte eine deutsche Pioniereinheit auf Tiefentalau Quartier bezogen, sehr ordentliche und disziplinierte Leute. Die jüngeren Offiziere konnten sich nicht genug wundern, daß auf Tiefentalau zwar jedermann (selbst ich und Susanne hatten es noch nicht völlig vergessen) Polnisch sprach, daß aber ebenso jedermann Deutsch zum mindesten radebrechen konnte – abgesehen von den nicht besonders zahlreichen polnischbürtigen Kindern, die in die polnische Schule gegangen und zu Hause nur Polnisch gesprochen hatten.

Ich selbst – erst recht Susanne, die fest zu Bett lag und recht hilflos schien, was sie auch war – wurde von den einrückenden Deutschen mit größter Rücksicht behandelt, nachdem ich mich als Kanadier ausgewiesen hatte, andererseits meine Herkunft aus dem nicht weit entfernten Bromberg, polnisch Bydgoszcz, nicht zu bezweifeln war.

Dr. Kmioczek, so hörten wir die polnischen Leute (sie vertrauten uns völlig) hinter vorgehaltener Hand flüstern, sei in Crone auf die deutsche Polizei gerufen und ausführlich vernommen worden. Er sei gar nicht in seine Wohnung zurückgekehrt, sondern »abtransportiert« worden – mit einer Reihe von anderen einflußreichen Leuten der kleinen Stadt. Die Baronin versuchte mit Vorsicht festzustellen, was aus ihrem Hausarzt, eben Dr. Kmioczek, geworden war, versuchte, sich für ihn einzusetzen, obwohl sie selbst sich äußerst zurückhaltend zu bewegen hatte. Wir erfuhren schließlich offiziell, daß Dr. Kmioczek in ein Kriegsgefangenenlager eingeliefert worden war, da er Offizier der polnischen Armeereserve gewesen wäre.

Die Baronin bezweifelte die Richtigkeit dieser Auskunft. Wir saßen wohl abends bis in die Nacht hinein, ohne Licht zu machen, an Susannes Bett, die Baronin und ich, in dem großen Gastzimmer, das Susanne und ich anfangs bewohnten (später zogen wir in das geräumige Verwalterhaus), und redeten vertraulich miteinander. Dort waren wir ganz ungestört und unbeobachtet, und niemand hörte zu.

Bei diesen vertraulichen Gesprächen wurde mir klar, in wie schwierige, ja tückische Situationen die Baronin seit dem Ende des Ersten Weltkriegs oft genug geraten war und wie ihr jetzt von neuem das Äußerste an List und Klugheit abverlangt wurde. Die Baronin selbst war eindeutig deutscher Abstammung, aber ihr mehr als drei Jahrzehnte zuvor im Herero-Krieg in Südwestafrika gefallener Ehemann, der Baron von Terplitz, stammte ursprünglich aus polnischem Landadel. Die Familie war nach der letzten Teilung Polens auf die preußische Seite geraten, hatte sich im Laufe der Jahrzehnte stark eingedeutscht und hatte insbesondere dem preußischen Staat und dann dem in Versailles zum Deutschen Kaiser ausgerufenen Preußenkönig eine Reihe von tüchtigen Truppenoffizieren gestellt. Die Beziehungen des deutschen Zweiges der Familie zu jenem, der zunächst unter dem Zaren-, nach dem Ersten Weltkrieg unter dem weißen Polen-Adler seinen Besitz und seinen Einfluß zu wahren verstanden hatte, waren niemals abgerissen, wurden sogar mit einer gewissen warmherzigen Pietät bewußt gepflegt. Als daher nach dem Ersten Weltkrieg die kaiserlich-deutsche Provinz Posen (an deren äußerstem Nordrand Tiefentalau gelegen war) und der größte Teil der gegen Norden anschließenden Provinz Westpreußen in den neu begründeten polnischen Staat einbezogen wurden, fiel es der Baronin zunächst nicht allzu schwer, sich auf die polnische Herkunft ihres Mannes zu berufen und die bereitwillig gewährte Hilfe der polnischen Verwandtschaft in Anspruch zu nehmen – der durchaus daran gelegen war, gutgeführte landwirtschaftliche Musterbetriebe, die als polnische gelten konnten, dem neuen Staatswesen ungeschmälert zu erhalten. Da die Baronin ein müheloses Polnisch sprach und auch in der Vergangenheit seit Jahrhunderten ein selbstverständliches In-, Neben- und Miteinander polnischen und deutschen Volkstums bestanden hatte, mit gar nicht seltenem Wechsel vom Polnischen ins Deutsche und vom Deutschen ins Polnische, da auf Tiefentalau der Unterschied zwischen deutschen und polnischen Einwohnern nie eine Rolle gespielt hatte, brachten die neuen Verhältnisse keine allzu einschneidenden Veränderungen mit sich. Die Baronin wurde zur Polin, und ihre Leute wurden zu Polen. Hatte vorher im Ort der Ton mehr auf dem Deutschen gelegen, so lag er nach 1919 mehr auf dem Polnischen.

Kritisch wurde die Lage erst, nachdem in Deutschland der Nationalsozialismus an die Macht gekommen war und, von Jahr zu Jahr deutlicher, eine radikale Revision der politischen Verhältnisse in Mitteleuropa anzustreben begann. Dabei versuchte er, die deutschen Volksgruppen in den osteuropäischen Ländern als Hilfstruppen, im extremen Fall als

Sprengkommandos im Innern der Staaten in seinen Dienst zu stellen. Nicht wenige Deutsche ließen sich von der »Heim-ins-Reich«-Propaganda beeinflussen und nahmen die Loyalität gegenüber den Staaten, deren Bürger sie völkerrechtlich waren, nicht mehr ernst.

Das aber entflammte das Polentum der Polen, das Tschechentum der Tschechen zu neuer Glut. Zwar verstanden sich die einfachen Leute in Tiefentalau weiterhin in altgewohnter Weise gut, nahmen Aufwiegler nicht ernst, von welcher Seite sie auch kamen. Instinktiv lag ihnen die Treue zu ihrer näheren Heimat, zu dem abgelegenen Rittergut Tiefentalau und seiner ebenfalls ganz und gar hierhergehörigen Herrschaft Terplitz wesentlich näher als die Zugehörigkeit zu einer die Unterschiede schroff betonenden deutschen oder polnischen »Nation«.

Nicht ganz so einfach entwickelten sich die Verhältnisse für die Baronin. Der Baronin wurde, bald gar nicht mehr heimlich, hinterhergeredet, daß sie ja eigentlich von Geburt und Herkunft eine Deutsche sei und sich das polnische Terplitz nur auf dem Umweg über ihren im Kriege gefallenen Mann angeeignet oder nur »erschlichen« hätte, wie es von radikaler Seite in Umlauf gesetzt wurde. Zwar habe sie die anderen Güter, die in der deutschen Zeit zum Terplitzschen Besitz gehört hatten, an den Staat abgetreten, dafür sich aber in dem vorsichtig erweiterten und abgerundeten Tiefentalau um so fester verankert. Dabei hatte sie nicht einmal dafür gesorgt, ihre Leute auf den polnischen Namen für Tiefentalau zu verpflichten, so daß selbst die Kandzidulskis und die Wieczorreks, die Leszinskys und die Tomaschiks, ohne nachzudenken, fortfuhren, von Tiefentalau und nicht von Wirkocszin zu sprechen, wie das Rittergut nach seinem ältesten Vorwerk genannt worden war.

Die Baronin hat natürlich nicht das geringste Interesse

daran gehabt, sich offen oder heimlich einer irgendwie nationaldeutschen Vereinigung oder einem »Bruderbund« anzuschließen. Aber ebensowenig wollte sie sich, jedem Radikalismus abgeneigt, jedem krassen Nationalismus grundsätzlich mißtrauend, vor den Wagen heißsporniger polnischer Verbände spannen lassen.

So war, wie Susanne und ich schon bald nach unserer Ankunft auf Tiefentalau Ende August 1939 erkannten, die Lage der Baronin ständig komplizierter geworden. Zwar ließen die Leute von Tiefentalau ihre »Herrschaft« nicht im Stich, und gerade auch die polnischen Gutsarbeiter und Angestellten zögerten nicht, für die »gnädige Frau Baronin« und ihre Staatstreue gutzusagen, aber deshalb konnte doch jeden Tag – oder jede Nacht – irgendein wildgewordener Verbandshäuptling auftauchen und die Baronin »abholen«.

Wir versäumten den Ablauf unseres polnischen Besuchsvisums. Susanne hatte sich zu Bett gelegt. Sie war unbezweifelbar nicht reisefähig. Ihr Zustand verschlimmerte sich sogar. In den Tagen vor und nach dem Kriegsausbruch zog Dr. Kmioczek ein sehr ernstes Gesicht – unverdrossen erschien der gewissenhafte Arzt auch jetzt jeden Tag für eine Viertelstunde, brachte benötigte Medikamente gleich mit und rollte wieder davon, in einem schnellen Einspänner übrigens, den die Baronin ihm mit der Auflage der Verschwiegenheit geliehen hatte; Benzin gab es nicht einmal mehr für Ärzte. Susanne erbrach alles, was sie zu sich nahm; ständiger Brechreiz quälte sie, auch wenn sie nichts gegessen hatte. Es war peinigend, für die Baronin nicht weniger als für mich, sie langsam schwächer werden zu sehen. Trotzdem brachte sie es auch jetzt noch fertig, in seltenen schmerzfreien Augenblicken mir zuzulächeln und zu flüstern:

»Ich schaffe es schon, Hans! Ich will mein Kind haben. Ich lasse mich nicht unterkriegen, Hans!«

Sie war ganz ungemein tapfer, meine wunderbare Geliebte. Es ist mir nach dem schrecklichen Untergang des Tiefentalauer Trecks völlig undenkbar gewesen, mich einer anderen Frau zu verbinden. Ob sinnvoll oder nicht: ich fühle mich schuldig. Fritze hat ja recht, ich bin schuldig. Wäre das nicht so, spürte er es nicht untergründig, er würde nicht wagen, es würde ihm gar nicht einfallen, mich anzuklagen. So steht er wie unter einem Zwang, das zu artikulieren, was ich vor mir selbst nicht abzuleugnen vermag. Ich hätte Frau und Kind und Baronin in jener Februarnacht der Flucht nicht allein lassen dürfen, um auf Kundschaft auszuziehen. Ich hätte den Fall eines »Rette sich, wer kann« einkalkulieren müssen. Ich hätte erkennen müssen, daß der verdammte Hohlweg zwar ein gutes Versteck, aber zugleich eine Mausefalle bildete. Ich hätte nicht zulassen dürfen, Wieczorrek und mich auf den Schlittenpferden der Baronin beritten zu machen, so daß der Schlitten zu einem Hindernis am Hohlwegausgang, einem Korken im Flaschenhals werden mußte, dem ganzen Treck den Weg ins offene Feld verlegend; die steilen, dichtbewaldeten Talhänge rechts und links machten jedes Ausweichen nach den Seiten unmöglich. Ich hätte der großen Ruhe über der Gegend nicht trauen dürfen, nachdem der Aufklärer uns überflogen hatte. Ich hätte, hätte, hätte – – –

Ich glaube, auch Katlen weiß im Grunde Bescheid. Sie ist eine Frau. Ihre Liebe ist größer, und ihr Verlangen, Liebe zu erweisen, ist stärker als jenes andere, Tatsachen und Verantwortungen aufzuhellen. Mit der ganzen matter-of-factness einer klugen Frau sagt sie sich: die Toten weckt all unsere Liebe und Sehnsucht nicht mehr auf; machen wir also den Menschen, die noch leben und unserer Liebe bedürftig sind, das Leben leicht, so gut wir können.

Ich muß gestehen, daß mir damals auf Tiefentalau die Gesundheit Susannes wichtiger war als der ganze verfluchte, irrsinnige Krieg. Leidenschaftlich verlangte ich danach, das Land Polen, Deutschland, das ganze offenbar verrückt gewordene Europa zu verlassen. Vielleicht wären wir gerade noch rechtzeitig davongekommen, wenn Susannes Zustand dies auch nur entfernt gestattet hätte.

Susanne allerdings wurde übermächtig nur von dem einen Wunsch beherrscht, das in ihrem Schoße wachsende Kind unter keinen Umständen zu verlieren. Den Krieg und den Umstand, daß uns jeder Aufenthalt die Heimreise nach Kanada verwehren mußte, nahm sie nur ganz am Rande zur Kenntnis. Ihr ganzes Sinnen und Trachten kreiste wie gebannt nur um den einen brennenden Wunsch, das Kind, das ersehnte Kind mit aller Sorgfalt auszutragen – und damit den Tod matt zu setzen, der uns unser erstes Kind am 20. März 1930 genommen hatte.

Ich stand machtlos daneben, unfähig, auch nur das geringste daran zu ändern, daß uns der Krieg in sein irrsinniges Geschlinge zog. Die Baronin war von nervöser Unruhe und Sorge erfüllt. Ich weiß, daß sie uns unweigerlich fortgeschickt, mit allen Mitteln fortgejagt hätte, als die uns gestattete Besuchszeit sich dem Ende näherte, wenn nicht die Sorge um die heftig leidende Susanne alle sonstigen Bedenken gegenstandslos gemacht hätte.

Undeutlich drangen in den letzten August- und ersten Septembertagen Gerüchte zu uns ins »Große Haus« – über die Alten und den Hofmeister (der Verwalter und die jungen Männer, die gedient hatten, gleich ob polnischer oder deutscher Muttersprache, waren schon Tage zuvor zur polnischen Armee einberufen worden); Gerüchte, daß in den größeren Ortschaften, vor allem in Bydgoszcz/Bromberg, die von chauvinistisch-polnischen Verbänden aufgehetzte Masse sich der eingesessenen Deutschen bemächtigt hatte – rasend vor Wut; das Hitlerheer war ins polnische Land eingefallen, es wollte der polnischen Armee allem Anschein nach nicht gelingen, die deutschen Panzer zum Stillstand zu bringen; die Ungetüme waren durchaus nicht von Pappe, wie es eine unverantwortliche Propaganda dem polnischen Volke vorgespiegelt hatte.

Es erreichte uns Anfang September zum erstenmal das fürchterliche Wort vom »Bromberger Blutsonntag«. Niemand wußte, wer es geprägt hatte, die Deutschen oder die Polen. Aber wir alle im »Großen Haus« wie in den Häusern und Hütten des Gutsdorfes erzitterten dabei, ob wir nun zu Hause deutsch oder polnisch sprachen. Niemand wußte genau, wie viele Deutsche unter dem Vorwand der Spionage oder Sabotage zusammengetrieben und ostwärts in Marsch gesetzt worden waren, einen Marsch, bei dem viele vollkommen harmlose und unschuldige Menschen zu Tode gehetzt wurden (wie sich später einwandfrei erweisen sollte).

Am Abend des Tages, an welchem uns das angsterregende Gerücht erreichte, war ich gerade leise aus Susannes Zimmer getreten – Susanne hatte für eine halbe Stunde Schlaf gefunden –, als ich die Baronin traf, die mich als Krankenwache ablösen wollte. Bedrückt flüsterte sie:

»Wenn das stimmt, Hans, daß sie die Deutschen aus den Häusern holen und abtransportieren, alle, die den Radikalen verdächtig sind, dann halte ich es für möglich, daß sie morgen hier erscheinen und mich ebenfalls festnehmen und fortschaffen. Ich weiß ein paar Leute, auch in Crone, die mich hassen wie die Pest und mich für eine Verräterin an der polnischen Sache halten. Hans, wenn das passieren sollte, halte dich an Pracke, den Stellmacher, an Wieczorrek und Kandzidulski. Ihlenbach ist ein guter Kerl, aber schwach; falls es ernst wird, ist kein Verlaß auf ihn.«

Was die Baronin vorausgesehen hatte, ereignete sich am späten Abend des nächsten Tages – und es klingt wie ein schlechter Witz, wenn ich behaupte, daß ich, der Kanadier Hans Reckel, sie habe retten können – vor einem wahrscheinlich gräßlichen Schicksal.

Der Tag war friedlich und in der reifen Anmut des späten Sommers über das Land geschritten, lächelnd, still, schon ein wenig Müdigkeit hauchend. Was zu verrichten war, war verrichtet worden wie an jedem Tag. Aber es fiel mir doch auf, daß niemand über den Hof gerufen hatte, wie es sonst beim Anspannen geschah, daß die Mägde und die Frauen im Hause, deren munteres Geschwätz sonst stets irgendwo im Hintergrund zu vernehmen war, sich sehr ruhig verhielten, daß im Dorf wie auf dem Gutshof hier oder da kleine Gruppen von drei oder vier Leuten die Köpfe zusammengesteckt hatten. Es wollte offenbar keinem gelingen, seine Gedanken auf das Nächstliegende zu richten. Jenseits des Horizonts, der vom Tiefentalauer Kirchturm her zu erblicken war, spielten sich böse und gewaltsame Ereignisse ab, von denen sich in unserer Abgeschiedenheit niemand eine rechte Vorstellung machen konnte. In den Häusern quäkten die Lautsprecher der Radioapparate den ganzen Tag. Aber Krieg, Gewalt, Verhaftungen – das gehörte doch wohl auf einen anderen Stern, nach Tiefentalau nicht –!

Abends hatte die Baronin mich gerade am Krankenbett abgelöst. Ich wollte etwas essen und dann zu schlafen versuchen. Um Mitternacht wollte ich wieder die Krankenwache übernehmen.

Ich war im Erdgeschoß auf die Terrasse hinausgetreten, um Luft zu schöpfen. Vor der Terrasse endete mit einer schön geschwungenen Schlinge der Fahrweg von der gut vier Kilometer entfernten Chaussee.

Plötzlich sah ich ein Auto, einen offenen Wagen, in schneller Fahrt die Allee heranbrausen. Mir sträubte sich das Haar im Nacken. Ich war mit einem Schlage hellwach. Ein Auto? Autos standen nur noch dem Militär oder den Behörden zur Verfügung!

Sofort fiel mir ein, was die Baronin mir am Abend zuvor zugeflüstert hatte. Es traf sich gut, daß ich das Auto zuvor erblickt hatte. Das hat mir die zwei oder drei Minuten gewährt, die ich brauchte, um einen Plan zur Abwehr der heranrollenden Gefahr zu entwerfen.

Das Auto bog in die weite Kurve um den Rasen vor der Terrasse und hielt knirschend vor der Freitreppe. Oberhalb der zehn Stufen hatte ich mich aufgebaut – mit den Händen in den Taschen.

Aus dem Auto sprangen ein Offizier der polnischen Gendarmerie (die Uniform kannte ich schon) und zwei Männer in Zivil mit Gewehren in den Händen. Die Männer pflanzten sich rechts und links an den Fuß der Freitreppe. Der Offizier stelzte zu mir herauf. Er herrschte mich an, auf polnisch natürlich:

»Wo ist die Baronin Terplitz? Was wollen Sie hier? Wer sind Sie?«

»Es tut mir sehr leid, mein Herr Offizier, ich verstehe nur sehr wenig Polnisch. Aber ich bin überzeugt, daß Sie etwas Englisch verstehen. – Therefore, may I speak English, Sir? I am a British citizen![1]«

Die Verwirrung des finster blickenden Mannes in Uniform war vollkommen. Er brauchte eine ganze Weile, mit der unerwarteten Situation fertig zu werden, in die ich ihn verstrickt hatte. Ich merkte, daß Wut in dem Manne aufstieg. Doch beherrschte er sich. Nach einigen Sekunden bellte er heraus – auf polnisch:

1 »Deshalb – darf ich englisch sprechen, mein Herr. Ich bin britischer Staatsbürger.«

»Können Sie sich ausweisen?«

Ich, noch immer mit ausgesuchter Höflichkeit:

»O, certainly, Sir! Please, come inside![1]«

Ich wandte mich um und schritt ihm in die Treppenhalle des »Großen Hauses« voran, als hielte ich es für selbstverständlich, daß er mir folgte. Er folgte. Ich bot ihm einen Sessel an:

»Have a seat for a second, Sir! I shall produce my credentials at once![2]«

Der Mann nahm Platz, sichtlich benommen. Es war nicht weit zu unserem Zimmer. Die Baronin hatte sich in einen Lehnstuhl niedergelassen; sie ruhte. Susanne schlief. Ihr blasses Antlitz lag wie das einer Toten in den Kissen; aber die Augenbälle bewegten sich hinter den Lidern; sie träumte. Ich beugte mich zu der Baronin hinunter. »Polizei! Man fragt nach Ihnen! Setzen Sie sich dicht ans Bett. Nehmen Sie eine feuchte Kompresse in die Hand. Kommen Sie nicht zum Vorschein. Ich versuche, die Polizei abzuwehren.«

Die Baronin faßte nach ihrem Herzen, gab aber kein nach ihrem Wort zur Antwort.

Ich griff in den Kasten meines Nachttisches und nahm unsere Papiere, Pässe, Grenzdokumente an mich, eilte zurück in die Halle.

Der Offizier griff hastig nach den Ausweisen, kontrollierte sie genau; sie waren nicht anzuzweifeln. Besonders die Verlängerung unseres Besuchsvisums interessierte ihn sehr. Doch war er immer noch nicht überzeugt.

»Wo ist Ihre Frau?«

»Meine Frau liegt schwer erkrankt zu Bett. Behandelnder Arzt ist Dr. Kmioczek aus Crone. Hier ist ein Rezept von

1 »O gewiß, mein Herr! Kommen Sie, bitte, herein!«

2 »Nehmen Sie eine Sekunde Platz, mein Herr! Ich werde meine Ausweise sofort vorlegen!«

ihm. Baronin Terplitz ist augenblicklich mit meiner Frau beschäftigt. Die Baronin ist eine Tante meiner Frau.« (Ich hatte das auf polnisch versucht.)

Der Offizier starrte finster in eine Zimmerecke, kaute unbewußt an einem nicht vorhandenen Bissen. Er knurrte schließlich:

»Ich muß das sehen, zeigen Sie mir das Krankenzimmer!«

»Sehr gern!« sagte ich. »Aber bitte, seien Sie leise!«

Auf dem Wege zu unserem Zimmer fragte er mich:

»Was hat Ihre Frau?«

Ich gab mit einem Verständnis erbittenden Lächeln zurück:

»Schwangerschaft, Sir. Sie hat entsetzliche Beschwerden.«

Ich merkte, wie sich des Mannes eine große Unsicherheit bemächtigte. Am liebsten hätte er wahrscheinlich umgedreht. Aber wir standen schon vor der Tür. Ich klopfte leise und öffnete vorsichtig die Tür, ließ ihn mit einem einladenden Wink an mir vorbei ins Zimmer blicken.

Susanne schlief noch immer. Ihr blasses Antlitz in den Kissen hätte selbst einen Unmenschen gerührt. Der Polizeioffizier war sicherlich kein Unmensch (er ist später wegen Beteiligung an den Gewaltmaßnahmen gegen die Bromberger Deutschen erschossen worden). Die Baronin machte sich stehend mit zwei Mullbinden zu schaffen, die sie in einer flachen Schüssel zu benetzen schien. Sie hielt eine Flasche mit essigsaurer Tonerde in der Hand, blickte scheinbar sehr erstaunt zu uns herüber, legte einen Finger an die Lippen, als wollte sie uns warnen, ja kein lautes Wort zu sprechen. Gehorsam murmelte neben mir der Offizier:

»Gut, gut! Kommen Sie!«

Ich drückte die Tür sachte ins Schloß zurück und folgte ihm in die Vorhalle.

»Es tut mir leid, daß ich Sie belästigen mußte. Aber die Umstände sind außergewöhnlich. England ist an Polens Seite in den Krieg eingetreten. Ich hoffe, daß es Ihrer Frau bald bessergeht und daß Sie sicher wieder nach Kanada heimkehren. Entschuldigen Sie, daß ich mich sofort verabschiede. Ich habe noch weitere Befehle auszuführen.«

Zum Schluß kam also der Offizier und Gentleman ganz unverhüllt zum Vorschein. Er hatte es einfach nicht über sich gebracht, einen kanadischen, das heißt britischen, Staatsbürger der Krankenpflegerin zu berauben. Oder hatte er sich nur geniert, vor den Augen eines Angehörigen einer befreundeten Macht brutale Gewalt anzuwenden – und das gegenüber einer Dame! Wie dem auch sei – er hatte sich als Mensch erwiesen.

Ich brachte ihn die Freitreppe hinunter zum Auto und sagte vor den Ohren der beiden bewaffneten Zivilisten, ohne ihnen einen Blick zu schenken, laut und deutlich:

»Thanks very much for your visit, Sir! I hope everything is allright now![1]«

Die beiden Gewehrträger setzten sich steif in die hinteren Sitze. Der Offizier nahm neben dem Fahrer Platz; er gab mir keine Antwort, blickte starr geradeaus, legte die Finger grüßend an den Schirm seiner viereckigen Tschapka. Das Auto rauschte davon, beschrieb den vorgezeichneten Kreis um das Rasenrund und entschwand die Allee hinunter. Ich atmete erleichtert auf: dieser Angriff wäre abgeschlagen.

Bald darauf trat die Baronin zu mir auf die Terrasse. Sie blickte sich um. Die unterdrückte Erregung machte ihre Stimme ein wenig heiser.

»Susanne schläft anscheinend ganz fest. Sie hat von allem nichts vernommen. Sind sie fort?«

»Ja, sie sind fort, und ich möchte meinen, sie kommen vor-

1 »Vielen Dank für Ihren Besuch, mein Herr! Ich hoffe, es ist nun alles in Ordnung.«

läufig nicht wieder. Sie waren freundlich genug, die Gastgeberin zweier britischer Untertanen nicht zu molestieren.«

Die Baronin warf mir mit hochgezogenen Brauen einen erstaunten Blick zu, lächelte trotz der Furcht, die sie ausgestanden haben mußte.

»Ich verstehe. Das hast du gut gemacht, Hans. Ich beneide den Offizier nicht, wenn er ohne den Vogel nach Bromberg oder Crone zurückkehrt. Ich kannte den Mann nicht; er wird nicht aus unserer Gegend sein. Aber du hast sicherlich nur einen Aufschub erwirkt. Wenn ich auf der Liste stehe, sind sie in zwei, drei Tagen wieder hier.«

Sie waren nicht in zwei, drei Tagen wieder da.

Statt dessen waren die Deutschen da.

Ich war im ersten Morgenlicht neben Susannes Bett eingenickt, als mich das Brummen eines starken Motors unter unserem Fenster aufschreckte – das Fenster blickte vom Seitenflügel des »Großen Hauses« auf die Rasenrundung vor der Terrasse. Ich eilte ans Fenster. Auf dem Rondell hielt ein grauer gepanzerter Kraftwagen, ein schwarzweißes Kreuz an der Flanke: Deutsche!

Sekunden später war ich auf der Terrasse. Ein sehr jugendlicher Offizier mit gezückter Pistole sprang mir die Treppe herauf entgegen. Aus dem Schlitz des Panzerwagens drohte der Lauf einer Maschinenwaffe herüber. Ich hielt wohlweislich meine leeren Hände sichtbar, von den Hüften abgespreizt. Ich trug nur Hemd und Hose.

Der junge Mann herrschte mich an:

»Sind Sie der Besitzer?«

»Nein, ich bin hier nur zu Gast mit meiner Frau.«

»Wem gehört dieses Gut?«

»Der Baronin Terplitz. Sie schläft. Sie wird von Ihrer Ankunft nichts gehört haben. Ihr Schlafzimmer liegt auf der anderen Seite des Hauses.«

»Sind polnische Truppen in der Nähe? Halten sich polnische Soldaten hier versteckt?«

»Nicht, daß ich wüßte. Wir haben bisher vom Krieg noch nichts gesehen.«

»Wenn bisher nicht, dann wahrscheinlich auch weiterhin nicht. Wir fahren nur das Hinterland zur Kontrolle ab. Die Kämpfe haben sich weiter nach Osten verlagert. Dieser Ort steht fortab unter deutschem Kommando. Sagen Sie allen Leuten im Ort, daß jedermann, der sich außerhalb der Dorf- und Gutsgemarkung sehen läßt, damit rechnen muß, erschossen zu werden. Bis zum Empfang weiterer Anweisungen haben Sie sich mit allen Ihren Leuten auf einen Kilometer im Umkreis zu beschränken. Strikter Befehl der deutschen Militärverwaltung! Haben Sie alles verstanden?«

Er wollte sich zum Gehen wenden, besann sich dann und kehrte sich mir noch einmal zu:

»Sie sprechen gut Deutsch und ohne polnischen Akzent. Sind Sie Deutscher?«

»Nein, ich bin Kanadier, aber deutscher Herkunft.«

»Was Sie nicht sagen – sieh mal einer an: Kanadier! Ihnen rate ich erst recht, hier sitzen zu bleiben, bis Sie vorgeladen werden. Ich muß Sie natürlich melden. Ihr Name?«

»Hans Reckel.«

»Ist die Baronin Terplitz Deutsche?«

»Deutsche der Herkunft nach, aber polnische Staatsbürgerin. Die Terplitz waren hier immer begütert, auch in der deutschen Zeit.«

»Der Ein-Kilometer-Umkreis gilt natürlich auch für sie. Schärfen Sie ihr das bitte ein. Sie sind verheiratet?«

Er hatte wahrscheinlich den Ring an meiner rechten Hand entdeckt.

»Ja, meine Frau liegt krank zu Bett und ist nicht transportfähig. Der Arzt, der sie bisher behandelt, Dr. Kmioczek aus Crone an der Brahe, ist gestern nicht hiergewesen.«

»Wird auch so bald nicht wieder erscheinen. Damit werden Sie sich abzufinden haben. Jetzt müssen wir weiter. Ich habe noch einige weitere Frühstücksbesuche abzustatten.«

Er sprang die Treppe hinunter, schlüpfte in den Panzerwagen, kam aber sofort in der Oberluke wieder mit halbem Oberkörper zum Vorschein. Der Wagen wendete auf dem Rasenrund und surrte in schneller Fahrt davon.

Ich stand noch lange und blickte die Allee hinunter, obgleich das martialische Fahrzeug längst den Blicken entschwunden war.

So kurz und schmerzlos also hatte sich der Übergang vollzogen. Mein erster Gedanke: die Baronin holt nun keiner mehr ab, Gott sei Dank! Mein zweiter: sie sind ihrer Sache sehr sicher, die Deutschen; daß sich das Kriegsglück noch gegen sie wenden könnte, das hat der junge Leutnant nicht einmal theoretisch in Betracht gezogen. War auch nicht die Spur nervös. Ich glaube, ich muß die Baronin wecken.

Nein, mag sie schlafen. Sie hat es nötig. Aber Pracke und Wieczorrek muß ich Bescheid sagen, damit alles im Dorf bleibt und kein Unglück passiert. Auf den Feldern soll wie üblich gearbeitet werden. Auf dem Hofe auch. Das bewahrt den Leuten am ehesten ihre Ruhe. Es ist erst fünf Uhr; es wird noch niemand außerhalb des Ortes unterwegs sein.

Wieczorrek traf ich im Pferdestall. Er hatte den Panzerwagen abfahren sehen, sich aber keinen Reim darauf machen können. Er wurde blaß unter seiner braunen Haut, als er begriff, was sich ereignet hatte.

»Also die Deutschen sind da, Herr Reckel?«

»Sind da und sind schon viel weiter, Wieczorrek!«

»Und was wird jetzt?«

»Nichts wird, Wieczorrek. Nichts für euch alle hier. Dafür wird die Baronin schon sorgen. Alles geht weiter wie bisher – auf einen Kilometer im Umkreis! Hast du das verstanden, Wieczorrek?«

»Verstanden, Herr Reckel!«

Die Baronin sorgte in der Tat dafür, daß auf Tiefentalau im wesentlichen alles beim alten blieb.

Zwar merkten wir bald, daß die deutsche Zivilverwaltung, welche die Militär-Administration ablöste, viel schärfer und rücksichtsloser vorzugehen für richtig hielt, als es die Kommandostellen des deutschen Heeres getan hatten. Manch einem in dieser klobigen, braungewandeten Zivilverwaltung mag der Titel »Baronin« gar nicht ins volksgemeinschaftliche Konzept gepaßt haben. Auch war gewiß Tiefentalau ein sehr fetter Brocken, den manch ein »verdienter Kämpfer« aus den Reihen der »Nationalsozialistischen deutschen Arbeiterpartei« gern für sich vereinnahmt hätte – natürlich nur, um die »Regermanisierung« des deutschen Ostens kräftig voranzutreiben – Führer, befiehl! Wir folgen.

Aber daraus wurde nichts. Die Terplitz waren schon in der deutschen Zeit, nachweisbar seit anderthalb Jahrhunderten, Besitzer von Tiefentalau gewesen; die Baronin war eine geborene Deutsche; ihr Mann war als deutscher Offizier in den Kolonien gefallen; die Baronin konnte sich auf Verwandte in Deutschland berufen, die in verschiedenen Berufen und Stellungen – auch im deutschen Heer – Ansehen genossen. Die Baronin hatte keinem polnischen Verband angehört, allerdings auch keinem deutschen, aber sie war eben eine Frau, war überbeansprucht und gefährdet. Den entscheidenden Ausschlag wird die Tatsache gegeben haben, daß der Name der Baronin tatsächlich auf der Liste derjenigen Personen gestanden hatte, die im Fälle eines Krieges verhaftet und nach Ostpolen abtransportiert werden sollten, da sie der Deutschfreundlichkeit verdächtig waren.

Susanne und ich wurden ebenfalls sehr genau unter die Lupe genommen. Aber einige Rückfragen bei meinem Vater in Potsdam bestätigten die Richtigkeit unserer Aussagen. Es ergab sich beinahe von selbst, daß man uns auf Tiefentalau »internierte«, daß ich zur Arbeit in dem großen landwirtschaftlichen Betrieb der Baronin »zwangsverpflichtet« wurde. Wir haben Tiefentalau und die Umgebung in immerhin einem Umkreis von fünfundzwanzig Kilometern während des ganzen Krieges nicht verlassen dürfen. Die Baronin wußte es aber einzurichten, daß meine Eltern uns 1941 und nochmals 1942 für je vier Wochen besuchten – natürlich offiziell nicht uns, die »Internierten«, sondern die Baronin. Der Baronin war es gelungen – mit all dem Geschick und der Liebenswürdigkeit, die ihr zu Gebote standen, wenn sie wollte –, sich einige hochmögende Leute in der Bromberger Warthegau-Verwaltung zu Freunden zu machen. Diese Beziehungen setzten sie auch instand zu verhindern, daß irgendein Tiefentalauer mit polnischem Namen abgeholt wurde, verschickt, zwangsverpflichtet oder was sonst. Es hat sich damals viel Schreckliches ereignet, wenn auch nichts davon auf Tiefentalau. Unsere Leszinskis, Wieczorreks oder Pomorskis waren alle »unabkömmlich« (was auch stimmte), waren ja auch alle – oder wenigstens ihre Eltern – deutsche Staatsbürger gewesen; nicht wenige ältere Männer hatten am Ersten Weltkrieg teilgenommen und waren sogar ausgezeichnet worden. Nach den Beteuerungen der Baronin waren alle ihre Guts- und Dorffamilien mit polnischen Namen längst so weit »eingedeutscht«, daß sie nicht mehr für Polen gehalten werden konnten.

Keiner sprach darüber, aber alle wußten, daß es unter den neuen Verhältnissen für jede Familie mit polnischer Muttersprache kaum eine andere Wahl gab, als mit den geschickten Machenschaften der Baronin einverstanden zu sein – wenn man nicht Freiheit, Heimat und Besitz aufs Spiel setzen wollte.

Ich entsinne mich sehr genau eines Abends im Sommer 1942. Es war kurz vor der Wiederabreise meiner Eltern nach Potsdam. Der Krieg war sehr weit entfernt für uns im stillen Land, war fast nicht zu glauben, im Hintergrund jedoch stets gegenwärtig wie eine angekettete wilde Bestie (wer wollte indessen behaupten, daß die Ketten unter allen Umständen haltbar waren!).

Der Abend leuchtete. Es war warm, aber nicht mehr heiß. Wir hatten auf der Terrasse gegessen. Nun war das Geschirr abgeräumt. Wir saßen in bequemen Lehnstühlen über der smaragdgrünen Pracht des Rasenrunds. Unter der Balustrade blühten Hunderte von Rosen. Die Eichen, Buchen, Linden, Ebereschen des Parks hoben sich bewegungslos in den lohenden Sonnenuntergangshimmel. Der Vater hatte von den Bombenangriffen auf die großen Städte, besonders auch auf Berlin, erzählt und daß sie stets heftiger und zerstörerischer wurden. Hier auf Tiefentalau klang der Bericht unglaubwürdig. Meine Mutter hatte den Vater gebeten:

»Laß uns doch den schönen Abend genießen, Vater. Wenn man hier ist, möchte man glauben, es könnte noch alles gut ausgehen.«

Mein Vater war auch jetzt und hier nicht zu besänftigen. »Es geht nicht gut aus. Und es ist so entsetzlich, daß man nicht einmal wünschen kann, daß es gut ausgeht; denn das würde bedeuten, daß Hitler siegt. Der Wahnsinn, der sich dann entfalten würde –? Alles, was wir heute erleben, wäre nur ein Kinderspiel dagegen.«

Die Baronin hielt eine Tasse Tee in der Hand.

»Lieber Herr Reckel, gewiß würden wir einiges erleben. Aber ich habe nun genug Zusammenbrüche und Umstürze zu bestehen gehabt. Man muß sich ewig wenden und drehen, um das Gleichgewicht zu halten. Mit einigem Geschick laviert man sich durch. Mir kam es stets darauf an, dies Stück Erde mit den Menschen, die dazugehören, selbstverständlich auch mit mir selber, gesund und lebensfähig zu erhalten. Dafür habe ich in manchen sauren Apfel gebissen, und ich fürchte, mir werden weitere saure Äpfel nicht erspart bleiben. Die Zeiten wandeln sich so gründlich und so rasend schnell, daß man mit den berühmten ›erprobten Grundsätzen‹, den großen Worten, die uns ständig um die Ohren geschlagen werden, bald von oben und bald von unten, bald von rechts und bald von links, in der bitteren Praxis des einzelnen Daseins nicht mehr viel anfangen kann. Wie ist es denn in Wahrheit? Wer zuletzt übrigbleibt, der hat gewonnen. Die Frage, ob er recht hatte oder nicht, ob er der Bessere war oder nicht, ist dann belanglos und vergessen.«

Eine solche Anschauung vermochte meinem Vater unmöglich zu behagen, das war mir klar. Natürlich konnte er einer Dame, die dazu noch die Gastgeberin war, nicht widersprechen. Er blickte vor sich hin in die stille grüne Kulisse der Parkbäume und nagte gedankenverloren an seiner Oberlippe. Endlich entschloß er sich zu antworten – es sind seine letzten Worte, deren ich mich noch heute genau erinnere, da sie so sehr bezeichnend für ihn waren (und für eine Zeit, die mit Leuten wie ihm lautlos von der Bühne abtrat):

»Gewiß ist es richtig, verehrte Baronin, daß man für anvertrautes Gut und für anvertraute Menschen zu sorgen die nicht abdingbare Pflicht hat. Aber nur bis zu einer gewissen Grenze. Jenseits dieser Grenze, die jeder einzelne mit seinem Gewissen auszuhandeln hat, werden eine Reihe von überzeitlichen Werten wichtiger, zum Beispiel Ehre, Glauben,

Vaterland, Freiheit, Nation, Recht und Gerechtigkeit, Anstand, Treue – die Reihenfolge soll keine Stufenfolge bedeuten. Sobald diese und einige andere Werte gefährdet erscheinen, darf man sich nicht mehr nur nach der Decke strecken, sondern muß sich klar und deutlich entscheiden, wo man zu stehen und für was man sich einzusetzen hat.«

Die Baronin blickte angestrengt in ihre Teetasse hinunter, als suchte sie dort nach der Lösung der Geheimnisse. Sie erwiderte leise und wie um Entschuldigung bittend:

»Wenn aber der einzelne Mensch gezwungen ist, Glauben, Vaterland, Recht und so weiter einmal so herum und das nächstemal anders herum zu sagen, um das ihm anvertraute Gut und die ihm anvertrauten Menschen nicht zu gefährden – und wenn die besagten hohen Werte dem einzelnen jedesmal mit dem gleichen tiefen Brustton gottgewollter Überzeugung aufgedrängt werden, was bleibt dann noch von den ewigen Werten und Wahrheiten? Es wird einfach zuviel von den Menschen verlangt! Also tun die Menschen nur das, was vor ihrer Nase gerade wünschenswert oder nötig erscheint, und überlassen die großen Entscheidungen den großen Geschäftemachern, die es verstanden haben, sich an die Hebel des Apparats zu manövrieren und natürlich nur ihren eigenen Vorteil, ihre Macht, ihre fürchterliche Großmannssucht im Sinne haben, die befriedigt werden will. Die sogenannten Idealisten und Ideologen, die da glauben, der Kamm, über den sie alle anderen scheren wollen, sei aus purem Gold, und jeder müßte zu seinem Glück notfalls auch gezwungen werden, diese Weltverbesserer und Weltumgestalter mit dem Stein der Weisen in der Westentasche, sie haben schon mehr Unheil und Elend angerichtet, als alle Verbrecher dieser Erde zusammengenommen anrichten könnten.«

Das war eine sehr harte Philosophie. Und wir alle starrten die Baronin an, die das in der makellosen Haltung einer

Dame und im gemäßigten Tonfall der Konversation vorgebracht hatte. Wir alle, die wir anwesend waren, verehrten sie, liebten sie sogar. Sie in so abgrundtiefer Skepsis befangen zu sehen, bedrückte uns. Ich vermute, daß sie nur deshalb diese illusionslosen Urteile ausgesprochen hatte, weil sie im Grunde mit meinem Vater übereinstimmte, aber als Frau begriffen hatte, daß mit so hochherzigen Überzeugungen, wie die es waren, an die mein Vater sich noch klammerte, kein Hund mehr vom Ofen wegzulocken war und auch in Zukunft nicht mehr sein würde. Was zerschlissen und zerredet ist, das läßt sich nicht mehr flicken und abermals in neuem Hochglanz als Panier vorantragen.

Die Baronin trank ihren Tee aus, den sie so lange betrachtet hatte, und stellte die Tasse mit leisem Klirren auf den Tisch zurück. Mein Vater – wie konnte er anders! – gab sich auch jetzt noch nicht geschlagen. Mit der altväterischen Höflichkeit und Umständlichkeit, die ihm eigen war, versuchte er noch einmal zu widersprechen:

»Gewiß, verehrte Baronin, der einzelne hat es gewiß stets sehr schwer – und heute schwerer denn je –, sich mit Anstand zu behaupten – mit Anstand sage ich, darauf kommt es an! An diesem Anstand wird er gemessen werden, wenn er sich einmal vor seinem höheren Richter zu verantworten haben wird.«

Wir anderen, meine Mutter, Susanne und ich, hatten uns an dem Gespräch nicht beteiligt, hatten nur zugehört. Ich hätte mich gern eingemischt, aber ich wollte meinen Vater nicht kränken und meine Mutter nicht beunruhigen; ihr war nichts peinlicher, als Vater und Sohn uneins zu sehen. Ich wußte, daß die Baronin mit ihrer abgrundtiefen Skepsis recht hatte.

Was hatten wir denn erfahren müssen, wir hier auf unserem abgelegenen Rittergut (vier Kilometer von einer größeren

Straße, zwanzig Kilometer vom nächsten Städtchen, fünfzig Kilometer von der nächsten Stadt)? Wir hier, an denen der Krieg bis dahin vorübergegangen war (und wo er uns bis zu seinem Schluß auch nicht erreichen sollte, nicht hier!), was wußten wir wirklich davon, was sich im westlichen, von immer wilderen Bombenangriffen zerschlagenen Westdeutschland, was sich in anderen, den von der deutschen Wehrmacht besetzten Ländern Europas abspielte, wie es an den Fronten wirklich aussah? Sehr wenig wußten wir davon. Die Stimmen aus dem Radio, die Zeitungen, die Siegesmeldungen, die belfernden Haßgesänge der Führenden – wir hörten das und lasen das, nicht sehr intensiv übrigens, aber es ging doch wie in der Ferne an uns vorüber.

Weder die Baronin (die seit Jahrzehnten zwischen – buchstäblich zwischen! – Polen und Deutschland angesiedelt war, sich hatte ansiedeln müssen, ohne daß einer nach ihren privaten Wünschen gefragt hatte) noch auch ich (der sich von diesem Lande Deutschland schon in der Vor-Hitlerzeit abgewandt und in einem anderen Lande heimisch gemacht hatte und nach wie vor entschlossen war, sich zuerst als Kanadier und danach erst als ehemaliger Deutscher zu fühlen – Susanne übrigens hat diesen Schritt nie mit gleicher Endgültigkeit vollzogen), in der Tat, weder die Baronin noch auch ich vermochten die blutigen Kriegstänze, das dröhnende Getöse weit außerhalb des engen Horizonts von Tiefentalau so ernst zu nehmen, als ginge es uns irgend etwas an. Es betraf uns nicht.

Um ganz ehrlich und genau zu sein: Sich mit der deutschen Sache nicht unmittelbar verknüpft zu fühlen, das war nicht von Anfang an so gewesen.

Wir alle hier, ob Terplitz, Reckel, Pracke, Ihlenbach oder andern Namens, die wir mit deutscher Muttersprache groß geworden waren, wir waren nach der gräßlichen Nervenanspannung der anfänglichen Septembertage mit ihrem »Bromberger Blutsonntag«, mit der Furcht, zwischen die Fronten, in den Strudel der Schlachten gerissen zu werden, sozusagen vorbewußt der Meinung gewesen, daß, wenn nur »die Deutschen kommen«, wieder Vernunft und Ordnung ihren Einzug halten würden. Solange wir noch mit der kämpfenden Truppe zu tun hatten, sahen wir uns auch in unseren Erwartungen nicht getäuscht. Der junge Leutnant der Aufklärungstruppe, der mich an jenem ersten frühen Morgen auf der Terrasse kurz verhört hatte, hatte genau den Vorstellungen entsprochen, die – ich gestehe es offen – auch ich mir beinahe instinktiv von »den Deutschen« gemacht hatte.

Das änderte sich aber gründlich und nur allzu bald, als die deutsche Zivilverwaltung das Kommando über das besetzte ehemals polnische, ehemals kaiserlich-deutsche Gebiet übernahm. Es begann für uns damit, daß der vorzügliche und gewissenhafte Dr. Kmioczek spurlos abhanden geriet. Wir erfuhren dann, daß der Baronin früherer Gutsinspektor, Victor Peczkowsky, als polnischer Oberleutnant in deutsche Gefangenschaft geraten sei. Aber mehr erfuhren wir nicht, nichts, nie; er kam nicht wieder. Ein Jahr später sollte seine Frau nach Deutschland »zwangsverpflichtet« werden. Aber da hatte die Baronin sie längst mit ihrem Kinde als »Wirtschafterin« ins Haus genommen und konnte sie für »unabkömmlich« erklären; Susanne, ich und der kleine Erik (den übrigens ein deutscher Militärarzt, der in Crone an der Brahe ein Lazarett betreute, auf die Welt gebracht hat) waren ins Verwalterhaus umgezogen, schon, um unsere persönlichen Beziehungen zur Baronin möglichst zu verschleiern. Von den jungen Leuten des Dorfes, die zur polnischen Armee einberufen worden waren, kamen nur diejenigen zurück, die Arme oder Beine »auf dem Altar des Vaterlandes« geopfert hatten. Von anderen erfuhren wir gelegentlich und mit großer Verspätung, daß sie auf Guts- oder Bauernhöfen im westlichen Deutschland »zwangsverpflichtet« waren. Von manchen aber kehrte kein einziges Wort, kein Zeichen je zu uns zurück.

Die Baronin jedoch hatte es von Anfang an verstanden, so viel treudeutsche und auch braun-germanische Tarnfarbe auf ihren Schild zu klecksen, daß sie bald auch für den wildesten und bösartigsten Parteirecken unangreifbar geworden war. Sie hatte darauf bestanden, als oberste Informationsinstanz bei allen Verhören ihrer polnischen Gutsarbeiter und der sonstigen polnischen Dorfbewohner eingeschaltet zu werden. Ihr Argument, daß sich unter ihrer »deutschbewußten« Fuchtel nur Polen hätten halten können, die den Loyalitäten der kaiserlich-deutschen Zeit, ihren alten deutschen Regimentern wie dem Infanterieregiment Nr. 14 zu Bromberg im geheimen stets treu geblieben wären, dies und ähnliche mit Sicherheit und Energie vorgetragene Erläuterungen zu jedem einzelnen Fall ihrer polnischen Leute schlugen schließlich allgemein durch. Wir waren der Ausnahmefall, der die Regel bestätigte; bei uns wurde kein Kandzidulski und kein Leszinski abtransportiert. Ganz im Gegenteil: die braune Behörde bestand sogar darauf, daß früher oder später die polnischen Namen dieser Familien zu verschwinden hätten, etwa in Kandke oder Lesch oder Witsch umgeändert, »eingedeutscht« werden müßten.

Trotz alldem blieb unsere Sicherheit stets gefährdet. Wir machten uns auch im abgelegenen Tiefentalau keine Illusionen darüber, daß sich hinter all den Entscheidungen und Anweisungen, denen wir uns zu unterwerfen hatten, stets die pure Gewalt und Willkür versteckte, daß wir fortgesetzt von einer kalten, einer uns im Grunde ganz unbegreiflichen Brutalität bedroht waren, einem geheimen, aber auch jederzeit zu schamloser Nacktheit bereiten Terror.

In Tiefentalau erlebten wir nichts, was diese Furcht bestätigt hätte. Aber wir hörten genug, was nicht abzustreiten oder zu vertuschen war, hörten, daß damit angefangen wurde, die jüdischen Einwohner der benachbarten Ortschaften (in Tiefentalau wohnte niemand, der jüdisch war) einzusammeln und »abzutransportieren« – unter unwürdigen, ja unmenschlichen äußeren Umständen, hörten davon, daß sich zur Genüge auch Einheimische fanden, sich des jüdischen Besitzes für billiges Geld zu bemächtigen.

Nicht nur die Gewalt und die noch wirksamere Angst vor der Gewalt schienen mit der deutschen Zivilverwaltung ins Land gezogen zu sein, sondern auch eine schleichende Korruption – nicht nur in materieller, sondern auch in ideeller Hinsicht. Wer überleben wollte, wer den braungewandeten Gewaltigen keine Vorwände liefern wollte, hatte sich stramm-deutsch zu gebärden. Die Baronin mit ihrer langen und überreichen Erfahrung in solchen vielschichtigen und brüchigen Situationen hatte das sehr früh begriffen. Im Herzen eiskalt und voll von Hohn, gab die Baronin den allmächtigen NS-Funktionären, was jeweils die Lage erforderte, um die Waffen und die Gier der örtlichen Machthaber in Braun abblitzen zu lassen.

Manchmal, wenn alle Horcher fern waren, gewöhnlich nach dem Abendbrot auf der Terrasse oder winters vor dem lodernden Kamin in der Halle, ließ die Baronin ein paar versteckte Worte fallen, die diesen oder jenen Umstand schonungslos enthüllten. So stellten wir schnell Übereinstimmung fest. Wir durften uns Differenzen in unseren Auffassungen von den Einzelheiten des Gutslebens nicht gestatten, mußten genau wissen, wie einer Verdächtigung gegen Tomaschek oder einer Anforderung der beiden Töchter des Hofmeisters Wusek beizukommen war, um sie wirkungslos zu machen. Ich war nämlich schon nach einem halben Jahr, praktisch unangefochten, in die Rolle des abhanden geratenen Gutsinspektors Peczkowsky hineingewachsen. Ich hielt mich peinlichst an die uns auferlegten Beschränkungen – und wenn der Landwirtschaftsbeauftragte Krusebeck aus Dessau unter der Hand für seine Verwandten in Deutschland einen Schinken, eine Gans oder sogar ein halbes Schwein haben wollte, so war ich der letzte, der sich berufen fühlte, die Vorschriften der Verwaltung strenger zu nehmen, als die Herren der Verwaltung selbst sie nahmen. Ich war »der Deutsch-Kanadier«, womit die meist sehr primitiven Leute der Partei oder der dem Lande auferlegten Verwaltung nicht viel anzufangen wußten, ja, was sie mit einem gewissen Respekt erfüllte, nachdem ich gelegentlich hatte durchblicken lassen, daß ich 1927 Deutschland aus Überdruß an den Verhältnissen der Weimarer Zeit den Rücken gekehrt hatte. Das stimmte durchaus – allerdings in einem anderen Sinn als dem, den meine Aufpasser dahinter vermuteten und natürlich vermuten sollten.

So wendeten und drehten wir uns durch die üblen Jahre 1939 bis 1944. Bis dann im Winter 1944/45 auch uns in Tiefentalau deutlich wurde, daß der hohe Zaun, hinter dem wir bis dahin gesessen hatten – dem wüsten Kriegsspiel in der Ferne mit eingezogenem Kopf durch ein paar Astlöcher zuschauend –, ins Wanken geriet. Die Wehrmacht ging auf breiter Front zurück. Die russischen Armeen rückten unaufhaltsam westwärts. Tiefentalau lag, wo es lag, und war leider nicht westwärts zu versetzen.

Meine Eltern habe ich nicht wiedergesehen, nachdem die Baronin persönlich sie noch nach Nakel an die Bahn gefahren hatte. Susanne und mir war das verwehrt. Wir hätten mit der Fahrt nach Nakel die uns erlaubte Zone freier Bewegung verlassen müssen. Mein immer sehr vorsichtiger Vater wollte unter keinen Umständen zulassen, daß die Baronin einen Sonderantrag für uns stellte, uns ausnahmsweise die Fahrt nach Nakel zu erwirken. Das hätte den ewig mißtrauischen Sicherheitsdienst, den SD, in Bromberg darauf bringen können, daß die alten Reckels aus Potsdam gar nicht die Baronin, sondern uns, die »Dienstverpflichteten«, besucht hatten, daß vielleicht finstere Komplotte geschmiedet worden waren. Denn auch die Baronin war und blieb trotz aller Camouflage unzweifelhaft Aristokratin, und Aristokraten waren bei der Masse der Braunen genauso verdächtig und unbeliebt wie Kommunisten – oder noch unbeliebter.

Vater und Mutter sind kurz hintereinander im Februar 1945 in Potsdam gestorben. Die Bombenangriffe und das sich allenthalben ankündigende Chaos werden ihnen den Abschied von diesem Dunkelstern Erde leichtgemacht haben.

Das aber hörte ich erst viel später.

14

Also habe ich in den letzten Tagen die alten Geschichten wieder ein Stück weitergesponnen. Obgleich das meiste, was ich mitzuteilen habe, nicht gerade erfreulich ist, geht doch – für mich, den Schreiber – ein eigentümlicher Glanz und Trost davon aus. Mit einem merkwürdigen Vergnügen setze ich mich in allen freien Stunden an meinen großen Tisch und schreibe weiter, tue dies so gerne, daß ich anfange, mich über mich selbst zu wundern. Das Mißtrauen gegenüber meinem Verhalten und den wahren Beweggründen liegt immer auf dem Sprung. Könnte es möglich sein, daß ich damals viel intensiver lebte, als ich heute lebe – und daß ich deshalb in der Rückschau mich noch einmal an der alten Fülle des Daseins berausche – mit geliebten Menschen von damals um mich her, in Umstände hineingesogen, die zumeist böse, zugleich aber wild und bisweilen sogar großartig waren? Sollte etwa die gelobte Stille, in der ich mich jetzt befinde, nur ein Brackwasser sein, aus dem es kein Entrinnen gibt, eine Sackgasse, die nirgendwohin führt?

Es kann nicht sein! Ich habe auch hier Freunde, und es sind Menschen da, die ich liebe und die mich lieben. Und es bleibt, was immer auch sonst vorgehen mag, die stete, reuelose Freude an der unvergleichlichen und unvergänglichen Schönheit des Landes um mich her, meiner zweiten, wahren und letzten Heimat. Die eben vergangenen Tage strahlten wie eine Kette von kostbaren Diamanten. Das Barometer steht sehr hoch, auf 1051. Die Nächte sind kühl und klar. In der vollkommen reinen Luft flimmern die Sterne, als hätte jeder von ihnen eine dringende Botschaft mitzuteilen. Immer wieder bewundere ich diese ungemeine Klarheit. Als ich vor dem Schlafengehen kurz vor Mitternacht noch einmal vors Haus trat, sah ich über dem dunkel in den Horizont wallenden Gewoge der Hügeldünung im Osten einen Stern aufgehen. Dort, wo eben nur der schattensamtene Rücken des fernen Gebirges zu erkennen gewesen war, blitzte plötzlich ein sanfter Funken auf, der bis dahin noch nicht dort geblinkt hatte. Im ersten Augenblick dachte ich an eine künstliche, vom Menschen bewirkte Erscheinung; Autoscheinwerfer etwa, die sich in weiter Ferne über eine Hügelkuppe geschoben hatten, Positionslichter eines nächtlichen Flugzeugs oder dergleichen. Doch sah ich mich bald eines Besseren belehrt. Der Funke blieb, wo er war, verlor den Anhauch von Rot, der sein Funkeln durchwoben hatte, und zeigte nach wenigen Minuten schon ein kostbares, brillantenhaftes Weiß, löste sich von der Umrißlinie der schwarzen Hügel und schwebte unmerklich langsam, aber unaufhaltsam auf: ein großer Stern war aufgegangen. Vielleicht war es Aldebaran oder Wega oder der Planet Jupiter, auf alle Fälle eine der uralt ewigen Leuchten am Himmel; ich wußte den Namen nicht, verfolge nicht die Sternkarten im »Scientific American«.

Und dann faßte ich einen Stern ins Auge, der schon ganz tief im Westen stehend und dicht über dem blaßsilbernen Umriß des Talchako-Gebirges aus der Coast Range sein Geglimmer mir ins Auge sandte, und beobachtete ihn eine Zeitlang: plötzlich erlosch er wie ein feines Glühbirnchen, das abgeschaltet wird; er war hinter den Kamm des Gebirges getaucht, war fort und würde erst eine Nacht später wieder sichtbar werden.

Wo sonst, fragte ich mich, ist die Luft so kristallen rein, daß man Sterne auf- und untergehen sehen kann wie hier bei mir auf Hansteds Ranch im weiten Herzen British Columbias? Eine Woge wortlosen, freudevollen Glücks überströmte mich – und eine große unbestimmte Dankbarkeit –, Dankbarkeit dafür, daß ich auf meine alten Tage mir diese Stille, Ferne und Unberührtheit, diese Weite und Freiheit einer noch in tiefen, ruhigen Zügen atmenden Natur gewähren darf, ohne Sorge und ohne Furcht, nur noch mir selber, den Freunden und Kindern und meiner Vergangenheit verantwortlich – und durchaus auch darauf gefaßt, mich dereinst vor einer höheren Instanz rechtfertigen zu müssen.

Rechtfertigen zu müssen« – das habe ich eben hingeschrieben, als verstünde es sich von selbst, und stockte erst, als es schon dastand, fing an, darüber nachzudenken. Es dämmerte mir, und ich gebe es ohne Zögern zu Papier an diesem strahlend frühen, tauigen Morgen des 8. Juni 1971, einem Dienstag, daß diese Seiten den Versuch darstellen, eine Rechtfertigung, eine Verteidigung meiner Aktionen und meiner Haltung zu entwerfen. Ich will damit fertig sein, will proben, was ich zu sagen habe, wenn der Augenblick kommt, in dem ich meinen Fall vor dem Großen Richter werde darlegen müssen.

Es klingt unangenehm feierlich, was ich soeben hingeschrieben habe (»eben hingeschrieben« – ich stolpere dauernd über meine eigenen Beine!). Und es riecht ein bißchen nach Wichtigtuerei! Aber ich streiche nichts aus. Ich glaube es ganz buchstäblich. Der Pomp der Worte ist nur zufällig. Dahinter steht die völlig ernüchterte und bescheiden gewordene Illusionslosigkeit eines Mannes, der sich sagen muß, daß er vor sich nur noch einen kleinen Bruchteil der Zeit zu erwarten hat, die schon hinter ihm liegt.

Aber lassen wir das auf sich beruhen. Der Zauber der gestrigen Nacht war mit den auf- und untergehenden Sternen noch nicht an seinem Ende angelangt. Ich wollte mich gerade abwenden, um unter meinem großen Fenster vorbei um die Ostseite des Hauses wieder nach drinnen zu gehen, als mich ein dumpfes Geräusch zu meiner Rechten fast erschrocken innehalten und zurückblicken ließ.

Ach ja, natürlich, Betsy! Ein schwarzer Schatten näherte sich mit kaum vernehmbarem Stapfen, kam näher, nahm Gestalt an: Betsy, mein Pferd, das heißt das Pferd, das Oky mir zugewiesen hat, damit ich mich mit ihm befreunde und das ich – wie schon erwähnt – regelmäßig reite, wenn ich mit Oky oder allein oder mit anderen zu Pferde unterwegs bin. Mit Betsy verbindet mich eine ähnliche Freundschaft wie mit dem Hengst Spotty. Allerdings ist mein Verhältnis zu Spotty eine Sympathie unter Gleichen, während Betsy sich völlig darüber klar ist, wer von uns beiden den Ton anzugeben hat, ich nämlich, und sie hat meinen Weisungen zu folgen – was aber unseren höchst angenehmen Beziehungen zueinander in keiner Weise Abbruch tut. Oky hat nämlich noch gestern abend, als wir das letzte Heu mit Lottas Hilfe auf den Schober gefahren hatten, noch alle erreichbaren Pferde auf die Hauswiese eintraben lassen. Wir schneiden das Gras nicht sehr kurz; die Stoppeln sind frisch und saftig, wachsen auch schnell wieder nach; die Pferde lieben so gleichmäßige Weide.

Irgendwo abseits im Dunkel mußte sich die Herde für die Nacht niedergetan haben. Betsy, die kluge und erfahrene Stute mit ihrer mich stets von neuem in Erstaunen setzenden feinen Witterung, hatte mit dem leisen Nachtwind die Nachricht erhalten, daß ich vors Haus getreten war, und hatte sich aufgemacht, mich zu begrüßen.

Da war sie nun, groß und dunkel, schnob leise durch die Nüstern, stand still. Ich murmelte:

»Na, Betsy, komm! Ich bin's!«

Ich streckte die Hand aus; das Tier tat die letzten drei Schritte, schnoberte in meiner Hand; die war leer; die Stute stieß mich mit den weichen Nüstern sachte an die Schulter.

»Ich habe nichts bei mir, Betsy. Habe dich nicht erwartet. Aber wenn du mit ums Haus kommst, werde ich einen hübschen Happen für dich auftreiben.«

Ich wanderte gemächlich um das Haus herum. Betsy folgte dicht hinter mir, mich ab und zu mit dem weichen Maul an der Schulter berührend.

Vor meiner Tür hieß ich sie warten, schnitt in der Küche eine dicke Scheibe Weizenbrot ab, trat wieder vor die Tür und fütterte meine getreue Freundin mit großen Brocken. Die Wärme und Zufriedenheit des mächtigen Tierleibes gingen auf mich über. Ich empfand es eigentümlich beruhigend, ein starkes, wildnisgewohntes Tier so unbesorgt und freundlich in meiner Nähe zu wissen.

»Das ist alles, Betsy. Mehr gibt's heute nicht.«

Ich klopfte ihr den Hals, beutelte ihre schwere Mähne ein wenig und fuhr ihr sachte mit der hohlen Hand das Nasenbein bis zu den warmen weichen Nüstern hinunter. Sie schnob sehr sanft durch die Nase, als sagte sie: Hätte mehr sein können, aber ich will ja nicht unbescheiden sein, mein Bester!

Als ich schon im Bett lag, ließ ich vor dem Einschlafen noch kurz den vergangenen Tag Revue passieren.

Oky und Lotta haben, seit Katlen abfuhr, mit keiner Silbe angedeutet, daß sie in Uneinigkeit darüber geraten sind, ob sie die Ranch aufgeben, sich mit ihrem Sohn zusammentun oder eine andere Ranch kaufen sollen oder nicht. Sie haben offenbar verabredet, mit mir nicht über ihren Zwist zu sprechen, um mich nicht zu beunruhigen; das respektiere ich selbstverständlich und tue so, als hätte mir Katlen nichts verraten; Lotta würde sich schon durchsetzen, ganz gewiß, ich müßte mich sehr irren. Lotta wird sich durchsetzen! Aber es bleibt doch beinahe erheiternd (wenn es nicht gleichzeitig auch ein wenig bedrohlich wäre), daß wir Sonnabend, Sonntag und Montag zu dritt zusammen Heu einfuhren von morgens, wenn der Tau getrocknet war, bis abends, wenn er wieder zu fallen begann, daß wir alle Mahlzeiten zusammen einnahmen, ohne daß sie mir erklärt haben, was sie im Hintergrund, sehr aufreibend sicherlich und pausenlos, beschäftigt.

Man muß Geduld mit Oky haben, dachte ich vor dem Einschlafen; Lotta wird schon dafür sorgen, daß er bei der Stange bleibt, der einzigen, die auf ihn zugeschnitten ist.

Ich horchte auf; vor dem Fenster meines Schlafzimmers – es liegt gut mannshoch über dem Erdboden – war irgend etwas im Gange; gedämpftes, unregelmäßiges Klopfen drang leise zu mir ins Zimmer. Das werden – dachte ich, erhob mich noch einmal und trat ans Fenster –, ja, sie waren es: die anderen Pferde alle; sie waren der alten Betsy, die, wenn nötig, die Herde führte, von ihrem vorherigen Lagerplatz zu meinem Hause gefolgt, sachte, eins nach dem andern und ohne jede Eile, teils neugierig, teils, um den Anschluß an die alte, weise Betsy, eben meine Betsy, nicht zu verlieren. Nun hatten sie sich alle um die Südwestecke meines Hauses versammelt; Betsy hatte sich dicht unter mein Fenster geschoben – ich erkannte sie an der weißschimmernden Blässe auf dem Nasenbein in Augenhöhe. Ich öffnete das Fenster und lehnte mich hinaus, sagte halblaut:

»Nett von dir, Betsy, daß du hier auf Posten gezogen bist. Nun macht aber keinen Krach. Ich will jetzt schlafen!«

Betsy sagte gar nichts, sondern warf nur kurz den Kopf auf.

Ich ließ das Fenster halb offen. Die Kupfergaze davor hält die Moskitos ab. Ich schlief fest und traumlos. Ich wußte, daß die Pferde sich das Wiesenstück um mein Haus als Rast- und Lagerplatz erwählen würden. Betsy würde dafür sorgen – und ich werde gelegentlich mit einem Stückchen Würfelzucker oder Brot mit Vergnügen nachhelfen. Und immer würde ich das Glück genießen, die schönen, starken, zugleich so herrlich eleganten Tiere um meine Wohnstatt zu wissen – wenn sie nicht im Wald, auf den Wiesen oder auf Jagd gebraucht werden. Betsy allerdings wird nur im Notfall von Oky angefordert – und dann zumeist mit mir zusammen.

Wie man wieder einmal sieht, bin ich vernarrt in Pferde.

Auch auf Tiefentalau gab es vorzügliche Pferde. Allerdings waren sie nicht so in Freiheit, Weite und Ungezwungenheit aufgewachsen; auch war ihnen längst nicht so viel freie Zeit und Muße gewährt wie den Pferden hier bei Oky, wo sie die Dienste für den Menschen beinahe nur als gelegentliche Abwechslung betrachten mögen. Deshalb war es auch in Tiefentalau nie möglich, ein so enges, sozusagen intim-freundschaftliches Verhältnis zu einem Pferde herzustellen, wie es uns drei Menschen hier auf Hansteds Ranch vollkommen selbstverständlich ist. Wenn Lotta zum Beispiel morgens mit den Pferden herumschimpft, weil sie ihr des Nachts zu viele Apfelhaufen vor die Tür zum Gemüsegarten gesetzt haben, dann bringt es mich immer wieder zum Lachen, wie die Tiere sich betreten abkehren und abziehen, ein bißchen gekränkt, denn schließlich: Pferde ohne Pferdeäpfel gibt es nicht, und vor der Gartentür träumt es sich so schön des Nachts, weil dort am Morgen Lotta zu erwarten ist.

Ich müßte lügen, wollte ich behaupten, die Kriegsjahre auf Tiefentalau wären eine fortgesetzte Kette von Bedrückungen, Sorgen und Widerlichkeiten gewesen. Keineswegs! Zwar tobte der Krieg jenseits unserer Horizonte. Zwar wurden mit der Zeit die jungen Männer, die unbezweifelbar deutschstämmigen sowohl wie die »regermanisierten« Polen, einer nach dem andern zur deutschen Wehrmacht, später auch zur Waffen-SS eingezogen.

Zwar hatten wir uns mit immer neuen und strengeren Auflagen und Kontrollen der Verwaltung abzufinden, auch verschiedener Parteistellen, die säuberlich auseinanderzuhalten mir nie gelingen wollte. Zwar gab es auch hier die Trauer und den Jammer um gefallene Söhne, Brüder, Ehegatten – und natürlich auch im Hintergrund die Sorge um den Ausgang des Krieges, wobei sich die Baronin, Susanne und ich im geheimen einig waren, daß weder eine Niederlage noch ein Sieg besonders erfreuliche Aussichten eröffneten.

Eine Niederlage würde aus Deutschland und uns allen Kleinholz machen; besonders seitdem die USA in den Krieg eingetreten waren und seitdem Deutschland in wahnwitzigem Übermut gemeint hatte, auch noch die Sowjetunion auf die Hörner nehmen zu können. Als die Deutschen in Rußland einmarschierten, war für mich entschieden, daß dieser Krieg von Deutschland nicht mehr gewonnen werden konnte, wie lange auch immer er sich fortschleppen mochte und wieviel Schlachten die Deutschen auch noch gewinnen würden.

Was aber ein Sieg der »Edelrasse« und der Übermenschenclique an der Spitze des Dritten Reichs bedeutet hätte, das vermochte sich selbst die wildeste Phantasie nicht auszumalen. Es hatte uns völlig genügt zu erfahren, daß in Zukunft Polen und Russen als Rassen minderen Wertes und minderen Rechts gelten würden. Ausgesuchter Quatsch das, nichts weiter! Im Falle eines deutschen Sieges aber würde dieser Aberwitz in die Wirklichkeit übertragen werden – und wir erlebten ja auch um uns her, wenn auch, Gott sei Dank, nicht auf Tiefentalau –, wie die unbeschreiblich eitle und nichtswürdige Theorie in der Praxis bedenken- und gefühllos ausprobiert wurde.

Eines späten Abends, als die grausigen Kämpfe um die Ruinen von Stalingrad schon ausgebrannt waren, meinte die Baronin, nachdem wir lange »die Lage« erörtert hatten:

»Wir sollten so weit geschlagen werden, daß die Nazis und der entsetzliche Mann aus Braunau abtreten müßten, daß wir diese Irren und Verbrecher los würden – und wir sollten uns so weit behaupten, daß wir am Schluß von den andern nicht ausgelöscht werden können, sondern einigermaßen unsere Substanz und Identität behaupten.«

Ich erwiderte nur:

»Zu schön, um wahr zu sein, Baronin!« Und Susanne fügte hinzu:

»Es bleibt uns also nur übrig, zu warten und zu beten.«

Aber offenbar wurde dann – wie aus dem, was ich schon früher erzählt habe, hervorgeht – entweder zu wenig gebetet oder zu lange gewartet. Oder beides.

Darüber hatte ich eigentlich heute gar nicht sprechen wollen, sondern von etwas anderem.

Davon nämlich, daß die Jahre des Krieges in Tiefentalau trotz aller Belastungen sehr glückliche Jahre waren – für Susanne, den kleinen Erik und mich.

Wir waren ganz ohne unseren Willen und auch fast ohne eigene Schuld nach Tiefentalau in die Verbannung geraten. Der Krieg hatte uns verschont und verschonte uns weiter – bis zum Schluß. Alle Verantwortung war uns abgenommen. Wir verrichteten eine einfache, sinnvolle Arbeit, sanken abends müde in die Betten, schliefen fest und genossen die stillen Sonntage, die wir uns während der Woche ehrlich verdient hatten. Eine kluge und listenreiche, auch einflußreiche Beschützerin stand uns zur Seite. Für Essen und Trinken und eine behagliche Unterkunft unter alten Linden und Ahornbäumen war völlig ausreichend gesorgt. Daß wir uns aus dem Umkreis von Tiefentalau nicht hinausbewegen konnten, beklemmte uns nur am Anfang. Später empfanden wir es anders: so nämlich, als sei eine schützende Mauer um uns gelegt, innerhalb welcher wir Sicherheit genossen – so relativ diese in Wahrheit auch sein mochte.

Zudem waren wir von anständigen und wohlwollenden Kameraden umgeben. Die Baronin war uns längst so nahe wie Vater und Mutter, jedoch auf andere Weise, war eine warmherzige und verständnisvolle, ungemein liebenswerte ältere Vertraute. In der Arbeit konnte ich mich auf Pracke und Wieczorrek, Kandzidulski, den Schmied, und Wusek, den Hofmeister, unbedingt verlassen. Wenn deutsches Militär auf den Hof kam oder wenn Parteileute oder Verwaltungsbeauftragte erschienen, brauchte ich mich mit den genannten vier Männern, die stets die Wortführer waren, nicht erst lange zu verständigen. Jeder von uns wußte, was jeweils im Interesse der Baronin, des Gutes, von uns allen gesagt und getan werden mußte.

Der kleine Erik gedieh prächtig. Die Winter schritten kalt und glitzernd durch tiefen Schnee und zogen wieder fort. In den Öfen oder im Kamin knackten die Kiefern- und Eichenscheite, auch Torf aus dem Moor, in welchem ich viele Jahre zuvor der Baronin – als halbes Kind noch – zum erstenmal begegnet war, stand reichlich zur Verfügung und hielt uns warm.

Die Sommerabende dufteten, wenn das Gras gemäht war – und dufteten schwerer und kräftiger, wenn der Roggen geschnitten wurde, auf den Feldern in langgereihten Stiegen trocknete, um schließlich gleich vom Felde weg Garbe für Garbe durch alle fünf oder zehn Sekunden unwillig aufbrummende Dreschmaschinen gejagt zu werden. Ein Hauch der streng duftenden Kartoffelfeuer wehte oft genug auch über die abendliche Terrasse, wo wir bis spät in den Herbst hinein, solange es das Wetter irgend erlaubte, unsere Mahlzeiten einnahmen, wo wir zu dreien, aber manchmal auch mit Pracke oder Wusek alles besprachen, was der Gutsbetrieb erforderte, dazu, was unser gemeinsames, manchmal auch nur unser privates Schicksal anbelangte.

Aber das ist noch nicht alles, was uns unser kleines, von vielen guten Leuten sorgsam betreutes Paradies am Rande einer abschreckend häßlichen Zeit zu bieten hatte. Dort, im Kriege, umringt von wüster Zeit, lernte ich zwei Männer kennen, die sich lohnten, schloß Freundschaften, die bis zum heutigen Tage munter blühen, genauer: so lange blühten, bis der Gevatter Tod sie unterbrach. Ich sage »unterbrach«, denn es kommt mir von Jahr zu Jahr unwahrscheinlicher vor, daß der Tod ein endgültiges Ende bedeutet, ganz einfach deshalb, weil jeder einzelne so viel Unerledigtes und Unausgestandenes in diesem sogenannten Jammertal zurückläßt, das nur er selber aufarbeiten kann – bei der grandiosen Ordnung im übrigen Universum wird ihm irgendwie die Chance gegeben sein, mit sich und der Welt ins reine zu kommen. Dergleichen anzunehmen bleibt jedem unbenommen. Beweisen kann man nichts, doch darf man glauben, hoffen. Mir kommt es ganz einfach wahrscheinlich vor, daß der Tod das Leben nur unterbricht oder verwandelt; es gehen ja nirgendwo in der Natur Kräfte verloren. Daß also die Kraft, die sich in einem Menschenleben repräsentiert, mit dem Tode vollkommen aufhört und verschwindet, widerspräche der Wahrscheinlichkeit; deren Gesetze aber sind diejenigen, denen überall in der Natur, zu der ja auch der Mensch gehört, die weiteste Geltung zukommt.

Aber das nur nebenbei.

Ich wollte von Walther Trockenholt berichten, demselben Walther Trockenholt, von dem ich schon mitteilte, daß er im vergangenen Jahr 1970 in Lourenço Marques im portugiesischen Moçambique gestorben ist, ein großartiger Mann und Mensch, ein immens kluger Kopf, eine ungemein aktive Existenz, die nicht einfach durch ein bißchen Tod zu Null werden kann.

15

Es muß Mitte bis Ende August 1942 gewesen sein, denn wir waren längst mit dem Roggen fertig, schnitten schon den Hafer und fingen mit den Frühkartoffeln an, woran ich mich, damals »dienstverpflichteter« Gutsverwalter von Tiefentalau, zuverlässiger erinnere als an das genaue Datum.

Die Hochflut der Arbeit von morgens um fünf bis abends um neun, der ständige Ärger mit den »braunen Kommissaren« (so hatten wir uns angewöhnt, die NS-Aufpasser aus der Verwaltung in Crone und Bromberg zu nennen – in Anlehnung an die »roten Kommissare« der Sowjets), die nie abreißenden Schwierigkeiten, die sich laufend daraus ergaben, daß die Arbeitskräfte auf Tiefentalau nicht ausreichten, schon gar nicht in der Erntezeit (aber bis zum Schluß haben wir uns erfolgreich dagegen gewehrt, Zwangsarbeiter oder

Kriegsgefangene zur Arbeit auf das Gut zu nehmen; lieber arbeiteten wir uns »kaputt«, denn lieber blieben wir unter uns; außerdem, was aber gar nicht beabsichtigt war, errangen wir uns das Wohlgefallen der uns kontrollierenden Höheren Verwaltung in Bromberg: wir jammerten nicht nach Arbeitskräften!) – all dies und manches andere ließen mir kaum Zeit dazu, mich der reichen Fülle des Spätsommers, der warm und schön über Hügel und Senken sich schwingenden friedlichen Schönheit der östlichen Landschaft zu erfreuen.

Der Baronin und Susanne ging es nicht anders. Auch Susanne setzte unseren kleinen Erik, ein sich stets sehr unabhängig gebärdendes Bürschlein, mit den Kindern anderer Frauen aus dem Dorfe unter Aufsicht der alten Marzischa auf den Feldrain und half beim Aufsetzen der Garben zu Stiegen. Das ergab sich von selbst. Jeder griff zu, wo er gebraucht wurde und nach seinen Kräften helfen konnte. Gerade dieser enge Zusammenhalt zwischen der »Herrschaft« und den Guts- und Dorfleuten führte dazu, daß am Ende sich keiner ausschloß (von den Ihlenbachs abgesehen) oder aus der Reihe tanzte, als getreckt werden mußte. Die Tiefentalauer haben gut zusammengehalten, daheim, auf dem Treck – und im Tode.

Die Baronin hielt jedoch sehr strikt darauf, daß selbst in den arbeitsreichsten Wochen die Sonntagsruhe nicht beeinträchtigt wurde. Wir brauchten den Feiertag, wenn uns die Überlast der Arbeit nicht schließlich doch erdrücken sollte.

Die Sonntage auf Tiefentalau –! Da taten wir dann so, als ob es das alles gar nicht gäbe: Krieg und Sieg (die Deutschen stießen damals bis in den Hochkaukasus, bis an den Terek vor und kämpften sich an Stalingrad heran, das ihnen im Winter danach zur Schicksalswende werden sollte), taten so, als wüßten wir nichts von Anbauauflagen, Schlachtkontrollen, Liefersolls, als wären die Gerüchte von nicht bestimmbarer Zuverlässigkeit, Gerüchte über Konzentrationslager, Zerstörungen durch Bomben, Deportationen von Polen und Juden und Verdächtigen jeder Art, Berichte von der unbegreiflichen Instinktlosigkeit der deutschen Besatzer im Osten, im Norden, im Westen, mit der dort die Einheimischen behandelt und gefährlich vergrämt wurden; ach, wenn die Sonntagsruhe durch die Wälder und Felder, die Wiesen und Gärten wehte, dann taten wir so, als gäbe es sie nicht, all die Verrücktheiten außerhalb des Bereichs unserer abgelegenen Insel Tiefentalau. Wir schliefen zwei Stunden länger, nahmen unser Frühstück am schön gedeckten Tisch auf der Terrasse im Park oder bei schlechtem Wetter in der großen Halle. Wir blätterten in einem Buch; wir gingen ein paar Schritte unter den alten Bäumen des Parks spazieren oder amüsierten uns über die zuweilen höchst putzigen Einfälle und Kapriolen des kleinen Erik, der an diesen Tagen bei Vater und Mutter, erst recht bei seiner geliebten »Tante Juli« (das war die Baronin) voll zu seinem Recht kam. Wir machten uns locker an den Sonntagen, freuten uns daran, ohne darüber je zu reden, daß wir beieinander waren, »noch« beieinander waren, wie wir es wohl heimlich sagten, was aber keiner je aussprach. Nur eines taten wir an den Sonntagen nie, das galt als fest vereinbart: das Radio wurde nicht angestellt – keine neuen »Siegesmeldungen« mit Fanfaren- und Hörnerklang, keine neuen »U-Boot-Versenkungsziffern« vom Atlantik, keine neue »Abwehr von Bomberangriffen« von Rhein und Ruhr, keine neuen Verlautbarungen des »Führers und Reichskanzlers«!

Statt dessen regierte bei uns die Stille. Der Wind harfte ein wenig in den Linden und Buchen des Parks. Die Bienen summten, und die Hummeln brummten. Ein Specht klopfte an der alten Riesenkiefer, die links von der Terrasse das Fenster unseres Schlafzimmers beschirmte. Die Mamsell, die Frau – oder schon Witwe? – des verschollenen Gutsinspektors Peczkowsky, meines Vorgängers, sie selbst deutscher Herkunft übrigens, trat schüchtern ein, wie es bei aller Tüchtigkeit ihre Art war, und erkundigte sich bei der »gnädigen Frau Baronin«, ob wohl eine Omelette mit weißem Käse, danach Brot und kalter Schweinsbraten vom Mittagessen als Abendbrot genügen würden.

»Aber natürlich, liebe Pauline, herrlich! Der Schweinsbraten wird abends kalt genauso gut schmecken, wie er mittags warm geschmeckt hat. Vielleicht ist auch noch etwas von dem Rotkohl übrig. Und außerdem sind Sie mit Ihren zwei Jungen ebenfalls dazu eingeladen. Wir essen alle zusammen hier auf der Terrasse.«

»Vielen Dank, gnädigste Frau Baronin. Wir kommen gern.« Frau Peczkowsky zog sich mit erfreutem Lächeln wieder zurück.

Wahrlich, an den Sonntagen konnte man zuweilen von der Vorstellung befallen werden, die Welt wäre noch in Ordnung.

An einem solchen Sonntagnachmittag erschien plötzlich Frau Peczkowsky aufgeregt auf der Terrasse (Susanne hatte gerade wieder die Kaffeetassen auf den Servierwagen zurückgestellt – für die Sonntage besaß die Baronin noch einen kleinen Vorrat von echtem Kaffee; alltags tranken wir nur »Ersatz« oder Kräutertee »eigener Zucht«, Lindenblüten und Fenchel, Kamille und Pfefferminze):

»Gnädigste Frau Baronin, da ist ein deutscher Offizier auf den Hof gefahren. Er bittet, der Frau Baronin seine ergebenste Aufwartung machen zu dürfen. Soll ich ihn hereinführen?«

Offenbar hatte Pauline die Bitte des Besuchers genauso

feierlich wiederholt, wie sie geäußert worden war. Wir blickten uns erstaunt, belustigt und beunruhigt an. Uniformierte, gleich welcher Art, brachten immer irgendwelche Unruhe mit. Wir wußten damals noch nicht, daß die antiquiert umständliche Ankündigung von jener leisen und heiteren Ironie durchtränkt war, von der Walther Trockenholt später stets behauptete, daß ohne sie »dies bescheidene Dasein unerträglich« sei.

Die Baronin, plötzlich ernst geworden – man wußte ja nie, was so unerwartete Besucher im Schilde führten –, erwiderte trocken:

»Ich lasse bitten, Pauline!«

Zwei Minuten später stakste eine lange, dürre Gestalt aus der Flügeltür zur Halle auf die Terrasse hinaus, erfaßte mit schnellem Blick die Situation, eilte auf die Baronin zu, salutierte mit leichter Verbeugung:

»Gestatten, gnädigste Baronin, Trockenholt!«

»Sehr erfreut!« sagte die Baronin und reichte dem Fremden ihre Hand. Der Besucher – ein Oberstleutnant der Nachrichtentruppe, wie ich sofort an seinen Abzeichen festgestellt hatte; ich hatte manches gelernt in den vorausgegangenen drei Jahren –, die überschlanke Gestalt in perfekt geschnittenem Uniformrock, beugte sich über die Hand und deutete den Anhauch eines Kusses an.

Dann verbeugte sich der Ankömmling mir herüber und wiederholte:

»Trockenholt.«

Ich hatte mich erhoben und stellte vor:

»Mein Name ist Reckel. – Meine Frau!«

Die Baronin:

»Bitte, nehmen Sie Platz. Trinken Sie Kaffee mit, Herr Trockenholt?«

Der Oberstleutnant beeilte sich zu gestehen, daß er nichts

lieber täte. Susanne brachte vom unteren Brett des Servierwagens eine saubere Tasse zum Vorschein. Der Kaffee stand noch auf dem Warmhalteflämmchen; ein Stück des mageren Streuselkuchens, den uns Frau Peczkowsky zum Sonntag gezaubert hatte, war auch noch übrig. Susanne bediente den Gast mit den schnellen und sicheren Bewegungen, die ihr eigen waren und die ihr Wesen ebenso verrieten, wie es von ihren geschickten, schmalen, schönen Händen angedeutet wurde.

Trockenholt folgte den Hantierungen meiner Frau mit den Augen; sehr angetan und entzückt von dem, was sich ihm darbot. Er bemerkte nicht dabei, daß ich ihn zu gleicher Zeit noch wesentlich schärfer abzuschätzen suchte. Der Mann gefiel mir. Obgleich bisher nur konventionelle Worte gewechselt waren, hatte der langgereckte Mann in seiner wohlerzogenen und höchst weltmännischen Beflissenheit, die sich zugleich höchst ungezwungen gab, vom Augenblick seines Erscheinens an eine liebenswürdige Heiterkeit über uns alle hingezaubert, der sich durchaus niemand entziehen konnte oder wollte.

Während der Oberstleutnant noch mit dem kleinen goldenen Löffelchen, in das das Terplitzsche Wappen graviert war, mit freundlichem Lächeln auf dem mageren, faltigen Gesicht, in seinem Kaffee rührte, begann ich:

»Seit etwa zehn Tagen üben oder experimentieren Fahrzeuge der Nachrichtentruppe auf dem Gelände von Tiefentalau bis hin nach Plischonken. Ich vermute, Herr Oberstleutnant, daß Sie zu diesem Kommando gehören. Oder irre ich mich?«

»Durchaus nicht, Herr Reckel. Es bleibt eben nichts verborgen, und auf Tiefentalau scheinen die Leute scharfe Augen zu haben. Mir unterstehen zur Zeit nur fünfundzwanzig Mann, lauter ausgesuchte Techniker, mit denen ich in der

Tat von Plischonken aus einige neue Wunderapparate der Nachrichtenübermittlung auszuprobieren habe. Wir haben uns befehlsgemäß in Plischonken an der Hauptstraße einquartiert. Da wir aber in den letzten Tagen fast ausschließlich auf Ihren abgeernteten Roggenfeldern gegen Buschkowo hin herumkutschiert sind, ohne erst um Erlaubnis zu fragen, wollte ich nicht verfehlen, mich wenigstens vorzustellen und anzudeuten, warum meine Leute in jedem zweiten Waldweg und neben jedem Strohschober auf der Lauer liegen, um dann plötzlich wie Zeiten aus dem Busch mit graziös wippenden Peitschenantennen querfeldein davonzubrausen. Außerdem, um ganz aufrichtig zu sein, konnte ich einfach der Versuchung nicht widerstehen, in diesen eisernen Kriegsläuften wieder einmal mit zwei Damen der guten Gesellschaft und einem, man glaubt es kaum« – er wandte sich mir zu –, »absolut waschechten feindlichen Ausländer an einem Tisch zu sitzen und mit goldenem Löffelchen in einer Meißner Tasse zu rühren.«

Das wurde so reizend maliziös und erwärmend vorgebracht, daß sich ein sehr befreites und erleichtertes Schmunzeln um den Tisch verbreitete.

»Aber woher wissen Sie das denn alles, Herr Trockenholt?« rief Susanne, die sich unversehens aus der Reserve herausgelockt fühlte, die sie in solchen Situationen sonst bewahrte. Der Oberstleutnant zog die dicken, schwarzen Augenbrauen hoch, stellte die Tasse ab, legte die Spitzen seiner gespreizten Finger bedeutungsvoll vor der Brust aneinander, machte Susanne mit schräg geneigtem Kopf eine respektvolle leichte Verbeugung:

»Mein Metier, gnädige Frau! Unseres ruhmreichen Führers und Reichskanzlers Nachrichtentruppe! Wenn wir nicht alles wissen, werden wir degradiert und zur Strafe in die Infanterie gesteckt.«

Trockenholt griff zwischen die Knöpfe seines Uniformrokkes – ihn schmückten einige Ordensschnallen –, zerrte an dünner schwarzer Schnur ein Monokel ans Tageslicht, klemmte die Scherbe mit hinreißender Nonchalance ins linke Auge und beschloß die auf solche Weise bedeutungsvoll erfüllte Pause mit der leicht hingeworfenen Bemerkung:

»Aber ein derart furchtbares und entehrendes Schicksal kann uns Nachrichtenleuten natürlich nie passieren. Dazu sind wir – schon gemäß unserer Felddienstordnung – viel zu schlau, viel zu schlau!«

Beim letzten »schlau« ließ er das Monokel wieder fallen. Er hatte die kleine Szene so sich selbst verspottend und so clownisch vorgespielt, daß wir allesamt, er mit, in helles Gelächter ausbrachen.

Gleichzeitig aber hatte der neue Bekannte einige unauffällige Signale erkennbar werden lassen, aus denen kundige Leute damals zu schließen wußten: der rechnet sich zu uns; der gehört zu der großen geheimen Majorität in deutschen Landen, die sich von dem Hakenkreuz-Trara nie hat einfangen lassen oder sich früher oder später enttäuscht davon losgesagt hat; der hat keine andere Wahl wie wir auch, wie du und jener und die meisten; er muß mitmachen, weil nichts sonst übrig bleibt – und er macht mit, weil auf alles andere letzten Endes der Tod steht und weil vielleicht das Schlimmste verhindert werden kann, wenn die total Verrückten von Massen nur halb oder viertel Verrückter eingekeilt werden. Und so wie wir unsere Sonntage in Tiefentalau mit einer Intensität wie nie zuvor genossen, so genoß er es, mit fünfundzwanzig ausgesuchten Technikern – ohne Rücksicht auf Geld, Kollegen, Institute – wissenschaftliche Aufgaben zu lösen und sogar seine eigenen Forschungen in einer großartig unbehinderten Praxis zu erproben.

Denn dieser dürre, langaufgeschossene, zugleich aber

anscheinend nie ermüdende Mann war seinem Zivilberuf nach Professor für Fernmeldetechnik an der Technischen Hochschule in B., war zu Beginn des Krieges sofort zur Nachrichtentruppe eingezogen worden und hatte es schnell, da der Erste Weltkrieg ihn schon als jungen Oberleutnant – hoch ausgezeichnet dazu – entlassen hatte, zum Oberstleutnant gebracht.

Als wir erst warm miteinander geworden waren, was sich erstaunlich schnell vollzog, unterhielten wir uns häufig über Einzelheiten der militärischen Verhältnisse, in denen er sich bewegte, sehr angenehm offenbar, soweit »militärische Verhältnisse überhaupt angenehm sein können« – wie er mit der ihm zur zweiten Natur gewordenen leisen Bissigkeit nicht vergaß hinzuzufügen. Seine Vorgesetzten waren fast ohne Ausnahme Fachleute von hohen Graden wie er selber, »lauter Professoren, die sich zu diesem gesundheitsschädlichen Karneval von Krieg als Offiziere der Wehrmacht verkleidet haben«, wie er es ausdrückte. Mit seinen Untergebenen, lauter erstklassigen Spezialisten in Uniform, ging er freundschaftlich ironisch um, gelegentlich scharf und bissig, aber niemals den militärischen Vorgesetzten herausbeißend, wie er mit Studenten älterer Semester in seinem Institut in B. umgegangen oder umgesprungen sein mochte.

»Weißt du, Hans«, sagte er mir, nachdem sich unsere Beziehung etwa ein Jahr lang zu beinahe vorbehaltloser, wenn auch stillschweigender Sympathie entwickelt und er mir das »Du« angeboten hatte, worauf ich ehrlich erfreut eingegangen war, »weißt du, ich müßte ja eigentlich längst Oberst oder sonstwas noch Besseres geworden sein, wenn ich nicht eine so große Schnauze hätte und soviel Spaß daran, die hohe und allerhöchste Soldateska und Politeska durch den Kakao zu ziehen – aber natürlich nur im Rahmen des kriegsgerichtlich Erlaubten, versteht sich –, und ein bißchen bin ich auch unentbehrlich. So haben es die Herren über mir ganz gern, wenn ich weit weg mit meinen fixen Männekens in der Gegend herumprobiere; die Ergebnisse können sie sich dann später an den betreßten Hut stecken, der an weiteren Tressen nie genug bekommt. Für das Kommando einer aktiven Einheit bin ich einerseits zu schade, andererseits zu unzuverlässig. ›Bei Ihnen weiß man nie, wann es Sie juckt, nach hinten schießen zu lassen‹, hat mir neulich ein hochbekränzter Lametta-Mann böse gesagt – und ich weiß bis heute nicht, ob das eine Warnung gewesen sein soll oder bloß eine Fehlzündung seines Ärgers. Ich habe mich natürlich in aller Form und todernst gegen solche ›unqualifizierbaren Anwürfe‹ beschwert und ihm prächtig eins auf den Deckel verschafft, was seine Liebe zu mir, die ohnehin negativen Charakter hatte, bis an den absoluten Nullpunkt der Temperatur abgekühlt haben wird. Aber im übrigen, Hans, führe ich den nettesten Krieg unter der Sonne, habe mit meinen Leuten noch keinen Feind totzuschießen brauchen und betreibe auf allgemeine Geschäftsunkosten hochinteressante Untersuchungen, die mir später einmal sehr lukrativ zu Buch schlagen werden – das heißt, wenn wir nach diesem verdammten Krieg überhaupt noch vorhanden sind.«

Für mich hatte dieses letzte »wenn« beängstigende Dimensionen angenommen, seitdem Ende Januar 1943 Stalingrad verlorengegangen war – zum erstenmal während der Kriegszeit hatten die qualvoll sich hinzerrenden Radioberichte über die Schlußkämpfe in der froststarren Ruinenwüste der Stadt an der Wolga das Grauen der Winterschlacht unmittelbar in unser stilles, warmes Zimmer auf Tiefentalau sickern lassen. Als hätte es mir jemand ins Ohr geflüstert, dringlich und unabweisbar, wußte ich nun: Stalingrad, der Anfang vom Ende! Susanne spürte das gleiche, ohne daß wir uns darüber aussprachen. Und die Baronin zeigte sich seitdem noch um einen Grad enttäuschter, bitterer, ablehnender gegenüber allem, was mit Partei, der Farbe Braun, dem Zeichen Hakenkreuz zusammenhing. Stalingrad war der Anfang vom Ende. Seitdem grübelten wir alle im geheimen darüber nach, ob und wie wir den einstürzenden Wänden entgehen würden.

Ich sagte also zu Trockenholt:

»Ich verstehe nicht, Walther, warum du dich ohne Not exponierst. Es macht zwar Spaß, andere Leute, besonders solche mit viel Lametta, matt zu setzen. Aber es wird auch immer gefährlicher. Die Brüder sind längst nervös und kennen keine Hemmungen, wenn sie Verdacht schöpfen. Ich glaube nicht, daß dich deine wissenschaftlichen Qualitäten im Ernstfall retten würden. Da wir nichts an dem ändern können, was sich vollzieht, solltest auch du den Kopf einziehen, deine herrliche große Schnauze zügeln und daran denken, daß es jetzt nur noch auf eins ankommt, nämlich übrigzubleiben.«

Wir saßen bei diesem Gespräch gegen Ende Oktober 1943 in unserem sehr simplen, aber behaglichen Wohnzimmer im Verwalterhaus. Susanne war drüben im »Großen Haus« bei der Baronin. Die Baronin litt seit einiger Zeit im Abstand von je drei bis vier Wochen an einer qualvollen Migräne, einer Folge der Überarbeitung und ständigen Sorge, die uns alle bedrängte, mochte auch unsere Existenz, wenn man sie nur von außen betrachtete, nach wie vor einen denkbar friedlichen Eindruck machen. Den kleinen Erik hatte Susanne schon zu Bett gebracht, bevor sie uns verließ, um der Baronin beizustehen, vielleicht die Nacht über in ihrer Nähe zu verbringen.

Draußen ging ein kalter Regen nieder, bei uns im Zimmer jedoch sauste das Holzfeuer im großen grünen Kachelofen. Walther Trockenholt war am Abend zuvor überraschend aufgekreuzt, um diesen Sonntag und den Montag danach bei uns zu verbringen. Er bewies ein bewundernswertes Geschick darin, seine häufigen Frontreisen, seine Fahrten zu Funkmeßstationen, seine Experimentierkommandos stets so zu arrangieren, daß er einen Abstecher nach Tiefentalau mit ins Programm listen konnte. Hatte er neues Gerät zu testen, so bot sich die entlegene, menschenarme Gegend am Südrand der Tucheler Heide und um Tiefentalau als besonders geeignetes Gelände an. Bei uns gab es keine Bombenangriffe, keine Spione, keine Partisanen, höchstens ein paar braune Wichtigtuer und Aufpasser, die aber nicht daran dachten, Trockenholts »hoch-kriegswichtige« Versuche im Gelände irgendwie zu stören.

Trotzdem legte Walther seine Leute stets nach Plischonken, wo die polnischen Besitzer längst abhanden geraten waren – Gott allein mochte wissen, wohin – und wo nun ein »Landwirtschaftsbeauftragter« den Betrieb, der wohl noch größer war als der unsere, aufrechterhielt.

Dieser »Beauftragte« war übrigens ein recht ordentlicher Mann, Kaffeepflanzer aus British-(früher Deutsch-)Ostafrika (heute Tanzania), der während des Urlaubs in Deutschland vom Krieg überrascht worden war. Doch schwor er auf eine einigermaßen unschuldige und naive Weise auf den »Führer« und das »Dritte Reich«, wie es viele Auslandsdeutsche getan haben (stolz darauf, daß Deutschland »nach der Machtübernahme« wieder »stark und mächtig« geworden war). Wir beschränkten also den Verkehr mit Herrn Kuno Gutbrodt auf das sachlich Unvermeidliche, wobei die Baronin mich und Susanne stets in den Hintergrund verwies, vertraulich durchblicken lassend, wir wären leider »Angehörige einer feindlichen Nation« und demzufolge mit Zurückhaltung und Vorsicht zu behandeln.

Auch Walther Trockenholt bezog offiziell stets in Plischonken Quartier. Wenn er doch gelegentlich bei uns über Nacht blieb, so erfuhr Gutbrodt unter dem Siegel der Verschwiegenheit nichts weiter, als daß der Herr Oberstleutnant sich ausgerechnet in unserer Gegend eine heißblütige Polin angelacht hätte, von der er nicht lassen könne. Dafür aber zeigte der Herr aus Ostafrika durchaus Verständnis. Auch er versüßte sich die Einsamkeit in den Wüsteneien des deutschen Ostens auf die von jeher angenehmste Weise.

Walther war nämlich bei all seiner furchtlosen Unverfrorenheit ein vorsichtiger Mann, der nur allzu genau wußte: wer einmal von der Mühle der Gestapo oder des SD erfaßt wurde, war so gut wie immer geliefert, kehrte, wenn überhaupt, als zerbrochener Mann zurück, dies oft genug in ganz buchstäblichem Sinne. Sollte also er, der Oberstleutnant der Nachrichtentruppe, in Schwierigkeiten kommen, so gerieten alle seine Freunde ebenfalls in Verdacht. Ich, ein »desertierter Deutscher«, der nie hatte beantragen wollen, sich wieder »renationalisieren« zu lassen und – wenn man so wollte – damit allein schon ein negatives Urteil über das »Dritte Reich« abgab, ich war natürlich von vornherein der Konspiration verdächtig. Walther vermied also sorgfältig, mich irgendwie sichtbar mit seiner Person oder gar seinen »geheimen Dienstsachen« in Beziehung zu setzen. Er sprach übrigens niemals über seine militärtechnischen oder wissenschaftlichen Untersuchungen. Ich hätte ohnehin kaum etwas davon verstanden.

Ich sehe und höre es noch heute, wie wir damals in jener dunklen Oktobernacht im Wohnzimmer des Inspektorhauses von Tiefentalau in zwei hölzernen Lehnstühlen uns am Tisch gegenübersaßen und Grog von französischem Kognak tranken (Walther hatte in irgendeiner Marketenderei eine Flasche Courvoisier aufgetrieben), wir beide allein, ohne die Frauen, die Baronin und Susanne, die uns sonst stets Gesellschaft leisteten. Unser Gespräch hatte eine andere Farbe angenommen, seit sich Susanne für diesen Abend verabschiedet hatte.

Walther kam zu uns immer ohne Fahrer, fuhr seinen Kübelwagen selbst, um keine Zeugen zu haben, wenn er uns besuchte. Walther war zwar verheiratet, machte aber seit Jahren schon »keinen Gebrauch mehr von dieser verregneten Landpartie«, wie er es nannte. Sicherlich sind es anfangs die beiden Frauen gewesen, die ihn nach Tiefentalau lockten. Für die Baronin empfand er eine tiefe Verehrung, für Susanne einen fast zärtlich zu nennenden Respekt, was nicht verhinderte, daß Susanne ihn zwar sehr gern mochte, aber zugleich auch fürchtete.

»Walther«, sagte mir Susanne manchmal, »Walther ist bei all seiner Aufgeschlossenheit unberechenbar. Hinter seiner vergnügten Boshaftigkeit ist er zu eiskalter Härte fähig. Ich spüre es, und es macht mir angst.« Susanne besaß, wie oft hatte ich das schon erfahren, einen untrüglichen Instinkt für Menschen, die ihr nahekamen.

Ich hatte also Walther in jenem Nachtgespräch davor gewarnt, sich in der vorauszusehenden Endphase des Krieges unnötig zu exponieren. Übrigzubleiben, das müßte man jetzt im Auge behalten, hatte ich gesagt. Ich hatte wohl mit diesem Wort einen wunden Punkt in seiner sonst sehr wenig empfindlichen Lederhaut getroffen. Er starrte in sein Grogglas hinunter, als hätte er an seinem Boden den Stein der Weisen entdeckt. Er schien mich vergessen zu haben. Ich konnte sein langes, schmales Pferdegesicht, häßlich, aber intelligent, in dem die dicken schwarzen Brauen zwei kräftige Akzente setzten, ungestört betrachten. Ganz gegen seine Gewohnheit war er plötzlich sehr ernst geworden. Ein tödlicher Ernst – tödlich, ja, das war das passende Wort – sprach aus den Falten seines Gesichts, die längs der langen

Nase zu den Mundwinkeln und aus der schmalen, hohen Stirn zur Nasenwurzel furchten. Als hielte er ein Selbstgespräch, ohne mich anzublicken, begann er schließlich:

»Übrigbleiben? Ob sich das überhaupt noch lohnen wird, wenn der große Kladderadatsch über uns hereinbricht? Wir haben neulich davon gesprochen, als die Damen dabei waren, du erinnerst dich: daß ich Physiker nur aus Spaß an der Sache geworden bin, wie ein Onkel von mir, Bruder meines Vaters, aus Spaß Herren- und Rennreiter geworden ist, vor dem Ersten Weltkrieg, und sich dann auch nur aus Spaß das Genick gebrochen hat. Ich konnte mir die Physik ebenso leisten wie mein Onkel seine noble Passion, weil wir in der Firma nicht unbedingt gebraucht wurden; wir hatten und haben beide äußerst tüchtige Brüder. Aber das ändert nichts an der Tatsache, daß ich mich in erster Linie nicht an meinen komischen Lehrstuhl, sondern an unsere alte Firma, an ›Trokkenholt, Arrndt & Co.‹ in Hamburg, Große Bleichen, gebunden fühle. Und natürlich haben wir immer draußen in Blankenese an der Elbchaussee gewohnt, wie sich das denn woll gehört. Die Firma, die mein Ururgroßvater mit seinem Vetter mütterlicherseits 1806 gegründet hat, heißt immer noch so wie damals, obwohl die Arrndts – zwei r, bitte! – schon seit zwei Generationen nicht mehr vorhanden sind. Wir haben immer mit dem südlichen Afrika Handel getrieben, mit den Portugiesen, den Holländern, den Briten, den Deutschen, den Buren, und tun das noch heute – nein, heute nicht mehr, aber gestern taten wir es noch. Ich weiß nicht, wie viele meiner Vorfahren Senatoren in Hamburg gewesen sind – und nie hat irgendwer auch nur in Gedanken gewagt zu behaupten, daß die Trockenholts je eine andere Kennzeichnung verdient hätten als die eines ›ehrbaren Kaufmanns‹ der Hansestadt Hamburg. Das ist schon etwas – und in unseren Kreisen bedeutet es alles! Sollte es nötig werden, bin ich jederzeit bereit, die Elektrotechnik und erst recht den Oberstleutnant an den Nagel zu hängen und wieder einen Stuhl im Hauptkontor von Trockenholt, Arrndt & Co. zu drücken. Eine gründliche Kaufmannslehre müssen alle jungen Männer meiner Familie absolvieren, bevor sie sich eventuell für einen anderen Beruf entscheiden als den, Kaffee aus Moçambique, Sisal aus Angola, Wolle aus Südafrika, Tabak aus Rhodesien, Persianer aus Südwest nach Europa zu frachten und angemessen daran zu verdienen, nicht zu viel und nicht zu wenig. Die Kirche muß im Dorf bleiben. Wir sind eine verdammt hochmütige Gesellschaft da in Hamburg an der Elbchaussee in unseren schönen Häusern über dem Steilufer, unter dem die Schiffe und Waren ein und aus schwimmen, die uns dienstbar und zinsbar sind. Dies sogenannte ›neue Deutschland‹, das kannst du mir glauben, Hans, war Leuten meines Schlages von Anfang an aus tiefstem Herzen zuwider. Es ging und geht uns absolut gegen den Strich. Weißt du, Hans, was mich anfangs beinahe magisch hierher nach Tiefentalau gezogen hat?«

Ich wußte es nicht, probierte jedoch, ob er vielleicht die Baronin gemeint haben könnte.

»Die Baronin, natürlich, ich hatte von ihr gehört, eine wunderbare Frau, eine Persönlichkeit ersten Ranges. Aber der ostpreußische Adel, die Junker, sie liegen uns nicht besonders. Wir pflegen einen mehr bürgerlichen Hochmut. Nein, die Baronin war es nicht – bei aller Verehrung, die ich ihr heute entgegenbringe. Aber ich hatte gehört – und war gewarnt worden –, daß hier auf Tiefentalau zwei unbezweifelbare Kanadier interniert wären. Die habe ich mir ansehen wollen, dich und Susanne, in der Hoffnung, ein paar vernünftige Worte mit Leuten wechseln zu können, die nichts mit diesem Irrenhaus Deutschland zu tun hatten. Ich fand noch Interessanteres: Deutsche nämlich, die den Mut besessen hatten, rechtzeitig dies Deutschland zu verlassen und in einem wirklich freien und gesunden Lande – so stelle ich mir Kanada vor – Wurzel zu schlagen, und das mit nicht geringem Erfolg, wie du mir berichtet hast. Du konntest weggehen, als das noch möglich war, weil du von unten nach oben gekommen bist und mit federleichtem Gepäck reisen konntest. Wie war das doch? Dein Vater war der erste aus eurer preußischen Bauernfamilie, der auf eine höhere Schule gegangen ist, und du bist der erste, der eine Universität bezogen hat. So ist das bei mir nicht. Ich kann erst weggehen, wenn über das Schicksal von ›Trockenholt, Arrndt & Co.‹ – Arrndt mit zwei r, bitte – endgültig entschieden ist, nicht früher. Übrigbleiben, sagst du? Du mußt das tun, natürlich! Du willst ja wieder zurück in deine ungekränkte Heimat. Aber ich – um auf dem Trümmerhaufen zu hocken, der von der Firma, von Hamburg, von Deutschland noch übrig sein wird, wenn dieser Wahnsinn sich ausgetobt hat? Ich überlege immerfort, ob es nicht eine etwas elegantere Lösung gibt. Weißt du, bei mathematischen oder physikalischen Problemen sucht man immer nach der ›eleganten Lösung‹. Das ist mir mit der Zeit in Fleisch und Blut übergegangen. Bloß so übrigbleiben? Mein ozeanblaues Hanseatenblut empört sich gegen dies einigermaßen kleinbürgerliche Verfahren. Das muffelt so ein bißchen nach Hintertreppe. Nicht ganz mein Fall.«

Der Ernst war von seinem Gesicht gewichen während dieser langen Erklärung. Er griente schon wieder, als bestünde die Geschichte – um in seinem Bilde zu bleiben – aus lauter Treppenwitzen, was vielleicht, wenn man sie mit der nötigen Abgebrühtheit betrachtet, gar nicht so unangebracht ist. Ich fragte also, auf seinen Ton eingehend:

»Was wäre also Ihr Fall, Herr von Trockenholt auf Trokkenholt, Arrndt – mit zwei r, bitte! – und Co.?«

»Das möchtest du gern wissen, min lewe Jong, wie? Aber

das verrate ich dir nicht. Ein Mann wie du, ›Kanadier, der noch Europens übertünchte Höflichkeit nicht kennt‹, verstünde sowieso nichts davon. Höchste Zeit übrigens, daß wir uns den nächsten Grog machen. Die Flasche Courvoisier braucht diese Nacht nicht zu überstehen.«

Gegen einen neuen Grog hatte ich nichts, aber gegen eine ganze Flasche Kognak vieles einzuwenden. Ich mußte am Montag früh um fünf Uhr wieder auf den Beinen sein. Der Herr Oberstleutnant führte Krieg und nahm es mit dem Aufstehen je nach Schlachtlage – zwischen Tiefentalau und Plischonken herrschte völlige Kampfstille.

»Du bist mir ein schöner Kanadier!« schalt mich der vornehme Patrizier aus Hamburg-Blankenese. »Ich dachte, die richtigen Kanadier aus dem Wilden Westen, die können alle saufen wie die Löcher.«

»Lauter krasse Legenden, Walther. Zu zwei weiteren Grogs bin ich bereit, nicht mehr. Du kannst dann solo weitertrinken. Susanne scheint bei der Baronin zu bleiben für die Nacht. Ich bereite dir ein Lager auf dem Ledersofa in meinem kleinen Verwalterbüro. Mit so viel Alkohol im Leibe solltest du nicht nach Plischonken zurückfahren.«

»Keine Ahnung von frisch-fröhlichem Krieg hat der Mann. Trauriger Zivilist! Wird noch mit Zylinderhut und Filzpantoffeln begraben werden. Prost, altes Haus!«

Wir tranken uns zu. Das Zeug schmeckte herrlich. Ich sorgte für neues Holz und schob ein paar ausgiebige Scheite in das nur noch matt vor sich hin glosende Feuerloch. Gleich züngelten frische Flammen hoch. Walther hatte seine langen, mageren Hände um das heiße Glas gelegt. Als ich mich wieder zurechtgesetzt hatte, bat er:

»Vergessen wir bis Mitternacht den ganzen Schietkrieg, Hans. Erzähl uns was vom Wilden Westen, von Bären und Elchen und Schwarzfußindianern! Gott im Himmel, muß das schön sein, so viel Platz um sich zu haben und keine Grenzen!«

Ja, das war's, großartig und schön!

Es war in jener Nacht, als lockten die dunklen Augen Walthers unter den dichten schwarzen Brauen aus mir Bekenntnisse hervor. Ich versuchte, die Liebe zu meiner zweiten Heimat zu erläutern.

Es war, als ob der scharfsinnige und zweifellos in seiner Tiefe von einem bitteren Skeptizismus, ja Zynismus durchtränkte Mann meine sicherlich nicht besonders geschickten Erzählungen voller Durst aus mir herausgraben wollte, wie wertvolles Erz aus unscheinbarem Erdreich herausgesiebt wird. Ja, alles, was uns verweigert war, was wir schon lange entbehrten, dort war es zu finden in überwältigender Fülle:

das dunkle Rauschen unermeßlicher, nie gestörter Wälder;

das Wallen und rastlose Rinnen starker, ungezähmter Ströme, klar wie Kristall; die silbernen Leiber der Fische darin wie aus dem Schaum der Stromschnellen geboren;

das Flüstern und Murmeln zahlloser Bäche und Fließe unter buschigen, duftenden, blühenden Ufern, Adern des Lebens der Wildnis, die in vollendetem Gleichmut für ewig in sich selber ruht;

Seen, wie kostbare Juwelen in den Samt der großen Wälder gebettet, klarer noch, glasiger, durchsichtiger als die Bäche und Ströme, wenn solche Steigerung überhaupt denkbar erscheint, makellos blanke Spiegel bei Windstille, mit Silberschaum übersprühte schwarzblaue Seide bei Sturm;

Gebirge, aus der Ferne wie zarteste Träume vor die Horizonte gehaucht, mit dem Eis der Gletscher königlich verbrämt; Gebirge, aus der Nähe wie Zyklopenburgen unerhört gewaltsam und mächtig in den Himmel getürmt; die süße Sommerseligkeit der Ausblicke von den Paßhöhen über

Hügelzüge, blauer und immer tiefer blauend in fernste Horizonte davonwogend, mit dem Himmel im violetten Dunst der äußersten Ferne verfließend, sichtbar gewordene Sehnsucht;

die quellend festlichen Farben des Indianersommers, der strahlenden, spät noch berauschten Herbste aller singenden Einöden mit üppigem Gold, Purpur, Blutrot, Orange, Blaßgelb und Umbra;

das grenzenlose Schweigen, die eisige Klarheit der Winter; wenn in den hohen Nächten die Nordlichter über das Himmelsgewölbe wandern, fließen, wogen, lautlos ihre Geisterfarben in ungeheuren Konzerten verströmen, wahrhaft Musik der Sphären, mit gewöhnlichen Ohren nicht vernehmbar, aber den Sinnen des Geistes ein überwältigender Genuß;

das starke Wild der Wildnisse: Bären und Hirsche, Bighorn und Cougar, Elch und Mountain Goat, Biber und Otter, die Wolverine, der Wolf, die Kojoten, die Adler und die Humming Birds, die nordischen Kolibris, die Stachelschweine und die Skunks und Racoons, die watschligen Waschbären, und und und;

und die Menschen im großen Lande British Columbia, meiner engeren Heimat, nicht besser, nicht schlechter als anderswo, aber so sehr viel seltener und deshalb freundlicher, gastlicher, heiterer, unbeschwerter als anderswo; soviel Platz und Weite und Ausweichraum für alle Verrückten und Sonderlinge, alle Traurigen und Ungemeinsamen, alle Ernsten und Nachdenklichen, soviel Gelegenheit zu Abenteuer und Übermut, jedoch auch zu zielbewußter Tatkraft, zu kühnen Plänen, zu stetigem Fleiß, jedoch auch zu Faulheit, zu Nichtstun und prächtigem Verprassen der Tage, Verjubeln der Nächte;

ein großes Land mit wenig Menschen;

ein freies Land mit Männern und Frauen aus aller Herren Ländern, die hier zu ihren eigenen Herren wurden; ein Land, gut, darin geboren zu werden, gut, darin zu leben und auch darin zu sterben.

»Ist es nicht all dies«, fragte Walther Trockenholt nach meinem unversehens ins Hymnische ausgerutschten Bericht von meiner verlorenen und entbehrten zweiten Heimat, »ist nicht all dieses, als wäre es von einem Europa und Deutschland gesagt, wie es noch vor hundert oder zweihundert Jahren gewesen sein muß? Dieselben Menschen, die hier siedeln, siedeln auch drüben; aber die Weite des Landes macht sie weitherziger, seine Frische erfrischter, seine Freiheit befreit sie zu sich selbst; seine Härte bringt die Schwachen um oder scheucht sie fort, aber die Mutigen macht sie mutiger. Es muß ein großartiges Land sein, Hans, dein Kanada im fernen Westen. Ich möchte es kennenlernen!«

»Ich werde es dir mit Vergnügen zeigen, Walther! Seht nur erst zu, daß dieser elende Krieg ein Ende findet, samt Trara, Heldentum und KZ. Wenn wir nicht mehr Zeugen der ›größten Taten der Geschichte‹ zu sein brauchen, sondern wieder ganz normale Feld-, Wald- und Wiesenbürger geworden sind, sollst du mein Gast sein im Tal des Skeena oder des Okanagan, solange du Lust dazu hast.« Merkwürdig ernst und ohne Ironie, so daß ich unwillkürlich aufhorchte, gab mir der Freund zur Antwort:

»Ich werde mir Mühe geben, Hans, der Normalität wieder auf die Sprünge zu helfen.«

Das Feuer im Ofen war heruntergebrannt, und mein zweiter, letzter Grog war erkaltet, ohne getrunken worden zu sein, wie er es verdient hätte. Draußen fuhr der Regenwind in dumpfen Stößen ums Haus. Es war später geworden, als ich gewollt hatte. Wir trennten uns in bedrückter Stimmung, als sei Wichtiges unausgesprochen geblieben.

Der Besuch Walther Trockenholts im Oktober 1943 war der letzte, an dem sich Walther noch einigermaßen unbelastet fühlen konnte, die Stunden und Tage auf Tiefentalau, meistens indessen nur die Abende, in unserer Nähe zu genießen. Die Lage an den Fronten, an allen Fronten, hatte sich seit Stalingrad für die deutschen Streitkräfte von Monat zu Monat, von Woche zu Woche verschlechtert. Statt von »Siegen« redeten die Heeresberichte nun bestenfalls von »erfolgreicher Abwehr« und »strategisch notwendigen Frontbegradigungen«.

Einer Feldpostkarte Walthers hatten wir entnommen, daß er seinen angenehmen elektrotechnischen Privatkrieg nicht hatte weiterführen dürfen. Er war Kommandeur einer schnell beweglichen Nachrichteneinheit geworden, die, wie wir zutreffend vermuteten, überall dort an den Fronten aufzutauchen hatte, wo schwere Kämpfe den Einsatz der modernsten Nachrichtenmittel angezeigt sein ließen. Trotzdem wischte er bis zum Juni 1944 immer noch gelegentlich bei uns vorbei, für eine Nacht, auch nur eine Stunde aus dem gewöhnlich schlammverkrusteten oder staubbedeckten Kübelwagen steigend. Sein Fahrer mit dem unvergeßlichen Namen Fritz-Emil Knust aus Berlin-Spandau quartierte sich dann bei Prackes ein, wo sich zarte Bande zwischen Anna Pracke, der Tochter, und Fritz-Emil, beide 24 Jahre alt, angesponnen hatten. Anna war scheu und schön, Fritz-Emil frech und fix und immer fröhlich wie besagter munterer Seifensieder – und die beiden kümmerten sich nur wenig um Krieg und Kriegsgeschrei.

Walther vertraute seinem Fahrer ohne Einschränkung, und Fritz-Emil ging für seinen noch immer nicht zum Oberst beförderten Oberstleutnant jederzeit durchs Feuer. Außerdem war er mit jenem dem Soldaten unersetzlichen sechsten Sinn ausgestattet, der ihn Gefährdungen schon drei Kilometer gegen den Wind zuverlässig wittern ließ. Uns dreien auf Tiefentalau, der Baronin, Susanne und mir, erging es seltsam. Ich kann wohl behaupten, daß ich vom Augenblick an, in dem ich im Sommer 1939 als Besucher aus Kanada wieder deutschen Boden betreten hatte, der anscheinend für viele Menschen unwiderstehlichen Faszination der Hitlerei nicht erlegen war. Auch wenn ich von dem Schrecklichen, was sich hinter den anspruchsvollen und aufgedonnerten Kulissen ereignete, nur wenig wirklich Zuverlässiges erfuhr, so vergrämte mich doch gründlich die krampfig-forsche Attitüde aller sich irgendwie zur »Führung« berufen fühlenden »Besten der Nation« – und die fanden sich schon in den kleinsten Ämtern und Lädchen und an jedem verqualmten Stammtisch. Ich war Soldat des Ersten Weltkriegs gewesen und wußte nur allzu genau, daß die schönste Uniform einen Dreck wert ist, wenn die Stunde der Wahrheit schlägt, das heißt, wenn der stählerne Tod durch die Gegend brüllt.

Außerdem: Gefahr war überall! Man konnte es erschnuppern mit der Atemluft, daß jedes nichtkonforme Verhalten nicht nur den Tod, sondern einen phantastisch grausamen, ausgeklügelt grausamen Tod heraufzubeschwören fähig war. Niemand sprach darüber, keiner gab es zu, aber jeder wußte von einem, der nicht wiedergekommen war und nach dem man nicht fragen durfte. Millionen von Deutschen hatten sich den lauten, farbigen und hochtönenden Festen nur deshalb so gern hingegeben, weil sie die leisen Stimmen der Mahnung, des Mißtrauens – und der nie völlig einzuschläfernden Angst vor einem unberechenbaren und deshalb nur um so wirksameren Terror übertönen mußten.

Wir aber saßen fast schon fünf Jahre in dem langsam immer fadenscheiniger werdenden Frieden, der langsam unglaubwürdig werdenden Stille von Tiefentalau. Unmerklich und unwillentlich waren wir in das Schicksal der Deutschen hineingewachsen. Die Siege der ersten Jahre waren nicht unsere Siege gewesen; die Niederlagen und Rückzüge nicht unsere Niederlagen. Aber sie bedrohten auch uns – wer wollte das bezweifeln! Immer tiefere Risse zeigten die Wände ringsumher, von den Decken bröckelte es schon, und der Boden bebte. In den großen Städten im Westen erstickten die »Bombenteppiche« alle Begeisterungen und großen Worte aus den Lautsprechern. Die noch immer nicht enden wollenden Tiraden und Beschwörungen klangen hohler, nervöser, verlegener mit jedem Tag. Wie konnten wir anders, als mit den Deutschen zu leiden, uns zu ängstigen, die Faust in der Tasche zu ballen, die Rattenfänger und Wahnwitzigen zu verfluchen.

Wir durften uns jetzt noch weniger als je zuvor aus dem uns zudiktierten engen Umkreis von Tiefentalau entfernen; die Kontrolle der Ausländer hatte sich mit den Jahren, insbesondere aber seit Stalingrad, stets nur verschärft. Walther hatte zwar schon im Mai 1944 gemeint:

»Sorge dich nicht, Hans! Bald wird es soweit sein, daß die Brüder nur noch daran denken, die eigene Haut zu retten. Nach ein paar Ausländern wird keiner mehr fragen!«

Aber davon merkten wir vorläufig nichts. Die Kontrollen blieben unverändert scharf bis in die Tage der Flucht, darin hatte der sonst so genau beobachtende Walther sich verschätzt. Abertausende von klugen Leuten haben sich damals verschätzt. Es war unmöglich, sich von Emotionen frei zu halten, angestrengt und verzweifelt bejahenden, qualvoll zweiflerischen, wutknirschend feindlichen. Das wahre Ausmaß der Schandtaten war den allermeisten, so auch uns im entlegenen Tiefentalau, noch verborgen; es dämmerte uns in seiner grausigen Unbestreitbarkeit erst nach dem Zusammenbruch. Geahnt worden war vieles, auch von uns. Aber wer wollte unter dem brüllenden Druck des Feuerringes um

Mitteleuropa, dem immer enger eingezingelten, unbestimmten Ahnungen Gehör schenken? Wer war überhaupt dazu fähig, wenn jeder einzelne an jedem Orte Deutschlands jeden Tag von Bomben und Bordkanonen aus dem Leben in einen der Mitwelt längst gleichgültig gewordenen Tod befördert werden konnte?

Am 21. Juli 1944 – wir hatten gerade angefangen, den in diesem Jahr besonders gut und reichlich geratenen Roggen zu mähen – erreichte uns im »Großen Haus« verspätet die Nachricht, daß im ostpreußischen Großen Hauptquartier ein Attentat auf den »Führer und Reichskanzler« verübt worden war. Uns dreien im »Großen Haus« und Verwalterhaus stand die Arbeit so bis zum Hals, daß wir schon seit Tagen kein Radio mehr eingeschaltet hatten. Zeitungen trafen bei uns mit stets größer werdenden Verspätungen ein, je nachhaltiger die Bomber der Alliierten die Großstädte, Bahnhöfe, Eisenbahn- und Postwege störten und zerstörten.

Auf dem Felde hatte Leszinski vom Sitz der Mähmaschine zu meinem Dogcart, mit dem ich die Äcker abfuhr, um die richtige Ordnung für den Einsatz der Maschinen anzupeilen, herübergerufen:

»Haben Sie schon gehört, Herr Reckel? Attentat auf Adolf Hitler. Ist ihm aber nichts passiert!«

Ich machte, daß ich zum Haupthaus zurückkam. »Ist ihm aber nichts passiert.« Jetzt werden sie vollends wahnsinnig werden! Aber zugleich auch: endlich hat es einer wenigstens probiert!

Am gleichen Abend schon wurde uns klar, daß das Attentat nicht den großen Volksaufstand auslösen wollte, auf den ich ein paar Augenblicke lang gehofft hatte. Bei ruhiger Überlegung sagte ich mir, daß das nicht zu erwarten gewesen war. Dazu war jenes über das ganze Volk gebreitete Netz von Leuten, die auf Hitler eingeschworen waren, da sie sich oben oder unten an seinen Gewalt- und Untaten nur zu bereitwillig beteiligt hatten, viel zu dicht – und diese Leute waren schwer bewaffnet. Die Soldaten an den Fronten aber standen überall in verbissenen Abwehrkämpfen; aus ihnen sich zu lösen war unmöglich. Nur eines war mit völliger Sicherheit vorauszusehen: Der Terror würde ins Unerträgliche gesteigert werden!

»Vorsicht jetzt, äußerste Vorsicht!« sagte die Baronin spät am Abend, nachdem wir bei uns im Verwalterhaus die Situation erörtert hatten. »Kein unbedachtes Wort, keine falsche Bewegung! Vielleicht will der verrückte Kuno Gutbrodt in Plischonken sich bei den Parteistellen in Bromberg beliebt machen, indem er mich als alten Adel – die Attentäter sind ja auch vielfach adlig – verdächtigt oder auf euch als feindliche Ausländer hinweist. Und vielleicht muß jemand in Bromberg verdeutlichen, daß er auf dem hitlertreuen Quivive ist. Wir dürfen nicht zuletzt noch stolpern!«

Die Baronin bat mich, sie ins »Große Haus« hinüberzubegleiten. Das hatte sie bisher nie getan. Während wir unter den dunklen, regungslosen Bäumen dahinschritten, bekannte sie mit leiser, rauher Stimme:

»Ich bezweifle jetzt manchmal, lieber Hans, ob es richtig war, mein ganzes Leben an dieses Stück Erde zu verschwenden. Vor zehn Jahren, als ich Susannes Briefen entnahm, daß ihr da drüben in dem fernen, kühlen Lande Erfolg hattet, habe ich mit mir gerungen, diesen Besitz zu verkaufen und euch zu fragen, ob ihr mich drüben haben wollt, als Ersatzgroßmutter sozusagen. Ich habe es nicht getan, weil ich euch vielleicht zu sehr belastet hätte – und auch nicht, weil ich dies Haus, diese Wälder, das Dorf und die Leute nicht verlassen konnte; alles ist irgendwo und -wie mein Werk. Es hält mich sehr fest, Hans. Heimat ist nicht nur eine Freude, ein schönes Vorrecht, sondern auch ein bindender Zwang. Heute, da es längst zu spät ist, sehe ich ein, daß ich diesen Zwang hätte brechen sollen, daß, in ein jüngeres, unbeschwertes Land überzusiedeln, möglich gewesen wäre. Susanne ist es ja auch gelungen. Warum hätte ich es nicht auch fertigbringen können? Mein Englisch zwar ist jammervoll. Und meine Lebensart paßt wohl kaum in den Wilden Westen. Aber seit wir nun fast fünf volle Jahre zusammen leben, ohne daß je ein ernsthaftes Zerwürfnis unsere Beziehung gestört hat, wenn ich mir vorstelle, was es auch euch an Überwindung gekostet haben muß, euch hier auf engem Umkreis einbannen zu lassen, nachdem euch so viel Weite zur Verfügung gestanden hat – und ihr habt das doch beinahe wie selbstverständlich vollbracht – wir haben sogar in den ersten Jahren, als uns das Gewitter und die Blitze noch nicht so nahe waren, wunderschöne Stunden und Tage im alten Tiefentalau gehabt – ich hänge ja wirklich nicht an ›gnädigste Frau Baronin‹, an handgestickt gezeichneten Kaffeeservietten mit Krone und Monogramm und an goldenen Teelöffelchen, ebenfalls mit Krone und Namenszug. Ich hänge nur an dieser warmen Erde. Ich konnte mich nicht entschließen, bei euch anzufragen, ob ihr mich haben wollt. Aber ich möchte wenigstens heute die Frage stellen, die ja wahrscheinlich nur noch theoretische Bedeutung hat: Hans, hättet ihr mich drüben aufgenommen – und würdet ihr mich irgendwann später, wenn wir den gegenwärtigen Wahnsinn überstehen, bei euch aufnehmen?«

Wie entsetzlich elend und verlassen mußte sie sich fühlen, wie bedrängend mußte sie schon lange von dem quälenden Gefühl beherrscht werden, den Anker verloren zu haben, daß sie es über sich brachte, solch eine Frage auszusprechen, sie, die immer nur anderen angab, was zu tun sei. Ich drückte ihren Arm, den sie in den meinen gelegt hatte. Ich brauchte über die Antwort nicht nachzudenken; auch wußte ich mich völlig mit Susanne einig. Ich sagte:

»Immer und jederzeit und unter allen Umständen! Unser Haus, wenn wir je wieder eins besitzen sollten, wo es auch sein mag, ist Ihr Haus, solange wir leben!«

Ich merkte, daß sie den Druck meines Arms erwidern wollte. Sie flüsterte nichts weiter als:

»Vielen Dank, Hans!«

Ich brachte sie die Treppen zur Terrasse hinauf. Unsere Augen hatten sich dem Dunkel angepaßt. Der Sternenhimmel gab reichlich sein mildes Licht.

Wir standen vor der Eingangstür zur großen Halle; die Tür war nicht verschlossen. Auf Tiefentalau wurde kaum jemals eine Tür verschlossen, es sei denn, man wollte seine Intimität gewahrt wissen. Die Baronin zögerte noch, hatte schon die Hand auf die Klinke gelegt, drückte sie aber nicht abwärts. Sie blickte mich nicht an. Sie sagte verhalten:

»Ich bin eine alte Frau, Hans. In diesem Jahr werde ich fünfundsechzig. Es ist gut zu wissen, daß man im Alter nicht verlassen ist. Nochmals vielen Dank euch beiden!« Als ob wir ihr nicht viel mehr Dank schuldeten als sie uns! Dann faßte sie Abschied nehmend meine Schulter, schüttelte sie sachte und ging schnell ins Haus.

Ich kehrte wieder ins Verwalterhaus zurück und berichtete meiner Frau, was die Baronin mir bekannt, was sie mich gefragt hatte. Susanne fabelte:

»Ja, wenn wir wieder drüben sind, Hans, wir können es uns leisten, wir bauen ihr ein eigenes Haus, dicht an unserem. Oder kaufen uns etwas Neues. Es wäre wunderbar! Wir nehmen uns das Beste mit aus dem alten Kontinent und lebten doch auf dem neuen. Nein, nein, nein, gebe Gott, daß wir aus diesem irrsinnigen Erdteil noch einmal hinauskommen! Und wenn wir drüben ganz von vorn anfangen müßten, wir sind noch nicht zu alt, Hans! Wir würden es schaffen. Und mit der Baronin erst recht!«

Die Nacht vom 21. zum 22. Juli 1944 sollte uns noch eine andere Überraschung bescheren.

Susanne und ich waren spät zu Bett gekommen. Es war so erleichternd, in der Stille der Nacht von der fernen Freiheit und Weite zu sprechen und uns mit freundlichen Gedanken und Worten um Schicksal und Wesen, um Vergangenheit und Zukunft der einsamen alternden Frau zu bewegen, die wir beide liebten.

Schließlich hatten wir in unserem Schlafzimmer an der Rückseite des Verwalterhauses das Licht gelöscht, nachdem Susanne noch einmal in dem kleinen Raum nebenan nach dem Kleinen gesehen hatte. Erik schlief den Schlaf der jugendlichen Gerechten.

Bald verriet mir das ruhige Wehen des Atems, daß die Geliebte in den Schlaf hinübergeglitten war.

In mir jedoch rotierten die Erwägungen, was sich außerhalb und innerhalb unseres engen Kreises in den letzten Stunden und Tagen ereignet hatte, noch so rastlos fort, daß mir die Augen nicht zufallen wollten. Ich blickte von meinem Kissen her durch das halbgeöffnete Fenster in das dunkle Laub der großen Kastanie, welche die Giebelseite des Hauses beschattete. Unser Schlafzimmer lag nicht im Obergeschoß, denn dort war immer noch Frau Pauline Peczkowski, geborene Hahnke, die Frau des verschollenen Gutsinspektors, mit ihren drei halbwüchsigen Kindern untergebracht; sie schliefen jedoch alle an der anderen Giebelseite des Hauses, eine Treppe höher als wir. Das Fensterbrett unseres Schlafzimmers lag etwa so hoch über dem Erdboden, daß ein nicht zu klein geratener Mann es mit den Fingerspitzen gerade erreichen konnte. Rings um unser Verwalterhaus führte ein mit Kies bestreuter Fußweg, der einen etwa zehn Fuß breiten, längst nicht mehr gut gepflegten Rasenstreifen von den Hauswänden abtrennte. Um Weg und Rasen schob sich, sehr dicht und verbuscht an dieser Stelle, die westliche Seitenflanke des Gutsparks. Das Käuzchen, das sich manchmal nächtens vernehmen ließ, hatte sich noch nicht gemeldet. Es war sehr still. Die hohe Sommernacht spannte sich kühl und schweigend über einer scheinbar unendlich friedvollen Welt.

Plötzlich war ich hellwach. Ein Laut, der nicht zu Wald und Wiese gehörte, zog mir den Kopf vom Kissen. Da! Noch einmal der gleiche verstohlene Laut, mit welchem Kies unter einer vorsichtigen Sohle knirscht. Dann Stille! Es war wer unter unserem Fenster, war aufs Gras getreten, um den Kies nicht wieder hörbar zu machen. Wer war es? Um diese Nachtzeit hatte hier niemand etwas zu suchen.

Ich schlug die Decke zurück, kam auf die Beine und schlich die Schritte zum Fenster hinüber, hielt mich aber hinter der Gardine vor der geschlossenen Fensterhälfte.

Ich hatte mich nicht verhört: unter dem Fenster auf dem Rasen stand eine hochgewachsene Gestalt und hatte die Augen zu unserem Fenster erhoben. Ein paar Sekunden nur blickte ich angestrengt durch die Gardine. Kein Zweifel! Das war doch –! Ich irrte mich nicht: der nächtliche heimliche Besucher war Walther Trockenholt. Ich zeigte mich im Fensterrahmen; er winkte stumm mit der Hand; er hauchte:

»Kann ich dich sprechen, Hans? Gleich? Mach keinen Lärm, kein Licht!«

Mich fror plötzlich.

Ich deutete mit der Hand nach links um die Hausecke: vorn!

War Susanne erwacht? Nein, sie schlief ganz tief. Ich griff nach meiner Hose, schlüpfte in die Hausschuhe, öffnete lautlos die Tür und zog sie ebenso lautlos wieder hinter mir zu.

Durch den Hausflur zur Haustür. Von jeher knarren bei mir keine Türangeln, quietschen keine Türschlösser.

»Komm herein, Walther! Ganz leise!«

Er trat lautlos in den Flur. Ich schloß die Haustür und verriegelte sie von innen. Gleich neben der Tür ins Freie lag mein kleines Verwalterbüro. Dort sah oder hörte uns niemand, während wir den Platz vor dem Hause beobachten konnten. Nur einmal ächzte matt eine Diele des Flurs. Dann war die Tür des Büros hinter uns geschlossen.

»Was soll dies bedeuten, Walther?« wollte ich flüsternd wissen. Wir standen uns links und rechts des Fensters gegenüber.

»Gestern ist ein Attentat auf Hitler mißlungen. Das wird sich ja auch bei euch herumgesprochen haben?«

»Natürlich. Hast du etwas damit zu tun?«

»Ja und nein. Deshalb bin ich hier. Entschuldige die reichlich abenteuerliche Manier meines Besuchs. Fritz-Emil, mein Fahrer, liegt neben der Anfahrt zu deinem Haus im Busch auf Wache. Verrückt, was? Aber du warst meine einzige Rettung.«

»Rettung, wieso? Laß die blöde Ironie!«

»Gut, also ohne Ironie: als ich zum letztenmal vor sechs Wochen für eine Stunde bei euch vorbeikam, wußte ich noch nicht, daß ich kurz darauf tatsächlich zum Oberst befördert – ein Witz eigentlich! – und gleichzeitig mit meiner Spezialeinheit nach Ostpreußen verlegt werden würde. Ich konnte mich nicht melden, obgleich ich nur an die einhundertundfünfzig Kilometer von Tiefentalau entfernt war. Wir waren geheim und noch geheimer, durften unseren Standort auf einem total geräumten Forstgut nicht verlassen, hatten verschlüsselte Nachrichten nach allen Himmelsrichtungen zu versenden. Mir als einzigem war bekannt, daß sich das Führerhauptquartier in unserer Nähe befand. Mein Fahrer hat es natürlich auch gewußt. Fritz-Emil bleibt nichts verborgen. In Abständen von meistens nur zwei Tagen erschien bei uns ein junger Major des Generalstabes, ein Herr von X – ich nenne dir den Namen nicht; Wissen ist gefährlich und belastet –, um unsere ständige Einsatzbereitschaft zu kontrollieren, erschien zu den unmöglichsten Zeiten. Ich konnte mich nie weiter als eine Strippenlänge vom Telefon entfernen. Wir redeten miteinander und hatten alsbald heraus, wes Geistes Kind der andere war. Du kennst das auch: man hat ein geheimes Riechorgan dafür entwickelt, ob der andere zu der sogenannten ›verschworenen Gemeinschaft‹ gehört oder sich noch Reste von Vernunft und normalem Anstand bewahrt hat. Vor einer guten Woche kam der Major plötzlich mit der Sprache heraus: ob ich bereit sei, mit meinen Apparaten zur Verfügung zu stehen, wenn sich im Hauptquartier ein Unglück ereignen sollte; es wären dann auf schnellstem Wege Meldungen nach Berlin zu senden. Genaues würde ich noch erfahren. Ich sehe sein Gesicht noch zucken. Seine Erregung war ungeheuer bei dieser äußerst gefährlichen Frage. Er glaubte, sich nicht in mir zu täuschen, aber vielleicht täuschte er sich doch. – Mir war auf der Stelle klar, Hans, was das alles bedeutete. Ich sagte ohne Besinnen zu. Was hätte ich sonst tun sollen, ich, Walther Trokkenholt aus Hamburg-Blankenese? Den Mann anzeigen? Kam ja gar nicht in Frage. Im Gegenteil: das war der Startschuß, auf den ich schon lange gewartet hatte!«

Er schwieg. Er hatte im Flüsterton berichtet, ohne Hast, sehr präzise. Mich fror erneut, als sei die Sommernacht nicht warm, wie sie war, als stände ich in Hemd und Hose mitten im Winter auf zugiger Landstraße. Ich fragte schließlich:

»Und dann?«

»Ja, dann, entschuldige, mir ist selber noch nicht alles klar. Dann? Dann kam die Nachricht, daß die Bombe geplatzt, der gottgesandte Führer aber nur leicht verletzt war, daß die Schuldigen erkannt und auf der Stelle erschossen worden seien, daß die Suche nach den weiteren Verschwörern schon erste Erfolge gezeitigt hätte und so weiter. Heute mittag rauscht ein Dienstwagen bei uns auf den Forsthof – ohne Insassen, nur mit Fahrer. Der Fahrer verlangt mich zu sprechen, trägt einen Aktendeckel unter dem Arm. Die Tür von meinem Chefzimmer zur Wache im Vorraum steht offen. Ich höre also, was draußen vorgeht, und nehme den Mann zu mir herein, schließe die Tür. Der Unteroffizier nimmt Haltung an: ›Herr Oberst kennen mich?‹ Ja, ich kannte den Mann, Fahrer von Major von X; ich war ein paarmal hinter ihm durchs Gelände gefahren. Er schlägt die Mappe auf und entnimmt ihr einen Brief in neutralem grünlichen Umschlag. Ich drehe mich zum Fenster und reiße den Brief auf. Der Brief ist leer. Ich drehe den Umschlag um. Dort, wo die Marke sitzen müßte, sind mit einer Bleistiftspitze kaum erkennbar drei Punkte eingedrückt. Ich weiß Bescheid, stekke den Briefumschlag ein und frage den Überbringer: ›Wie geht es Major von X?‹ Der Unteroffizier sieht mich starr an und antwortet in dienstlichem Ton: ›Falls Herr Oberst fragen sollten, hat mich Herr Major von X beauftragt, Herrn Oberst mitzuteilen, daß Herr Major von X bald einen längeren Urlaub antreten wird.‹ – ›Danke für die Mitteilung!‹ sage ich, ›Sie können abtreten!‹ Ich sehe von meinem Fenster aus, wie der Mann den Dienstwagen wieder vom Hof lenkt und verschwindet. Gleich darauf gehe ich ins Vorzimmer und sage dem diensthabenden Feldwebel: ›Schwarz, ich muß sofort zum Oberen Nachrichtenstab. Rufen Sie Major Dienster. Mein Zimmer darf nicht unbesetzt sein.‹ Mein Fahrer ist wie üblich in der Wachstube und stürzt fort, um den Wagen vor die Tür zu holen. Wir brausen ab, nach Süden. Auf halbem Wege hole ich die Karte hervor und sage zu Fritz-

Emil: ›Wir fahren zunächst nach Tiefentalau. An der nächsten Wegkreuzung rechts ab!‹ Fritz-Emil sagt gar nichts, biegt am nächsten Wegekreuz rechts ab. Wir sind noch keine zwanzig Kilometer weiter, fährt Fritz-Emil den Wagen plötzlich rechts heran, stoppt, dreht sich zu mir um und sagt: ›Herr Oberst, ick möchte mit verschwinden. Ick habe det alles bis hier!‹, und er macht mit der Hand eine Bewegung unter dem Kinn längs. Ich sehe mir den Mann an, der mich drei Jahre lang Tag für Tag niemals geärgert oder enttäuscht hat, und erwidere: ›Sie haben Talent zum Hellsehen, was, Knust?‹ – ›Ha 'ck nich!‹ sagt er, ›aber fünf und fünf zusammenzählen, det ham se mir in Spandau injetrichtert!‹ Also habe ich meinen Fritz-Emil mitgebracht. Meine Frage, Hans: Könnt ihr uns für eine Zeit, am besten für mehrere Wochen, irgendwo in eine Kiste sperren und auf den Heuboden unters Erbsenstroh stecken? Aber, bitte, sei versichert, ich würde es durchaus verstehen, wenn du es wegen deiner Frau und der Baronin ablehnst, uns dergestalt zu beherbergen. Wir sind, darüber mache dir keine Illusionen, von heute ab Deserteure.«

»Deserteure« – das Wort stach wie ein Messer. Ich war selbst Soldat gewesen, Soldat des Ersten Weltkrieges. Aber damals, 1914/18, mochte das Wort noch Sinn gehabt haben, hatte es auch jetzt noch Sinn? Zum Philosophieren war keine Zeit; jede Minute konnte kostbar sein. Der Freund schwebte in Gefahr, war vom Tode bedroht, von Schlimmerem: von einem entsetzlichen Henker langsam zu Tode gepeinigt zu werden. »Äußerste Vorsicht«, hatte die Baronin gerade erst eine Stunde zuvor uns allen anbefohlen. Sie durfte nicht belastet werden; sie durfte nichts erfahren. Auch Susanne sollte nichts wissen. Was man nicht weiß, kann man nicht verraten, weder durch Zwang, noch aus Versehen, noch aus freiem Willen.

»Laß mich eine Sekunde überlegen, wie wir das am besten und –«

»– sichersten hinbiegen können«, hatte ich sagen wollen, doch blieben mir die drei Worte im Halse stecken. Wir blickten zur Tür; der Drücker hatte ein wenig geknackt. Sachte schlug die Tür auf. Im dunklen Türrahmen stand Susanne. Sie war im Nachthemd. Wir wurden uns dessen nicht bewußt. Sie flüsterte:

»Ich wachte auf, Hans, und fühlte nach dir. Du warst nicht da. Ich ging dich suchen, glaubte hier Stimmen flüstern zu hören. Was ist, Hans? Ist noch jemand hier? Wer steht da in der Ecke am Fenster?«

»Ich bin's: Walther! Verzeih mir, ich mußte Hans mitten in der Nacht aus dem Bett holen.«

Ihr untrügliches Ahnungsvermögen gab ihr die richtige Frage ein:

»Du kommst heimlich, Walther? Hat es mit dem Attentat zu tun?«

»Ja, Susanne, es hat mit dem Attentat zu tun. Ich stehe im Verdacht, Mittäter oder Mitwisser gewesen zu sein. Ich bin es auch gewesen, allerdings nur im dritten oder fünften Glied; wie weit hinten, weiß ich selbst nicht. Wenn sie mich zu fassen kriegen, wird Kleinholz aus mir gemacht. Daran ist leider nicht zu zweifeln.«

Es bewährte sich, mein unvergleichliches Mädchen, meine Frau! Susanne flüsterte:

»Bei uns findet dich niemand. Hier vermutet dich niemand. Bist du mit dem Auto gekommen? Zu Fuß? Was machen wir mit dem Auto?«

Das war einfach. Ich schlug vor:

»Am Rande der Hirschwiese steht die alte Feldscheune halbvoll noch mit Stroh vom vorigen Jahr. Wir fahren das Auto in ein leeres Fach und verpacken es vom Nachbarfach mit Stroh, so daß beide Fächer wie halbvoll aussehen. Wenn ich es nicht anordne, kümmert sich kein Mensch um das alte Stroh. Außerdem ist die Scheune mit einem Vorlegeschloß abgesichert.«

»Hirschwiese – das ist es!« nahm Susanne den Faden auf. »Im Moor unterhalb der Hirschwiese steht das alte Jagdhaus auf der Sandkuppe. Die Kiefernschonung rundherum auf dem Sandhügel ist schon so dicht und hoch, daß von dem Jagdhaus nichts zu sehen ist. Der lange Brettersteg durchs Sumpfland ist halb zerfallen. Wer im Jagdhaus wohnt, könnte es einrichten, einige der Laufbretter ganz verschwinden zu lassen und sie nur bei Bedarf wieder auszulegen. Am fernen Ende der Sandkuppe im Moor fließt die Wirkalonka vorbei. Da lag ein kleines Boot. Das war voriges Jahr schon leck und lag auf Grund. Aber das läßt sich vielleicht wieder zurechtflicken. Sollten über den Steg ungebetene Gäste kommen, kann man hintenweg immer noch verschwinden. Essen und Trinken und sonstiges könnte man abends am Waldrand abstellen.

Dafür würde ich sorgen. Bis zum Winter würde es gehen. Was dann weiter werden soll, wird man sich überlegen müssen.«

Natürlich, das war die Lösung!

Walther, selbst noch in dieser Situation unverbesserlich, beugte sich über die Hand der dämmrigen Dame im Nachthemd, küßte sie und murmelte:

»Klingt großartig, Susanne! Robinson Crusoe und sein Freitag, alias Knust, Vorname Fritz-Emil, bedanken sich herzlich. Nur Mädchen wie du sollten geheiratet werden!« Susanne hatte in vollem Ernst und vor Sorge bebend ihren Vorschlag herausgeflüstert. Walthers Rückfall in die Ironie konnte sie nicht sofort mit vollziehen. Sie erwiderte verdutzt:

»Wieso? Ich bin doch schon verheiratet –!«

Ach, süße Susanne! Ich merkte, daß Walther lautlos lachte, und wurde selbst von einer Woge jäh aufbrandender Heiterkeit hochgehoben. Auch Susanne merkte eine Sekunde später, daß sie angeführt worden war, und lächelte im Dunklen mit. Mit einem Schlage schien es in meinem kleinen, noch immer vom Vorgänger her nach Pfeifentabak und Jagdhund riechenden Büro heller geworden zu sein.

Da war sie mir also vor die Füße geworfen, die Herausforderung! Hatte ich nicht durch alle die Jahre der »Internierung« darauf gewartet? Endlich brauchte ich nicht mehr nur daneben zu stehen, auf dem Zaun zu hocken, mich krank zu giften! Endlich konnte ich wenigstens an einem kleinen Hebel mit eingreifen, konnte aktiv werden und einem Menschen meines Schlages helfen, »übrigzubleiben«.

Susanne beschaffte lautlos eine Blechkanne mit Milch und einen Laib Brot aus der Speisekammer. »Das muß für den nächsten Tag genügen, Walther! Morgen abend bei Dunkelheit bin ich an der Feldscheune und bringe mehr und Besseres. Hans, vergiß nicht die Schlüssel zu dem alten Schloß an der Feldscheune. Und für das Jagdhaus muß auch ein Schlüssel dasein.«

»Hast du ein Streichholz, Walther? Die Schlüssel hängen alle in dem Schränkchen neben der Tür.«

Wir fanden die Schlüssel »Feldscheune Hirschwiese« und »Jagdhaus Hirschmoor«. Susanne legte sich wieder zu Bett. Ich zog mich vollends an. Zehn Minuten später verließen Walther und ich das Haus durch die Vordertür und tauchten unter die Bäume der Anfahrt. Kein einziger harter Laut war uns während des nächtlichen Besuchs unterlaufen. Das Haus hinter uns schlief tief und ahnungslos.

Noch in der gleichen Nacht bugsierten wir das Auto in die Feldscheune, packten das Stroh um und deckten den großen Wagen sorgfältig zu. Der war gut aufgehoben. Die Reifenspuren auf dem Anfahrtsweg machten mir Sorge. Das

Gras würde sich in zwei, drei Tagen wieder aufgerichtet haben. Aber hundert Meter weiter zweigte die Anfahrt von einem sandigen Feldweg ab, der die Reifenspuren viel länger, mindestens bis zum nächsten Gewitterregen, bewahren würde. Ich zeigte Fritz-Emil den Pfad zum Moor hinunter und beschrieb ihm den Weg zu der bewaldeten Sandkuppe mit dem Jagdhaus. Er stiefelte los mit dem Brot und der Milchkanne. Der junge Bursch schien das Abenteuer geradezu zu genießen. Er hatte nicht vergessen, sich seine Dienstpistole mitzunehmen. Walther und ich machten uns daran, auf dem Sandweg bis zur gepflasterten Hauptstraße alle Reifenspuren mit abgebrochenen Kiefernzweigen auszulöschen, was auch leidlich gelang. Wegen der Spuren im Gras würde ich alle Leute von Tiefentalau auf die andere Seite der Gemarkung des Gutes schicken müssen. Ich konnte dann unauffällig den Sandweg mit dem Dogcart nochmals abfahren, um festzustellen, ob wir eine Stelle mit Reifenspuren übersehen hatten. Wenn nicht ein böser Zufall uns das Spiel verdarb, war es kaum zu verlieren. Die Leute im Dorf wußten, daß die Hirschwiese und das Hirschmoor nicht begangen werden durften; die Baronin liebte das gar nicht. Das Wild brauchte eine Gegend, wo es ungestört war.

Gegen vier Uhr trennte ich mich von Walther; wir hatten uns bis zur Pflasterstraße »durchgefegt«. Es wurde gerade hell. Die Gespannführer stiegen um diese Zeit aus den Betten, um die Pferde zum erstenmal zu füttern. »Eil dich, Walther!« sagte ich zum Abschied. »Daß dich von der Pflasterstraße her niemand mehr zu Gesicht bekommt.«

Ich selbst erreichte unser Haus von der Rückseite durch den Park. Es war mir niemand begegnet. Peczkowskys schliefen noch; es kam kein Rauch aus ihrem Schornstein. Susanne erwartete mich, schon angekleidet. Sie atmete erleichtert auf, als ich ihr berichten konnte:

»Auto ist versteckt. Die beiden sind im Jagdhaus auf der Kiefernkuppe im Moor.«

Der anschließende Tag darauf fiel mir nicht leicht; ich fühlte mich schwer wie Blei, hatte die Augen des Nachts nicht für eine Minute geschlossen. Die Baronin fragte mich am Nachmittag:

»Ist dir was, Hans? Du siehst schlecht aus, überanstrengt! Werde mir nicht krank! Geh hinüber und leg dich aufs Ohr! Sag dem Hofmeister Bescheid. Er soll sich an mich wenden, wenn irgend etwas fraglich ist.«

»Ja, vielen Dank! Ich bin ziemlich erledigt heute. Weiß eigentlich nicht, warum. Aber morgen früh bin ich wieder auf den Beinen.«

Susanne war es, die an diesem Abend den ersten Korb mit Nahrungsmitteln, einiger Wäsche, Seife und dergleichen zur Feldscheune trug, hintenherum; sie brauchte nicht den Fahrweg zu nehmen, konnte einen Pfad durch den Wald benutzen, an den der Park sich anlehnte.

Was so abenteuerlich begonnen hatte, flachte bald zu beinahe harmloser Routine ab. Es ereignete sich einfach nichts, gar nichts, was Susanne und mir, den einzigen Menschen, die um das Versteck der beiden Männer wußten, hätte Furcht einflößen müssen. Wir erfuhren nur gerüchteweise, daß der Verwalter von Plischonken, Gutbrodt, mehrfach vernommen worden war, erfuhren aber nicht einmal, worüber man ihn ausgehorcht hatte. Bei uns erschien Ende Juli lediglich eine Streife der Militärpolizei und befragte Einwohner des Dorfes, Gutsarbeiter und die Baronin, ob irgendwer nach dem 21. Juli ein Militärauto, einen Horch mit der Nummer 7734, beobachtet hätte. Niemand konnte sich an ein so beschaffenes Auto erinnern. Susanne und ich wurden nicht einmal befragt. Für die Polizei waren wir »Zivilinternierte«.

Es bereitete Susanne nur geringe Schwierigkeiten, die Lebensmittel abzuspalten, die notwendig waren, den Hunger und Durst der beiden Einsiedler auf dem waldigen Sandbuckel im Moor zu stillen. Zwar unterlagen auch die Tiefentalauer theoretisch den gleichen Einschränkungen des Verbrauchs und Verzehrs wie die Bevölkerung des ganzen Deutschland. Aber es gab hundert Mittel und Wege, die Bestimmungen zu umgehen, Reserven zu bilden, nicht rationierte Nahrungsmittel wie zum Beispiel Wildfleisch zu bevorzugen (und Wild gab es bei uns genug!) und den Obst- und Gemüsegarten stärker als je zuvor zu nutzen. Man konnte auch ein erlaubtes Schlachtschwein oder Schlachtrind mit nur zweihundert oder dreihundert Pfund verwiegen und »anrechnen« lassen, während es tatsächlich dreihundert oder vierhundert Pfund ausgeschlachtet gewogen hatte – und ähnliche Scherze mehr, die jedermann auf dem Lande betrieb und an denen die Kontrolleure mit Vergnügen partizipierten.

Wesentlich schwerer war es für mich, die Wünsche des Freundes und seines großartigen Gefährten, Fritz-Emil aus Spandau, zu erfüllen, die sich auf Werkzeug wie Hämmer, Sägen, Nägel, Bretter, Scharniere, Farbe, Dachpappe und ähnliche Utensilien und Materialien bezogen. Schon aus Langeweile oder um sich durch nicht enden wollende Basteleien von ihrer Gefangenschaft abzulenken, verwandelten die beiden Männer das notgedrungen vernachlässigte und seit Jahren nicht mehr benutzte Jagdhäuschen in einen verspielten Schmuckkasten, wußten andererseits dem Zugangssteg durchs Moor ein so verkümmertes Aussehen zu verleihen, daß ein zufällig des Weges daherkommender Fremdling niemals wagen würde, ihn zu benutzen. Als Fritz-Emil allerdings das Ansinnen an mich stellte, ihm die Armaturen für eine Wanddusche zu besorgen, er hätte das Waschen im Bach oder in der Blechschüssel satt, als ich dann auch noch zwei Tage später den forschen jungen Mann aus Spandau am hellen lichten Tage beim Pilzesuchen im Walde traf – er trug immer noch seine Uniform –, platzte mir der Kragen, und ich redete in der darauffolgenden Nacht ein sehr ernstes Wort mit Walther.

Walther:

»Du hast natürlich vollkommen recht, Hans. So geht es nicht weiter. Fritz-Emil ist ein großartiger Bursche, aber nicht mehr zu bändigen. Gestern nacht war er drauf und dran, seiner früheren Freundin Anna Pracke im Dorf einen zärtlichen Besuch abzustatten. Wir leben im Moor wie auf einer Insel der Seligen, von Susanne viel zu gut ernährt, von dir mit vielerlei versorgt, was Fritz-Emil unbedingt haben will, was aber nur Schnickschnack ist. Ich kann bestenfalls wie ein älterer Bruder mit ihm reden; er hört auch zu und verspricht Besserung; aber sein unbändiger Betätigungsdrang bricht immer wieder durch. Ich weiß nicht, ob es mit ihm auf die Dauer gutgehen wird.«

Es ging nicht gut.

Ich hatte den beiden nach und nach zivile Kleider, Wäsche, Stiefel zugespielt, wofür ich meine eigenen Bestände geplündert hatte. Meine Sachen paßten zwar dem etwa meiner Größe entsprechenden Fritz-Emil. Walthers hohe, dürre Figur dagegen warf anfangs unüberwindlich scheinende Probleme auf. Bis Susanne sich erinnerte, daß Frau Peczkowsky ihr mehrfach davon erzählt hatte, ein wie großer und starker Mann ihr verschollener Gatte gewesen sei. Susanne erbat sich also Kleider des Victor Peczkowsky – sie wolle sie ausgebombten Verwandten nach Berlin schicken. Pauline trennte sich unter Tränen, aber doch sehr tapfer von den alten Hosen, Joppen, Stiefeln. – Ich konnte dem Gelächter nicht widerstehen, als Walther sich vierzehn Tage später in der

Morgendämmerung eines Oktobertages in dem abgewetzten Inspektorhabit produzierte. Der Länge nach paßte er hinein; in der Breite fehlte seinen Schultern einiges. Immerhin: eine weniger militärische Erscheinung als dieser leicht vornübergebeugte Mann in der schlottrigen Joppe, den ausgebeulten, steifen Hosen, die in unförmigen Schaftstiefeln steckten, war kaum denkbar. Walther war sehr damit einverstanden.

Um eine lange Geschichte kurz zu machen: Mitte November verschwand Fritz-Emil Knust aus Berlin-Spandau vom Hirschmoor bei Tiefentalau und ward nicht mehr gesehen. In den ersten Wochen danach wurden wir von einer fürchterlichen Unruhe gepeinigt; aber da sich nichts ereignete, was uns gefährdete, vergaßen wir Fritz-Emil allmählich. Wir haben nie wieder etwas von ihm gehört, haben uns allerdings auch keine Mühe gegeben, Walther und ich, in Erfahrung zu bringen, ob er »durchgekommen« ist oder nicht.

Bald danach begann das Wetter, sich von seiner übelsten Seite zu zeigen. Die beiden Männer im Moor hatten zwar fleißig und um gute Einfälle nie verlegen an ihrem Tuskulum gebastelt, aber für Feuerholz hatten sie nicht gesorgt. Walther war der Meinung gewesen, daß sich der Zusammenbruch Deutschlands noch vor dem Winter vollziehen würde. Er konnte, wie er mir bekannte, sich nicht vorstellen, daß die deutsche politische Führung ihre Gewissenlosigkeit bis zur letzten Konsequenz mörderischen Irrsinns steigern würde, daß sie nicht rechtzeitig kapitulieren würde, wenn die Fronten sich den Reichsgrenzen näherten, um so wenigstens das alte Reichsgebiet vor vernichtenden Erdkämpfen und weiterem Bombenterror zu verschonen. Walther hatte sich geirrt. Der Winter stand vor der Tür. Die Kämpfe hielten – für die deutsche Seite von Woche zu Woche hoffnungsloser – mit unverminderter, ja gesteigerter Heftigkeit an. Die Russen rückten in unheimlich zähe geführten, auf blutigste Opfer nicht achtenden Schlachten, immer wieder neu ausbrechenden Angriffen weiter und weiter westwärts vor. Walther saß in seiner einsamen Moorfestung, analysierte die Heeresberichte vor- und rückwärts; ich hatte ihm eine Karte Europas verschafft und versah ihn auch mit Zeitungen – soweit uns solche noch erreichten – und mit kurzen Notizen nach den Berichten des Radios.

Das nasse Holz, mit dem Walther das Öfchen der Jagdhütte heizte, wollte weder recht brennen, noch gab es Wärme. Die Kälte und der Regen setzten ihm härter zu als das Alleinsein. Susanne und ich überlegten, ob und wie wir ihn bei uns im Hause verbergen könnten. Obgleich wir viele Abendstunden hin und her redeten, fanden wir keine Lösung. Drüben, im »Großen Haus«, wäre es möglich gewesen, ein erträgliches Versteck ausfindig zu machen. Aber dann hätten wir zuvor die Baronin einweihen müssen. Das wäre eine neue Belastung für sie gewesen; wir wollten sie ihr nicht zumuten. Bei uns im Verwalterhaus waren es vor allem die Peczkowskyschen drei Kinder, die es uns unmöglich machten, Walther zu uns ins Haus zu nehmen. Das Haus war für eine Familie gedacht; eine zuverlässige Trennung der oberen und unserer unteren Wohnung bestand nicht, die Kinder waren gewohnt, auch bei uns aus und ein zu gehen; ihre vergnügte Zutraulichkeit hatte uns stets erfreut; doch vor der kindlichen Neugier war kein Winkel im Haus sicher.

An einem kalten, verhangenen Abend saß ich bei Walther in der Jagdhütte. Ich hatte in einem Rucksack trockenes Holz mitgebracht. Der kleine Ofen glühte und verbreitete ausnahmsweise leidliche Wärme. Nur sehr selten und für kurze Zeit hatte ich im Sommer und Herbst die Sandkuppe im Moor selbst betreten. Aber seit die Tage kurz geworden waren, vor allem seit Fritz-Emil »abgehauen« war, hatte ich Walther häufiger Gesellschaft geleistet.

Ich sagte: »Walther, du kannst hier nicht länger bleiben. Das einfachste ist, die Baronin ins Bild zu setzen. Ich bin überzeugt, daß sie keinen Augenblick zögern wird, dich im ›Großen Haus‹ unterzubringen. Wir werden dich weiter versorgen, so daß sie also nur den Türhüter zu spielen braucht. In der hellen Zeit war das Leben hier erträglich. Jetzt in der dunklen, mit nur acht Stunden Licht und sechzehn Stunden Finsternis, muß es dir zur Qual werden.«

Walther lehnte neben dem Ofen an der Innenwand, blickte mich nicht an, hatte die Hände tief in die Taschen versenkt. Ich konnte nicht viel von seinem Gesicht erkennen. Die Kerze auf dem Tisch spendete nur ein mageres gelbes Licht. Er räusperte sich, als wollten ihm die Worte nicht recht gelingen, setzte dann aber heiser ein:

»Die langen Nächte sind mir recht. Man sieht nicht viel und wird nicht gesehen. Ihr habt mir fürs erste geholfen. Wie lange wird es noch dauern, dann müßt ihr euch selber auf die Wanderschaft begeben. Oder wollt ihr euch von den Russen überrollen lassen? Das würde ich euch nicht raten. Du solltest dann versuchen, deinen kanadischen oder britischen Landsleuten in die Arme zu laufen. Ich bin euch jetzt schon eine Last und würde dann erst recht eine Last und Gefahr für euch alle bedeuten. Außerdem ist mir dies Versteckspielen auf die Dauer im tiefsten zuwider. Ich werde verfahren, wie Fritz-Emil es getan hat: mich auf eigene Faust auf die Strümpfe machen – wenn du mir erlaubst, die Wortbilder so kühn durcheinanderzubringen. Ich werde versuchen, mich zu Fuß nach Hamburg durchzuschlagen. Hoffentlich komme ich noch vor den Engländern dort an. Ich sehe ja, weiß Gott, nicht mehr nach Wehrmacht aus, sondern wie ein alter Bauer. In Hamburg habe ich nichts zu fürchten als die Bomben. In dem allgemeinen Chaos wird sich kein Mensch um mich kümmern.«

Ich hörte mir diese Worte mit einer merkwürdigen Betretenheit an. Ich versuchte:

»Wozu jetzt noch, da der ganze fürchterliche Spuk sich dem Ende nähert, solch ein Risiko eingehen? Wenn wir wirklich nach Westen fliehen müssen, was auch ich für möglich halte, kannst du doch einfach mitkommen. Es ließe sich so einrichten, daß niemand Verdacht schöpft.«

Er schüttelte den Kopf:

»Nein, Hans, in Wahrheit ist es so, daß ich die Untätigkeit, das völlige Abgeschiedensein von den Geschehnissen nicht mehr zu ertragen vermag. Ich muß hier raus! Ich muß dorthin, wo ich hingehöre. Wenn der Zusammenbruch kommt, wird bei uns in Hamburg jeder, der noch den Kopf zwischen den Schultern hat, dringend gebraucht werden. Nein, laß mich laufen, Hans! Wenn es dir möglich ist, besorge mir einen Rucksack und gib mir Proviant mit für ein paar Tage, damit ich erst mal aus eurer Gegend heraus bin, ehe ich jemand ansprechen muß; das wird dann gefährlich; aber es hat noch nie einer behauptet, daß ich auf den Kopf gefallen bin.«

Ich erwiderte niedergeschlagen:

»Machst du dir klar, daß von hier nach Hamburg an die sechshundert Kilometer zurückzulegen sind, das erfordert drei Wochen mindestens. Du kannst hundertmal inzwischen aufgegriffen werden. Du kannst niemandem trauen. Und dann: Hamburg ist nur noch ein rauchender Trümmerhaufen!«

»Eben darum werde ich in Hamburg am sichersten sein. Dort kenne ich Schlupfwinkel genug. Mein älterer Bruder ist zuverlässig. Außerdem habe ich Verwandte von Mutters Seite her in Schwedt und Fürstenberg und gleichgesinnte enge Freunde in Wittstock und Ludwigslust. Keiner von diesen wird mir seine Hilfe verweigern. Sie sind alle von meiner oder auch deiner Couleur. Mache dir deshalb keine Sorge. Ich habe Zeit und brauche mich nur langsam vorwärtszubewegen. Ihr wißt ja hier nicht, wie es weiter westlich in Deutschland aussieht, wo es Bomben regnet. Da hat jeder mit sich selbst zu tun. Natürlich werde ich unterwegs, hoffentlich schon in Schwedt oder Fürstenberg, andere Kleider anziehen müssen. Aber hier für den Osten ist das, was ich anhabe, gerade richtig. Die Nächte sind lang. Ich werde nur bei Dunkelheit unterwegs sein. Und nur zu Fuß. In den Zügen und auf den Bahnhöfen sind die Kontrollen viel zu streng. Aber auf Nebenstraßen ist bei einiger Vorsicht nichts zu befürchten. Ich komme durch, Hans. Alle Welt hat mich stets für exzeptionell intelligent gehalten. Ich werde beweisen, daß ich noch viel intelligenter bin. Und körperlich bin ich dank Susannes unermüdlicher Fürsorge in so guter Verfassung, als hätte ich einen langen Urlaub am Titisee hinter mir. Hans, kannst du nicht begreifen, daß deine Geschichten aus dem kanadischen Westen in meiner Langeweile hier, besonders seit der unruhige Geist Fritz-Emil das Weite gesucht hat, wie ein süßes Gift gewirkt haben? Zum Teufel, sage ich mir, was die wackeren Trapper, der Hans Reckel und die Goldgräber am Yukon fertiggebracht haben, das werde ich bei einiger Umsicht für sechs oder acht Wochen wohl auch mimen können. Und wenn es schiefgeht, mein lieber Hans –? An der Front herrscht zur Zeit ein äußerst ungesundes Klima, und wahrscheinlich ist die Formation, die ich bis zum 21. Juli des Jahres die Ehre hatte zu führen, längst wieder im dicksten Dreck. Ich bin durchaus darauf gefaßt, mich der Tafelrunde der vergangenen Trockenholts und Arrndts – mit zwei r, bitte! – in Walhall anzuschließen. Wie lernten wir's auf der Penne? Impavidum ferient ruinae! Einen Unerschrockenen werden die Ruinen tragen! Ob du's glaubst oder nicht: ich brenne darauf, mir selbst zu beweisen, daß ich nicht unterzukriegen bin. Um weiter antik zu bleiben: Polemos pater panton – der Kampf ist der Vater aller Dinge –, hoffentlich sorgt er auch dafür, daß mein stark angeknackstes Selbstbewußtsein und meine Selbstachtung wiedergeboren werden. Also laß mich nur ziehen! Vielleicht sehen wir uns später unter angenehmeren Umständen wieder, wenn das auch zur Zeit kaum vorstellbar erscheint.« Er hatte sich langsam warmgeredet. Seit Wochen schon hatte ich gespürt, daß er sich fragte, ob es recht gehandelt gewesen war, nach dem mißlungenen Attentat unterzutauchen. Ich verstehe selbstquälerische Überlegungen nur allzu gut. Es gibt Situationen, in denen es beinahe unanständig wird, von einem in den Abgrund donnernden Zug im letzten Augenblick abzuspringen, obgleich nicht mehr die geringste Chance besteht, das Verhängnis aufzuhalten oder irgendwen oder irgendwas zu retten. Ich erkannte sofort, daß ich Walther nicht abhalten konnte, sein sicheres Versteck zu verlassen. Ich besprach also mit ihm, was er vorhatte mitzunehmen. Am Schluß fragte ich: »Und das Auto in der Feldscheune?«

Walther lachte sein trockenes Lachen:

»Das Auto? Hast du das noch nicht spitzgekriegt? Mit dem Auto hat sich Fritz-Emil auf den Weg gemacht. Wir hatten zwei gefüllte Reservekanister im Kofferraum. Der fixe Hund ist in voller Kriegsbemalung losgefahren; er besaß noch alle seine Papiere und Sonderausweise. Für zweihundert Kilometer westwärts wollte er sich vorsehen. Danach, so behauptete er, würde er mit den Posten und Sperren, wenn er überhaupt solchen begegnete, schon fertig werden. Vor Berlin wollte er das Auto irgendwo in den Wald fahren und wieder verstecken. ›Kann ick mir ’ne prima Taxe draus machen, Herr Oberst, wenn wir den Krieg man erst verloren haben, Herr Oberst. Mit det Auto fang ick mir ein feinet Geschäft an, Herr Oberst!‹ So, wie ich Fritz-Emil kennengelernt habe, wird er wohl unversehrt in Spandau bei Muttern angekommen sein. Ich habe ihn allerdings gewarnt, daß damit die Probleme erst anfangen würden.«

Walther hatte mir nur verraten – einige Wochen vor diesem Gespräch –, daß Fritz-Emil plötzlich abhanden geraten sei, nichts weiter. Jetzt erst begriff ich, daß er mir die Einzelheiten vorenthalten hatte, um keine neuen Bedenken und Sorgen in mir aufkommen zu lassen. Die Sache mit dem Auto war höchst gewagt gewesen. Aber Landser sind nun einmal, wie sie sind, und müssen so sein. Das hatte ich im Ersten Weltkrieg zur Genüge erfahren und nicht vergessen. Geht's gut – prima! Geht's schief – Merde! Pech gehabt! Aus!

Zwei Tage später lag das Boot, das Walther und Fritz-Emil schon im Herbst an Land gezogen und repariert hatten, nicht mehr in der Wirkalonka, wo es gelegen hatte. Walther hatte sich also in der Nacht zuvor darin flußab treiben lassen; eine kluge Idee: so legte er gleich am Anfang einen weiten Zwischenraum zwischen sich und uns und Tiefentalau. Denn die Wirkalonka erreicht irgendwo die Rokitka und die die Netze und die die Warthe und die die Oder. Walther war ein kluger Mann. Susanne und ich fühlten uns sonderbar leer und verlassen, seit wir für niemand mehr heimlich zu sorgen hatten. Aber auch das verging. Die Ostfront rückte Schritt für Schritt näher. Bald würden wir uns selbst auf die Wanderschaft machen müssen.

16

Um das vorige Kapitel niederzuschreiben, habe ich an den vergangenen Tagen jeden Abend bis spät in die Nacht hinein hier an meinem Schreibtisch gesessen, gestern, am Sonntag, sogar schon früh am Morgen beginnend. Ich wundere mich selbst darüber, warum ich so ins Hasten geraten bin. Ich weiß mir keinen zureichenden Grund zu solcher Eile zu nennen. Aber ich bin nun einmal nach jahrelangem Warten und Zögern in Gang gekommen und habe nicht vor, mich zu bremsen. Es sieht ja auch so aus, als ob die Bremserei aus einer anderen Ecke kommen wird. Vor einer halben Stunde hat mir John Fennimoor, unser Nachbar zehn Meilen weiter westwärts, zwei Briefe mitgebracht; den einen von Katlen, den andern von den Freunden Hubert und Hertha Berk aus London. Duplizität der Ereignisse: Katlen und Berks schreiben beide, daß sie nicht erst im Juli bzw. im September mich besuchen werden, sondern schon Ende Juni/Anfang Juli. Heute schreibt man Montag, den 14. Juni. Es bleibt mir also nicht mehr viel Spielraum, mich auf meine Gäste einzurichten. Berks werden wohl zwei, drei Tage später ankommen als Katlen. Das ist mir sehr recht. Dann habe ich Katlen noch ein wenig ganz allein für mich. Lotta muß mir für die Berks das hübsche Gästeblockhaus auf halbem Wege zwischen meinem Haus und dem Hanstedschen Haupthaus reservieren. Da haben sie es dann nach beiden Seiten nicht weit.

Hertha Berk und Lotta Hansted verstehen sich ausgezeichnet, so verschieden sie sind. Und Katlen wird großen Spaß daran haben, die elegante Hertha kennenzulernen, die so amüsant von London zu plaudern weiß und bei all ihrer Weltstädterei so heftig in meine Wildnis verliebt ist. Katlen soll bei mir im Hause schlafen. Mir ist immer ein ganz klein wenig so, als sei Susanne bei mir, wenn Katlen bei mir ist, so sehr scheint mir Katlens Wesen von dem der toten Geliebten geprägt zu sein. Aber das ist schiere Einbildung. Susanne und Katlen sind nicht mit einem einzigen Blutstropfen verwandt. Aber Wünsche – besonders geheime – entpuppen sich ja oft genug als Väter von Gedanken.

Es bereitet mir ein sonderbares Vergnügen, auf diesen Seiten festzuhalten, daß ich das ganze letzte Kapitel aufgeschrieben habe, ohne daß Oky und Lotta merkten, wie mühelos ich in der letzten Zeit mit dem halben Schlaf ausgekommen bin. Wir haben nämlich inzwischen die restlichen Wiesen gemäht. Und da wir herrlich strahlendes Wetter hatten, mit beinahe tropisch heißer Sonne um die Mittagszeit, wurde das geschnittene Gras in Rekordzeit trocken, was ja bekanntlich ein besonders nahrhaftes und aromatisches Heu ergibt. Als wir mit dem Schnitt der letzten Wiese fertig waren, konnten wir ohne Aufenthalt damit beginnen, das Heu von der erstgeschnittenen zusammenzufahren. Jetzt stehen auf allen Wiesen große Schober für den Winter bereit. Oky wird doppelt soviel Jungvieh durch den kommenden Winter bringen, wie er durch den vergangenen gebracht hat. Das ist sehr erfreulich, scheint aber nicht dazu beigetragen zu haben, die zwischen den Eheleuten Hansted schwelende Uneinigkeit zu besänftigen. Offiziell weiß ich immer noch nichts davon, daß Oscar Hansted den Eltern zumutet, die Ranch zu verkaufen, oder daß Oky daran denkt, nach Riske Creek umzusiedeln. Ich bin seltener im Hause Hansted zu Gast als früher, weil mir die unverkennbar gespannte Atmosphäre drüben nicht gefällt. Die beiden glauben natürlich, daß man ihnen nichts anmerkt. Aber ich würde das Zerwürfnis merken, auch wenn Katlen mir nicht reinen Wein darüber eingeschenkt hätte, daß mein geliebtes Refugium hier am Pourquoipas in Frage gestellt ist. Hoffentlich ist diese Ungewißheit bald wieder vergessen. Vielleicht schreibe ich deshalb mit solcher Hast, weil ich fürchte, aus meiner Stille herausgerissen zu werden.

Wenn ich Oky beobachtete, wie selig er war über das viele schöne Heu, wenn ich ihn von dem Jungvieh schwärmen hörte, das er nun ohne Schwierigkeiten durch den Winter bringen würde, wenn ich erlebte, wie er sich und, ohne dessen recht gewahr zu werden, auch mich antrieb, das Heu vor dem nächsten Gewitterregen rechtzeitig zu stapeln, dann begriff ich, wie gründlich Lotta ihren Mann durchschaut, wie sehr sie das für ihn allein Richtige will: in der Tat, Oky gehört hierher auf seine Rodung, seine Ranch, zu seinen Pferden, Wäldern und Bergen. Hier am Pourquoipas ist er angewachsen – und nicht mehr jung genug dazu, noch einmal an anderer Stelle Wurzel zu schlagen – ganz gewiß nicht in einem Allerweltsmotel an einer viel befahrenen Hauptstraße wie der Nr. 3 im Süden an der amerikanischen Grenze.

Mit welcher Liebe hat er den Jagdzug an den mittleren Klinaklini vorbereitet, zu den Remote Mountains, den »Entlegenen Bergen«! Wie sorgfältig hat er die Packlasten zusammengestellt, die Packsättel in Ordnung gebracht, damit den Pferderücken Druckstellen erspart bleiben. Wie umständlich hat er mich zu Rate gezogen, als das Dutzend Pferde ausgesucht werden mußte, die als Reit- und Packtiere die kleine Expedition ins »Entlegene Gebirge« befördern sollten! Betsy hat er mir dagelassen. Und wie unruhig ist er schließlich geworden, als am zehnten Juni die vier Gentlemen aus Chicago nicht wie angemeldet auf den Hof rollten. Als sie auch am Elften nicht auftauchten, hat er vor meinem Haus einen seiner seltenen Wutanfälle bekommen und mich angebrüllt:

»Wenn die Kerle mich sitzenlassen, verklage ich sie auf Schadenersatz. Das lasse ich mir nicht bieten! Sich anzumelden – und dann, ohne abzusagen –! Was denken sich die Burschen! Bringen mir das ganze Programm durcheinander!«

»Oky«, erwiderte ich so ruhig wie möglich, »bitte, ich bin nicht aus Chicago. Außerdem: Von Chicago ins Chilcotin – das ist ein weiter Weg. Vielleicht sind sie heute abend da!«

So geschah es. Die vier Männer hatten unterwegs Pech mit dem Motor ihres großen Wagens gehabt, ein Ersatzteil hatte beschafft werden müssen; sie hatten währenddessen sicherlich genauso auf Kohlen gesessen wie wir. Aber nun waren sie da, und das »Hallo, Oky!« und »How are you, Lotta!« scholl gewaltig durch die Wildnis; die hochgeschnürten Stiefel stampften, die knallbunten Jagdblusen tupften prächtige Kleckse ins Gelände; es wurde gewaltig gelärmt, gelacht, gerufen und geräuschvoll mit Waffen und Geräten hantiert. Die Pferde, solch Getöse von uns drei lautlosen Leuten nicht gewohnt, zogen langsam herbei, standen um den Hofzaun und wollten neugierig wissen, was es gäbe. Oky benutzte die gute Gelegenheit, zwölf oder vierzehn Tiere gleich zu halftern und über Nacht am Zaun festzubinden, damit er am nächsten Morgen nicht erst nach ihnen zu fahnden brauchte. Das war die Strafe für ihre Neugier.

Nun ist die ganze Corona auf und davon zu den Remote-Bergen, den »Entlegenen«; und Lotta und ich erwarten sie erst um den Zwanzigsten bis Dreiundzwanzigsten zurück. Ich bin jeden zweiten Tag einmal im Haupthaus bei Lotta, um zu hören, ob ich gebraucht werde.

Dabei habe ich auch die Hoffnung, daß Lotta vielleicht die Gelegenheit wahrnimmt, mit mir über ihre und meine bedrohte Zukunft auf der Ranch am Pourquoipas zu sprechen. Sich Oky vorzustellen, ohne seine Ranch, ohne die Pferde, ohne die unermeßlichen Einöden ringsum, ohne seine Jagdpartien mit Männern aus fernen, fremden Städten, die ihm dann viele grünliche US-Dollars auf den Tisch blättern – als Entgelt für die Abenteuer und Trophäen, die Oky ihnen beschert hat –, nein, wahrlich, sich Oky ohne dies und vieles andere als zweiten Mann in einem kleinen, klatschneuen Motel an irgendeinem Straßenrand vorzustellen, das scheint mir unmöglich; es klingt beinahe grotesk. Aber Lotta läßt kein Wort davon verlauten. Doch glaubte und glaube ich, ihr eine unbestimmte Befangenheit anzumerken. Ich kann mich aber auch täuschen.

Heute, am 15. Juni, habe ich mich um das Blockhaus für die Berks gekümmert und es seinem Winterschlaf entrissen. Zunächst war das stämmige Gebäude selbst mit Wänden, Flur, Herd und Schornstein sorgfältig herzurichten. Das Moos, das in die Fugen zwischen den Baumstämmen gestopft wird, um dort, wo die Stämme nicht genau und glatt übereinander liegen, die Wände dicht zu machen, dies Moos trocknet nur allzuoft stark zusammen und fällt heraus. Die so entstandenen Lücken müssen wieder gefüllt werden, um Käfern und anderem Getier den Eintritt zu verwehren und um das Innere bei Wind oder Sturm vor spitzen Strahlen von Zugluft zu schützen. Auch am Dach war einiges zu reparieren. Der Eisenherd und sein Schornstein mußten gereinigt, es mußte ausprobiert werden, ob das Feuer gut im Herde brennt und der Schornstein nicht raucht. Den steinernen Kamin an der hinteren Giebelwand kontrollierte ich ebenfalls, sorgte für einen großen Stapel Scheitholz im Holzschuppen der Hütte und schichtete auf dem Kaminrost kleines und kräftigeres Holz so übereinander, daß ein Streichholz den angenehm nach Kien duftenden Scheiterhaufen sofort entflammen würde. Ich weiß, daß Hertha und Hubert gern die Tage damit beschließen, abends, wenn es draußen kühl oder sogar kalt wird, noch für eine Stunde vor den glosenden Scheiten zu sitzen, mit mir, mit den Hansteds oder auch allein, und sich dem uralten, sicherlich schon frühesten Menschheitstagen entstammenden Zauber des wärmenden, flammenden offenen Feuers hinzugeben. Morgen will Lotta mit dem Generalputz beginnen, für Wäsche, Vorhänge, Tischtücher, Geschirr und alles übrige sorgen. Sie möchte die vier Gasthütten, die »guest cabins«, auf Hochglanz gebracht haben, bevor Oky mit seinen vier Jagdkumpanen zurückkehrt, bevor die Feriensaison im Ernst beginnt.

Als wir uns vor zwei Stunden zum Abendbrot niedersetzten, fragte mich Lotta:

»Die beiden Berks besuchen uns zum drittenmal. Es ist, als ob wir uns alle schon ewig kennen. Du hast mir noch nie erzählt, Hans – zum mindesten nicht genau –, wie du eigentlich mit Hubert Berk zusammengekommen bist. Es war am Schluß des Krieges, oder erst danach?«

»Das erzähl' ich dir gern, Lotta.«

Ich glaube schon berichtet zu haben, daß ich mit dem Treck aus Preußisch-Breitenbeil in Schleswig-Holstein den Briten in die Arme gelaufen bin. Ich sollte den Kanadiern »überstellt« werden. Ich war natürlich auf Herz und Nieren zu prüfen. Vielleicht war doch in mir ein Verräter versteckt; vielleicht hatte ich meine neuerworbene Staatsbürgerschaft freiwillig oder unter dem Druck der Verhältnisse vergessen, war zu bestrafen oder auszubürgern oder beides. Ich war darauf gefaßt, viele Monate in Haft verbringen zu müssen. Denn es würde in dem allgemeinen Chaos, das ringsum herrschte, in diesem Dschungel von Ruinen, Brand, Entwurzelung und Jammer, der Jagd nach Schuldigen und dem allgemeinen Krampf nicht leicht sein, zu beweisen, daß man nicht handelnde, sondern nur mißhandelte Person in dem Menschen, Güter und Staaten fressenden Wahnsinn gewesen war, einem Wahnsinn, der nach der Niederlage wie ein Nebel sich hob, um den Ausblick auf furchtbare Greuel freizugeben, die kaum einer in ihrem schrecklichen Umfang gewußt, die viele jedoch geahnt hatten. In einem solchen Sumpf moralischer, seelischer und praktischer Ungereimtheiten, Lügen, Vorspiegelungen und Widersprüche würde es schwerfallen, in meinem eigenen bescheidenen Fall die Wahrheit festzustellen. Zwar hatte ich alle meine Papiere beisammen – wenn man überhaupt Papieren Glauben schenken wollte! –, aber es fehlten alle Zeugen! Der Treck mit den Menschen aus Tiefentalau war ausgelöscht worden. Zwar hatte ich in jener entsetzlichen Winternacht und am Tage darauf keine Spuren entdeckt, die mir den Tod meiner Frau, meines Kindes und der Baronin eindeutig bewiesen. Wahrscheinlich hatten das ungewisse Licht der Nacht und dann der immer dichter fallende Schnee mir alle unverkennbaren Zeichen dafür, daß auch meine Lieben mit den andern Tiefentalauern vernichtet waren, schonend verhüllt. Ich mochte die Umstände abwägen, wie ich wollte: nichts sprach dafür, daß auch nur eine einzige Menschenseele den mörderischen Ketten der Panzer entgangen war. Das bedeutete aber, ich war aller Zeugen für die Jahre vor der Katastrophe beraubt.

Ich gab mich keinen Illusionen hin: Militärbehörden, zivile oder halbzivile Besatzungsbehörden unter britischer, kanadischer, amerikanischer Flagge würden ebenso umständlich, im Grunde uninteressiert und unintelligent, um nicht zu sagen bösartig dumm verfahren wie deutsche, russische oder welche auch immer. Wo man sich grundsätzlich damit befaßt, den Tod en gros anders Uniformierter – natürlich stets im Namen hochtönender Ideale! – vorzubereiten, da kann es auch mit der Achtung vor dem menschlichen Wert des verbrieft auf die gleiche Flagge vereidigten Mitbürgers nicht weit hersein – kann doch kein vernünftiger Mensch daran zweifeln, daß die gleiche Flagge nichts weiter ist als Zufall und weder einen besonderen Wert, erst recht kein Vorrecht darstellt. Wenn Flaggen mehr sein wollen als – bestenfalls – freundliche Heimatabzeichen, dann sind sie schon des Neides, Hochmuts, der Selbstsucht und Überheblichkeit verdächtig – und damit fähig, neuen Haß, neue Feindschaft, neue Vernichtungswünsche heraufzubeschwören.

Als ich erst einmal »im Lager« saß, das aus einer Anzahl

ehemaliger deutscher Arbeitsdienstbaracken bestand, als ich nach zehn Tagen endlich registriert worden war und begriff, daß ich mich wie durch einen Zauberschlag aus »Hans Reckel« in die Nummer 2-C-37 371 verwandelt hatte, zu nichts anderem bestimmt, als »processed«, das heißt »weiterverarbeitet« zu werden, tauchte die Furcht in mir auf, ich könnte irgendwie verquer in die Maschine gedreht, in den falschen Fleischwolf geraten sein. Die Amerikaner haben für diese Neigung der Militärbürokratie, die Fäden hoffnungslos zu verfitzen, einen wunderbaren Ausdruck geschaffen; sie reden von »Snafu«. Das ist natürlich eine Abkürzung, ist die Zusammenfassung der Anfangsbuchstaben der militärisch tönenden Meldung: situation normal, all fouled up – Lage wie üblich: alles durcheinander!

Ehe ich überhaupt noch vernommen worden war, wurde ich mit einigen anderen Männern, die mir alle unbekannt waren, auf einen kleinen Lastwagen gepackt und viele Meilen und Stunden weit durch das schon frühlingshafte Land gekarrt. Doch muß ich bekennen, daß der Frühling mir nur geringe Aufmerksamkeit abzugewinnen vermochte. Unter den Deutschen war ich mehr oder weniger nur auf dem Papier interniert gewesen; erst jetzt, seit die Alliierten meiner habhaft geworden waren, erfuhr ich das Schicksal des Gefangenen am eigenen Leibe. Ich nahm die wildfremden Leute, gleich mir in »Lagern« zusammengesperrt, wochenlang kaum wahr, obgleich ich nicht umhin konnte, mir gelegentlich der Tatsache bewußt zu werden, wie gleichgültig, vielfach auch unmenschlich die inhaftierten Deutschen im Vergleich zu uns wenigen behandelt wurden, die sich nicht-deutscher Staatsangehörigkeit, amerikanischer, kanadischer, südafrikanischer, brasilianischer – um nur einige zu nennen – rühmen konnten, irgendwie durch den Krieg auf der falschen Frontseite überrascht worden waren (sich sicherlich auch in manchen Fällen absichtlich für Deutschland entschieden hatten, denn der Einfluß der nationalsozialistischen Propaganda und des Hitlerschen Programms war keineswegs auf Deutschland beschränkt geblieben, wofür es auch in Kanada unzählige Beispiele gegeben hat). Wir, eine verhältnismäßig kleine, allerdings zunächst im höchsten Maße suspekte Kohorte von mißgestimmten, vielfach auch verzweifelten oder wuterfüllten Männern, bekamen wenigstens genug zu essen, eine Pritsche mit einigen Decken zum Schlafen und wurden sogar vorderhand noch mit »Mister« angeredet.

Die Deutschen, von denen die allermeisten – soweit sie nicht als Kriegsgefangene zu gelten hatten – nach den Bestimmungen des »Automatischen Arrests« eingesammelt waren, wurden nur höchst jammervoll ernährt, bekamen nur 800 Kalorien am Tag zugebilligt und wurden in völlig leeren, oft aufs übelste verwanzten Baracken eingesperrt, wo sie dann bisweilen jahrelang darauf warteten, »eingestuft« zu werden, als »aktive Nazis« schweren, mittleren, leichteren Grades, als bloße »Mitläufer« oder als solche, die »vom Gesetz nicht betroffen« waren; auch die letzteren haben zum Teil jahrelang auf die Befreiung warten müssen, dämmerten tatenlos dahin, bekriegten die Wanzen, verfluchten sich, Gott, Hitler und die »Amis« und lernten, wenn sie etwas beweglicher waren und einen Lehrer unter den Mitgefangenen fanden, Sanskrit, Englisch, Stenographie oder Trigonometrie. Ich geriet, wie gesagt, in die Mühle eines niemals aufgeklärten, verzwickten »Snafu«. Offenbar war ich mit jemand verwechselt worden, der Recke oder Roeckel hieß, eine ähnliche Nummer mit sich herumschleppte wie ich und den Amerikanern auszuliefern war, weil er amerikanische Staatsbürgerschaft besaß oder zu besitzen vorgab. Ich wanderte also durch verschiedene Lager – ich weiß längst nicht mehr, wie sie hießen und wo sie lagen –, wurde nie gefragt, nur immer »überstellt«, ohne daß ich auch nur im geringsten begriff, was das alles zu bedeuten hatte.

Schließlich landete oder strandete ich endgültig in einem riesigen Internierungslager in der Nähe der alten Universitätsstadt Marburg. Viele Tausende von Deutschen hockten dort in verwanzten und verlausten Holzbaracken, einer ganzen trostlosen Stadt, und warteten darauf, »vernommen« und »bearbeitet« zu werden. In der Nähe der Verwaltungsbaracke, in welcher die Vernehmungen stattfanden, war hinter hohen Stacheldrahtzäunen mit »Todesstreifen« und allem sonstigen Lagerklimbim, mit bewehrten Wachttürmen und Postenstreifen, ein kleines Sonderlager für Angehörige der alliierten Staaten eingerichtet, die nach der deutschen Kapitulation auf der deutschen Seite der Fronten aufgegriffen worden waren. In dieses Sonderlager wurde auch ich eingewiesen. Warum ich hier bleiben durfte und nicht wieder weiterspediert wurde, warum ich hier zum erstenmal ernsthaft befragt und dann stets gründlicher und eingehender über Woher und Wohin, Warum und Wieso vernommen wurde und nicht nur wie bisher »registriert«, ist mir bis zum heutigen Tage ebenso ein Rätsel geblieben, wie es mir damals schon eines gewesen ist. Alle meine Hinweise, daß ich bei den Amerikanern nichts zu suchen hätte, sondern verlangte, den kanadischen Militärbehörden ausgeliefert zu werden, stießen auf taube Ohren. Immer hatte es geheißen: Ihre Papiere sind nicht klar; Ihre Identität ist nicht eindeutig; wir müssen Sie an das Lager soundso überweisen; dort ist man auf Fälle wie den Ihren besser eingerichtet. Ehe mir solches gesagt wurde, hatte ich meistens schon drei oder vier Wochen in dem jeweiligen Lager verwartet. Endlich, da bei Marburg, in dem Riesenlager weit außerhalb der Stadt, wurde ich von den Zähnen des großen Reißwolfs erfaßt und gründlich »durchleuchtet«, »screened«, wie es genannt wurde, das heißt: vor den militärischen, politischen, moralischen Röntgenschirm gestellt.

Über die etwa sechs Monate, die ich in amerikanischen »Interrogation-camps«, »Befragungs- oder Untersuchungslagern« verbrachte, könnte ich allein ein dickes Buch schreiben. Als Titel würde ich etwa »Snafu-Polka« vorschlagen. Aber wen interessierte das schon! Die Kinder und Enkel, für die ich – abgesehen von meinem eigenen Spaß daran – dies vor allem aufschreibe, würden kein Wort mehr davon begreifen. Sie haben keinen Krieg, schon gar nicht einen Weltkrieg, bewußt miterlebt und vermögen sich den ebenso grotesken wie blutig-irren Widersinn eines solchen, eines jeden Krieges überhaupt nicht mehr vorzustellen. Ich glaube, daß Menschen wie meine Katlen, auch – Gott sei Lob und Dank! – Fritze und ihre und seine Kinder zu der surrealistischen, blutgierigen Perversion eines Krieges gar nicht mehr fähig sind. Ich will bescheidener sein und sagen, daß ich dies wenigstens erhoffe! Ich habe mein Äußerstes getan, es ihnen klarzumachen.

Aber zweierlei aus jenem völlig verrückten Jahr 1945 gehört noch hierher. Es ist ja nichts im Leben absolut nutzlos oder absolut vergeblich. Wenn man Augen und Ohren aufsperrt und vor allem nicht vergißt, daß man selber auch nur ein Mensch unter Menschen ist – das ist albern wenig, aber es kann auch manchmal viel sein! –, dann nimmt man aus jeder Situation ein Quentchen neuer Erfahrung oder Einsicht in die Zukunft mit. Am Ende unserer Zukunft als einzelne steht allerdings nur der Tod – aber, frage ich mich von Jahr zu Jahr häufiger: ist der Tod das Ende? Es wäre schade, wenn der im Laufe eines Lebens angesammelte Fundus an Einsichten und vielleicht sogar Wahrheiten mit dem Tode einfach zerblasen würde.

Im Lager bei Marburg habe ich zwei allerbeste Freunde gewonnen: Sascha Blumstein und eben Hubert Berk, der vielleicht schon in einer Woche bei mir hier am Pourquoipas-See eintreffen wird.

Als ich Sascha Blumstein Ende August 1945 zum erstenmal gegenübersaß, sank mir zunächst – mit Verlaub zu sagen – das Herz in die Hosen. Der etwas klein geratene, ein wenig dickliche Mann mit dem runden, glatten Gesicht unter fahlblondem Haar, das zur Bürste geschnitten war, schien in die Uniform des amerikanischen Hauptmanns so wenig zu passen, als hätte er sich nur darin verkleidet. Eine zivilere Erscheinung ließ sich kaum vorstellen. Unscheinbar hockte der militärisch kostümierte kleine Apotheker oder Kramwarenhändler oder Kinobesitzer – oder was sonst vor dem Kriege sein Beruf gewesen sein mochte – hinter einem riesengroßen Tisch voller Akten, Bücher und Broschüren, als wollte er sich dahinter verstecken. Er blickte nicht auf, als mich ein Posten aus unserer Wohnbaracke in das Vernehmungszimmer geführt hatte.

»You are te be processed today, Mr. Reckel!« hatte mir der noch sehr jugendliche Soldat bedeutet, als er mich nach dem Frühstück abholte. »Sie sollen heute bearbeitet« (oder verarbeitet – wie man übersetzen will) »werden, Herr Reckel!« Ich kannte das schon zur Genüge: Personalien mit Eltern und Großeltern nicht nur von mir selbst, sondern auch von meiner Frau. Und dann: »Das ist alles für heute. Sie werden demnächst zur Sache vernommen werden.« – Danach dann weiteres Warten, Warten und schließlich Transport in ein anderes Lager. Erhob ich Protest – was ich dreimal versucht hatte –, so hieß es: »Das müssen Sie schriftlich machen, damit ich es weitergeben kann. Ich werde sowieso bald abgelöst, fahre nach Hause; für mich ist der Krieg zu Ende!« Ich »machte es schriftlich« – aber darauf erfolgte nie das geringste. Ich hatte es also aufgegeben.

Hier nun, in diesem Lager bei Marburg, hatte ich bereits länger gesessen als in allen vorherigen. Hier war ich aus der qualvollen Benommenheit, in die mich der Untergang der Menschen, die ich liebte, gestürzt hatte, nach dem sinn- und ziellosen Entzug meiner Freiheit, den Zweifeln an meiner Identität, der Ohnmacht, eine geistlos vor sich hin dröhnende bürokratische Walze aufzuhalten, aus all diesen in jeder Hinsicht unvernünftigen Betäubungen, deren schiere Blödsinnigkeit mich wie hypnotisiert hatte, war ich gerade hier in dem großen Lager bei Marburg erwacht. Unmerklich hatte ich mich im Laufe der Monate den Umständen angepaßt, in die ich geworfen war; und langsam war in mir die Einsicht aufgestiegen, daß es darauf ankam, eine besondere und möglicherweise gewaltsame Methode zu entwickeln, das Snafu, in das ich verstrickt worden war, zu sprengen. Nicht geringer Anteil an dieser Erkenntnis ist Hubert Berk zuzuschreiben, dem ich in diesem Lager schon am zweiten Tag begegnet war, dem allerersten Menschen, der für mich seit meiner Verschleppung (ja, Verschleppung ist der richtige Ausdruck) wieder ein menschliches Gesicht zu haben schien; ich hatte mich wie unter lauter anonymen Masken bewegt, war vielmehr bewegt worden. Doch zurück zu Blumstein!

Der kleine Mann hinter dem Schreibtisch also hatte nicht aufgeblickt, als ich in den Raum getreten war, las angestrengt in einem Aktenstück, winkte nur nachlässig mit einer bleistiftbewehrten Hand und murmelte: »Nehmen Sie irgendwo Platz!«

Die angestaute Vergeblichkeit der vergangenen Zeit entlud sich in diesem Augenblick, entzündete sich an diesem »irgendwo«. Ohne Rücksicht auf den Lärm, den ich dabei vollführte, zog ich mir einen Stuhl an die andere Seite des Schreibtischs, dem Offizier gerade gegenüber, legte meinen Unterarm aufs Holz, beugte mich etwas über die Kante und redete den Mann mit dem Bürstenhaarschnitt und den dicken, bläßlichen Brauen über den Augen (die ich nicht sehen konnte, sie waren zum Lesen niedergeschlagen), redete ihn also an, wesentlich lauter, als nötig gewesen wäre:

»Wenn hier wieder nichts weiter festgestellt werden soll als meine Personalien, Sir, dann nehmen Sie, bitte, zur Kenntnis, daß ich jetzt und in Zukunft Auskünfte über meine Personalien verweigere, da sie inzwischen bekannt sein dürften. Ich bin mir keiner Schuld bewußt. Ich werde jetzt seit mehr als fünf Monaten ständig verlegt. Ich verlange, daß ich endlich mit den Vorwürfen oder Anklagen konfrontiert werde, die man mir offenbar macht. Ich wüßte sonst nicht, warum ich von den Amerikanern festgehalten werde. Ich will entweder im Zusammenhang vernommen oder der nächsten kanadischen Division ausgeliefert werden. Ich bin Kanadier und möchte nach Hause!«

Dem Mann mir gegenüber blieb nichts weiter übrig, als die Augen von seinem Aktenstück zu erheben. Er blickte mich mit leicht gerunzelten Brauen erstaunt an. Sein Blick traf mich wie ein leichter elektrischer Schlag. Aus dem rundlichen Allerweltsgesicht fixierten mich erstaunlich große und im Gegensatz zu aller sonstigen Bläßlichkeit stark blaue Augen. Auch die Stimme klang bestimmter und kräftiger, als man dem unscheinbaren Mann zutrauen wollte:

»Nach Hause? Nach Hause möchten wir alle nach diesem ekelhaften Krieg. Ich wäre lieber bei meiner Familie in New York, als mich hier mit Ihrer schon recht stattlichen Akte zu beschäftigen. Aber es muß ja einiges aufgeräumt werden nach all der Gewalt, die geschehen ist. Dies Aufräumen fällt dann meistens uns Juristen zu, wenn die Helden mit den vielen Orden längst wieder ins Privatleben zurückgekehrt sind. Nehmen Sie erst einmal eine Zigarette!«

Ich nahm keine Zigarette, was den kleinen Mann in Hauptmannsuniform verlegen zu machen schien. Er zog die zerdrückte Packung »Camel« wie betreten wieder zurück und fuhr mit einem gewissen Eifer fort:

»Ich habe bereits festgestellt, daß Sie viel umhergeworfen worden sind. Aber glauben Sie ja nicht, daß inzwischen in Ihrer Sache nichts geschehen ist. Es ist eine ganze Menge von Material zusammengelaufen. Ich glaube, es sollte möglich sein, jetzt zu einem Abschluß zu gelangen. Lassen wir also die Personalien. Es ist ja wirklich idiotisch, dauernd bekräftigen zu müssen, daß man ist, wer man ist. Bei Ihnen ist das längst erwiesen. Aber warum wollen Sie unbedingt in den kanadischen Bereich? Es war zwar ein wunderbarer Snafu, der Sie zu uns Amerikanern herübergetrudelt hat. Aber nachdem er stattgehabt hat, wenn ich mir diesen Vorschlag erlauben darf, würde ich Ihnen empfehlen, Ihre Sache hier und jetzt durchzupauken. Sie haben es dann in jedem Fall hinter sich. Wir stehen in dem Ruf, viel schärfer zu sein als die übrigen Siegermächte und der Moral überall zum Siege zu verhelfen. Ganz falsch ist das nicht. Allerdings decken sich nicht überall Absicht und Verwirklichung.«

Die Reihe, erstaunt, ja verdutzt zu sein, war längst an mir. Ich blickte auf meine Hände hinunter und erwiderte: »Gut! Ich wäre froh, wenn die Fragerei endlich losginge. Aber werden meine Leute das Ergebnis später anerkennen?«

»Davon bin ich überzeugt. Unsere Untersuchungsvorschriften sind so streng, daß Sie die Kontrolle bei Ihren eigenen Leuten später mit Glanz und Gloria überstehen werden. Es sollte sich dann nur noch um eine Formsache handeln. Außerdem bin ich Strafverteidiger im Zivilberuf und weiß, daß man sich um seine Klienten besonders kümmern muß, wenn sie freigesprochen werden. Falls wir zu dem Ergebnis kommen, daß Sie unfreiwillig hinter die deutschen Linien geraten sind und daß Sie dahinter nichts unternommen haben, was die Interessen der Alliierten geschädigt hat, werde ich persönlich dafür sorgen, daß die kanadischen Kollegen sich meinem Untersuchungsergebnis anschließen. Im übrigen aber rate ich Ihnen, sich in Geduld zu fassen. Hunderttausende, Millionen von Soldaten wollen wieder nach Hause. Die Zahl der Schiffe hat nicht zugenommen, im Gegenteil! Die Seewege sind vermint, die Häfen zerstört, die Eisenbahnen zerfetzt. Hier im Lager sind Sie zwar nicht sehr komfortabel aufgehoben; aber Sie werden ausreichend versorgt. Als Zivilist heute in Deutschland draußen –? Das ist eine so jämmerliche Existenz, wie sie sich selbst eine sehr bösartige Phantasie nicht auszumalen vermag.« Ich besaß allerdings keine Vorstellung davon, wie es im besiegten Deutschland aussah, war ja nach der Flucht aus Tiefentalau sofort interniert worden. Auf dem Treck nach Westen mit den Leuten aus Preußisch-Breitenbeil hatten wir alle größeren Städte vermieden. Ich hatte das flache Land im wesentlichen unversehrt gefunden. Was die Leute von den Zerstörungen in den Großstädten berichteten, war mir unwirklich geblieben.

Ich erwiderte verdrossen:

»Lassen wir das auf sich beruhen. Zunächst habe ich nur den einen Wunsch, zu erfahren, was mir vorgeworfen wird, und zu erfahren, ob ich noch Kanadier bin oder nicht. Wie ich mich danach verhalte, wird sich finden. Sie sagten mir, daß die Akte, die Sie vor sich liegen haben, meinen Fall betrifft. Es scheint, nach der Stärke des Aktenhefters zu schließen, schon eine Menge Papier über mich vollgeschrieben zu sein. Die Dokumente, die ich ursprünglich abliefern mußte, werden ja auch in der Akte zu finden sein. Es sollte nach alldem deutlich sein, daß mir nichts vorzuwerfen ist. Warum zieht man, warum ziehen Sie daraus nicht die praktischen Schlußfolgerungen und lassen mich laufen, beziehungsweise nach Kanada zurückkehren, damit ich mich dort um meine Kinder und meine Geschäfte kümmern kann?«

Der kleine Mann lehnte sich in seinen Stuhl zurück und blickte mich durchdringend an:

»Erstens: Dokumente können fabriziert und gefälscht sein und müssen gegenbestätigt werden. Zweitens: selbst wenn man unterstellt, daß die Dokumente echt sind, offenbart Ihre Beweisführung bei genauerem Zusehen eine Reihe von Lücken, weshalb ich Sie sehr genau werde befragen müssen. Ich bin an dieser Stelle kein Verteidiger, sondern Ankläger und Richter in einer Person. Ich warne Sie also: alles, was Sie sagen, kann gegen Sie ausgelegt werden. – Drittens: es ist in Ihrem eigenen Interesse notwendig, Ihre Rechtfertigung – wenn Sie Ihnen gelingen sollte – hieb- und stichfest und vor allen Dingen aktenkundig zu machen, damit sie auch in Zukunft und an jedem Orte gültig bleibt. Viertens, und das ist mir eigentlich die Hauptsache: warum haben Sie es so eilig, nach Kanada zurückzukehren, wenn noch gar nicht erwiesen ist, daß Ihre Frau und Ihr Kind tot sind?«

Ich blickte den Frager starr an. Alle Farbe mußte aus meinem Gesicht gewichen sein. Was fragte der Mann da? Tonlos brachte ich heraus:

»Meine Frau und mein Kind sind tot. Ich habe auf dem Schauplatz der Vernichtung des Tiefentalauer Trecks keine Spur mehr von ihnen entdecken können.«

»Gerade das macht stutzig, nicht wahr?«

Ein Schwindel wollte mich erfassen. Ein Abgrund hatte sich urplötzlich neben mir aufgetan. Hatte ich damals versagt? Hätte ich weiter suchen müssen? Wie ein scharfer Pfeil fuhr mir der Gedanke ins Herz: Könnten sie noch am Leben sein? Es war ja richtig, was der Mann vor mir sagte: gerade weil ich nichts gefunden hatte, nichts, waren sie vielleicht der Katastrophe entgangen. Doch nein, das war nicht denkbar; ich erwiderte:

»Sie haben den Schauplatz, auf dem der Treck vernichtet worden ist, nicht gesehen, Sir. Fünfzig Panzer oder mehr hatten in einer ganz schmalen Passage alles vor sich her niedergewalzt, zermalmt, in den Boden gestampft, bis dieser Boden, verbacken mit Schnee, wieder glatt geworden war, geriffelt von mahlenden Laufketten. Neuer Schnee war darauf niedergegangen. Es war nichts mehr zu erkennen. Nur Reste von Pferden an einigen wenigen Stellen, zerbrochenes Holz, verkrümmte Eisenteile; von Menschen so gut wie nichts. Der neue Schnee löschte schließlich alle Einzelheiten endgültig aus.«

Der Mann mit den klugen Augen unter den hellblonden Brauen betrachtete mich kühl, wie aus weiter Ferne:

»Wie dem auch sein mag – Sie können nicht unbezweifelbar nachweisen, daß Ihre Frau und Ihr Kind mit dem Treck umgekommen sind. Theoretisch könnten sie noch am Leben sein. Worauf sich sofort die Frage erhebt: welches Interesse können Sie in Ihrer augenblicklichen, nicht besonders beneidenswerten Lage daran haben, den Tod von Frau und Kind zu behaupten – oder das Überleben beider zu verschweigen?«

Was wollte dieser Mann von mir? Wo wollte er mit seinen qualvollen, an den Haaren herbeigezogenen Fragen hinaus? Ich hatte das Gefühl, als fange der kahle, schattige Amtsraum sich um mich her zu drehen an; allein bewegungslos in dem Gekreisel blieb das rundliche Gesicht des Mannes mit dem Bürstenhaar; seine Augen blickten mich starr, groß und zwingend an. In diesen Sekunden erst stürzte, was mir der Krieg angetan hatte, in seiner furchtbaren Erbarmungslosigkeit, seiner vollkommenen Sinnlosigkeit über mich herein.

Durch die Wochen und Monate zuvor war ich – seit der grausigen Nacht in jenem Hohlweg am Flüßchen Kublinka – wie unter einer Tarnkappe getaumelt, hatte getan, was der Augenblick erforderte, aber niemals viel weiter voraus als bis zum nächsten oder übernächsten und niemals weiter zurück als bis zum vergangenen oder vorvergangenen Tage die Gedanken schweifen lassen, im Grunde unfähig, die Verluste anzuerkennen oder auch nur zu fassen, die mich getroffen hatten.

Und jetzt saß da vor mir dieser kleine, dickliche Mann mit Augen, die mich anblickten – wie man wohl zwei Autoscheinwerfer wahrnimmt – in der Ferne – bei großer Dunkelheit –, und sagte mir auf den Kopf zu, daß »theoretisch« meine Frau noch leben könne.

»Theoretisch«, ja, vielleicht – aber praktisch, Herrgott, nein! Ich wußte es in diesem Augenblick auf dem knarrenden Holzstuhl vor dem aktenschweren Tisch mit dem kleinen Mann und den starken Augen dahinter, wußte es so genau, als wäre ich dabeigewesen: sie ist tot, hat ihr Kind in den Arm genommen, hat sich vom Tod verschlingen lassen müssen wie Millionen anderer Menschen in diesem grauenhaften Krieg; der Krieg war zwar nun ausgebrannt, schleppte aber ein stinkendes Kielwasser von weiterem Elend, Jammer, Irrsinn und neuer Gewalt hinter sich her.

Dieser kleine Mann hatte mit wenigen gezielten Schlägen die Schutzhülle zertrümmert, die mich in den vergangenen Monaten davor bewahrt hatte, wahnsinnig zu werden. Die Starre, die mich gestützt und gerettet hatte, löste sich nun. Ich konnte es nicht zurückdämmen: ich brach in Tränen aus; ein nicht zu bezähmender Weinkrampf schüttelte mich. Ich biß die Zähne zusammen und preßte ein Tuch vor die Augen und konnte nur mit äußerster Willenskraft verhindern, mein Schluchzen hörbar werden zu lassen. Den Mann vor mir hatte ich vergessen.

Ich weiß nicht, wieviel Zeit verging, ehe ich langsam meiner wieder Herr wurde. Als ich endlich wieder imstande war, mich meiner Umgebung zu erinnern, und das Tuch von den Augen nahm, wurde mir bewußt, daß ich während des ganzen, eigentlich peinlichen Auftritts beobachtet worden war. Die Augen mir gegenüber blickten nicht mehr kalt und forschend. Ich fühlte eine unbestimmte Wärme und Freundlichkeit, die sich mir vermitteln wollten. Der Mann ließ sich erst jetzt vernehmen – mit trostreicher Selbstverständlichkeit:

»Kann mir denken, daß der Verlust Sie schwer mitgenommen hat. Aber das Leben geht weiter; es geht vorläufig immer noch weiter. Ich werde Sie weiter befragen müssen. Für heute wollen wir die Sache auf sich beruhen lassen. Glauben Sie, daß wir morgen verschiedene Details erörtern können?«

Ich hatte mich wieder in der Gewalt und erwiderte:

»Yes, Sir, of course!«

»Please, don't call me ›Sir‹ anymore! Call me Captain or simply Mr. Blumstein!« Er sprach den Namen auf amerikanische Manier aus. Wollte er wirklich nett sein, oder wollte er nur mein Mißtrauen einschläfern?

»Thank you, Sir!« sagte ich, und wir mußten beide ein wenig lachen, weil ich es gleich wieder falsch gemacht hatte. Der Erste Weltkrieg, in dem ich Soldat gewesen war, saß mir versteckt immer noch in den Knochen und kam vor einer Uniform wieder zum Vorschein wie Kasperle aus dem Kistchen mit dem Schnappdeckel.

Der Stacheldraht, der unser kleines Sonderlager in dem riesigen Vernehmungslager für Nationalsozialisten jeden Ranges von den Deutschen trennte, hatte sich wieder hinter mir geschlossen. Vor unserer mäßig großen Baracke, in der ich mit vierzehn weiteren verdächtigen Nichtdeutschen hauste, erwartete mich Hubert Berk. Auch er war bisher nicht ernsthaft vernommen worden und wollte natürlich so schnell wie möglich erfahren, was mit mir angestellt worden war. Er kam mir entgegen:

»Hans, wie siehst du aus? Hat man dir was getan? Um die Augen bist du ganz gedunsen.«

»Getan? Nein! Keiner hat mir was getan. Ich habe nur geheult. Das ist alles!«

»Geheult hast du? Im Ernst? Kann ich mir bei dir kaum vorstellen. Wieso geheult?«

»Das ist leichter gefragt, Hubert, als beantwortet. Wir wollen uns hinter der Baracke einen stillen Platz suchen. Vielleicht kann ich einiges erklären.«

Das Schicksal Hubert Berks wies eine merkwürdige Ähnlichkeit mit dem meinen auf. Hubert hatte schon eine Weile in diesem Lager gesessen, als ich eingeliefert wurde. Er hatte das Bett neben dem meinen inne. Im allgemeinen war ich bisher nicht bereit gewesen, meine Umstände mit den fremden Menschen zu erörtern, mit denen mich der Zufall bisher in den Lagern zusammengeführt hatte, mochten auch manche nur allzugern mit ihren Schicksalen – allerverrücktesten und höchst unglaubwürdigen darunter – hausieren gehen.

Hubert jedoch hatte sich am ersten Abend, als ich mit offenen Augen auf meiner Pritsche lag und ins Balken- und Sparrenwerk der Decke starrte, so vorsichtig an mich, den Neuling, herangetastet, daß ich gar nicht gewahr wurde, wieviel ich ihm schon in dieser Anfangsstunde von meinen persönlichen Verhältnissen verraten hatte. Er hatte sehr knapp und in Andeutungen von seinem eigenen Geschick berichtet – und da ich in jenen Tagen, wie ich schon andeutete, zum erstenmal aus dem lähmenden Schock erwachte, in den mich der Untergang der Menschen, die ich liebte, gebannt hatte, so wurde ich aus meiner seit den Januartagen 1945 nicht mehr gewichenen starren Abkapselung hervorgelockt – durch diesen Hubert Berk. Es ergab sich beinahe von selbst, daß wir uns enger aneinander anschlossen, als die zufällige Nachbarschaft der Betten und die Baracken-, die Interniertenkameradschaft erfordert hätten.

Hubert hatte nach dem Ersten Weltkrieg Geologie und Bergbau studiert und hatte sich in der zweiten Hälfte der zwanziger Jahre in die Goldgruben am Witwatersrand in der damaligen Union von Südafrika anwerben lassen. Die interessante und gutbezahlte Arbeit auf dem windigen Hochplateau behagte dem jungen Mineningenieur. Er kam schnell voran und stieg bald zu einer leitenden Stellung auf. Es gefiel ihm, daß man in diesem jungen Land der bitter kalten, staubigen Winter und der trocken heißen, staubigen Sommer nicht erst die Ochsentour abzuhaspeln hatte, ehe man etwas wurde, sondern daß der einzelne lediglich zu beweisen hatte, daß er zu schnellen und intelligenten Entscheidungen fähig war, um sich aus der Masse der durchschnittlichen Begabungen herauszuheben. Bei einem Besuch 1932 in Deutschland fand er die Verhältnisse dort so unerfreulich, entsetzte ihn die Unfähigkeit der demokratischen Politiker, mit dem politischen Rowdytum von rechts und links fertig zu werden, derart gründlich, daß er nach der Rückkehr nach Johannesburg die Einbürgerung in die Union von Südafrika beantragte. Schon zwei Monate später war er Südafrikaner.

Die Verwandlung des Deutschen Hubert Berk in den Südafrikaner Hubert Berk hatte sich – mutatis mutandis – genauso abgespielt wie meine eigene aus einem Deutschen in einen Kanadier. Wir haben beide den bewußt und begründet vollzogenen Erwerb eines neuen Heimatlandes nicht zu bedauern gehabt und bedauern ihn auch heute nicht. Anderen Leuten, die niemals die heimatlichen Penaten verließen, haben wir die Erfahrung voraus, daß die Heimat, in welche man als Kind hineingeboren wurde, um in ihr aufzuwachsen, durch nichts zu ersetzen ist – falls man eine glückliche Kindheit gehabt hat –, daß aber eine neue Heimat, die man sich als Mann erst erringen mußte, viel bewußter und unmittelbarer, damit befriedigender und freudereicher erlebt, daß die neue Heimat in vollem Wortsinn »an-geeignet« wird. Die neue Heimat wie diese kanadische um mich her – ich brauche nur den Blick von dem Papier zu erheben, auf dem ich im Augenblick den Kugelschreiber gleiten lasse, um sie in ihrem strahlenden Zauber in mich aufzunehmen –, die neue Heimat wurde wahrhaft »meine« Heimat, sie ist keine zufällige, wie die, in die ich hineingeboren wurde. Hubert und ich konnten in den vielen Stunden der uns aufgezwungenen Muße endlos diese Zusammenhänge erörtern. Wir wurden nicht müde, mit viel Phantasie weitere Begründungen und Bestätigungen dafür zu suchen, warum wir und zu welchem Ende wir die angeborene mit einer frei gewählten Staatsbürgerschaft vertauscht hatten. Denke ich allerdings heute, mehr als ein Vierteljahrhundert später, an unsere damaligen Gespräche zurück, so werde ich den Verdacht nicht los, wir hätten uns damals nur vorrechnen wollen, wie wir nichts mit der unbegreiflichen deutschen Verirrung von 1933 bis 1945 zu schaffen hatten, nun uns also für berechtigt halten konnten, den Staub des geschlagenen Landes möglichst bald wieder von unseren Sohlen zu schütteln – unterschwellig aber dabei zu empfinden, daß man das elende, mißleitete, betrogene und vernichtete Land in seinem Jammer nicht im Stich lassen sollte.

Vielleicht verdiente also Huberts und mein Wunsch, wieder nach Kanada und Südafrika »heim«zukehren, in Wahrheit nur das Motto: die Ratten verlassen das sinkende Schiff –

oder genauer: die Ratten bemühen sich verzweifelt, das schon so gut wie gesunkene Schiff zu verlassen.

Um auf Huberts Vorgeschichte zurückzukommen:

Hubert Berk war also Südafrikaner geworden und stolz darauf, nachdem er das Tohuwabohu der Straßenschlachten Braun gegen Rot in Berlin erlebt und die Hilflosigkeit der Demokraten (die da dem kindlich blöden Glauben huldigten, daß die Rechte der Demokraten auch den erklärten Feinden und Zerstörern der Demokratie nicht verweigert werden dürften) in praxi mit angesehen hatte. Aber Hubert war immer noch Junggeselle. Als nüchterner Mann sagte er sich, daß er sich mit vierunddreißig Jahren die Stiefelsohlen zur Genüge abgelaufen hatte und daß es höchste Zeit war zu heiraten, wenn er nicht ranzig und einer Frau, wie er sie sich erträumte, unzumutbar werden wollte. Er hatte sich unter den Töchtern des neuen Landes schon vielfach umgesehen, aber stets die gleiche Erfahrung gemacht: die Mädchen burischer Herkunft wollten den tüchtigen, gutaussehenden Deutschen zwar haben, waren ihm aber zu simpel und grobschlächtig; die Mädchen englischer Herkunft hielten sich zu gut für einen »frisch eingewanderten Deutschen«, waren ihm also zu hochmütig; die Vorstellung, für den Rest seines Daseins Dankbarkeit mimen zu müssen, weil ihm ein patentiert echtes englisches Girl die Hand zum Bunde zu reichen bereit gewesen war, sein Leben lang Whisky anstatt Rüdesheimer oder Münchener Löwenbräu trinken zu müssen, nein, die Aussichten waren ihm höchst unsympathisch.

Also hatte er einzusehen, daß auch in der neuen Heimat eigentlich nur ein Mädchen aus der alten die Aussicht auf eine erträgliche und haltbare Ehe anzubieten hatte. Er beschloß also, nach Deutschland auf die Freite zu fahren – und setzte damit jene Kette von Ereignissen in Bewegung, in der er sich schließlich verhedderte.

Zunächst konnte er nach dem ausführlichen Europaurlaub im Jahre 1932 seiner Gesellschaft nicht so bald wieder eine neue lange Abwesenheit zumuten, dazu war er bei aller Tüchtigkeit noch nicht alt und unentbehrlich genug. Auch ergaben sich gewisse berufliche Schwierigkeiten in der Firma, sein schneller Aufstieg hatte Neid erweckt; er riskierte, daß ihm das Stühlchen vor die Tür gesetzt wurde, wenn er allzu lange außer Landes ging. Er hatte also bis auf weiteres in Johannesburg zu bleiben, um seine Position in der Minengesellschaft auszubauen. Ohne eine sichere und einträgliche Stellung wollte und konnte er ohnehin nicht heiraten. Also hatte er noch einige Zeit zu warten. Die Jahre rannen ihm unter den Händen davon. Es wurde schließlich 1939, ehe er in Kapstadt das Schiff der »Deutsch-Ostafrika-Linie« besteigen und gen Europa abdampfen konnte. Von schnellen Flugverbindungen für den Privatmann war damals erst im gleichen Stil die Rede, wie wir zur Zeit von Gruppenreisen zum Mond fabeln, zu buchen beim nächsten Reisebüro.

Huberts Schiff lief als ersten Hafen Walvis Bay an der Südwester Küste an, um einige Ladung und eine kleine Anzahl von Passagieren an Bord zu nehmen. Unter den neuen Passagieren gab es eine junge Deutsche von etwa achtundzwanzig Jahren, die bei Verwandten, bedeutenden Karakulfarmern, in der Gegend von Okahandja zu Gast gewesen und großen Geschmack an dem freien Leben in den Trocken- und Dornbuschsteppen am Rande der Kalahari gewonnen hatte. Ihr Name lautete Hertha Meyers.

Hubert sagte sich schon am zweiten Abend, nachdem der Obersteward die junge, forsche Dame neben Hubert im Speisesaal an den Kapitänstisch placiert hatte, daß er offenbar mit Talent zum Glückspilz ausgestattet war. Dieses Fräulein Meyers gefiel ihm; er glaubte sogar, sich nicht entsinnen zu können, daß ihm je ein anderes Mädchen ebenso gut gefallen hätte. Hertha Meyers erklärte ihrem Tischnachbarn bereits am dritten Tage, daß sie nicht viel von Schiffsbekanntschaften halte, was jedoch nicht hinderte, daß sie den schon nicht mehr übertrieben jugendlichen Zufallskavalier mit seinen leicht ergrauenden Schläfen und dem scharf geschnittenen Kopf sehr passabel fand.

Um die lange und amüsante Geschichte kurz zu machen: Hubert machte der jungen Dame in einer schönen Meeressommernacht einen Antrag, als das Schiff auf seiner Nordreise die Breite von Kap Finisterre erreicht hatte. Aber er blitzte ab. Fräulein Meyers pflegte ihre Grundsätze nicht zum Spaß zu verkünden: sie hielt nichts von Schiffsbekanntschaften, selbst nicht so netten wie dieser.

Hubert war Mißerfolge nicht sehr gewohnt. Über Mangel an Hartnäckigkeit hat er sich auch nie zu beklagen gehabt. Er erklärte also: wenn nicht auf See, dann eben an Land. Ob Fräulein Meyers ihm gestatten würde, in Düsseldorf noch einmal um ihre Hand anzuhalten, nachdem er den Eltern seine Aufwartung gemacht hätte. Herthas Vater war Kaufmann und, wie es schien, kein übertrieben armer. Hertha sagte nicht ja und nicht nein, erklärte statt dessen, daß die Eltern geplant hätten, die Rückkehr der einzigen Tochter unter vier Kindern durch einen Ferienaufenthalt in Salzburg zu feiern. Sie, Hertha, sei nämlich, worauf sie Hubert nachdrücklich hinwies, ins trockene südwestafrikanische Hochland geschickt worden, weil die Ärzte bei ihr den berüchtigten »Schatten in der Lunge«, also Anzeichen einer drohenden Tuberkulose, festgestellt hätten. Nun hätte die leichte, kristallene Steppenluft zwar den »Schatten« aufgelöst, aber die Disposition zu so schwerer Krankheit bleibe sicherlich bestehen.

Hubert hat dies Geständnis, das ihm wichtiger und bezeichnender erschien als die Ablehnung seines ersten Antrages, als das genommen, was es wahrscheinlich darstellte: als ein heimliches und unabsichtliches Zeichen dafür, daß er dieser Hertha Meyers durchaus nicht gleichgültig geblieben war.

Hertha hatte ihrem Verehrer zwar ihre Düsseldorfer Adresse gegeben, weigerte sich aber, ihre Salzburger Ferienanschrift preiszugeben. Die drei Wochen in Salzburg gehörten ihren Eltern.

Hubert fragte sich, ob er dem Mädchen seiner Wahl nach Salzburg nachreisen sollte – denn daß sie das war, bezweifelte er nicht mehr, seit sie sich in Bremen von ihm getrennt hatte. Einer ihrer älteren Brüder hatte Hertha am Schiff erwartet; der sehr soignierte Herr hatte jedoch von Hubert nur sehr am Rande Notiz genommen. Auch er hielt offenbar von Schiffsbekanntschaften weniger als nichts. Hubert war ohne viel Umstände stehengelassen worden.

Hubert fühlte sich nach der Abreise der Reisegefährtin so verlassen und in jeder Stadt, jedem Hotel so völlig fehl am Platze, daß er sich, ob ihm das nun paßte oder nicht, einzugestehen hatte: es ist um mich geschehen. Diese oder keine! Er versuchte sich abzulenken, machte sogar ein paar neue Bekanntschaften – er war nach Baden-Baden gefahren –, warum auch nicht, ein Ort war genauso gut wie der nächste. Er gab sich Mühe, nicht mehr an diese eingebildete Hertha Meyers zu denken. Doch je mehr er sich bemühte, sich die stolze Dame aus dem Kopf zu schlagen, desto häufiger und sehnsüchtiger dachte er an sie. Es blieb ihm schließlich gar nichts weiter übrig, als sich in den Zug zu setzen und nach Salzburg zu reisen.

Das ihm bei alldem die politischen Ereignisse ringsumher ziemlich gleichgültig blieben, braucht nicht weiter zu verwundern. In Johannesburg hatte der europäische Rummel weitab gelegen. Es war soviel wichtiger gewesen, jede Stunde der Arbeit zu widmen, mit der man sich durchaus identifizierte, sich um neue Schürfrechte zu raufen, neue Methoden zu ersinnen, das Golderz immer geschickter und vollständiger aus der Tiefe der felsigen Erdkruste ans Tageslicht zu fördern, auch noch sehr magere Erze kostensparend aufzubereiten und mit Gewinn zu nutzen. Die sogenannte »große Politik« erschien neben diesen handfesten Aufgaben beinahe wie ein müßiges Spiel, ein ärgerliches obendrein, das man am besten so weit wie möglich von sich wegschob.

Da Hubert die Salzburger Adresse der Meyers nicht kannte, durfte er nur darauf hoffen, die einigermaßen grimmig entbehrte Hertha zufällig auf der Straße, im Park, in der Hotelhalle, im Konzert zu treffen. Salzburg ist keine Riesenstadt. So wenigstens hatte Hubert gerechnet. Aber der Zufall, auf den Hubert vertraut hatte, wollte ihm nicht wohl. Eine Woche lang trabte der allmählich an sich und der Welt verzweifelnde Südafrikaner von den kahlen, kalten, kargen Hochlandsteppen des Landes Transvaal durch die blühend bunten, lächelnd warmen Gefilde der wahrhaft bezaubernden Stadt an der Salzach, ohne für all die Schönheit ringsum auch nur einen Blick zu haben.

Bis er ihr dann ganz unerwartet im Rosengarten des Schlosses Mirabell in die Arme lief – nicht gleich in die Arme, obgleich er sicherlich nichts dagegen gehabt hätte. Da kam sie zwischen den Bosketten herangeschritten, am Arme eines älteren Herrn, als sei es das Selbstverständlichste von der Welt.

Hubert vergaß alle Zurückhaltung, steuerte unverzüglich auf das Paar los, zog seinen Hut und erklärte lauthals:

»Fräulein Hertha! Endlich treffe ich Sie! Das ist mir eine große Freude! Wie geht es Ihnen?«

Die Überraschung, die sich auf Herthas Zügen malte, war so freudig, ja strahlend, daß Hubert zu seiner grenzenlosen Erleichterung sich zuflüstern durfte: Sie hat darauf gehofft, daß ich ihr wieder begegne. Hertha hatte sich indessen schnell gefaßt.

»Nicht schlecht, danke! Vater, darf ich dir Herrn Berk aus Johannesburg in Südafrika vorstellen, von dem ich euch schon erzählt habe. Herr Berk, ich mache Sie mit meinem Vater bekannt!«

Der ältere Herr, zwar auch sehr soigniert wie sein Sohn, aber keineswegs so hochfahrend, reichte dem Mann aus dem Schwarzen Erdteil freundlich die Hand.

»Herr Berk, ich bin wirklich sehr erfreut. Sie sind uns kein Unbekannter mehr. Auch meine Frau wird sich freuen, Sie kennenzulernen.«

Das war eine vielversprechende Eröffnung und keine trügerische. Noch in Salzburg wurde die Verlobung gefeiert – im kleinsten Kreis, denn Hubert hatte keine näheren Verwandten aufzuweisen, und Hertha war durchaus dagegen, eine größere Festivität zu veranstalten. Die beiden Liebenden tauchten erst jetzt aus ihrer Benommenheit auf und erkannten, daß die politische Situation sich zu einer Gefahr für ihre Wünsche ausgewachsen hatte. Nach dem Frieden, der in den weiten Dornbuschsteppen Südwestafrikas, ihren stillen Gebirgen und Tälern geherrscht hatte, empfand Hertha die überhitzte Spannung auf deutschem Boden, das Geschrei, Gehetze und Getöse der politischen Propaganda unerträglich. Zudem hatten die Lungenärzte nach eingehender Untersuchung festgestellt, daß eine akute Bedrohung der Gesundheit Herthas nicht mehr angenommen zu werden brauchte, daß es sich aber empfehlen würde, wenn Hertha noch für einige weitere Jahre ihren Wohnsitz in ein trokkenes Hochland verlegte. Hubert kam aus einem »trockenen Hochland«, dem des zentralen Transvaal. Schienen sich nicht alle Umstände wie von selbst nach einem vorausbestimmten Muster zu ordnen und eine Verbindung der beiden Liebenden für die Dauer zu empfehlen?

Inzwischen war das Jahr 1939 in seinen August hineinmarschiert. Ganz plötzlich war höchste Eile geboten – so mußte es allen Beteiligten vorkommen, wenn das kleine Glücksschiff von Hertha Meyers und Hubert Berk den erwünschten und ersehnten Hafen »Ehe« noch vor dem drohenden Orkan anlaufen wollte; nicht nur das: wenn das neu zu backende Ehepaar den Schauplatz des heraufziehenden Gewitters noch vor dem ersten Blitz verlassen haben wollte.

Sie schafften es nicht! Die Sache scheiterte, woran gute Sachen auf dieser Erde je länger, desto häufiger scheitern: an dem stumpfsinnigen und gefühllosen Widerstand beamteter Bürokraten. Weder wollte es Hubert gelingen, bei der südafrikanischen konsularischen Vertretung in Berlin die notwendigen Papiere zu erwirken, um mit der Deutschen Hertha Meyers vor einem deutschen Standesamt die Ehe einzugehen (worauf die Eltern Herthas großen Wert legten), noch vermochte Hertha den deutschen Behörden dringlich zu machen, daß sie gerade jetzt, wo Deutschland sich zu seinem höchsten Höhenflug rüstete, einen »Ausländer«, gar noch einen »feindlichen Ausländer«, wie zu erwarten stand, ehelichen mußte. Es waren Ahnennachweise zu erbringen, was bei den Meyers nicht schwierig, bei Hubert aber nur mit großer Verzögerung zu bewerkstelligen gewesen wäre, hatte er sich doch in Südafrika nie darum gekümmert, ob auch wirklich alle seine Vorfahren »arisch« gewesen waren, allerdings hatte er auch nie daran gezweifelt. Jetzt aber sollte er es im Handumdrehen hieb- und stichfest beweisen.

Gegen Ende August erst gelang es dem nun aufs heftigste besorgten Hubert, die Eltern seiner Braut davon zu überzeugen, daß man auch in Südafrika eine für alle Zukunft unbezweifelbare Ehe eingehen konnte. Trotz aller Mühe, mochte auch der alte Meyers seine weitverzweigten Beziehungen springen lassen, gelang es den Brautleuten nicht, sich noch einen Schiffsplatz nach Afrika zu sichern, von welchem Nordseehafen auch immer.

Als die beiden schließlich in das noch neutrale Italien reisen wollten, verbaute ihnen der Ausbruch des Krieges endgültig alle weiteren Fluchtversuche. Hertha durfte das Land, nur mit einem deutschen Paß bewaffnet, nicht mehr ohne weiteres verlassen. Hubert wollte seine Hertha keineswegs im Stich lassen; er wurde festgehalten. Vielleicht hätte er es doch noch fertiggebracht, nach der Schweiz über die Grenze zu rutschen, aber das wäre ihm wie Verrat an seiner Braut vorgekommen. Und dann wurde er kurzerhand interniert. Südafrika war immer noch britisch, und am 3. September hatten die Briten mit den Franzosen den Deutschen den Krieg erklärt, nachdem die Deutschen am 1. September in Polen einmarschiert waren.

Einige Dutzend hundsföttischer Bürokraten südafrikanischer und deutscher Couleur hatten es verstanden, ein bißchen menschliches Glück ins Vergebliche absinken zu lassen. Hubert und Hertha haben den ganzen Krieg über nicht heiraten dürfen. Hubert berief sich, als der Krieg nicht gleich nach wenigen Wochen ein Ende fand – worauf viele, wahrscheinlich einschließlich der Herren Hitler und Göring, gehofft hatten –, auf seine deutsche Abstammung und bekundete seine Bereitschaft, auf nichtkriegerische Weise in seinem Beruf tätig zu werden. Er wurde »zwangsverpflichtet«, wie ich in Tiefentalau auch, und hat dann den ganzen Krieg über in Duisburg-Hamborn als Schachtingenieur gearbeitet.

Hertha wußte es einzurichten – schließlich sogar mit stillschweigender Duldung ihrer Eltern –, in Duisburg in einem Filialbetrieb ihres Vaters eine »kriegswichtige« Anstellung zu bekommen. Die beiden Liebenden haben ohne staatlichen oder kirchlichen Segen die Ehe aus eigenem freien Willen vollzogen, was durchaus nicht ohne politische und auch strafrechtliche Gefahren unternommen werden konnte. So zwangen die widrigen Umstände sowohl Mann wie Frau, sich von bürgerlichen Rücksichten zu lösen.

»Wenn die Lumperei und Bösartigkeit der Staatsmaschinerien uns auch übel mitgespielt hat, so gewährte sie uns als ein sicherlich unbeabsichtigtes Geschenk doch dies: an uns selbst zu erleben, daß Papiere, Bescheinigungen und amtliche Stempel der Menschlichkeit nichts anzuhaben vermögen, wenn und wo man sie nur verachtet. Das war eine Einsicht, die uns seitdem das Leben heiterer und unbeschwerter gemacht hat!«

Das sagte mir Hubert, als wir im Gefangenenlager Zeit genug hatten, die vielen müßigen Stunden zu verschwätzen. Überhaupt stellten wir fest, daß wir zwar auf das Mißliche und Schreckliche der vergangenen Jahre gern verzichtet hätten, daß wir aber trotz allem um wertvolle Erfahrungen reicher daraus hervorgegangen waren; sie waren bitter genug erkauft. Das Leben ging weiter – mit uns oder ohne uns.

Damals, als Captain Blumstein mir den Handschuh der Wahrheit ins Gesicht geworfen hatte, begann die geheime Zwiesprache mit meiner abgeschiedenen Geliebten, ein ewiges leises Raunen in den verborgenen Winkeln meines Hirns und Herzens, das bis heute nicht verstummt ist und – wie ich nun längst weiß – nie verstummen wird. Aber das sind sehr romantische oder phantastische Vorstellungen, die kaum einem anderen Menschen einleuchten werden. Ich sollte sie gar nicht niederschreiben. Aber nun stehen sie einmal da – sicherlich zum späteren Ärger meines Sohnes Fritze und ebenso gewiß zur Freude meiner Tochter Katlen, meiner Wahltochter, mit der ich mich ganz einig weiß.

Hubert hat mir die Geschichte seiner Liebe, die sich gegen ungewöhnliche Schwierigkeiten durchzusetzen und zu behaupten hatte, sehr zurückhaltend erzählt. Aber ich war ja nicht ganz ohne Erfahrung in dieser Hinsicht und ergänzte mir, was er nicht in Worte kleiden wollte oder konnte.

Auch Hubert war nicht in der Lage, anzugeben, warum er im Vernehmungslager der Amerikaner bei Marburg und nicht bei den Briten gelandet, besser gestrandet war. Snafu gibt es nicht nur bei den Amerikanern; Snafu gehört zum Militär, wie die Schellenkappe zum Narren gehört. Seine Aussichten, bald freigelassen und für unbelastet erklärt zu werden, waren wesentlich schlechter als die meinen; er war ja »freiwillig« in Deutschland geblieben, nicht wie ich vom Kriegsausbruch höchst unfreiwillig überrascht worden, und das – was mich anlangte – nicht einmal in Deutschland, sondern in Polen. Aber Hertha ließ ihren Hubert nicht im Stich. Es war als ein Glück im Unglück zu bezeichnen, daß Herthas Vater im Herbst 1944 wegen kritischer Äußerungen über den Zustand des von den Hitleriten in Grund und Boden geschundenen Deutschland ins Gefängnis geworfen wurde. Nur wie durch ein Wunder entging er dem Henker. Die über Köln vorrückende I. Amerikanische Armee befreite die politischen Gefangenen gerade noch rechtzeitig vor ihrer summarischen Hinrichtung.

Der alte Meyers ließ nicht locker, bis er den Verbleib seines inoffiziellen Schwiegersohns festgestellt hatte. Seinen, das heißt sicherlich in Wahrheit: Herthas, Bemühungen ist es zu danken, daß Hubert schließlich seinen südafrikanischen Paß zurückerhielt und wieder ausreisen durfte, diesmal jedoch nicht ohne Hertha. Die beiden haben im Frühling 1946 ihre Ehe in einem Vorort von Düsseldorf endlich registrieren lassen können; eine Menge schlechten Papiers war vorher beschrieben worden. Nach Ahnenpässen, Stammbäumen, Ehetauglichkeitszertifikaten allerdings war nicht mehr gefragt worden. Das Ehepaar wurde nach London befördert. Von dort sind sie dann nach langer Warterei zu

Schiff nach Walvis Bay gefahren, um sich bei den Verwandten der Meyers, den Karakulzüchtern, auf ihrer großen Farm im Tale des Swakop bei Okahandja von alldem, was hinter ihnen lag, zu erholen. Huberts kleines Vermögen hatte sieben Jahre lang auf der Bank in Johannesburg gelegen und Zinsen getragen; seine Aktien hatten sich ebenfalls höchst erfreulich entwickelt. Hertha blieb zunächst auf der Farm, während Hubert sich bald aufmachte, um zu erkunden, welche Chancen sich ihm auf seinem früheren Wirkungsfeld am Witwatersrand bieten mochten. Seine frühere Stellung war natürlich längst vergeben. Doch konnte er zu seiner Erleichterung feststellen, daß in Südafrika von einem Vorurteil gegen die Deutschen oder gar einer grundsätzlichen Ablehnung allen Deutschtums keine Rede sein konnte. Es war sogar anzunehmen, daß erstaunlich viele Südafrikaner burischer Herkunft schon aus Opposition gegen alles Englische mit den Deutschen sympathisierten. Hubert mußte zwar von vorn anfangen, aber unsachliche Schwierigkeiten brauchte er nicht zu überwinden. Alte Bekannte verhalfen ihm zu einer entwicklungsfähigen Stellung in einer sich erst ausbauenden Mine bei Elsburg. Hubert dachte an Hertha und warf sich mit all seiner ungewöhnlichen und lange frustrierten Energie erneut ins Geschirr.

Zehn Jahre und einige zehntausend Pfund später wurde er als Vertreter seiner Gesellschaft nach London versetzt und hat dann dort nochmals beinahe zehn Jahre lang sehr erfolgreich – für sich und für die Firma – gewirkt. In der ersten Hälfte der fünfziger Jahre hatte ich selbst alle Hände voll zu tun, meine wirtschaftlichen und finanziellen Angelegenheiten im kanadischen Westen zu ordnen und mein vor dem Kriege erworbenes und vom alten Hafner geschickt durch den Krieg gesteuertes Kapital in neuen Investitionen zu entfalten. Leicht hätte damals die im Lager geschlossene Freundschaft wieder versickern können. Aber Hubert sorgte mit großer Konsequenz dafür, daß sie auch über die große Distanz zwischen Johannesburg und Vancouver hinweg bei rotbäckiger Gesundheit erhalten wurde. Merkwürdigerweise hörte er nämlich nicht auf, seine verhältnismäßig frühzeitige Entlassung aus der Internierung und seine vollständige Rehabilitation erst in zweiter Linie auf Herthas Vater, in erster jedoch auf meine einigermaßen armselige Wenigkeit zurückzuführen. Noch in seinem letzten Brief, mit welchem er mir seinen und Herthas vorverlegten Besuch ankündigt, hat er sich am Schluß zu den Worten verstiegen:

»– und dann werden wir noch am ersten Abend vor Deinem Hause angesichts des schönen Pourquoipas ein Glas alten Portwein (ich bringe ein Kistchen mit!) auf Deine hoffentlich noch sehr haltbare Gesundheit leeren, mein verehrter Freund, Kupferstecher und Befreier aus schnöder Lagerhaft vermittels Deines von mir, wie Du weißt, nicht besonders goutierten Co-Verschwörers Sascha Blumstein.«

Damit bin ich wieder bei Sascha angelangt.

Sascha gestand mir einige Jahre nach unserer ersten Begegnung, als wir den gräßlichen deutschen Nachkrieg, diesen bewußten und auch erstaunlich gut gelungenen Versuch, eine gewiß nicht unbedeutende und auch verdienstvolle Nation ihrer Vergangenheit möglichst total zu entfremden, längst aus unserer Erinnerung gestrichen hatten, daß er damals um ein Haar selbst in unkontrollierbare Tränen ausgebrochen wäre, als ich plötzlich an seinem Aktentisch das heulende Elend bekommen hatte. Nie vorher und nachher, so bekannte Sascha, sei ihm die maßlose Sinn- und Unverantwortlichkeit der Kriege so brennend und qualvoll zu Bewußtsein gekommen wie in jenen zu einer kleinen Ewigkeit gedehnten Minuten, in denen mich die erlittene schaurige Unbill wie einen schmutzigen Sack geschüttelt hatte. Was mußte mir, was mußte unzähligen anderen Menschen außer mir, deren Schicksal ich mit angesehen hatte, geschehen sein, daß ich selbst vor fremden Augen Schmerz und Verzweiflung nicht mehr zu bändigen vermochte.

Schon damals, eröffnete mir der im Grunde seines Herzens sehr weiche Sascha Blumstein, hatte sich ihm der später nicht mehr umzustoßende Eindruck ins Bewußtsein geprägt, daß ich im Sinne der gegen mich erhobenen Anklagen (nicht rechtzeitig nach Kanada zurückgekehrt zu sein und dem Gegner Deutschland Vorschub geleistet zu haben) auf eine ans Groteske grenzende Weise unschuldig war.

Dies Gespräch fand sechs Jahre nach dem Lager bei Marburg statt in Saschas sehr feudalem Penthouse, der Dachterrassenwohnung über einem mittleren Wolkenkratzer am East River in Manhattan, New York. Sascha hatte sich auf meinen Rat an einer einigermaßen spekulativen Investition im kanadischen Westen beteiligt – in der Weise, daß ich ihm einen Teil meines eigenen, für meine Verhältnisse etwas zu gewagten Engagements abgetreten hatte. Zur Erörterung der Einzelheiten und zum Abschluß des Vertrages war ich nach New York gereist, da ich viel großzügiger über meine Zeit verfügen konnte als der ewig an sein Anwaltsbüro, seine Klienten und die Gerichte gefesselte Anwalt Blumstein. Lucille, Saschas Frau, jedoch keine Jüdin, hatte uns wie gewöhnlich bei unseren langen Gesprächen allein gelassen. Ich glaube mich nicht zu täuschen, wenn ich vermute, daß sie sich nicht abgewöhnen konnte, in mir den Deutschen zu sehen, der den Krieg auf der anderen, der falschen Seite der Fronten verbracht hatte, also direkt oder indirekt mitschuldig geworden war an den Verbrechen, welche die Deutschen an den Juden und anderen unterlegenen Nationen verübt hatten.

Und wenn Sascha ihr entgegenhielt mit der klugen und

manchmal auch müden Skepsis, die ihm eigen und für ihn sehr charakteristisch war:

»Aber, Lucille, ›die‹ Deutschen gibt es genausowenig, wie es ›die‹ Juden oder ›die‹ Amerikaner gibt. Was wissen wir in unserer US-amerikanischen Selbstgerechtigkeit davon, wir, alle noch ein bißchen puritanisch in ›Gottes Lieblingsland‹ und zugleich alle infiziert mit der Vorstellung vom knalledlen Sheriff aus dem Wilden Westen, was wissen wir von Völkern im alten, engen Europa, die wirklich Geschichte und nicht nur Geschehenes haben! Ich glaube sehr wenig. Ich meine, uns wird das Urteilen und Verurteilen demnächst wohl auch noch vergehen!« Lucille hörte sich das mit abgewandten Augen an, warf mir dann ein nicht sehr überzeugendes Lächeln zu und spottete – scheinbar vergnügt, tatsächlich aber in verbittertem Ernst –:

»Ich weiß schon, Sascha, Hans hat dich damals auf den Kopf gestellt. Hans versteht sich auf Taschenkunststücke, macht aus Anklägern im Handumdrehen Angeklagte und merkt nicht einmal, daß er sich selbst dabei in den Ankläger verwandelt. Die Deutschen und die Juden, die passen großartig zueinander. Entweder verketzern sie sich, daß einem Menschen wie mir, der glücklicherweise als eine Davis geboren ist, gut anglo-amerikanisch und protestantisch, übel dabei werden kann. Oder sie himmeln sich gegenseitig an – und dabei kann einem noch übler werden. Könnt ihr nie auf normale oder neutrale Weise miteinander verkehren? Manchmal, Sascha, frage ich mich, weiß Gott, warum ich dich eigentlich geheiratet habe.«

Sascha erwiderte mit vollendetem Gleichmut:

»Ja, das frage ich mich auch. Wahrscheinlich, weil ich intelligenter bin als die einspurigen Leute aus deiner Kiste, weil ich alle die Zweifel mit mir umherschleppe, die dich zwar auch beunruhigen, die du aber keinesfalls wahrhaben willst, und drittens, weil du bei mir immer wieder die merkwürdigsten Überraschungen erlebst, was dir bei deinen Leuten nie passieren würde. Äußerlich bin ich ja nicht sehr präsentabel, das weiß keiner besser als ich selber. Aber, Lucille, abgesehen davon, daß du mich ständig nicht verstehen kannst, verstehen wir uns doch ausgezeichnet.«

Lucille blickte auf ihre sorgsam gepflegten Hände hinunter und ließ ein Dutzend randvoller Sekunden schweigend verrinnen. Dann:

»Ach, Sascha, meinst du wirklich? Die Debatte darüber wird nie zu einem vernünftigen Ende kommen, weshalb wir uns – sozusagen mitten im Gespräch – nicht voneinander trennen werden. Aber heute überlasse ich euch zwei komische Vögel lieber euch selbst. Ihr seid gerade in der Anhimmeleiperiode. Das ist nichts für mich. Ich bin sowieso noch auf einen langen Besuch bei meiner Schneiderin angesagt, gehe vielleicht danach mit ihr ins Theater. Ihr braucht mich heute also nicht mehr zu fürchten.«

Sie schritt auf ihren hohen Beinen ohne Gruß sehr selbstbewußt aus dem Zimmer, von dem aus der Blick über die bis zum Überdruß kolportierte Landschaft aus zementenen Blökken und Türmen schweifte, die Manhattan genannt wird.

Lucille hat ihre geheime Abneigung gegen mich niemals überwunden, wohl auch gar nicht überwinden wollen. Im Vordergrund mag ihre starre Ablehnung aller Menschen und Dinge gestanden haben, die irgendwie mit Deutschland und den Deutschen verknüpft waren. Im ihr selbst dunkel bleibenden Hintergrund aber wird es wohl der Neid oder die Eifersucht darauf gewesen sein, daß Sascha und ich gewisse Plattformen des Gesprächs und der Fragestellungen gemeinsam hatten, die sie weder gewinnen mochte noch konnte. Als Sascha gegen Ende seines Lebens in Paris, wohin er sich verzogen hatte, seinen Verstand nicht mehr recht beisammen hatte und dem Wahn verfiel, daß er hoffnungslos überholt und unnütz geworden sei (obgleich die von ihm gegründete und dem Namen nach immer noch von ihm geleitete Anwaltsfirma in New York nach wie vor die höchsten Honorare kassieren konnte), hat Lucille ihre Herrschaft über Sascha endlich ohne weitere Einschränkungen aufrichten können, natürlich unter der Camouflage gewissenhaftester Sorge und Fürsorge. Er hat die letzten Monate seines Lebens in einer sanften geistigen Umnachtung verbracht, die ihm nur die Geschäfte, die Wissenschaft und sein geliebtes Schachspiel auslöschte, nicht aber die menschlichen Beziehungen zu seinen Freunden und den Menschen, die er liebte. Aber Lucille Blumstein, geborene Davis (von den schrecklich dollarschweren Davis der US-Hochfinanz), hat zu verhindern gewußt, daß ich Sascha, der sich in einer der übelsten Bredouillen meines Lebens so unvergleichlich bewährt hat, in seinen letzten Wochen noch einmal besuchte. Sie hat stets alles zu verhindern gewußt – aus lauter Liebe und besitzbesessener Besorgnis –, was Sascha sich, manchmal gewiß überkühn, vorzunehmen unterfing. Gegen ihre Davissche List und Energie war kein Kraut gewachsen. Und per Saldo hat sie schließlich ihn selber zu verhindern gewußt.

Ich habe Sascha Blumstein vor seinem Tode nicht wiedergesehen. Ich wage zu glauben, daß er sich über ein solches Wiedersehen trotz seiner Umnachtung gefreut hätte. Und ich bin mir noch heute gram, daß ich einen solchen Abschied nicht einfach erlistet oder erzwungen habe.

Hubert Berk ist also von der Meinung nicht abzubringen, er habe es vor allem mir zuzuschreiben, daß er 1945 so gut davongekommen und relativ früh aus dem Vernehmungslager in die verbriefte Freiheit entlassen worden ist. Und zwar, behauptet er, habe der »allmächtige Blumstein« sich deshalb so geschickt und nachdrücklich für seine, Hubert Berks, Entlassung eingesetzt, weil ich, Hans Reckel, seinen Fall dem Blumstein in der richtigen Beleuchtung dargestellt und ihn ständig ermahnt hätte, um des Rechtes willen Huberts Angelegenheit großzügig und ohne Verzögerung zum Abschluß zu bringen.

Es ist zwar richtig, daß ich Sascha unermüdlich auf Hubert hingewiesen habe mit der Bitte, Huberts Fall bevorzugt zu behandeln. War es nicht recht und billig, daß man jenen Nichtdeutschen im Lager, die während des Krieges auf der falschen, der deutschen Seite gegen ihre Nation in der Tat aktiv geworden waren – sei es aus einem in die Irre gegangenen Idealismus, sei es aus Gewinnsucht –, daß man diesen Männern eine längere Wartezeit zumutete als harmlosen Leuten wie Hubert, die aus völlig privaten, denkbar unpolitischen Gründen die Kriegszeit innerhalb Deutschlands verbracht hatten? Jedoch habe ich Sascha Blumstein genau genug gekannt, um zu wissen, daß keine wie auch immer geartete persönliche Rücksicht ihn je daran gehindert hat, dem Recht den ersten Platz einzuräumen. Wenn Sascha auch einer sehr liberal gesinnten Reformsynagoge angehörte und auch das nicht besonders ernst nahm, so steckte in ihm doch ein noch ganz alttestamentarisches Bewußtsein von Gerechtigkeit, Schuld, Sühne, Sünde und Vergeltung. Seine großen, klugen Augen, die sein rundliches Gesicht viel bedeutender erscheinen ließen, als es ohne die Augen gewesen wäre, diese Augen schienen jeden Beschuldigten, der vor ihm saß, mitleidlos zu durchdringen, ihn gewissermaßen aller seiner schützenden, aller beflissen täuschenden Hüllen zu entkleiden, bis die nackte, vielleicht welke, vielleicht eitrige und verfaulte Allzumenschlichkeit zum Vorschein kam.

Aber ich muß noch einen Schritt weitergehen, wenn ich mich hier bemühe, für meine Kinder und Kindeskinder und auch ganz einfach, weil ich wie unter einem Zwange stehe, das Wesen dieses verehrten und geliebten toten Freundes so getreu wie möglich nachzuzeichnen: Sascha war in der ihm auferlegten Funktion als Vernehmungsoffizier im Großen Lager der amerikanischen Besatzer ein unerbittlicher Richter im Guten wie im Bösen. Gleichermaßen war er darauf aus, sowohl die Unschuldigen und die schuldlos schuldig Gewordenen zu entlasten als auch die zweifelsfrei Schuldigen zur Verantwortung zu ziehen. Allerdings warf ihm das Mitleid ständig imaginäre Knüppel zwischen die Beine. Er war aus gutem Grunde im außermilitärischen Bereich eben nicht Richter, sondern Verteidiger geworden, obgleich ihm bei der bewundernswerten Schärfe seines Verstandes sicherlich eine großartige Richterkarriere bevorgestanden hätte. Er konnte sich – wie oft haben wir nicht darüber debattiert! – nie entschließen, die menschliche, die psychologische Seite eines jeden Falles mit zu berücksichtigen, wobei sich bekanntlich oft genug die im Gesetz fixierten Tatbestände von Schuld, von Vergehen und Verbrechen, zu einer Abfolge von unentrinnbaren Umständen und Zwangsläufigkeiten verflüchtigen. Schließlich sind überhaupt keine Schuldigen mehr vorhanden, sondern nur noch armselige Opfer, Objekte von Vererbung, Umweltbedingungen, Fehlerziehung und Unglück, auch von manchmal geradezu grenzenloser Dummheit. So gesehen, läßt sich überhaupt von »Schuldigen« nicht mehr sprechen.

Aber Sascha blieb auch dabei nicht stehen. Er hat es mir einmal aufgeschrieben, und ich zitiere aus einem seiner Briefe (die ich mir übrigens in einem ehemaligen Zigarrenkistchen in meinem Wandschrank im Schlafzimmer aufhebe, wo ich Dokumente aufbewahre; das Kistchen stammt nicht von mir – ich rauche nicht –, sondern wurde von Gästen in einer der Hanstedschen Cabins hinterlassen und war mir zu schade, um es zu verbrennen; nun haben Saschas Briefe mit der Zeit einen feinen Tabakgeruch angenommen. Was Sascha dazu sagen würde? Er war wie ich ebenfalls Nichtraucher. Er würde lächeln und sagen: Da haben wir ihn ja, den oft berufenen Anschein, der so gerne täuscht – und würde die Briefe im Zigarrenkästchen belassen). In dem Brief also heißt es unter dem 2. III. 1961:

»Ganz gewiß soll man alle einen schuldig Gewordenen erklärenden und ent-schuldigenden Umstände berücksichtigen, um die Tat erst einmal zu begreifen. Dann aber den Schluß zu ziehen, daß man, weil man alles ›verstanden‹ habe, auch alles ›verzeihen‹ müßte, ist unlogisch. Der Schluß zieht sich nicht, ist in keiner Weise zwingend. Der Sinn der Gesetze besteht darin, die große Masse der sich normal, d. h. mit einiger Rücksicht auf die Mitmenschen, verhaltenden Menschen vor den relativ wenigen Menschen zu schützen, die sich so oder so über diese Rücksicht hinwegsetzen. Außerdem ist das Wesen der Gerechtigkeit zu beachten, das mit verbundenen Augen Ausgleich und Sühne verlangt. Es wird allzu oft vergessen, daß nicht nur dem Schädiger, sondern in erster Linie dem Geschädigten Recht geschehen muß. Damit kommt man zu erneuter Bestätigung des uralten Grundsatzes ›Aug um Auge, Zahn um Zahn‹ oder ›Wer Menschenblut vergießt, des' Blut soll auch vergossen werden‹. Ich kann dies drehn und wenden, wie ich will: nehme ich den Begriff ›Gerechtigkeit‹ wirklich so absolut, wie er genommen werden muß, dann kann und darf an diesen Sätzen nicht gespielt und gedeutelt werden. – Aber wir sind ja alle ein wenig christlich infiziert; man sollte dem Begriff ›Gnade‹ einen weiteren Raum in der Rechtsprechung einräumen, wobei aber die ›Gnade‹ von einer anderen Instanz, nicht den Gerichten, ausgehen müßte. Die Gerichte haben, oder sollten haben, die alleinige Aufgabe, jeder objektiv bösen Tat die entsprechende Vergeltung zuzudiktieren. Das allein ist Gerechtigkeit im vollen Sinn des Wortes; sie macht so die durch die Untat in Unordnung gebrachten Verhältnisse wieder richtig, wieder ›recht‹. Gnade und Mitleid stehen auf einem ganz anderen Blatt. Wer diese Tatbestände nicht anerkennt, macht sich, meine ich, einer nicht entschuldbaren Aufweichung der Logik schuldig.«

Soweit das Zitat. Ich habe übrigens nichts darauf geantwortet. Ich bin mir auch heute noch nicht klar darüber, ob so gläserne Klarheit und Härte dem Zustand der Menschen angemessen sind, neige aber dazu, sie angesichts der Entwicklung in der westlichen Gesellschaft für notwendig zu halten.

Sascha und ich haben schon während meiner sich in langen Gesprächen vollziehenden Vernehmung 1945 damit begonnen, diese Zusammenhänge hin und her zu erörtern und auf die Verhältnisse und Enthüllungen anzuwenden, die sich in der Zeit nach dem Kriege ergaben.

Ich hatte mein Verhalten von 1939 bis 1945 in allen Phasen darzulegen und mußte mir gefallen lassen, daß alle meine Motive sehr skeptisch unter die Lupe genommen und seziert wurden. Meine oft wiederholte Beteuerung, daß mich die nationalsozialistischen Parolen nicht beeinflußt, auch auf die Dauer nicht angekränkelt hätten, mochte Sascha nicht zur Kenntnis nehmen, da ich dafür weder Zeugen noch Beweise vorzuweisen vermochte.

Das änderte sich jedoch überraschend, als ich im Laufe meines Berichtes über die Jahre in Tiefentalau bis in den Sommer des Jahres 1944 vorgedrungen war und zu schildern begann, wie Susanne und ich den Oberst der Nachrichtentruppe Walther Trockenholt und seinen Fahrer Fritz-Emil Knust auf dem Sandbuckel im Hirschmoor monatelang allen Nachforschungen entzogen.

Als Sascha diese Geschichte vernommen hatte, unterbrach er mich und überlegte:

»Trockenholt, Nachrichtentruppe, Oberst? Hat wahrscheinlich viel auszusagen gehabt. Wird in einem Offizierslager sitzen, Spezialvernehmungslager, ist natürlich längst genau registriert. Vorausgesetzt, daß er den Krieg bis zum Schluß überstanden hat. Dieser Trockenholt könnte die Gegenbestätigung für Ihre Angaben liefern, Mr. Reckel.« (Damals redeten wir uns noch mit »Mr.« an.) »Trockenholt und eventuell Knust wären die Zeugen, die uns zur Verifizierung Ihrer Aussagen bisher gefehlt haben.«

Danach vergingen etwa vierzehn Tage. Als ich wieder zur Vernehmung aus der Baracke gerufen wurde und Blumsteins Zimmer betrat, sah ich mich plötzlich Walther Trockenholt gegenüber. Er hatte in der Tat in einem Spezialvernehmungslager bei Frankfurt gesessen, und Blumstein hatte ihn kurzerhand, ohne ihn über die Gründe zu informieren, heranschaffen lassen. Freude und Überraschung waren auf meiner Seite ebenso ehrlich und groß wie auf seiten Walthers. Blumstein ließ uns eine Viertelstunde lang ungehindert miteinander sprechen, beobachtete uns nur. Dann erst forderte er Walther auf, zu berichten, wie es ihm ergangen war, seit er sich von seiner Truppe getrennt hatte.

Was Walther mitzuteilen hatte, deckte sich vollständig mit den von mir gemachten Angaben. Captain Blumstein hat auch noch versucht, Fritz-Emil Knust aufzutreiben, jedoch ohne jeden Erfolg. Knusts Eltern waren im Winter 1944/45 von Bomben getötet worden, lagen unter den Trümmern ihres völlig zerstörten Hauses begraben. Ob der vielleicht heimlich bei ihnen untergeschlüpfte Fritz-Emil mit ihnen in einer versteckten Dachkammer oder in einem verborgenen Kellerloch umgekommen ist, wird sich nie mehr feststellen lassen.

Daß Sascha Blumstein Walther und mich zusammengeführt hatte, erwies sich nicht nur für mich, sondern auch für Walther in sehr erwünschter Weise als folgenreich. Denn so wie er meine Aussagen zu bestätigen vermochte, war ich imstande, zu beschwören, daß er – als der Teilnahme und Mitwisserschaft an dem Attentat auf Hitler Verdächtiger – bei uns in Tiefentalau Schutz gesucht hatte, daß er sich zu Beginn des Winters 1944 westwärts in Zivil auf den Weg gemacht hatte. Das wiederum stimmte mit den Aussagen des älteren Bruders zusammen, der Walther von Januar 1945 an bis zum Schluß in einem kleinen Sommerpavillon im Trockenholtschen Park über der Unterelbe verborgen gehalten hat. Walther hat sich dann der 2. Britischen Armee ausgeliefert, als Hamburg gefallen war, kam in ein Kriegsgefangenensammellager, von wo aus er dem Spezialvernehmungslager bei Frankfurt übergeben wurde.

Walther Trockenholt ist später nicht wieder Hochschullehrer geworden. Der ältere Bruder war durch die Aufregungen des Krieges und Nachkrieges derart geschwächt, daß ihm der Wiederaufbau der alten Familienfirma nicht mehr gelingen wollte. Sein Sohn kam erst spät aus der Kriegsgefangenschaft zurück, war noch jung, unerfahren und ungeschult. Walther hielt es für seine Pflicht, sich zunächst ausschließlich dem Familienunternehmen zu widmen. 1952 schon ergab es sich, daß ein verantwortlicher Teilhaber der Firma nach Afrika reisen mußte, um die während des Krieges in Verfall geratenen Geschäftsbeziehungen besonders nach Angola und Moçambique neu zu knüpfen und auszugestalten. Walther hat dann in den Jahren danach die Leitung der Zentrale in Hamburg der jüngeren Generation überlassen, während er sich der afrikanischen Zweigstelle annahm. Er wählte sich das schöne Lourenço Marques am Indischen Ozean zum ständigen Wohnsitz. Dort ist er auch –

wie schon berichtet – im Frühling des vorigen Jahres gestorben (ich meine die Frühlingszeit der Nord-, nicht der Südhälfte der Erde). Er hat mich zweimal in den fünfziger Jahren, ich habe ihn einmal Mitte der sechziger Jahre besucht, und stets stellten wir fest, daß sich unsere Freundschaft in den langen Jahren der Trennung nicht verändert, daß sie sich eher vertieft hatte, als sei sie unabhängig von räumlicher Nähe oder Entfernung in aller Stille weitergewachsen.

Zu Sascha Blumstein wäre noch nachzutragen, daß er kurz nach der letzten Jahrhundertwende als Sohn eines aus Russisch-Polen stammenden jüdischen Einwanderers in Brooklyn, New York, N. Y., geboren worden ist. Der Vater wiederum stammte aus einer alten Rabbinerfamilie aus Plozk, womit wahrscheinlich Saschas scharfer Verstand erklärt ist.

Der bettelarme junge Rabbinersohn aus Plozk hat es durch eisernen Fleiß, Sparsamkeit und Geschick in Brooklyn zu einem leidlich einträglichen Eisenwarengeschäft gebracht. Dieser Ephraim Davidowitsch Blumstein setzte allen Ehrgeiz in seinen Sohn Sascha (Abkürzung von Alexander), der schon früh eine besondere intellektuelle Begabung erkennen ließ. Sascha absolvierte alle Schulen mit Auszeichnung und ergab sich dem Studium der Rechtswissenschaften. Er bestand seine Examina mit so viel Glanz, daß er praktisch vom Fleck des bestandenen Examens weg aufgefordert wurde, einer angesehenen Anwaltsfirma in Manhattan als Juniorpartner beizutreten.

Dort ist er so schnell vorangekommen, daß er nach dem Ausscheiden zweier älterer Partner, die sich zur Ruhe setzten, an die erste Stelle der Firma rückte.

Und Lucille? – Der jüngste Sohn der blaublütig-amerikanischen Geldfamilie Davis hatte allzu gewagt spekuliert und war, um seine Verluste vor dem streng puritanischen Papa geheimzuhalten, mit dem Strafgesetz in Konflikt geraten. Sascha verteidigte den jungen Herrn so überzeugend, daß Davis junior schließlich freigesprochen wurde mit der Auflage, den Schaden zu ersetzen, den er angerichtet hatte. Das fiel dem alten Davis nicht allzu schwer. Lucille Davis war überglücklich, daß der geliebte jüngste Bruder dem Strafrichter entgangen war, und verliebte sich Hals über Kopf in den äußerlich unscheinbaren Rechtsanwalt mit den merkwürdig starken und großen Augen und der schneidenden Intelligenz. Gegen alle Bedenken der Eltern (auch der Eltern Saschas) heiratete sie den Sohn der armen Einwanderer aus Brooklyn. Denn daß Sascha diese Lucille Davis geheiratet hätte, davon konnte keine Rede sein. Sascha wußte dies selbst. Er machte sich nie Illusionen, am wenigsten über sich selbst. Was er nicht wußte, war, ob er glücklich oder unglücklich darüber sein sollte – konnte sich sein Leben lang, bis es in Umnachtung endete, nicht darüber klarwerden. So war mein Freund Sascha Blumstein.

17

Heute mittag ist Oky Hansted mit seinen vier Männern aus Chicago von dem Jagdausflug an den unteren Klinaklini wohlbehalten zurückgekehrt. Heute, das ist Montag, der 21. Juni 1971. Eigentlich haben sich die fünf ein wenig verfrüht, wenn ich mich nicht verrechnet habe. Sie wollten erst morgen wieder hier ankommen. Aber die vier Gäste sind vom Jagdglück begünstigt worden, vielleicht hat Oky seine Wildnisnase besonders eifrig durch die Wälder schnuppern lassen. Sie haben zwei mächtige Schwarzbären, einen mittleren Elch und einen prächtigen Wapiti geschossen, eine sehr schöne Trophäe. Oky hat schwer arbeiten müssen, den beiden

Bären das Fell abzuziehen und die beiden anderen Tiere aus der Decke zuschlagen, eine blutige und schmutzige Arbeit, an der sich die Chicagoer kaum beteiligt haben, denn dazu gehören Erfahrung und Geschick. Sie haben zwei Bärenschinken und einige Stücke von Elch und Wapiti mitgebracht, Keule, Rücken; das meiste mußte im Wald zurückgelassen werden, wird verludern und die Kojoten in Nahrung setzen. Es kommt ja nichts um in der Wildnis.

Oky ist der Meinung, daß die Bären in diesem Jahr zahlreicher sind als gewöhnlich. Anscheinend sind sie alle gut durch den Winter gekommen. Oky zeigt sich wenig entzückt darüber. Es gefällt ihm nicht, wenn sich das Bärenvolk, vor allem die Grislys, in der näheren Umgebung unseres Wohnsitzes allzu stark vermehren. Er ist stets um die Sicherheit seiner Sommergäste, besonders der Kinder besorgt. Der Leichtsinn, mit dem sich viele der Leute aus den Städten den »lieben, netten« Bären, seien es auch nur kleinere Braunbären, nähern, treibt ihm immer wieder die Haare zu Berge.

Während ich nun am Abend hier an meinem Schreibtisch sitze, dies schreibe, aber immer wieder verlockt werde, über die große Wiese zum See Pourquoipas hinunterzublicken, wie er in seine üppigen Ufergebüsche gebettet ruht, die dunklen Wälderwände dahinter dunkler stets und dämmriger hochwallen zu sehen – über ihnen am fernsten Horizont das Band der Gletschergipfel des Küstengebirges, mattsilbern noch vor einer halben Stunde, als ich mit diesem Kapitel begann, doch nun von der lohenden Rotglut der scheidenden, für mich schon versunkenen Sonne überhaucht –, während ich so in unendlichem Frieden ringsum und in der warmen Stille der Einöden mich satt trinke an dem geliebten, sich immer wieder wandelnden Bild, während ich hier – um es ganz einfach zu sagen – das reuelose Glück des Alleinseins genieße, feiern die vier Chicagoer drüben, für mich, Gott sei Dank, weder sicht- noch hörbar, mit ihrem Führer Oky und überreichlich gefüttert von Lotta, den erfolgreichen Abschluß ihrer Jagdpartie. Das Trinkbare haben die vier in reicher Auswahl mitgebracht. Unsere Vorräte an Alkoholika sind nur bescheiden. Lotta wird schwitzen, kochen, braten, backen, Oky wird innerlich fluchen und sich schließlich, um die ganze Geschichte zu bestehen, mit Maßen einen Rausch antrinken. Ich war natürlich auch eingeladen, habe aber dringende Geschäftsbriefe vorgeschützt – das wirkt eigentlich stets. Geschäftsleute wie diese vier Männer aus Chicago haben wahrscheinlich oft genug erlebt, daß manche Geschäfte in der Tat keinen Aufschub vertragen. Ich hocke hier in meiner behaglichen Klause und sehe zu, wie die Pferde über die gemähte, aber schon wieder üppig nachsprießende Wiese zur Tränke hinunterziehen, glaube auch das stille Vergnügen in der Herde zu merken, daß die auf großer Fahrt gewesenen Tiere nach vollbrachter Reise wieder in die Gemeinschaft der übrigen, hiergebliebenen Rösser heimgekehrt sind. Sie jagen sich ein wenig, schnappen mit den Zähnen spielerisch nach den Widerristen der Gefährten, peitschen die schweren Schweife mächtig durch die Abendluft und stehen dann doch in voller Eintracht dicht beieinander am Seeufer, senken die weichen Mäuler ins kühle Naß und saufen ausgiebig. Und auch jetzt noch bleibt hier und da eines der Pferde, die auf Fahrt gewesen sind, stehen, schüttelt sich heftig, rollt sich auch mit Nachdruck im Gras – vier schlagende Hufe zappeln über schon wieder prallen Bäuchen in der Luft –, prusten, daß ich's bis zu mir herüberbrummen höre. Und ich hege nicht den geringsten Zweifel daran, daß das in der Pferdesprache bedeutet: brrr, Wotan und sämtlichen übrigen Pferdegöttern sei Dank, daß ich den verdammten Packsattel nicht mehr zu tragen brauche – oder: endlich bin ich den Dickbauch aus Chicago wieder los; der Bursche hing mir dauernd im Kreuz wie ein Doppelzentner Mehl!

Da kommt die gute Betsy vom Wasser heraufgeschlendert, der Nase nach auf mein Haus zu. Sie will sich ihren abendlichen Leckerbissen abholen, wird sich zwei oder drei Freundinnen mitbringen, die sich ebenfalls daran zu gewöhnen scheinen, so lange abends vor meiner Tür umherzutappen, zu schnauben, mit den Schweifen die Hauswand abzufegen, bis ich mich mit einigen Stücken Würfelzucker und einigen Scheiben Brot loskaufe. Dann ziehen sie befriedigt wieder ab. Betsy hat das in wenigen Tagen zu einer richtigen kleinen Gutenachtzeremonie entwickelt. Ich finde es reizend und spiele die mir zugedachte Rolle des wohlwollenden Leckerbissenlieferanten mit ausgesprochenem Vergnügen.

Da wandern sie heran, werden gleich um die Hausecke meinem Blick entschwinden, Betsy würdevoll vornweg, dann die zwei hübschen jungen Fuchsstuten. Die apfelschimmlige Zweijährige, die noch keine schwere Arbeit leistet, macht den Schluß; ich werde Oky vorschlagen, sie Sweetsy zu nennen; sie hat es noch nicht zu einem Namen gebracht.

Ich unterbreche also die Schreiberei, muß mich mit den erwarteten Leckerbissen versehen, um meine Freundinnen mit den wunderbaren Mähnen und den Schweifen bis zur Erde nicht zu enttäuschen.

So, das wäre wieder einmal aufs netteste erledigt. Wenn Betsy die ihr zugedachte Näscherei knirschend verzehrt hat, drängt sie sich gewöhnlich noch einen Schritt näher heran, hängt mir ihren großen Pferdekopf über die Schulter und ruckt mich ein wenig. Das fällt gewöhnlich etwas grob aus; mein Knochengestell ist nicht so standhaft wie das eines Rosses; aber ich weiß, es ist gut gemeint.

»All right, all right, Betsy, all right! Get off with you,

now! Get along, Betsy!« sage ich dann wohl, klopfe ihr den starken Hals. Sie dreht sich ab, bekommt noch einen kräftigen Klaps auf das wohlgepolsterte Hinterviertel und trabt mit leicht erhobenem Schweif um die Garage herum davon. Die jüngeren Pferdedamen werfen sich nach kurzem Zögern ebenfalls zur Seite und folgen der Tante in nervösem Kurzgalopp.

Jeden Abend entzückt mich diese kleine Vorstellung. Ich habe es gut, weiß Gott!, und bin dankbar dafür.

In den letzten, eben vergangenen Tagen habe ich die Skizze meiner Beziehungen zu den Freunden Hubert Berk, Sascha Blumstein und Walther Trockenholt nicht unterbrechen wollen. Aber jetzt muß ich einiges nachtragen:

Zu meinem Erstaunen entnahm ich vorgestern einem Brief von Hubert Berk aus Halifax, daß er und Hertha sich bereits auf kanadischem Boden befinden. Sie haben das schlechte und hartnäckig kalte Wetter in London nicht ausgehalten und sich vorzeitig auf die Reise nach Kanada begeben. Sie wollen wahrmachen, was ich ihnen schon seit Jahren nahelege – und was ich für eine der schönsten Reisen halte, die man auf dem Erdenrund unternehmen kann, nämlich mit dem Auto das ganze riesige Kanada von der Atlantischen bis zur Pazifischen Küste gemächlich abzufahren. Berk hat ja Geld genug und kann sich im Osten ein Auto mieten, das er dann im Westen wieder abgibt, falls er es nicht vorzieht, die herrliche Fahrt noch einmal zurückzuspulen, diesmal ostwärts; es bieten sich dabei unzählige Variationen der viele tausend Kilometer langen Fahrt an. Und an genauen und übersichtlichen Straßenkarten ist bei uns in Kanada kein Mangel.

Wenn er sich sehr herangehalten hat, könnten Hubert und Hertha bereits morgen hier eintreffen; sie können sich am

Steuer ablösen. Aber eine so prompte Ankunft kann ich ihnen nicht wünschen. Ich hoffe, daß sie sich Zeit lassen, ein paar Abstecher unternehmen und Gewalttouren vermeiden.

Auch Katlen hat ihre Besuchspläne ändern müssen; sie wird voraussichtlich etwas später zu mir kommen als ursprünglich geplant. Es wird nichts mit dem Familienbesuch. Harry Macphail, Katlens Mann, kann sich vorläufig nicht gestatten, auf Urlaub zu gehen. Das große Geschäft in Portland/Oregon erfordert noch immer Harrys intensive Aufmerksamkeit, damit es wirklich hält, was sich Harrys Firma davon verspricht. Wenn er nicht selbst in Portland tätig ist, muß er – wie Katlen schreibt: ›unbedingt‹ – in Victoria zu erreichen und jederzeit abrufbar sein. Zunächst muß er bis in die Mitte oder in die zweite Hälfte Juli in Portland verweilen.

Zugleich haben Harrys Eltern erklärt, ›unbedingt‹ mit der kleinen Prissy eine Schiffsreise die Inside-Passage nordwärts nach Alaska und wieder zurück unternehmen zu wollen und haben bereits eine gute Kabine auf einem der schönen Schiffe der Canadian Pacific belegt. Prissy hat sich, als Katlen letzthin mich fast eine Woche besucht hat, so musterhaft bei den Großeltern benommen und hat ihnen so viel Freude und Vergnügen bereitet, daß die alten Leute die weite, ja in der Tat unwahrscheinlich schöne Seereise ohne Bedenken mit dem Kinde wagen wollen. Katlen schreibt:

»Die alten Macphails sind nach Prissys letztem Dauerbesuch bei ihnen noch vernarrter in mein Fräulein Tochter als zuvor, obgleich das ja eigentlich kaum noch vorstellbar ist. Harry hat mich sehr gebeten, seinen Eltern die geplante Schiffsreise mit unserer Prinzessin nicht abzuschlagen; wir können ihnen keine größere Freude machen, als ihnen das Kind Ende Juni für die ersten drei Wochen des Juli zu überlassen; es wäre ein Jungbrunnen für sie. Da ich ja in der glücklichen Lage bin, mich nicht nur eines höchst liebenswerten Papas rühmen zu können, sondern auch noch über die nettesten Schwiegereltern von der Welt verfüge, werde ich also Prissy an die alten Macphails abtreten, Harry wieder nach Portland auf den Weg bringen und dann bis zu Prissys Rückkehr allein zu Dir an den Pourquoipas kommen – um mich im voraus für Prissys Heimkehr zu erholen; denn es wird einige zusammengebissene Zähne meinerseits und einige Tränen auf Prissys Seite kosten, ehe ich ihr drei Wochen großelterlichen Verzugs wieder abgewöhnt habe. Bis dahin wirst Du mich, lieber Vater, nach Herzenslust verwöhnen, wogegen nicht das geringste einzuwenden hat Deine Dich liebende Tochter Katlen.

PS: Deren Unarten kennst Du ja und bist selbst für sie verantwortlich.«

Dieser Brief ist ganz und gar Katlen, wie sie leibt und lebt. Katlen ist das Gelungenste, was mein Leben aufzuweisen hat. Wie wenig habe ich im Grunde dazu getan –! Jetzt aber muß ich noch von einem Erlebnis berichten, das sich am Vormittag des gleichen letzten Sonnabends zugetragen hat, an dessen Nachmittag ich die Briefe von Hubert und Katlen in Empfang nahm.

Wie immer in dieser Zeit der kürzesten Nächte war ich schon sehr früh aufgestanden – gegen halb vier. (Ich hole den entgangenen Schlaf dann lieber über Tag nach, wie es am besten einzurichten ist. Da ich völlig mein eigener Herr bin in meiner entlegenen Klause, kann ich mir den Tagesablauf gestalten, wie ich Lust habe, verrückt, normal oder faul wie eine Wagenrunge – und eines ist so gut wie das andere!) Ich hatte mir mein simples Frühstück bereitet: ein Glas Orangensaft aus der Büchse, eine kräftige Scheibe Käse und einige Scheiben Roggenbrot (Rye-Vita). Dann hatte ich die Küche wieder in Ordnung gebracht – es war ja nicht viel in Ordnung zu bringen, nach so einfachem Mahl – und hatte mich an meinen Tisch gesetzt, um weiterzuschreiben. Die Pferde waren nicht sichtbar; sie stehen über Nacht gewöhnlich unter den Baumkronen des Waldrands, wo sie der starke Tau nicht näßt. Später erst, wenn die Sonne schon die volle Tageswärme fühlbar werden läßt, verlassen die Pferde den Schutz des Waldrandes und schlendern eines nach dem anderen in lokkerem Gänsemarsch zum See hinunter, ihren Morgentrunk zu schlürfen – ein Bild, das in seiner allmorgendlichen Wiederkehr eine eigentümliche Beruhigung ausstrahlt; das Leben kehrt stets zu seinem gleichmütigen Gang zurück.

Ich wußte, daß Lotta an stillen Tagen wie diesem (keine Gäste auf der Ranch, keine besonders dringliche Arbeit und Oky weit weg irgendwo in fernen Waldgebirgen mit seinen vier Sonntagsjägern, wobei Lotta ihn noch nie begleitet hat), ja, an einem solchen Tage mit nur ein paar längst eingeübten Alltagspflichten bleibt Lotta gern ein oder zwei Stunden länger als gewöhnlich liegen und ruht sich aus, mögen Hühner und Gänse eine Stunde länger als sonst auf das Morgenfutter warten; das schadet ihnen nicht.

Ich machte mich also erst um acht Uhr morgens auf, Lotta meinen alltäglichen Besuch abzustatten – den sie erwartet, wenn Oky nicht am Platze ist. Sonst muß sie sich erst ins Auto setzen und zu mir herübergondeln, damit ich jeweils verrichte, was einem Mann besser von der Hand geht als einer Frau – falls dergleichen zu verrichten ist. Sie bot mir wie immer eine Tasse von ihrem guten Tee an – dem einzigen Luxus, den sie sich leistet: vorzüglichen »Darjeeling Flowery Orange Pekoe, First Flush«. Aber es wollte kein lustiges oder interessantes Gespräch in Gang kommen wie so häufig bei unseren stets erfreulichen Tête-à-têtes. Wieder war mir, als kämpfte Lotta in meiner Gegenwart mit einer nur schlecht verhohlenen Befangenheit, als setzte sie an, mir etwas zu sagen, und unterdrückte dann diesen Wunsch. Es konnte sich – wie ich mir sagte – nur um die noch immer schwebende Affäre des Verkaufs der Farm handeln. Sicherlich haben Oky und Lotta vereinbart, mich nicht ins Vertrauen zu ziehen, solange sie selbst sich in der Frage nach dem Sein oder Nichtsein der Hanstedschen Ranch noch nicht einig sind.

Da nichts Wesentliches vorlag, was meine Hilfe erforderlich machte, und da Lotta ihren verborgenen Mißmut, mir den zur Zeit einzig wichtigen Gegenstand verschweigen zu müssen, nicht recht verwinden konnte, empfahl ich mich schon nach einer halben Stunde Aufenthalts, nicht ohne indessen meinen Wochenbestellzettel hinterlassen zu haben, auf dem ich angebe, was mir der zweimal in der Woche die Ranch berührende Frachtfahrer von Williams Lake am Ost- oder von Bella Coola am Westende der Straße 20 mitbringen soll. Und diesmal hatte ich mich für Berks und Katlens bevorstehende Besuche besonders sorgfältig mit mancherlei zu versehen, was meinen Freunden den Aufenthalt am Pourquoipas behaglicher gestalten sollte – so diesmal zum Beispiel mit einer zuverlässigen neuen Weckeruhr für Berks Cabin (er ärgert sich jedesmal, wenn er den Glanz der frühen Einödmorgen am Pourquoipas verschläft) und mit einem dicken, warmen Vorleger für Katlens Bett in meinem Gastzimmer (der bisherige kommt mir schon seit längerer Zeit ein wenig schäbig und dünn vor).

Als ich Lottas Haustür hinter mir ins Schloß gezogen und ein paar Schritt ins Freie hinaus getan hatte, verlor sich die ungewisse Bedrücktheit schnell, die mich während des Zusammenseins mit Lotta beschlichen hatte. In prachtvoller Überfülle verströmte das Tagesgestirn sein goldenes Licht über Haus und Hof, Gärten, Wiesen und Wälder. Wo sonst, fragte ich mich in niemals langweilig werdender Entzückung, schimmert so herrlich tiefe makellose Bläue vom hohen Himmel hernieder als hier über unserer Rodung am blinkenden Pourquoipas!

Schon hatte ich den Pfad unter den Füßen, der jenseits des Ranchhofes zur Hengstwiese führt, am Waldrand westwärts, dann durch einen dichten Bestand von Weiden und Espen, über eine grobe Brücke den Pourquoipas Creek überschreitend und schließlich die große, grüne Wildwiese erreichend, die mit vielen unregelmäßigen Buchtungen sich zwischen den mäßig steil ansteigenden Wald und den hier recht breiten Schilfgürtel um den See lagert.

Wenn ich an Tagen, an denen Oky abwesend ist, Lotta besucht habe, schließe ich regelmäßig eine Visite bei meinem langjährigen Freund, dem Hengst Spotty, an. Wenn Oky im Lande ist, dann läßt sich das nicht immer ebenso selbstverständlich bewerkstelligen.

Ich öffnete das klobige hölzerne Schwingtor, welches das Gatter um die Hengstwiese unterbricht. Denn die Wiese muß natürlich umgattert sein, damit Spotty und seine Stuten sich nicht in die Wälder verlaufen und selbständige Königreiche bilden, wie es der Hengst Sorrel unseligen Angedenkens versucht hat. Die Einzäunung aus hochgebockten, quergelegten Fichtenstangen verläuft jedoch im Rand des Waldes oder unter dem Weidengebüsch, so daß man ihrer nur gewahr wird, wo sie sich mit dem Gattertor ins Freie drängt, um dem Weg vom Ranchhof her den Durchlaß zu der üppigen Wildwiese zu gewähren. Die Wiese selbst ist so weit und groß, bietet am Wald- und Buschrand so viele Verstecke und Schutzwinkel, daß die Tiere hier die volle Freiheit sicherlich nicht vermissen. Spotty ist ja nie allein, hat ständige Gesellschaft an drei alten Stuten. Außerdem sorgt Oky für Abwechslung auf der Hengstwiese, wenn er dem alten Fürsten des Pferdegeschlechts von Zeit zu Zeit die eine oder andere der jüngeren Stuten zuführt, wenn diese in »die bewußten Tage« gekommen sind.

Ich hatte das Tor nur angelehnt hinter mir, nicht den dicken Strick um die Pfosten geschlungen, der es sonst verschließt. Spotty und seine drei alten Damen waren zunächst nicht zu erblicken; sie würden auf irgendeiner der in den Busch hineinreichenden Wiesenzungen zu finden sein, wo das Gras dicht steht und – schon mit Waldkräutern vermischt – besonders schmackhaft zu sein scheint. Ich wanderte also halbrechts vom Tor auf die Wiese hinaus; sie war noch sehr naß, doch trug ich Gummistiefel, was sich um die Zeit des Vormittags stets empfiehlt. Ich steuerte auf die Spitze eines verwachsenen Waldstreifens zu, der etwa fünfzig Meter weit in die Wiese wie ein Keil vordringt. In der Bucht dahinter hatten die Pferde am Tag zuvor gestanden. Dort mochten sie auch jetzt zu finden sein.

Wie ich schon zwei Drittel des Abstands zwischen Tor und Waldstück hinter mich gebracht habe, nicht ohne Genuß das nasse Gras durchfurchend, höre ich hinter mir, schwach zwar, doch unverkennbar, jenes klappernde Geräusch, mit welchem das hölzerne Gestänge des Tors beim Zuschwingen an den groben Torpfosten schlägt.

Ich bleibe stehen und blicke mich um. Was ich sehe, beunruhigt mich zunächst nicht: ein ziemlich starker Schwarzbär, wahrscheinlich ein männliches Tier, ist mir durch die nicht verschlossene Pforte auf die Wiese gefolgt. Vielleicht hat sich das leicht schwingende Tor im Wind ein wenig bewegt und geöffnet, oder der Bär hat absichtlich oder unabsichtlich gegen das Tor gestoßen und hat sich auf diese Weise Zugang zur Hengstwiese verschafft. Ich hätte das Tor wieder zubinden sollen.

Das mächtige, etwa einen Meter hohe Tier mit dem runden Buckel der Schwarzbären schnüffelt am Tor ein wenig hin und her und setzt sich auf meine im nassen Gras nicht zu verfehlende Spur. Ich werde ein wenig unruhig. Im allgemeinen vermeiden die Bären den Menschen und drücken sich seitwärts davon, wenn man ihnen in der Wildnis begegnet, es sei denn, man stolpert so plötzlich und unvermutet über sie her, daß sie sich angegriffen fühlen müssen. Graubären allerdings, Grislys, sind vollkommen unberechenbar; sie greifen auch unprovoziert an, wenn es ihnen gerade in den Sinn kommt – und keiner weiß, wann das geschieht. Grislys erreichen eine Schulterhöhe von anderthalb und eine Länge von zweieinhalb Metern, sind gewalttätige, ewig schlecht gelaunte Burschen; es empfiehlt sich, ihnen lieber gar nicht erst zu begegnen.

Der Bär trottet also auf meiner Spur hinter mir her, bleibt manchmal stehen und schnüffelt an der Fährte. Die Sache wird mir unheimlich. Das Tier kann mich einholen, wenn es das will. Aber will es das wirklich? Auf alle Fälle möchte ich ihm nicht auf der leeren Wiese mit leeren Händen begegnen. Ich beeile mich also, die Waldspitze und an ihrer anderen Seite die kleine Pferdeherde zu erreichen. Mit Pferden haben Bären nichts im Sinn, Pferde mit Bären noch viel weniger.

Als ich mich an der Waldspitze wieder umdrehe, vergeht mir die Lust an dem kleinen Wildnisspiel durchaus. Der Bär hat den Abstand zwischen sich und mir beträchtlich verringert und verfolgt meine Fährte mit dem zu Boden gesenkten spitzen, flachen Bärenkopf, als sei das für ihn von größter Wichtigkeit.

Ich setze mich in Trab, umrunde die Waldecke. Einige Steine kullern mir vom Herzen: nur etwa dreißig Schritt weiter steht die Pferdeherde. Spotty, das starke, große Tier mit den erstaunlich feinen Beingelenken, wirft erschreckt den Kopf auf, wie ich ungewohnt plötzlich auf dem Plan erscheine, erkennt mich aber sofort, schlägt den langen Schweif erst nach rechts, dann links um seine braun- und weißgescheckten Flanken und schreitet schließlich würdevoll auf mich zu, um mich zu begrüßen.

Ich habe Spotty erreicht. Das Tier drängt seinen schönen Kopf an meine Brust – und wirft mich beinahe um, da es erneut das Haupt hochschnellen läßt und zu der Waldecke äugt, um die ich einige Sekunden zuvor herumgebogen bin. Ich nehme aus den Augenwinkeln wahr, wie die Stuten die Schweife aufstellen, in einem Bogen trabend abschwenken, wobei sie die Vorderbeine merkwürdig hoch anwinkeln bei jedem Schritt, als wollten sie über ein Hindernis hinwegsteigen.

Der Bär ist immer noch auf meiner Spur und hält geradewegs auf Spotty und mich zu. Spotty hat dergleichen wahrscheinlich bisher genausowenig erlebt wie ich.

Ich spüre, wie der Hengst neben mir plötzlich erstarrt. Einer jähen Eingebung folgend, greife ich mit beiden Händen in seine Mähne, mit der Rechten dorthin, wo die Mähne an seinem Widerrist beginnt, mit der Linken etwas höher. Ich gehe ein wenig in die Knie, stoße mich dann mit aller Kraft vom Boden hoch und erreiche auch wirklich den hohen Pferderücken, auf den ich mit dem Bauch zu liegen komme. Da Spotty keinen Widerspruch erhebt und immer noch wie erstarrt steht, habe ich im Nu das rechte Bein über das Rückgrat des Tieres geschwungen und sitze fest im Sattel – ohne Sattel natürlich.

Spotty ist schon lange nicht mehr unter einem Reiter gegangen; aber wir sind befreundet. Ich klopfe seinen Hals. Er nimmt es auch keineswegs übel, daß ich ihn so mir nichts, dir nichts erklommen habe, ohne ihn erst darauf vorzubereiten. Vielleicht hat er mich überhaupt nicht wahrgenommen. Seine Aufmerksamkeit ist auf den Bären gerichtet, der jetzt verdutzt zu bemerken scheint, daß das zweibeinige Wesen, das er verfolgte, urplötzlich verschwunden ist und sich in einen mächtigen Vierbeiner verwandelt hat.

Die beiden Tiere stehen sich ein paar unwägbare Augenblicke lang starr gegenüber. Dann spüre ich's wie einen elektrischen Schlag unter meinem Sitz, daß sich die Muskeln des Hengstes jäh straffen. Spotty hebt die Vorderbeine kurz einmal, zweimal vom Erdboden ab, richtet den Hals auf; ich ahne schon, was kommen wird, und kralle mich mit beiden Fäusten in die Mähne des Pferdes.

Und schon stellt sich der Hengst auf den Hinterbeinen auf, mit den Hufen der Vorderbeine schlagend. Zornig schnaubt er durch die Nase, ein urwilder Ton. Ich habe mich mit Händen und Beinen unter äußerster Anstrengung festzuklammern, um nicht von dem glatten Rücken über die Kruppe abzurutschen. Der Hengst läßt sich wieder nach vorn fallen, springt zwei, drei Schritte vor und erhebt sich nochmals mächtig auf den Hinterbeinen.

Ein so riesengroß aufgerichtetes Tier bietet einen furchterregenden Anblick, wie ich aus meinem Recontre mit Sorrel, dem Fuchshengst, wohl bestätigen kann. Der Bär vermag dieser Darbietung von Kraft und Unerschrockenheit keineswegs standzuhalten. Er wirft sich, als sei er plötzlich aus einer Erstarrung erwacht, auf seinen Hinterpranken herum – eine sonderbar weiche Bewegung, als sei er aus Watte – und macht sich in höchster Eile mit plump wirkenden, aber schnellen Sätzen davon, schnurstracks zum schützenden Waldrand, wo ihn das dichte Unterholz aufnimmt und verschluckt; ein paar Büsche bewegen sich noch. Dann war es, als hätte es ihn nie gegeben.

Der Hengst hatte das Raubtier nur wenige Schritt weit verfolgt. In das Dickicht konnte er ohnehin nicht vordringen. Er hatte seine Pflicht getan und den Eindringling vertrieben.

Die Stuten grasten schon wieder, als wenn nichts geschehen wäre. Als ich aber den Hengst mit gütlichem Zureden, ein paar Klapsen auf den festen, nervigen Hals und den Druck meiner Schenkel aufforderte, mich zum Gattertor der Wiese zurückzutragen, und das Tier schließlich auch nach einigem Zögern meinen Wunsch erfüllte, schlossen sich uns die drei Stuten sofort an. Ohne ihren Herrn und Gebieter mochten sie nicht in der versteckten Wiesenbucht allein bleiben. Der dichte Wald konnte jederzeit neue Überraschungen auf die Wiese entlassen. Es war besser, sich zusammenzuhalten.

An dem wieder zugefallenen Gattertor verhielt Spotty. Ich ließ mich von seinem Rücken gleiten. Er wendete den schönen Kopf mit der langgestreckten weißen Blesse zu mir zurück. Ja, ganz gewiß, Spotty, heute hast du dir die Leckerei wirklich verdient. Lotta hatte mir drei Schnitten alten Weißbrots mitgegeben; ein paar Stückchen Würfelzucker hatte ich selbst mitgehen heißen. Das Brot hatte zwar bei meinem Reiterkunststück etwas gelitten. Das focht aber Spotty nicht an; er zerknirschte die harten Scheiben mit großem Genuß, während seine drei Damen respektvoll und wahrscheinlich neidvoll in der Runde zusahen.

Ich schob mich durch das Tor nach draußen. Diesmal band ich es sorgfältig am Pfosten fest. Oky hat mich stets ermahnt, dies Festbinden nicht zu vergessen, auch wenn ich schon nach kurzer Zeit zurückkehren wollte und den Knoten wieder lösen müßte. In solchen Sachen hat Oky immer recht, wie ich wieder einmal feststellte.

Ich kann mir jedoch nicht vorstellen, daß der Bär mir wirklich ans Leder gewollt hat. Wahrscheinlich hatte irgend etwas an meiner Fährte ihn besonders neugierig gemacht, vielleicht die Duftspuren meiner Gummistiefel, die er wahrscheinlich noch nie zuvor erlebt haben mochte. Wahrscheinlich wäre er vor mir, wenn ich ihn angebrüllt hätte, ebenso ins Unterholz abgebogen wie vor dem sich bäumenden Hengst. Vielleicht. Schwarzbären mögen gut bei Laune sein oder nicht. Wenn man unbewaffnet ist, empfiehlt es sich, davon auszugehen, daß man einer unberechenbaren Bestie gegenübersteht.

Als ich auf dem Rückweg wieder über den Ranchhof wandern mußte und Lotta begegnete, hütete ich mich, ihr von der eine halbe Stunde zuvor überstandenen Begegnung mit dem Bären zu berichten. Warum sollte ich sie beunruhigen? Auf den Ranchhof trauen sich die Bären nicht, dafür sorgen Lottas Hunde, zwei stämmige Boxer, die sich nicht einmal vor dem Teufel fürchten. Ich mag die beiden Hunde nicht besonders leiden, sie sind mir zu häßlich. Das spüren sie natürlich und begnügen sich damit, mich zu respektieren – oder besser: zu dulden.

Mit Oky jedoch werde ich sprechen müssen, wenn die vier Jagdgäste erst die Ranch verlassen haben. Wir können keinesfalls erlauben, daß sich Bären in der näheren Umgebung unserer Rodung festsetzen. Wir haben das von uns beanspruchte Gebiet ebenso von fremden und unerwünschten Eindringlingen freizuhalten, wie die wilden Tiere der Wälder dies in ihren Jagdgebieten besorgen.

Inzwischen sind nun die Chicagoer wieder abgerollt. Man schreibt heute schon Mittwoch, den 23. Juni 1971. Das Elch- und das Hirschgeweih starrten vom Dach ihres Autos, wie das im offenherzigen Amerika Mode ist. Die beiden Bärenfelle will Oky erst einmal spannen und trocknen und dann mit dem Frachtfahrer in die Gerberei schicken. Später werden sie in Chicagoer Living-rooms vor den Kaminen liegen und ihren Besitzern bei Bedarf erwünschten Vorwand bieten, mit Wildnismut und Jagdglück auf mehr oder weniger ungenierte Weise zu renommieren.

Oky hat ein sehr bedenkliches Gesicht gemacht, als ich ihm unter vier Augen von dem Vorfall auf der Hengstwiese Bericht erstattete. Er meinte:

»Nachbar Fennimoor hat schon neulich davon gesprochen, daß wir dies Jahr so etwas wie eine Bärenplage erleben werden. Die Burschen sind über seine Bienenstöcke hergefallen und haben bis auf zwei Stöcke alles verwüstet. Er kam zu spät dazu, sie zu vertreiben, hatte auch kein Gewehr bei sich. Er will die restlichen Stöcke auf seinen Dachboden stellen. Denn wenn die Bären erst einmal wissen, wo Honig zu holen ist, dann wird man sie nicht mehr los. Fennimoor wäre sofort mit von der Partie, wenn ich vorschlage, wir sollten das Land um die Ranch auf fünf Meilen im Umkreis mit Hunden abkämmen und jeden Bären ins Jenseits befördern, der uns begegnet; besonders die Jungtiere müssen abgeschossen werden, damit der Nachwuchs gar nicht erst hochkommt. – Wenn du mitmachen würdest, Hans, könnten wir die Kreise breit genug schlagen, die wir um die Ranch ziehen müßten. Es würde uns dann wohl kaum ein Tier entgehen.«

»Sicherlich, Oky, ich bin dabei, wenn es sein muß. Die Biester dürfen uns nicht zu nah auf den Leib rücken. Ich schieße nicht gerne, das weißt du. Aber wir müssen sie vergrämen; sie haben ja ein paar tausend Quadratmeilen Platz im Norden wie im Süden. Dort kommen sie niemand in die Quere.«

Wir wurden uns jedoch schnell darüber einig, daß in den kommenden Wochen oder sogar Monaten das große Treiben noch nicht veranstaltet werden kann. Die Bärenhetze war nur zu denken, wenn auf der Ranch keine Fremden wohnten. Doch nun erwarteten wir Berks; Katlen würde kommen. Für Anfang Juli hatten drei Männer aus Seattle sich zu einer längeren Partie in die Vorberge der Monarch

Mountains – genau westlich von uns – angesagt. Und danach hatte Lotta ihre Gasthütten bis in die Mitte des September hinein vermietet. Während all dieser Zeit war Oky an den Hof oder seine Jagdgesellschaften gebunden. Es blieb allein übrig, die Gäste strengstens anzuhalten, die nähere Umgebung des Haupthauses nur in Begleitung der Hunde oder zu Pferde zu verlassen. Wer sich nach dieser Regel richtet, der braucht keine peinlichen Überraschungen zu befürchten.

Gestern abend ist mir etwas Merkwürdiges passiert. Ich bin noch nicht damit fertig geworden. Ich will also ein paar Zeilen darüber schreiben. (Das »also« des letzten Satzes ist mir ganz unwillkürlich aus dem Kugelschreiber geflossen und offenbart vielleicht, daß ich mit der großen Masse dessen, was ich bisher aufgeschrieben habe – in sechs Wochen, es ist kaum zu glauben! –, »noch nicht fertig geworden« bin. Was will ich mir da von der Seele reden oder schreiben, was? Wenn ich das nur wüßte!)

Ich trete vor dem Schlafengehen noch einmal an mein großes Fenster, um zu sehen, wie sich die Nacht anlassen wird. Meine Schreibtischlampe hatte ich noch nicht entzündet. Es bleibt ja jetzt sehr lange hell. Die Pferde waren nicht mehr zu erblicken. Meine Betsy gibt gewöhnlich das Zeichen zum Aufbruch von der Wiese an den Waldrand, wenn sie mir ihren allabendlichen Besuch an der Haustür abgestattet hat. Dabei hinterläßt sie mit ihren jüngeren Begleiterinnen gewöhnlich einige Häuflein wohlgeformter Äpfel, die ich dann am Tage darauf wegzuschaffen oder zu verwerfen habe. Aber was tut man als alter Mann nicht alles für so liebenswerte Verehrerinnen! Nachdem ich am Fenster festgestellt hatte, daß das Wetter schön bleiben würde – nur weit im Süden über dem Waddington und dem Munday-Massiv stand schweres Gewölk; aber das erreicht uns nie –, wende ich mich ab, um zwischen Fenster und Schreibtisch hervor wieder ins Zimmer zu treten. Dabei muß der untere Teil meiner Jacke auf die Schreibtischplatte zu liegen gekommen sein. Er zerrt die kleine Kupferschale, die auf der rechten Ecke des Schreibtisches steht, zu Boden. Mit hartem Scheppern schlägt die Schale auf, schwirrt noch eine Sekunde und bleibt dann still liegen.

In der Schale aber hat Susannes »Logbuch« gelegen, dies einzige echte Zeichen meiner abgeschiedenen Geliebten, das Fritze mir aus Deutschland mitgebracht hat und das ich mir auf meinen Tisch gestellt habe, damit es mir dort ganz nahe ist, wo ich im Hause die meiste Zeit verbringe, damit ich es jeden Tag mit meinen Augen, manchmal auch mit leisen Fingern streicheln kann.

Das Büchlein ist ein paar Schritt über den Boden weitergerutscht. Ich bin so bestürzt, als hätte ich etwas Lebendiges verletzt. Ich hebe das Buch auf und auch die Schale, säubere beides mit meinem Taschentuch und setze es wieder an seinen Standort am rechten oberen Schreibtischende.

Der winzige Vorfall hat mich erregt. Habe ich ihr wieder etwas angetan, was ich ihr nicht hätte antun sollen oder dürfen? Unsinn, es handelt sich ja nur um tote Gegenstände –!

Aber dann hocke ich doch auf dem Stuhl am Schreibtisch, sehe die Schale mit sinkender Nacht immer schattenhafter werden, immer dunkler, ein schwarzsamtener Flecken nur noch auf der helleren Platte – und fange wieder an zu grübeln – wie immer häufiger in den letzten Wochen.

Dank der gründlichen Durchleuchtung und Vorbereitung meines Falles durch den klugen Sascha Blumstein bin ich nach dem Ende des Krieges verhältnismäßig schnell wieder in den uneingeschränkten Genuß meines kanadischen Bürgerrechts gekommen. Als nach Saschas Meinung an meiner

Aussage nichts mehr zu klären, zu bestätigen, zu beweisen war, hat mich Sascha in seinen Jeep gepackt und ist persönlich mit mir nach Norden gefahren, um mich dem kanadischen Vernehmungsoffizier, seinem Gegenstück bei den kanadischen Besatzungstruppen, zu übergeben und gleichzeitig meinen Fall mit allen juristischen Einzelheiten nicht nur zu erläutern, sondern auch allen denkbaren Einwänden zuvorzukommen. Er hatte sich, wie es ihm allein behagte, aus einem Ankläger in einen Verteidiger verwandelt – und er war in den langen Debatten, in welchen wir dem Irrsinn und dem Verhängnis des vergangenen Krieges und seiner noch schrecklicheren Randerscheinungen auf die Spur zu kommen suchten, mein Freund geworden. Er hatte begriffen, daß ich in voller Freiheit und Bewußtheit das enge, verklemmte Deutschland und Europa mit Amerika vertauscht hatte, daß ich aus voller Überzeugung Kanadier geworden war, daß ich danach keinen Augenblick lang mehr in der Versuchung gestanden hatte, mich mit einem der Hybris verfallenen Deutschland zu identifizieren. Ich hatte mich lediglich so klein und unscheinbar gemacht wie möglich, hatte mich nicht gerührt und mich erst zur Flucht entschlossen, als nur noch Flucht nach Westen die Chance bot zu überleben.

Der kanadische Herr, dem ich übergeben worden war, Distriktsrichter aus Medecine Hat, Alberta, etwas säuerlich hochfahrend, sehr den »Herrn Major« herauskehrend, hat sich nur einmal mit mir ausführlich unterhalten und dann so liebenswürdig, wie seine Natur es erlaubte, versprochen, meine volle Rehabilitation und meinen Rücktransport nach Kanada mit so wenig Verzögerung wie möglich in die Wege zu leiten. Er empfahl mir, bis zu meiner Abreise in dem winzigen »Lager« zu bleiben, das in einer kleinen Stadt unweit Hamburg in einem unversehrt gebliebenen Hotel eingerichtet war. Er empfahl mir weiter, gar nicht erst daran zu denken, größere – oder auch nur kleinere – Reisen in das geschlagene Deutschland zu versuchen. Auch Verbindung zu Deutschen sollte ich möglichst nicht aufnehmen, da vorläufig jeder Deutsche bis zum Beweis des Gegenteils unter dem Verdacht stünde, aktiver Nazi gewesen zu sein.

Ich brauchte nicht hellsichtig zu sein, um zu begreifen, daß diese »Empfehlungen« einem Befehl gleichkamen. Das Land stand unter Kriegsrecht, ich natürlich auch. »Fraternization« mit dem Besiegten galt als strafwürdiges Verbrechen. Der kanadische Justizoffizier meinte außerdem, die Verhältnisse im geschlagenen Deutschland seien »awful and stinking« – schrecklich und eklig –, und man überließe die Leute am besten sich selbst. Das Schicksal, das sie über sich heraufbeschworen hätten, müßten sie nun eben ausbaden.

Ich ließ mir das alles gesagt sein und habe mich im Winter 1945/46 im wesentlichen auf mein dürftiges Kleinstadthotel beschränkt, denn es dauerte schließlich doch noch bis zum Februar 1946, ehe meine Papiere alle in Ordnung waren, ehe mir die Passage auf einem Schiff gesichert war. Ich bin schließlich von Esbjerg in Dänemark nach Saint John in Neu-Braunschweig gefahren und betrat dort, ohne auch nur eine Spur von Aufsehen zu erregen, wieder kanadischen Boden.

Immerhin haben mir die drei Monate in dem »Ersten Haus am Platze« jener Kleinstadt, deren Namen ich verschweigen will, einen gewissen Einblick in die damaligen Zustände in Deutschland verschafft. Ich war ja nicht mehr »interniert« und in meiner Bewegungsfreiheit offiziell nicht mehr beschränkt. Auch hatten wir deutsche Dienstboten in dem Hotel, einen deutschen Koch, einen älteren Herrn, der in großen Hamburger Hotels die berühmten »besseren Tage« erlebt hatte. Und auch die Besitzerfamilie hauste, sicherlich sehr beengt, in einigen Dachräumen, hatte aber im ganzen Hause nichts mehr zu sagen, da der Wirt »in der Partei gewesen«

war. Der Mann hatte, um zur Bodentreppe zu gelangen, durch den Gang im zweiten Stock, an dessen Ende mein Zimmer lag, an meiner Tür vorbeizugehen. Ich bin ihm einige Male begegnet. Wir grüßten uns schließlich und haben uns dann auch mehrfach unterhalten. Er machte auf mich den Eindruck eines harmlosen Mannes, weder zu besonders hehren noch zu verruchten Taten fähig, war genau das, was man sich unter dem Besitzer eines Kleinstadthotels vorstellen mag. Eines Ausspruchs von ihm werde ich mich stets entsinnen, weil er mir die damaligen menschlichen Verhältnisse in Deutschland treffend zu kennzeichnen schien: »Wissen Sie, Herr Reckel, früher hat man uns eingeredet, daß die deutsche Nation die großartigste auf der ganzen Erde ist – Deutschland über alles! –, und jetzt redet man uns ein, wir seien nur der größte Dreck. Früher wollten alle meine Nachbarn hier die besten Nationalsozialisten sein – und jetzt gibt es plötzlich keine mehr. Keiner will dabeigewesen sein, wie ›Heil, Heil!‹ geschrien wurde. Um zu beweisen, daß das so ist, rennt er zu den Engländern oder den Amis und gibt einen oder zwei Landsleute an, die nach seiner Meinung die allerschlimmsten Nazis gewesen sind.«

Nach solchen Auskünften verspürte ich erst recht keine Lust, mich in die damalige deutsche Wirklichkeit hinauszuwagen. Alles, was die Landfremden über die Deutschen sagten, und umgekehrt, was die Deutschen über sich selber sagten, schien mir merkwürdig schief und nicht recht glaubwürdig. Die Nation, aus der ich hervorgegangen war, hatte ihren Kompaß verloren, und ich wollte mir kein Urteil darüber anmaßen, ob sie ihn je wiedergewinnen, ob sie je wieder einen sinnvollen und gesunden Anschluß an die eigene Vergangenheit finden würde. Bis zum heutigen Tage in diesem Jahre des Heils 1971 bezweifle ich, daß es ihr gelungen ist. Doch regt mich das nicht mehr auf. Ich gehöre dieser Nation nicht mehr an. Die heutigen jungen Leute reden viel davon – wie ich den Zeitungen und Zeitschriften entnehme –, daß Parteien, Verbände, Regierungen die Völker »manipulieren«, und verkünden dies als die größte Entdekkung des Jahrhunderts. In Wahrheit ist das seit Olims Zeiten so gewesen. Regieren ist ohne Manipulieren gar nicht möglich. Überall werden die blöden Völker manipuliert, in Peking wie in Moskau, in Paris wie in Washington. Der Unterschied ist nur der, daß man es in Paris und Washington den Manipulierern gelegentlich unter die Nase reiben kann, was für Manipulationsspäße sie sich unterstehen, den Leuten zuzumuten. Wer dergleichen in Peking, Moskau oder im Hakenkreuz-Berlin zu unternehmen vorwitzig genug ist oder war, der tat und tut gut, vorher sein Testament zu machen.

In British Columbia fand ich zu meiner grenzenlosen Erleichterung alle meine Verhältnisse in bester Ordnung vor. Katlen und Fritze hatten sich unter Stangels freundlicher und fester Hand prächtig entwickelt. Der alte Hafner hatte mein formell auf ihn übertragenes Vermögen ebenso wie sein eigenes umsichtig vermehrt und übertrug es nun auf mich zurück. Ich war nach kanadischen Begriffen ein wohlhabender, nach deutschen ein reicher Mann.

Das wunderbare Bergland im fernen Westen, in dem kein Haus »zerbombt« war, alle Eisenbahnen fuhren, alle Telefone klingelten, alle Banken Schecks kassierten, als lägen die Wüsteneien in weiten Gebieten Europas auf einem ganz anderen, ganz unglaubwürdigen Stern, meine schöne zweite Heimat umfing mich wie mit Mutterarmen. Ich ging für den Frühling 1946 zu den Värkinens am Woodpecker-Bach. Ich sah sofort, daß ich ihnen meine Farm würde verkaufen müssen. Sie hatten den Betrieb mit Fleiß und Umsicht geführt und den Pachtzins wie vereinbart auf das Konto »Fritz Reckel« bei der Bank in Osceola eingezahlt. Der Betrieb war der ihre geworden und ganz und gar mit ihrem eigenen verwachsen. Und ich würde niemals mehr Wert darauf legen, den Farmer zu spielen, schon gar nicht am Woodpecker-Bach, denn – überall war Susanne.

Dort am Woodpecker hatte ich mit ihr die glücklichen schweren Jahre des Anfangs, dort die glücklichen leichten Jahre vor unserer verhängnisvollen Reise nach Europa vor dem Weltkrieg erlebt. Überall war Susanne, stand stumm am Fenster und blickte hinaus, wanderte leise über die Veranda, legte kaum spürbar ihre Hand auf die meine, blickte mich bei Tisch wortlos an, lange Zeit, erhob sich ohne einen Laut und verließ das Zimmer durch die geschlossene Tür.

Ich fragte mich: Was ist dies? Hatte ich nicht alles getan, was zu tun gewesen war? Hatte ich mich nicht erst dann in Sicherheit gebracht, als keine andere Wahl mehr blieb – wie sie es mir aufgetragen hätte, wenn sie damals noch gelebt hätte? Hatte ich nicht die Kinder wiedergesehen und dafür gesorgt, daß ihr weiterer Weg gerade und geebnet blieb, hatten sie nicht mit mir, wenn auch nicht mehr die Mutter, so doch wenigstens den Vater uneingeschränkt wiederbekommen? Hatte ich nicht unser nur auf eigene Faust und Risiko erworbenes Vermögen um der Kinder und unserer selbst willen wieder in eigene Regie übernommen, entschlossen, es weiter zu mehren, als lebten wir alle noch wie früher miteinander, Susanne und Katlen, Fritze und ich?

Ich hatte alles getan, was zu tun gewesen war, so, als ob sie noch gelebt und neben mir gestanden hätte.

Nur eins hatte ich noch nicht getan: mir ein für allemal und unbezweifelbar die Gewißheit verschafft, daß sie bei der Katastrophe in dem Hohlweg am Kublinka-Bach mit unserem Kinde, dem kleinen Erik, wirklich umgekommen war.

Sascha Blumstein ist es gewesen, der mir gleich bei unserem ersten Zusammentreffen den groben Block vor die Füße gerollt hatte:

Wo ist dein Beweis dafür, Hans Reckel, daß damals deine Frau und dein Kind wirklich mit den andern guten Leuten aus Tiefentalau, mit der Baronin, mit Kandzidulski, Leszinski, Wusek, Pracke, ihren und weiteren Familien allesamt vernichtet worden sind? Gewiß, es war Nacht, und der Schnee bedeckte schließlich die Stätte der Katastrophe mit einem alles Grauen und alle Qual verhüllenden Leichentuch. Schließlich bist du, Hans Reckel, nach Westen losgeritten, in deiner Verwirrung und Verzweiflung meinend, hinter dir sei nichts und niemand mehr am Leben. Aber einen Beweis, einen unumstößlichen Beweis, den hast du nicht aufzuweisen, Hans Reckel!

Diese Zweifel verwandelten sich langsam in eine Art von Besessenheit. Ich hatte mir in Osceola am Stadtrand ein hübsches Haus gemietet und war mit Katlen und Fritze unter das gleiche Dach gezogen. Es hatte sich eine Schwester von Pastor Stangel gefunden, eine ältere, freundliche Dame, die in Kamloops Leiterin der Küche eines großen Krankenhauses gewesen war, die führte uns dreien sehr angenehm und ohne großen Aufwand die Wirtschaft. Meine Geschäfte nahmen am Tag nur zwei, drei Stunden in Anspruch und setzten mich selten unter Zwang. Die übrige Zeit konnte ich den Kindern widmen. Fritze hatte die Schule schon hinter sich und mit der Ausbildung auf dem College begonnen. Katlen, sehr tüchtig in der Schule, war drauf und dran, den gleichen Weg zu beschreiten. Zu meinem eigenen Erstaunen gab es keine Differenzen zwischen mir und den Kindern. Ich nahm sie als Erwachsene und fand mich zu Rat – und dann auch

Tat – nur bereit, wenn ich darum gebeten wurde. Die beiden hatten sich auch ohne mich vorzüglich entwickelt; es wäre dumm, überflüssig, ja unverantwortlich gewesen, mich mit meinen Vorstellungen einzumengen. Wir waren alle nach so langer Zeit der Trennung besten Willens, respektierten auch des anderen Eigenständigkeit, wir wurden Freunde. Aber gerade weil das so war, weil sich gar keine Probleme aufdrängten, die bewältigt werden mußten, kreisten meine Gedanken immer enger um die Frage: müßte ich noch einmal zurück nach Europa, um mir die fehlende Gewißheit zu verschaffen, die traurige Gewißheit, daß Susanne, meine geliebte Frau, nicht mehr am Leben war? Ich besprach es schließlich mit den Kindern. Katlen antwortete ohne Zögern: »Ja, das mußt du tun, Vater!« – Fritze jedoch zögerte lange: »Wieder willst du uns allein lassen, Vater. Wir sind doch lange genug allein gewesen. Du verschwendest Zeit, Kraft und Geld. Mutter ist tot. Wir werden sie nie wiedersehen. Was ist da noch zu bestätigen?«

Um eine lange und ermüdende Geschichte kurz zu machen: Ich habe es zweimal versucht, 1947 und 1949. Ich bin niemals weiter als bis nach Berlin vorgedrungen. Meine eigenen Leute, die kanadischen Behörden, machten mir die größten Schwierigkeiten, die polnischen und die russischen mit bleiernem Mißtrauen noch viel größere. Der Kalte Krieg war inzwischen ausgebrochen. Was spielten da die Zweifel eines gleichgültigen, einflußlosen Mannes aus dem fernen Westen für eine Rolle? Gar keine! Es lohnte sich nicht, weitere Formulare auszufüllen. Millionen, ungezählte Millionen von Menschen waren in den Jahren des Krieges und danach umgekommen: in Rußland, in Polen, auf dem Balkan, in Italien, Österreich, Deutschland, Frankreich, England, Norwegen. Eine Frau, ein Kind mehr oder weniger, was bedeutete das schon! Ein kanadischer Offizier der Militärverwaltung in Berlin, den ich wahrscheinlich allzu zähe und unerbittlich bedrängt hatte, sagte mir schließlich in schlecht verhehltem Zorn:

»Sie hätten eben 1939, als sich der Krieg schon ankündigte, zu Hause bleiben sollen. Dann wäre Ihnen und Ihrer Familie nichts passiert.«

Ich hätte – natürlich hätte ich! Nachher ist man stets klüger als vorher.

Nicht ein so oder so gefaßter, mehr oder weniger zufälliger Entschluß – es wird eine viel stärkere Macht im Spiele gewesen sein, die für Susanne und unser kleines Kind den Untergang, für mich den vorläufigen Fortbestand beschlossen hatte.

Ich habe mich zu fügen – ob mir das nun paßt oder nicht!

18

Heute, am späten Nachmittag des 24. Juni 1971, sind uns die Berks auf den Hof gerollt. Ich war gerade bei Hansteds drüben. Wir wollten uns eben zum Abendbrot niedersetzen, als plötzlich ein Autohorn vor der Tür gewaltig zu blasen anfing. Solch Lärm ist bei uns durchaus nicht üblich. Wir stürzten hinaus. Hubert und Hertha stiegen in der gleichen Sekunde aus dem wieder schweigenden Auto. Hühner, Puten, Gänse, Enten waren vor soviel Getöse nach allen Seiten geflüchtet und blickten nun dumm aus weitem Halbkreis herüber, wie wir uns herzlich und geräuschvoll begrüßten, umarmten, die Hände schüttelten und des Vergnügens, uns alle gesund und munter wiederzusehen, kein Ende finden konnten. Die Hunde, solche Emotionen durchaus nicht gewöhnt, schlugen mißtrauische Zirkel um uns her. Ganz in der Ferne standen die Pferde der Hauswiese, hatten uns allesamt ihre Köpfe zugewendet. Ein bedeutendes Ereignis in der Tat, wie es sich auf Hansteds Ranch schon seit langem nicht mehr abgespielt hat – und das Erfreulichste daran – scheint mir – ist in der Tatsache zu sehen, daß sich die Freude auf allen Seiten echt und herzlich entfaltete.

Natürlich stellte Lotta das Abendbrot auf kleinstes Feuer zurück. Berks sollten sich schnell in ihrer »Cabin« etablieren, ein wenig frisch machen und dann gleich mit uns ihr Empfangsmahl einnehmen.

Hubert war wohl ein wenig enttäuscht, daß ich ihn und seine Frau nicht in meinem Haus unterbrachte, aber Hertha verstand sofort, daß man Katlen kaum allein in ein einsames Blockhaus am Waldrand legen konnte, wenn sie in den nächsten Tagen erscheinen würde. Die Aussicht, meine Katlen ausführlich kennenzulernen, besänftigte Hubert offensichtlich. Die Berks wissen ja, daß ich mich mit meiner Adoptivtochter ganz besonders einig fühle, daß ich sie ebenso oder in Wahrheit vielleicht noch lieber liebe – wenn ich das so ausdrücken kann – als ein Kind dem Blute nach, weil einem wohl ein Verhältnis, zu dem man sich freiwillig und bewußt entschlossen hat, näher noch am Herzen liegt als ein sich von selbst aus natürlicher Verwandtschaft ergebendes.

Berks haben eine wunderbare Fahrt gehabt ohne jeden Zwischenfall. Höhepunkte der Reise waren die Wälderhügel von Neu-Schottland und Neu-Braunschweig, dann die alte Franzosenstadt Quebec, dann – so sagten sie – würde ihnen die Fahrt am Lake Superior entlang ganz unvergeßlich bleiben. Weiter westlich haben sie auf meinen Rat einen kleinen Umweg gemacht und das herrlich stille und leuchtende Wald- und Wassergebiet am Lake of the Woods durchquert. Es freut mich besonders, daß danach die Unermeßlichkeit der Prärien großen Eindruck auf sie gemacht hat, daß sie die Weite der großen, fruchtbaren Ebenen nicht als »langweilig«, sondern geradezu als eine Offenbarung der Kraft und Herrlichkeit in sich aufgenommen haben.

Und schließlich waren sie ganz im Südosten über den Crows-Nest-Paß und die Rockies in mein heimatliches British Columbia vorgedrungen, waren den Kootenay aufwärts, den jungen Columbia abwärts gefahren, hatten dann den Trans-Canada unter die Reifen genommen und zuletzt in Clinton übernachtet. Von dort aus haben sie sich dann Zeit gelassen, haben in Williams Lake leidlich zu Mittag gegessen – und nun waren sie da! Und es ergab sich aus ihrem Fahrtbericht mit erfrischender Deutlichkeit, daß sie wohl ohne weiteres noch eine Woche mehr auf die schöne Fahrt quer über den nordamerikanischen Kontinent hätten verwenden können. Jedoch das Verlangen danach, wieder am Pourquoipas, bei Hansteds und wohl auch bei mir altem Recken Reckel zu sein, hat sie angetrieben und ihnen unterwegs zum Verweilen nur wenig Muße gestattet.

Wahrlich, es ist eine schöne Sache, wenn einem alte Freunde ins Haus fallen und alle Beteiligten rundum merken, daß sich an der früheren Sympathie und Verehrung füreinander nicht das geringste geändert hat.

Natürlich brannten Berks darauf zu erfahren, was sich bei uns »in der Wildnis« ereignet hat, brannten darauf mit all der Begierde von Menschen aus einer so zivilisierten, allen Bären und Wölfen weltweit entfernten Gegend wie dem schönen Hampstead Park bei London. Wir konnten ihnen sogleich mit einem Bericht aufwarten, wie er ihren stillen Hoffnungen entsprach, waren doch Oky und ich am Vormittag unterwegs gewesen, um zwei große Biberdämme am oberen Pourquoipas-Bach aufzusprengen, die zwei der besten Wildwiesen Okys, die eine drei, die andere fünf Meilen von der Ranch entfernt, unter Wasser zu setzen drohten.

Oky und ich hatten schon seit der letzten Schneeschmelze gemerkt, daß die beiden Wiesen anders als in früheren Jahren nicht richtig trockenlaufen wollten, daß vielmehr die weiten, flachen Senken zwischen den Waldhügeln mehr und mehr zu versumpfen schienen. Noch Ende Mai war Oky beinahe mit dem Pferd in der unteren Wiese steckengeblieben, als er sie durchreiten wollte. Er hatte sich mühen müssen, dem Pferd aus dem Morast zu helfen und nicht noch selbst darin zu versinken. Dergleichen tat kein Mensch und kein Tier dem Herrn dieser Wildnisse rings umher, eben Oky Hansted, ungestraft an. Er hatte seinen ersten, nicht von anderen dringenden Arbeiten erfüllten Tag, den heutigen, ausgenutzt, mit mir als Helfer hinauszureiten, um zu erkunden, wo die Biber – denn nur sie konnten verantwortlich sein – den Abfluß des Wassers von den Wiesen verbaut hatten.

Die klugen Nagetiere errichten ihre kunstvollen und ungemein fest und geschickt konstruierten Staudämme, um die Zugänge zu ihren vorher im Trockenen angelegten »Wohnburgen«, großen Hügeln aus Schlamm, Reisig, Buschwerk und Baumstämmen, unter Wasser zu setzen und dadurch die im Innern der künstlichen Kegel, aber über dem Wasserspiegel liegenden Wohn- und Vorratshöhlen vor Feinden und anderen unerwünschten Besuchern zu schützen. Ob dabei die Dämme weite, bisher leidlich trockene Täler und Wiesen ebenfalls unter Wasser setzen oder in Schlamm verwandeln, kümmert die klugen Tiere wenig. Um so mehr bekümmerte es Oky, der das versumpfte Gelände nicht mehr betreten, noch weniger mit der Mähmaschine befahren konnte, also auf große Mengen wertvollen Wildheus verzichten mußte. Von der Menge solchen Heus aber hängt es ab, wie viele Mutterkühe und Jungvieh er über die Winter bringt. Und das wieder bleibt nicht ohne Rückwirkung auf den Stand seines Kontos bei der Royal Bank of Canada in Williams Lake.

Die Dämme sind in den dicht verwachsenen und überbuschten Bachtälern manchmal schwer zu finden, so, als hätten die schlauen Biberbaumeister sich große Mühe gegeben, sie zu tarnen und völlig in ihre natürliche Umgebung einzublenden.

Wir hatten die Pferde auf festem Grund zurücklassen müssen und waren dann lange durch dichtes Gestrüpp und Gesträuch über Sumpfplacken und gestürzte Stämme geklettert, hatten uns von Fliegen und Moskitos zerstechen lassen, hatten uns Löcher in die Hemden gerissen. Doch hatten wir die Dämme und ihren Verlauf schließlich aufgestöbert und auch die strategisch richtigen Stellen in den Dammkronen entdeckt, wo eine in die Tiefe des Dammes gerammte Dynamitladung eine solche Bresche in die kunstvolle Wasserverbauung sprengen würde, daß die dann mit starkem Sog abströmende Flut den Damm an der Bruchstelle bis auf den Talgrund fortspülen und das aufgestaute Wasser den von den Bibern verlegten Weg wieder offen finden würde.

Die beiden Dämme neben den von ihren Erbauern stets vorgesehenen Dammüberläufen in die Luft zu jagen, hatte uns Schweiß, viele saftige Flüche, einige Schrammen und fast den ganzen Tag gekostet.

Oky konnte gut erzählen, wenn er seine gewohnte Wortkargheit erst einmal vergessen hatte, wußte seine Darstellung auch mit klugen Anekdoten aus dem Biberleben zu würzen, von denen er einen ganzen Sack voll parat hat. Die ehrliche Freude, alte, gute Bekannte wie die Berks wieder unter seinem Dach zu sehen, hatte ihn an diesem Abend beflügelt. Hubert und Hertha sogen die aufschlußreichen Geschichten mit Begierde ein. Herrlich! Genauso hatten sie sich ihren ersten Abend am Pourquoipas gewünscht, und genauso ließ er sich an. Wir waren um den großen Tisch in Hansteds Wohn- und Eßzimmer, mochte auch noch gar nicht abgeräumt sein, ein Herz und eine Seele.

Und begannen dann gleich, für die kommenden Tage Pläne zu schmieden, obgleich wir alle nach dem langen und auch heißen Tag müde waren (und ich mir obendrein vorgenommen hatte, dies vor dem Zubettgehen noch aufzuschreiben).

Oky erwartet – wie schon gesagt – für das Ende des Monats wieder amerikanische Jagdgäste, mit denen er aber nicht allzu lange unterwegs sein will, weil dann auch alle anderen freien Betten belegt sein werden – mit durchreisenden Touristen und mit Gästen, die nur im See baden und vielleicht ein wenig fischen wollen. Lotta allein schafft dann die Arbeit nicht, Oky muß ständig zur Hand sein. Ich werde mich vorwiegend um »meine« Gäste, um Berks, kümmern müssen; auch wird ja Katlen in wenigen Tagen eintreffen.

Nach europäischen Begriffen wäre es unerfindlich, wie Lotta und Oky allein mit einem oder anderthalb Dutzend erwachsener Gäste fertig werden können; sicherlich werden auch noch einige Kinder das Gewimmel kräftig beleben. Aber hier im entlegensten Westen Amerikas und Kanadas versteht es sich von selbst, daß keiner lediglich den zahlenden und deshalb nichtstuenden und bedientwerdenwollenden Feriengast spielt. Vielmehr hilft ein jeder mit, so gut es geht, greift zu, wo es nötig ist, bewährt sich beim Kartoffelschälen oder Abtrocknen, kocht auch selbst, bereitet sich auf eigene Faust das Frühstück und bringt sein Zimmer oder seine Blockhütte selbst in Ordnung.

Oky fragte:

»Du willst einen Hirsch schießen, Hubert?«

Hubert schickte einen schnellen Blick zu seiner Frau hinüber, zögerte einen Augenblick und erwiderte dann:

»Nicht unbedingt, weißt du, Oky! Erstens ist es schwierig, das Geweih nach England mitzunehmen, zweitens ist Hertha der Meinung, daß es nicht mehr recht zeitgemäß ist, sich Riesengeweihe über den Kamin zu hängen – und nur wegen der Trophäe ein schönes Tier zu töten, so, wie in den Indianerzeiten die Wilden sich Skalpe raubten und vor ihr Zelt hängten, das wäre geschmacklos. Schösse man aber den Hirsch wegen des Lendenbratens oder der Filets, wogegen nichts einzuwenden ist, so wäre es erst recht dumm, das Geweih aufzuhängen. Man hängt sich ja auch nicht ein Ochsenhaupt ins Wohnzimmer, bloß weil man gerne Beefsteak ißt. Hertha hat in solchen Dingen meistens recht. Ich glaube, ich lasse die Trophäenjagd. Die Hirsche und Elche in dieser schönen Gegend sollen sich, soweit es auf uns ankommt, ihrer maskulinen Zierde weiter erfreuen. Sicherlich melden sich genug Amerikaner, die sich unbedingt ein Geweih erschießen wollen. Denen möchten wir keine Konkurrenz machen.«

Hertha fiel ihm lachend ins Wort:

»Ich bekenne mich schuldig, Oky! Ich habe mich mit Hubert unterwegs beinahe jeden Tag aufs eifrigste gezankt, bis er schließlich eingesehen hat, daß er sich ohne meine Zustimmung das Geweih doch nicht über unsern Kamin hängen kann. Was soll das in Hampstead Park! Sage selbst, Oky: ist es richtig, große, wilde Tiere umzubringen, bloß um hinterher mit ihren sekundären Geschlechtsmerkmalen protzen zu können?«

Das war Hertha Berk, geborene Meyers, in Reinkultur. Großartig, Hertha! Ich bin auch der Meinung, daß man um blöder Trophäen willen große, schöne Tiere nicht töten sollte. Aber soll man sie um der Filets willen töten? Sobald man anfängt, über diese Dinge nachzudenken, gerät man ins Schwimmen und findet keinen Weg mehr aus dem Labyrinth der Ungereimtheiten.

Oky war natürlich überfragt, als Hertha ihn so unverblümt angriff. Schließlich lebte er wesentlich mit von der Kunst, jagdlustigen Männern der eigenen und fremder Nationalitäten zu Trophäen, zu Elch- und Hirschgeweihen, zu Bighorngehörnen, zu Grislyfellen und Bärenklauen zu verhelfen – und noch gab es ja von dem wilden Getier mehr als genug auf viele hundert Meilen im Umkreis! Andererseits hatte er Hertha zu antworten. Er wirkte ehrlich bekümmert. Es war heimlich erheiternd.

»Wie man's nimmt, Hertha! Wo und wie ist es sinnvoll, wilde Tiere zu töten – und wann hat es keinen Sinn mehr? Der eine mag Geweihe über seinem Kamin hängen sehen, der andere findet sie lächerlich. Darüber zerbreche ich mir nicht den Kopf. Ich weiß nur, daß es in diesem Jahr hier herum zu viele Bären gibt. Und an Elchen und Hirschen ist auch kein Mangel. Wir hatten keinen strengen Winter. Warum sollen wir also den Wäldern keinen Zoll abfordern? Es ist immer noch besser, die Männer, die schießen wollen oder müssen, schießen auf Hirsche, als daß sie auf Menschen schießen. Oder etwa nicht?« fragte er im Gegenangriff trotzig.

Hertha lenkte lächelnd ein: »Keine Debatte darüber ist möglich, Oky! Aber um zu deiner Ausgangsfrage zurückzukommen: Wir wollen keinen Hirsch oder sonst ein unglückliches Tier in deinen Bereichen absichtlich vom Leben zum Tode bringen. Hubert hat sich schließlich überzeugen lassen. Aber um etwas anderes möchten wir dich gerne bitten: Willst du nicht mit uns und Hans ein paar Tage in die Wildnis ziehen, weit weg von jedem Haus und jeder Straße, dorthin, wo wir vielleicht das wilde Leben in den Wäldern beobachten können? Denn das, Oky, ist von beinahe unheimlichem Reiz für Leute wie uns, die aus dem großen London kommen mit Streiks und Doppeldeckerbussen und The Queen und EWG-Verhandlungen.«

Oky atmete hörbar auf, ebenso Lotta, offen gestanden auch ich. Wir haben alle ein klein bißchen Angst vor der so überaus klugen Hertha, geborene Meyers aus Düsseldorf, so sehr wir ihre prächtige und eben wirklich kluge Person auch lieben. Oky rief erleichtert:

»Das ist ein großartiger Vorschlag, Hertha. Du hast recht. Es gibt kein größeres Vergnügen unter der Sonne, als einfach so der Nase nach durch die Wildnis zu ziehen, ein gutes Pferd unter den vier Buchstaben, für die böse Welt unerreichbar zu sein, abends ums Feuer zu sitzen und Geschichten zu erzählen. Ich denke schon, daß ich euch in meinen Revieren zu den Monarchs hinüber einiges an wildem Leben zeigen kann.«

Ich schlug vor, den morgigen Freitag »zum Eingewöhnen« zu benutzen und am Sonnabend abzureiten. Das gäbe Oky, Lotta und mir genügend Zeit, die Partie gut vorzubereiten. Am Dienstag, das heißt am 29. Juni, sollten wir möglichst wieder zurückgekehrt sein, denn am 1. oder 2. Juli erwarte Oky seine nächsten Jagdgäste. Wenn Hubert und Hertha auch nicht selbst jagen wollten, so hätten sie dann doch Gelegenheit, sich der Jagdpartie anzuschließen. Inzwischen würde sicherlich auch Katlen eingetroffen sein. Und jetzt wäre es wohl für uns alle an der Zeit, schlafen zu gehen. Jeder hätte einen langen Tag gehabt und würde ungewiegt ruhen.

Allgemeine Zustimmung! Ich brachte Hubert und Hertha noch bis zu ihrer Blockhütte. Sie freuten sich über die hübsch eingerichtete Behausung. Der Blick von ihren Fenstern zur Seeseite stimmt fast genau mit dem aus meinem großen Fenster überein. Nur liegt mein Zimmer etwas höher als ihre zu ebener Erde gelegene Cabin. Ich sehe also weiter über den See hinweg.

Die letzten Zeilen habe ich am späten Abend des letzten Donnerstags, des 24. Juni, geschrieben. Dies schreibe ich wieder an einem späten Abend; aber es ist der des 29. Juni 1971, eines Dienstags. Inzwischen bin ich mit Oky, Hubert und Hertha »in der Wildnis« unterwegs gewesen, wie Hertha es so gern nennt. Wir sind vor drei Stunden heimgekehrt, allesamt ziemlich erschöpft, haben Oky beim Absatteln der Reit- und Packpferde geholfen und uns dann an Lottas inzwischen bereitetem Abendbrot gütlich getan. Hubert und Hertha sind die langen Ritte über Stock und Stein nicht gewohnt und waren von der Partie einigermaßen mitgenommen, so sehr sie auch jede Minute davon genossen haben. Sie baten um die Erlaubnis, erst morgen mittag wieder erscheinen zu dürfen, was ihnen gern gewährt wurde. Ich brauche es also mit dem Zubettgehen nicht besonders genau zu nehmen; sitze lieber hier in der geliebten Stille noch mit mir und diesem Papier allein und erzähle ein wenig von unseren wunderbaren drei Tagen und Nächten »in der Wildnis«; lauter gute Freunde, drei Männer und eine Frau, die keine Sonderbehandlung beanspruchte – und kein einziger Mißklang! Eine so vollkommen gelungene Unternehmung, daß ich vor eitel Zufriedenheit noch ein wenig darüber nachdenken muß – ich könnte jetzt noch nicht schlafen.

Oky hat sich selbst übertroffen, hatte den ganzen Ausflug angelegt wie ein geübter, auf Wirkung bedachter Regisseur.

Wir kamen am letzten Sonnabend ziemlich spät, erst nach zehn Uhr, von der Ranch weg, obgleich wir nur vier Packpferde mit der Ausrüstung und dem Proviant für nur drei Nächte zu beladen hatten. Oky war der Meinung, die Zeit der nicht mehr kalten Nächte wäre angebrochen, das Wetter würde sich für mindestens eine Woche halten, schön und warm und blauhimmelig – wir brauchten also kein Zelt mitzuschleppen. Vier gute Schlafsäcke auf Fichtenzweigen und der Schlafplatz selbst vom Tau nicht erreichbar, das sollte uns für die Nächte genügen. In solchen Sachen kann man sich auf Oky verlassen; er hat in jeder Hinsicht richtig prophezeit.

Oky nahm die Spitze, Hertha hinter ihm, dann Hubert, dann die vier Packpferde, nur gehalftert, ohne Zügel, und am Schluß ritt ich, damit die Packpferde Anschluß hielten und nicht bummelten. Pferde bleiben auf einem solchen Zuge gern von selbst beieinander, auch ohne eins ans andere gebunden zu sein; sie werden gleich »zur Herde«. Ich ritt natürlich meine alte Betsy, die am ersten Tag vor lauter verflossenem Müßiggang und Wohlleben noch in Schweiß geriet und erst am zweiten wieder ihre alte Kraft und Sicherfüßigkeit gewann.

Der Tag leuchtete, als sei die wilde Welt ein einziges Fest. Wir umritten den Pourquoipas, lösten uns an seinem Westende vom Ufer und zogen dann westwärts schnurstracks landein. Ich ahnte schon, was Oky vorhatte, sagte aber nichts.

Manchmal mußten wir ein Wildwasser queren. Das bot uns dann die erwünschte Gelegenheit, uns alle auf einem Platz zu sammeln und ein paar Worte miteinander zu tauschen. Denn dem kühlen, gläsern klaren Naß vermochten die erhitzten Pferde nie zu widerstehen. Okys Pferd hielt als erstes inne, senkte den Kopf zum Wasser und begann genüßlich zu schlürfen. Das war für alle anderen, auch für meine Betsy, das Signal, neben dem Leitpferd im schnellen Wasser ebenfalls eine kleine Pause einzulegen und sich in langen Zügen vollzusaufen, bis dann Okys Wallach den schönen Kopf aufschwenkte, daß ihm die Tropfen vom Maul sprühten, ohne Aufforderung das flache Fließ durchstapfte und das jenseitige Ufer erklomm. Die andern folgten in der gleichen Reihenfolge wie bisher. Pferde halten auf Ordnung.

Die herben Düfte der wilden Wälder, der feuchten Niederungen, der undurchdringlich dichten Dickichte umschwebten uns ohne Unterlaß. Zumeist bestand der Wald, den wir durchritten – stets eine allgemein westliche Richtung einhaltend –, aus lockerstehenden, stark bezweigten Föhren, die unserer kleinen Kavalkade kein Hindernis boten. Okys Pferd wählte den jeweils günstigsten Pfad; die andern folgten in seinen Hufstapfen.

Wir hatten beschlossen, erst abends und dann gleich für die Nacht zu rasten, um am Anfang eine gehörige Strecke Weges zwischen uns und das immerhin von Menschen beeinflußte Gebiet zu legen, das sich rings um Hansteds Ranch ausbreitet.

Zuweilen hatten wir uns durch Bestände von jungem Mischwald zu quälen, wobei sich unsere Leggings bewährten. Hertha hatte sich zuerst gesträubt, die schweren, breitflappigen Überhosen aus Leder über ihre kräftigen Reithosen zu ziehen; zu Fuß auf der Erde bewegt man sich darin in der Tat sehr unbeholfen. Aber der streng gegebenen Weisung Okys hatte sie sich schließlich gefügt. Jetzt begriff sie, wozu die Leggings gut waren. Das dichte Gestrüpp und Gezweig, durch das die Pferde sich voller Gleichmut hindurchzwängten und -preßten, hätten ihr die unbewehrten Hosen schnell von den Schenkeln gefetzt, denn Knie und Schenkel sind den vorbeizerrenden Ästen, Ranken und Ruten am stärksten ausgesetzt.

Dann wieder führte uns Oky an beinahe kahlen Geröllhängen entlang, von denen her sich manchmal für Augenblicke atemberaubende Fernsichten öffneten. Aber man wagte kaum, ein paar scheue Blicke zur Seite zu werfen, denn hier stelzten die Pferde wie auf Eiern, suchten von der Fährte des Vordertiers keinen Zollbreit abzuweichen. Oky hatte vor dem ersten solcher lockeren Schutthänge angehalten und Hubert und Hertha aufschließen lassen; ich zügelte meine Betsy, um die vor mir zum Stillstand gekommenen Packtiere nicht vom Ende her zu bedrängen. Ich konnte mir denken, was Oky den beiden Londonern zu sagen hatte, und verstand auch einige seiner Worte: »– – – also ja nicht die Pferde antreiben oder lenken wollen! Diese Hänge sind trügerisch, rutschen leicht ab. – Die Pferde machen es schon – – ihnen ganz den Willen lassen – – noch nie erlebt, daß eins von meinen Pferden auf solchen losen Hängen fehlgetreten und abgekugelt ist. – – Also nicht nervös werden. Die Pferde wissen genau, wohin sie zu treten haben –«

Ja, die Pferde kannten alle Tücken dieser seit Urzeiten nur von den Gewalten der Natur geformten Landschaft. Gewöhnlich zog sich die Kette unserer Kavalkade an den gefährlichen Hängen beträchtlich auseinander. Während im leichten Gelände die Tiere am liebsten beinahe Kopf an Schwanz marschierten, gewährten sie sich hier mehrere Pferdelängen Abstand voneinander, instinktiv wissend, daß die unsicheren Hänge möglichst nicht in der gleichen Gleitbahn des Erdreichs doppelt belastet oder erschüttert werden durften. Ich hatte wieder einmal Gelegenheit, die Klugheit und Vorsicht dieser in der Wildnis geborenen und aufgewachsenen Tiere zu bewundern. Ich möchte sogar meinen, daß solche Pferde die wilden Tiere an instinktsicherer Klugheit übertreffen, da sie ja oft genug noch Reiter oder Lasten zu tragen haben und deshalb die Füße noch viel vorsichtiger zu setzen gezwungen sind. Meiner Betsy vertraute ich vollkommen, gab ihr die Zügel völlig frei; die Stute pflegte an den Hängen ihren dunklen Kopf halb zur Erde zu senken, als wollte sie die Chancen jedes weiteren Schrittes vor sich her erschnuppern. Ich saß so leicht und locker wie möglich im Sattel. Sie setzte die Hufe beinahe geziert wie eine Ballerina. Auch nicht das kleinste Steinchen rollte vor oder hinter ihren Schritten abwärts. Ich lobe sie mir, die gutwilligen und intelligenten Pferde von Hansteds Ranch! Wenn man ihnen nur nicht ins Konzept pfuscht, bringen sie jeden »cityslicker«, jeden Pflastertreter aus der Großstadt, sicher wieder nach Hause.

Wir hatten eine meilenweit gestreckte Sumpfwiese zu umreiten. Die Pferde kletterten lieber höchst mühsam in die bebuschten oder auch sandigen Uferhänge über dem sich flach zu unserer Rechten fernerem Wald entgegendehnenden Gras- und Schilfteppich. Denn schon ein oder zwei Schritte vom Rande der grüngolden sich fortbreitenden, im Winde verhalten flüsternden Ebene wurde der Boden grundlos, war unterhalb der Grasbülten in saugenden schwarzen Morast verwandelt. Weiter abseits schimmerten stille Teiche und Tümpel zwischen dem Pflanzenwuchs. Das Ganze war das Werk einer großen Bibersippe, die den Abfluß aus dem langgestreckten Talkessel verbaut hatte, um die Eingänge zu ihren Wohn- und Schutzburgen unter Wasser zu setzen.

Wir kamen am Rande des Sumpfgebietes nur langsam vorwärts. Die Pferde hatten ständig die häufigen Einschnitte in den Uferhöhen zu durchklettern, denn in die Fläche konnten sie nicht ausweichen. Ich sah, daß es Hubert Mühe machte, sich im Sattel zu halten; entweder drohte er nach vorn oder nach hinten abzurutschen, denn die Pferde hatten sich entweder mit vorgestreckten Vorderbeinen fast auf den Hintervierteln hockend in eine von längst vergangener Regenflut gepflügte tiefe Rinne oder Schlucht hinuntergleiten lassen, wobei sich ein guter Reiter möglichst flach zurücklehnt, oder sie hatten einen steilen Sandhang zu erklimmen, um aus der Rinne wieder heraufzutauchen; dann fühlte sich ein schlechter Reiter versucht, den Pferdehals zu umarmen. Ich wunderte mich, daß Oky nicht weiter landein auswich und das Sumpfgebiet abseits liegenließ.

Aber vielleicht wollte er uns die Schwärme von Wildenten und anderen Wildvögeln zeigen, die auf den Sumpfgewässern gründelten oder sich auch wie auf einen Schreckschuß gleich einer flattrigen Wolke mit knallenden Flügelschlägen ins Blaue erhoben und in weiten Kurven abstrichen. Auch dehnte sich die grüngoldene Grasebene des Sumpfgebiets wie ein herrlicher, sanfter Teppich von uns fort, immer wieder das Auge verlockend, sich auf dieser strahlenden, weichen Farbe zu ergehen, sich darin wohl zu fühlen wie in einem lauen Bade.

Oky aber hatte noch anderes im Sinn. Als wir etwa das untere Ende des Tals erreicht hatten, hielt Oky auf einer Anhöhe sein Pferd an und ließ uns aufschließen. Er wies ins Tal hinunter. Von der Erhebung aus, auf der wir uns gesammelt hatten, war der Biberdamm vorzüglich zu erkennen. Als eine sanft bachauf vorgewölbte Sense schwang sich sein grünes Band, ein etwa drei bis fünf Meter breiter begraster Wall, von der einen zur anderen Talseite, offenbar nur sehr flach und in allmählichem Abfall unter das Wasser gleitend, wo er gegen die Strömungsrichtung des Wasserlaufs dem Druck des aufgestauten Wassers standzuhalten hatte, auf seiner Stromabseite jedoch viel steiler zum ursprünglichen Talgrund abfallend. An dieser Seite starrten die Knüppel, Wurzeln, Stämme, Sträucher, die dem aufgetürmten Geröll, Schlamm, Lehm und Sand Halt verliehen, wie eine wirre, aber sicherlich nur scheinbar wirre Barrikade aus dem schon dicht verwachsenen Dammkörper. Die Biber legen offenbar keinen Wert darauf, die Außenhaut ihrer Dämme fein säuberlich zu glätten, scheinen vielmehr darauf bedacht zu sein, die Dammkrone möglichst unwegsam zu erhalten. Mit den Jahren allerdings gleicht das sich im Herbst im Wirrwarr des Strauchwerks ansammelnde tote Laub die Unebenheiten aus; die Dammkrone wird zunächst für das Wild, dann auch für den Menschen begehbar.

Ich wies auf einen im Licht des Nachmittags irisierenden Silberfleck im Zuge des etwa hundert Meter weit zwischen den Talrändern hingestreckten Dammes:

»Da hinten scheint der Überlauf zu sein, Oky. Meinst du nicht auch?«

Oky zog den Feldstecher aus der Ledertasche an seinem Sattel und stellte ihn auf den Glitzerpunkt in der Ferne ein.

»Ja, kein Zweifel, es ist der Überlauf. Im allgemeinen verbergen die Biber den Überlauf unter einem künstlichen Knüppelverhau. Wahrscheinlich ist ihnen der ursprüngliche Überlauf beim letzten Schmelzwasser des Winters weggespült worden; die Tiere haben den Schaden so schnell wie möglich reparieren müssen und keine Zeit mehr gefunden, die Überlaufrinne durch die übliche Astwerkbarrikade zu sichern.«

So mochte es sein. Der Überlauf – eine Querrinne über die Dammkrone, etwa einen halben bis einen Meter unter die Dammoberfläche hinunterreichend – soll dem Überschußwasser bei Hochwasser nach der Schneeschmelze oder nach starkem Dauerregen Abfluß verschaffen, damit sich die Flut nicht in ganzer Breite über den Damm wälzt und ihn abspült. Die Überlaufrinnen müssen natürlich besonders gegen die Spülwirkung des sie durcheilenden Wasserbandes gesichert und fest gepolstert sein. Und stets habe ich gefunden, daß die Rinnen mit beinahe steinharten Mergeln und Lehmen glatt und schlüpfrig ausgefüttert sind, so daß die spülende Flut keine Angriffspunkte findet.

Oky erläuterte unseren Gästen aus London die Arbeitsweise der überaus intelligenten Baumeister aus dem Reich der Nagetiere mit so einleuchtender Genauigkeit, als hätte er an einer wasserbautechnischen Hochschule der Biber das Abschlußexamen mit Auszeichnung bestanden. Hertha spottete heiter:

»Wunderbar, Oky, was du da alles zu berichten weißt! An dir ist ein Biber-Oberingenieur verlorengegangen. Woher weißt du das alles? Hast du den Bauplan vorher genehmigen müssen? Bei euch hier muß man auf die tollsten Sachen gefaßt sein!«

»Die Sache ist viel einfacher. In dieser Gegend längst nicht mehr, aber im näheren Umkreis der Ranch hatte ich von Anfang an einen ständigen Kampf gegen die Biber zu führen, da sie mir mit ihren Wasserstaus die besten Wildwiesen verbauten und versumpften. Man muß die Dämme so lange sprengen, bis sie der ewigen Reparaturen leid werden und abziehen. Wir haben ja schon vorgestern abend davon gesprochen. Dabei bin ich ihnen mit der Zeit auf alle ihre Künste und Schliche gekommen. Es tut mir zwar leid, daß ich den Tieren in dem von mir beanspruchten Bezirk das Handwerk legen muß. Aber hier wie überall in der Wildnis heißt es: sie – oder ich! Der Stärkere hat recht.«

Das war ein Stichwort für meine beiden Londoner, enragierte Freunde aller Wildnis und allen wilden Lebens. Hubert griff den Fehdehandschuh sofort und mit Gusto auf. Wie und wo hat der Mensch das Recht – hat er es überhaupt? –, den wilden Tieren und den wilden Pflanzen ihre seit ewigen Zeiten angestammte Heimat streitig zu machen?

Ich beteilige mich nicht mehr an solchen Auseinandersetzungen; sie führen zu keinem vernünftigen Ende. Dem Menschen wohnt wie jeder anderen Art von Lebewesen die Tendenz inne, sich uferlos auszubreiten, wenn nicht gewaltsam Schranken von der Natur oder anderen Lebewesen aufgerichtet werden, die ebenfalls nach unbeschränktem Lebensraum drängen. Da die Technologie dem Menschen neuerdings ein ungeheures Übergewicht über alles andere Lebendige verschafft hat, wird er sich weiter ausbreiten wie ein Pilzbefall, wie der Kartoffelkäfer oder die Kaninchen in Australien. Ich bin heilfroh, daß ich nicht mehr am Leben sein werde, wenn auf unserem kleinen Raumflugkörper Erde nur noch Stehplätze zu haben sind.

In diesen Stunden aber war ich glücklich, die Freunde Berk waren es auch und ganz gewiß auch Oky bis auf den Grund seiner Seele, daß wir hier, hier im gelobten Lande am Chilcotin, am Klinaklini, am McClinchy, am Talchako und Atnarko, Mosley und Chilco ungestört von Lärm und schlechter Luft auf unseren Pferden saßen, ganz allein, Gefährten von Bergen und Tälern, Bibern und Wildenten, und von unserer Anhöhe her die kunstvollen Dammbauten von Tieren bewundern konnten, die sicherlich zu den klügsten Wesen der belebten Welt gehören. Dieser Damm da unten, sanft geschwungen, der Tausenden von Wasservögeln eine neue Heimstatt geschaffen hatte, mochte er auch die Heimstätten anderer Tiere ertränkt haben, vielleicht war er schon hundert Jahre alt oder noch viel älter, war hundertfach mit Sorgfalt repariert, verstärkt, verbessert worden von Generationen unermüdlich fleißiger Tiere.

Hier bei uns war noch unendlich viel Platz gewährt, königliche Weite wie seit Urzeiten – und der Stank und Schmier und Schmutz der großen Städte lag weltenweit entfernt.

Es fiel uns schwer, uns von dem stillen Ort zu trennen. Hubert und Hertha waren selig. Dies war, was sie erwartet hatten, weswegen sie gekommen waren.

»Könnten wir nicht für die Nacht hier bleiben, Oky?«

»Nein, Hertha. Zu viele Mücken am Abend! Wir haben unser Ziel für diesen Tag noch nicht erreicht.«

Wir ritten also weiter. Die Kraft der Sonne ließ schon merklich nach, als wir in ein breites, dicht verwachsenes Flußtal hinabtauchten. Die Pferde zwängten sich unverdrossen durchs Gestrüpp. Wir mußten die Ellenbogen vors Gesicht heben, um uns vor plötzlich zurückschnellenden Zweigen zu schützen. Da war das Flüßchen – endlich!

Die Pferde stiegen von der flachen Bank ins schnell fließende Wasser, probierten, wie dieses Fließ schmeckte, und strebten dann dem jenseitigen Ufer zu. Das Wasser sprühte in kleinen Fontänen unter ihren Hufen auf.

Auf der anderen Flußseite ging es in dichtem Jungholz steil bergan. Ich wußte nun, daß Oky der Rangeview-Kuppe zustrebte, daß er aber vielleicht den Berks, die lange, schwierige Ritte noch nicht gewohnt waren, damit zuviel zumutete. Die beiden hielten sich wacker, als wir durch engen Hochwald von Erlen, Espen, Pappeln, dann Föhren immer steiler und unwegsamer aufwärts klettern mußten, das heißt nicht wir, sondern die Pferde, die auf den abschüssigen, jedoch festen Hängen bald in Schweiß gerieten.

Schnurstracks war der Berg nicht zu bezwingen, dazu war er zu steil. Aber Oky wußte halb quer zum Hang weite Zickzackkehren zu schlagen, welche die Pferde mit ihren Lasten und Reitern gerade noch bewältigten, wobei es galt, sehr ruhig und locker im Sattel zu sitzen, um die Tiere bei ihrem Balanceakt am steilen Hang zwischen den engstehenden Baumstämmen nicht aus dem Tritt und Gleichgewicht zu bringen. Ich hatte einige Mühe, die Packpferde in Gang zu halten; sie sahen offenbar nicht recht ein, warum sie sich derart mühen sollten.

Nach einer Dreiviertelstunde, als schon der Abend sich zu senken begann, erreichten wir endlich das Ziel unserer Mühe, die Kuppe über den waldigen Hängen. Ich kam als letzter auf den nur mit einigen einzeln wachsenden, weitausladenden Fichten bestandenen breiten Buckel, der die Spitze des Rangeview-Berges bildet. Die Packpferde, denen ja die Lasten tot und viel schwerer als ein Reiter auf den Rücken hängen, hatten mir bis zuletzt Ärger gemacht.

Es war ein schönes Bild, das sich mir bot, als meine Betsy mich langsam auf die Höhe hinauftrug. Oky, Hubert und Hertha saßen noch immer im Sattel. Die drei Pferde standen nebeneinander aufgereiht wie Statuen, wie Statuen hoben sich ihre Schattenrisse gegen den klaren, schon von rötlichem Licht erfüllten Abendhimmel ab. Ich gesellte mich zu den drei Freunden und wurde wie sie sofort gebannt von dem schier unermeßlichen Ausblick, der sich weithin bot. Ganz in der Ferne ruhte eine kleine, stumpfe Scheibe aus schwarzblauem Metall auf dem Grund des Landes der Berge und Hügel. Das mußte der Lake Pourquoipas sein, von dem wir etwa neun Stunden zuvor abgeritten waren. Von Hansteds Ranch war nichts zu erkennen. Auch sonst: so weit das Auge über die in allertiefster Veilchenbläue zum Horizont sich erstreckenden Wälderberge reichte, nirgendwo war auch nur eine allergeringste Andeutung menschlicher Wohnung, menschlichen Lebens zu entdecken; vor uns dehnte sich wie ein verdämmerndes Meer die Einsamkeit. In unserem Rücken, im Nordwesten, würde die Sonne untergehen; noch strahlte sie mit blendender Gewalt. Dorthin konnten wir nicht blicken. Im Süden und Südwesten aber hoben sich die Ketten des Hochgebirges, von der sinkenden Sonne mit purpurroten und goldroten Tinten übergossen, über den weiten Kranz der Waldberge hoch hinaus, sehr hart, metallen fast, in den dort milchblauen Horizont gerissen.

Die Luft ganz still. Kein Hauch, der sich zu regen wagt. Kein Laut, der das leuchtende Schweigen durchbricht, kein Vogelruf, kein Sausen in den Föhrenzweigen, kein Hummelgesumm. Nur Glanz und Licht und grenzenlose Weite.

Oky sagt schließlich, und ich sehe, wie die völlig verzauberte Hertha dabei erschrickt:

»Hier bleiben wir für die Nacht. Vielleicht auch noch morgen nacht. Wir werden sehen, wie es morgen mit uns steht.«

Er strafft sich ein wenig und schwingt sich aus dem Sattel. Er stampft ein paarmal die Füße kräftig auf; auch er ist steif geworden in den Gelenken nach dem langen Ritt. Er löst seinem Pferd den Sattelgurt, zerrt den Sattel vom Rücken und legt ihn zu Boden. Dann fesselt er dem Pferd die Vorderfüße auf etwa eine Elle Abstand mit dem Halfterstrick zusammen. Die Pferde sollen grasen – am Rand des Waldes, wo er sich zum Hang abwärts neigt, steht starkes, gutes Gras mit Waldkräutern vermischt, wie es die Pferde lieben –, aber sie sollen sich nicht weit entfernen können. Den steilen Abhang, über den wir heraufgetragen worden sind, vermögen die Tiere mit gefesselten Vorderfüßen keinesfalls abwärts zu klettern. Wir können ihnen also auf der breiten Kuppe freien Lauf lassen.

Als Hertha den Boden erreicht, knickt sie in den Knien ein und muß sich am Steigbügel festhalten, um nicht zu fallen. Ihr Pferd blickt sich ganz erstaunt nach ihr um. Sie lacht:

»Der Ritt scheint meine Knie in Butter verwandelt zu haben. Das wird wieder werden, hoffe ich. Meine vier Buchstaben sind völlig zersessen.«

»Fest mit den Füßen aufstampfen und die Waden spannen. Das hilft!« rät Oky.

Auch in Huberts und meinen Bein- und Fußgelenken hat sich tagsüber eine Menge Rost angesetzt. Wir müssen ihn erst herausschlenkern, ehe wir wieder beweglich werden. Aber dann sind wir plötzlich alle sehr beschäftigt. Die Packsättel sind abzuschnallen und die Lasten aufzuschnüren. Hubert hat trockenes Holz zusammengetragen. Am Nordhang dicht unterhalb der Kuppe hat der Sturm eines vergangenen Winters eine riesige Fichte gefällt, hat sie den Hang hinauf stürzen lassen. Dabei hat der Baum seinen riesigen Wurzelstock aus dem steinigen Erdreich gehoben und darunter eine runde Höhlung wie eine nach Norden offene Laube ausgeschachtet, vor der einige Quadratmeter ebenen Grundes eine Art Tenne schaffen.

Oky hat in der Höhlung schon einige Male genächtigt. Auf dem Sandplatz sind noch die Reste früherer Kochfeuer erkennbar. Ich bin mit Oky im vergangenen Spätherbst hiergewesen für eine Nacht, als wir Fleisch zum Einfrieren schießen wollten. Ich kenne also schon den kleinen Quell, der zweihundert Schritt unterhalb des Südrandes der Kuppe aus den Felsen rieselt. Es dauert eine ganze Weile, ehe meine beiden Gummieimer vollgelaufen sind. Aber es ist herrliches, wohlschmeckendes Wasser. Ich stapfe damit zum Lagerplatz zurück.

Der erste Eimer ist für Oky bestimmt, der sich in den Lagerkoch verwandelt. Mit dem zweiten verschwindet Hertha zwischen den Stämmen am Südhang, um sich kalt abzuwaschen. Deutlich ermuntert kehrt sie zurück – mit leerem Eimer. Ich werde den Gang zur Quelle noch einmal anzutreten haben, tue es gleich und benutze die Gelegenheit, mich neben dem Wasserbrünnlein ebenfalls abzuspülen. Das Wasser ist sehr kalt. Aber ich fühle mich wie neugeboren.

Nach dem Essen, das nur gewärmt zu werden brauchte – Lotta hat alles sehr praktisch vorgekocht –, sitzen wir noch eine Weile um das Feuer und reden dies und das, keineswegs tiefgründig. Wir hänseln und frozzeln uns ein wenig. Die ersten Sterne haben am Himmel zu tanzen begonnen. Die Nacht wird mondlos sein.

Langsam löscht der Tag seine Lampen aus. Es wird merklich kühler, wir rücken näher ans Feuer. Aber es wird nie so kalt hier oben – bei Windstille – wie am Grund der tiefen Täler weit umher.

Wir werden das Feuer über Nacht am Brennen halten – vor dem offenen Mund unserer Sandlaube, in die von oben die Wurzeln des gestürzten Baumes hineinhängen. Hertha mag durchschlafen. Aber wir Männer werden jeder ein Drittel der Nacht lang das Feuer bewachen; Hubert als erster, Oky als zweiter; und ich soll die Morgenwache halten. Oky erklärt die Feuerwache damit, daß ein wenig Wärme in unserer Schlaflaube gehalten werden soll, auch die Moskitos abgewehrt werden müssen. Aber ich weiß, daß es Moskitos hier auf der Höhe nicht gibt und daß uns das Feuer in unserer offenen Höhlung nicht wärmen wird, sondern der noch die Hitze des Tages aufbewahrende Erdboden. Oky will nicht riskieren, daß uns Bären über Nacht beschnüffeln. Das Feuer, das ihnen fremde Element, hält sie in achtungsvoller Entfernung.

Wir drei Männer wenden uns ab; Hertha schlüpft als erste in ihren Schlafsack, unter dem Oky aus vielen Fichtenzweigen eine herbe duftende Matratze ausgebreitet hat. Dann tun Oky und ich das gleiche. Hubert hockt neben dem Feuer und starrt ins Land hinaus, das noch lange zögern wird, sich der vollen Dunkelheit anheimsinken zu lassen. Wir durchleben jetzt die Zeit der weißen Nächte.

Ich falle sofort in einen tiefen Schlaf. So fest schlafe ich selten, wenn ich allein in meinem Hause bin. Aber hier bin ich nicht allein.

Bei allererstem blassen Grau des Morgens – es ist kurz nach drei, wie ich an meiner Uhr feststelle – weckt mich Oky mit einem leisen Klopfen an meiner Schulter. Ich bin sofort hellwach und schäle mich aus dem Schlafsack.

»Alles klar!« sagt Oky. »Vor sechs brauchst du mich nicht zu wecken. Halte das Feuer kräftig in Gang!«

Er kriecht in seinen Schlafsack, nachdem er sich die Stiefel und seine dicke Wolljoppe ausgezogen hat.

Ich ziehe mir die meine an, denn nun stehen die kältesten zwei Stunden der Nacht bevor. Ich schüre das Feuer, schiebe Asche und Glut zusammen und schichte ein halbes Dutzend starke Kloben darüber. Schnell züngeln die Flammen in dem kleinen Scheiterhaufen hoch. Die Wärme wird so stark, daß ich abrücken muß. Danach hocke ich mich mit dem Rücken zum Feuer an die Außenseite unseres Lagerplatzes auf meinen dort abgesetzten Sattel.

Der Morgen ist nicht mehr zu bezweifeln. Schon kann ich fünfzig Schritt unter mir am Waldrand dunklere Schatten erkennen: die Pferde! Sie sind schon wach und stecken die Nase ins Gras.

Im Nordosten hat sich ein jadefarbenes Licht über den Horizont geschoben und die dunkle Glocke der Nacht angelüftet. Dort wird kurz nach vier das Gestirn des Tages seinen Lauf beginnen. Aber noch sind über und hinter mir die Sterne sichtbar, die gleichen vertrauten Bilder wie in der alten europäischen Heimat.

Dann aber, und zwar nicht gleichmäßig, sondern wie in Sprüngen, stieß das Licht über den nordöstlichen Horizont herauf, einen ganzen Regenbogen von Farben durchlaufend, quoll lautlos in alle Mulden und Schattenwinkel und hob schließlich auch die dunkelsten und tiefsten Täler wieder aus der Nacht hervor. Aber ihre volle reiche Farbe erhielt die Welt erst wiedergeschenkt, als die Sonne, ein tiefroter Feuerball, sich über den Horizont emporschwang, feierlich langsam, aber unaufhaltbar. Der Tag war da. Ich hatte die Geburt eines neuen Sonnentages miterlebt, hatte sie von einem Logensitz aus mit angesehen. Ich war ein sehr bevorzugter Bürger des Weltalls.

Ich hatte mich wieder um das Feuer zu kümmern, hatte es fast vergessen. Ich wollte gerade den Eimer zur Hand nehmen und zum Quell hinunterwandern, um mich zu waschen, als mich ein leises Schnauben von der Kuppe her aufhorchen ließ. Das war kein Pferd. Was war es?

Wenn ich mich im Schutze des der Länge nach bergauf liegenden mächtigen Baumes, unter dessen ausgehobenem Wurzelwerk meine Freunde schliefen, vorsichtig hügelan bewegte, mochte ich von der Kuppe her nicht sofort bemerkt werden. Ich bemühte mich, keinen Stein aus seiner Lage zu stoßen und ins Kollern zu bringen und kein trockenes Hölzchen knacken zu lassen.

Nach zwanzig vorsichtigen Schritten war ich hoch genug gestiegen, um über ihre runde Kante auf die obere, beinahe ebene Plattform der Kuppe zu blicken. Was ich sah, entzückte mich: eine Hirschkuh weidete dort in aller Gemächlichkeit im büscheligen Gras; sie war nicht allein; ein erst halb ausgewachsenes Hirschkalb war bei ihr, naschte hier, naschte da, machte auch Anstalten, an der Mutter zu naschen, wurde aber abgewiesen; noch schienen seine Beine zu lang und auch zu grob für den noch nicht entwickelten Körper zu sein, und der Hals war vielleicht noch zu kurz; trotzdem ließ die Leichtigkeit und Sicherheit, mit der es sich bewegte, schon die leichtfüßige und doch kraftvolle Anmut ahnen, die jeden Schritt und jede Wendung des Muttertiers auszeichnete.

Ich stand ganz still. Von den Tieren her konnte nur mein mit einem alten Hut bedeckter Kopf zu sehen sein. Die Alte erspähte mich zuerst, warf den Kopf hoch, hörte zu kauen auf und äugte herüber. Doch schon nach wenigen Sekunden fand sie ihren Gleichmut wieder und senkte die feine, schwarze Muffel abermals ins Gras. Auch das Kalb war aufmerksam geworden, konnte die Neugier nicht bezähmen, lief ein paar Schritte auf mich zu, erstarrte, schaute, schüttelte den hübschen Kinderkopf und kehrte wieder in die Nähe der Mutter zurück, nicht ohne sich ab und zu mißtrauisch nach mir umzuwenden.

Das Licht der Morgensonne umbadete die Leiber der beiden schönen Tiere und entlockte den bräunlichen Fellen Glanz. Die Zweige der alten Föhren regten sich sachte im

Morgenwind; gerade erst war die Luft erwacht. Das makellose, noch wie mit einem Silberhauch überpuderte Blau des Himmels – bald würde es sich in das tiefere Blau des vollen Tages verwandeln – hob sich grenzenlos über Berg und Wald und Morgenweite. In den ferneren Talgründen unter uns lagerten noch wie weiße Watte Nebelbäusche. Die Stämme der Föhren leuchteten in sattem Braun und Grau. Und das Meer der Wälder in der Tiefe kleidete sich in ein tiefes, warmes Grün, das, je weiter entfernt, ins Blau und schließlich – in allerweitester Ferne – in ein sanftes Violett hinüberspielte, samten schwarz fast, wo es beschattet war, sehr licht und wie von innen her durchleuchtet, wo die Sonne es beschien.

Und inmitten all der unberührten Herrlichkeit bewegten sich sachte und furchtlos die beiden schönen Tiere, die Hirschkuh und ihr Kalb, ganz eingebettet in all den Glanz, die belebte Stille, die weitgespannte, ungekränkte Wildnis. Noch ruhte hier alles in sich selber, ausgewogen und niemandem untertan.

Unwillkürlich hob ein tiefer Atemzug meine Brust: hier war sie so, die wunderbare Schöpfung, wie ich sie liebte. Um solcher Augenblicke willen habe ich mir mein letztes Haus in dieser Wildnis gebaut. –

Plötzlich war Hertha neben mir, sie trug noch den Trainingsanzug, in dem sie geschlafen hatte. Und gleich danach auch Hubert. Ich hatte die beiden nicht kommen hören, so leise hatten sie sich hinter mir herangepirscht.

»Ich konnte nicht mehr schlafen«, flüsterte Hertha mir zu. »Es war zu hell. Ich sah mich um, und du warst nicht da. Ich wollte wissen, was dich fortgelockt hat.«

»Sei still, Hertha«, murmelte Hubert kaum hörbar. »Wir wollen die Tiere nicht vergrämen.«

In aller Ruhe ästen Hirschmutter und Kind langsam über die Kuppe hinweg von Bülten zu Bülten, behielten uns, die merkwürdigen, sich respektvoll im Hintergrund haltenden Wesen, zwar ständig im Auge, aber sie scheuten nicht. Sie verstanden, daß ihnen von uns ebensowenig Gefahr drohte wie von einem Dachs oder einem Opossum. Als dann die Tiere sich von uns entfernten und wir auf die Fläche des Kuppenkopfes hinaufstiegen, hielten es die beiden morgendlichen Besucher für geraten, sich in leichten Trab zu setzen und über den jenseitigen Rand der Kuppe hinweg zwischen den Stämmen des bergab schnell dichter werdenden Waldes unserer weiteren Neugier zu entziehen. Es war zu spüren, daß die Tiere nicht etwa von plötzlich aufbrechender Angst vertrieben wurden, sondern nur von dem Wunsch, sich die intime Morgenstunde nicht durch aufdringliche Zuschauer stören zu lassen.

Dann gehörten uns die Kuppe und die leuchtende Einsamkeit ringsum wieder ganz allein. Hubert legte mir die Hand auf die Schulter:

»Es ist unbeschreiblich herrlich bei dir, Hans!«

»Bei mir, sagst du, Hubert? Ich glaube, damit tust du mir zuviel Ehre an. Wir sind hier alle nur zu Gast.«

Ich hatte nicht die Absicht gehabt, damit eine besonders geistreiche Bemerkung zu machen, hatte nur andeuten wollen, daß die Wildnis niemandes Eigentum ist, es sei denn dessen, der sie hat werden lassen. Hubert aber, wie stets der Versuchung erliegend, ein wenig zu philosophieren, nahm die Worte ernst:

»Wir sind immer und überall Gäste und können jederzeit an die Luft gesetzt werden, ohne Einspruch erheben zu dürfen. Darüber haben wir schon vor sechsundzwanzig Jahren im Lager lang und breit geredet. Die schwierige Frage bleibt – wenn wir hier nur Gäste sind, wo gehören wir dann schließlich hin? Ich meine, wo ist der Platz, an dem wir keine Gäste sind, wo uns also Haus- und Wohnrecht zusteht?«

Ich mochte darauf nicht antworten und zögerte. Das gab Hertha Gelegenheit, sich einzuschalten:

»Ach, Kinder, was redet ihr feierlich daher! Das Wetter ist viel zu schön dazu. Außerdem habe ich einen Riesenhunger. Ich bin für Katzenwäsche, und dann machen wir uns ein prächtiges Frühstück. Oky soll schlafen, bis alles fertig ist. Er hat die Mitternachtswache gehabt und hat den Schlaf am meisten verdient.«

Natürlich war sie im Recht. Trübsal blasen in so warmer Sonne, so duftend reiner Luft? Carpe diem! sagt der alte Horaz: Pflücke dir deinen Tag!

Wir haben uns drei herrliche Tage gepflückt (ich schreibe dies am Abend des 30. Juni). Aber ich kann die Eindrücke nicht mit gleicher Ausführlichkeit aufzeichnen wie bisher. Worte vermögen den wahren Gehalt der Erlebnisse immer nur wie eine Chiffreschrift verschlüsselt anzudeuten. Wem der Schlüssel dazu fehlt oder wer ihn nur ungeschickt zu benutzen versteht, dem bleiben sie unverständlich.

Wir haben Elche gesehen, wie sie im flachen Uferwasser der Wildseen die Wasserpflanzen abweideten. Sie ließen sich von den Reitern am Außenrand des Schilfgürtels nicht im geringsten stören.

Wir hörten des Nachts die Kojoten bellen, heiser und verloren, wie es immer sich anhört, vernahmen auch das tiefe Geläut eines Waldwolfes – allerdings nur ein einziges Mal und nur aus großer Ferne. Aber Oky glaubte, sich nicht zu täuschen.

Wir gewannen in den Vorbergen der Monarch-Mountains eine steil über ein grünes Flußtal breit ausladende Klippe und überraschten eine Bärenmutter beim Spiel mit ihren vier Jungen. Die Tiere schienen uns beinahe zum Greifen nahe, sie waren nur etwa einen knappen Steinwurf weit entfernt. Doch machte uns die doppelt mannshoch über den Talgrund aufragende Klippe, auf der wir die Pferde in einer Reihe gezügelt hatten, für die Bären unerreichbar. Die schwarzpelzigen Geschöpfe waren ein paar Augenblicke lang wie versteinert vor unserer plötzlichen Erscheinung und starrten genauso unbeweglich zu uns herauf, wie wir zu ihnen hinunter. Einer der Jungbären konnte seine Neugier und Dummheit nicht bezähmen. Die braunwollige Kugel trudelte auf uns zu. Die mächtige Bärin rief den Übermut mit einem leisen Grunzlaut wieder zurück, legte in merkwürdig plump wirkendem Halbgalopp einen Bogen zwischen uns und ihre Brut und setzte die Jungen in eiligen Trab aus der vermeintlichen Gefahrenzone zu unseren Füßen. Die Tiere waren im Nu verschwunden. Die Buschdickichte der Flußniederung hatten sie verschluckt.

Wir entdeckten einen kapitalen Hirsch am Rande eines Hochwaldstreifens. Er äste dort in aller Ruhe an den üppigen Kräutern. Das Tier fühlte sich anscheinend so sicher, daß es der Umwelt kaum Aufmerksamkeit schenkte. Unsere Pferdekarawane näherte sich dem Tier auf knapp fünfundzwanzig Schritt, ehe der Hirsch – ein Wapiti – den Kopf aufwarf und uns entgegenblickte. Sein Geweih, unwahrscheinlich riesig, erhob sich wie ein Dickicht über dem zierlichen Haupt. Völlig furchtlos und wie indigniert gab er uns den Weg frei und trug seine mächtige Zierde, um die noch Bastfäden baumelten, abseits zwischen den Stämmen davon.

Wir haben ein urweltliches Gewitter erlebt, blieben aber dank Okys weiser Voraussicht trocken dabei. Er hatte den Regensturm am zweiten Nachmittag kommen sehen und uns unter einer überhängenden Felswand rechtzeitig ein Obdach zu finden gewußt. – Der Tag war sehr schwül gewesen; zum erstenmal machten Stechfliegen den Pferden und auch uns zu schaffen. Gegen drei Uhr am Nachmittag wölkte sich der

Himmel innerhalb von zwanzig Minuten völlig ein. Es wurde dunkel, als hätte sich unheimlich die Nacht verfrüht. Ein orkanartiger Sturm fegte aus dem Nichts heran. Der erste grelle Blitz fuhr zur Erde. Donner polterte fürchterlich über uns her. Von unserer Felswand konnten wir über Jungwuchs zwischen verbranntem Wald in ein flaches Tal hinausblicken. Eine grelle Feuerlohe stach vom Tal hoch – Antwort auf einen zweiten Blitz, der dort einen toten Baum entzündet haben mußte; aber die Flammensäule sank schnell wieder in sich zusammen: die fast geschlossen stürzende Wasserwand des Wolkenbruchs, den die Blitze signalisiert hatten, erschlug das Feuer in wenigen Minuten. Immerhin hatten wir miterlebt, daß Blitze den Wald anzünden können.

Nach einer weiteren halben Stunde war der Donnerspuk so gut wie vergessen. Die Luft atmete eine himmlische Kühle und Reinheit. Es war eine Lust zu leben und ein Fest zu reiten – zu reiten durch eine funkelnde, gewaschene, würzig und süß duftende Welt.

19

Seit Berks selig und im tiefsten befriedigt von unserer gemeinsamen Partie durch die Einöden bis vor das Monarch-Gebirge im Westen und zurück wieder in ihr Blockhaus auf Hansteds Ranch heimkehrten, stand für sie fest, daß sie sich der Jagdgruppe anschließen würden, die Oky für Anfang Juli aus Seattle erwartete – vorausgesetzt natürlich, daß die Jäger bereit waren, das Londoner Ehepaar als nichtschießende Gefährten zu akzeptieren. Ich für mein Teil konnte nicht daran denken, mit von der Partie zu sein. Katlen mußte bald eintreffen. Sie würde sehr enttäuscht sein, wenn ich sie nicht empfinge.

Es hatte mir Spaß gemacht zu erleben, wie schnell den Freunden Berk die ächzenden Muskeln, die schmerzlich knarrenden Gelenke nach den langen Ritten, die harten Nachtlager, die Morgenkälte, die dürftigen Waschgelegenheiten und die Nachmittagsschwüle aus dem Gedächtnis schwanden, seit wir wieder auf der Ranch waren. Übrig blieben allein der Wunsch und die Sehnsucht, nochmals und länger und noch weiter in die Herrlichkeit der wilden Wälder hinauszuziehen. Sie hatten erfahren, daß es ihnen (Hubert ist 69, Hertha 58 Jahre alt) noch möglich war, die Strapazen zu bestehen. Es galt also, so reichlich, wie die gute Gelegenheit es anbot, die Wunder und den Glanz der Einöden einzuheimsen, um sich einen Vorrat an Erinnerungen zu schaffen, von dem man im Dunst der großen Städte zehren konnte. Ich hatte großes Verständnis dafür und konnte Berks nur ermutigen, den wesentlich längeren und weiter ausholenden Jagdzug, zu dem die Männer aus Seattle sich bei Oky angemeldet hatten, ja nicht zu versäumen.

Heute vormittag nun, am Sonnabend, dem 3. Juli 1971, ist die Kavalkade, wieder in Richtung Westen, abgezogen, noch später als wir vor einer Woche, erst gegen elf Uhr. Aber schließlich waren acht Packpferde zu beladen – keine Kleinigkeit für Oky – und auch für Lotta, die kaum noch wußte, wo ihr der Kopf stand. Für die Neuankömmlinge mußte Sattel- und Zaumzeug zurechtgeschnallt und jeder einzelne ein wenig in die Besonderheiten des Unternehmens eingeweiht werden.

Die Jäger waren gern bereit gewesen, Hubert und Hertha mit in die Wälder zu nehmen. Wir hatten uns alle einen Abend lang mit viel Hallo bei kräftigem Umtrunk gegenseitig aufs Korn genommen und rundum festgestellt, daß an der Good Fellowship eines jeden nicht gezweifelt werden konnte. Auch ich bekam zu hören – was sich immerhin festzuhalten lohnt –, wie schade es wäre, daß ich nicht ebenfalls mit von der Partie sein könnte.

Diesmal waren es Hubert und Hertha, die hinter den Packpferden zu reiten hatten. Oky traute ihnen also schon einiges zu. Hertha winkte noch einmal fröhlich aus dem Sattel zu mir zurück, als sie als letzte um das Ende des Gemüsegartens bog, um das sich der Pfad nach Westen wendet. Die übrige Karawane war dahinter schon meinen und Lottas Blicken entschwunden. Wir hatten nach dem Abschied vom Sattelplatz aus noch hinter ihr hergeschaut.

Gegen fünf Uhr – ich hatte mich gerade von einer Stunde verspäteten Nachmittagschlafs erhoben –, rollte mir Katlen vor die Tür, schlank, hell und lachend, todschick und mit jener von der jeweiligen Tagesmode unabhängigen Eleganz gekleidet, die ich so sehr an ihr liebe und die sie, gerade auch auf amerikanischem Boden unverkennbar, zu einer Dame stempelt. Wie immer sah man ihr die lange und heiße Fahrt, die sie hinter sich hatte, nicht an – es sei denn, man wußte die leichten Schatten um ihre Augen richtig zu deuten.

Welche Wärme von dem bezaubernden Geschöpf stets auf mich überstrahlt!

Katlen ist nun schon zu Bett gegangen; sie hat mich sehr gelobt: wie hübsch ich ihr Zimmer vorbereitet hätte –! Sie hat mir viel von den Geschäften Harrys berichtet. Für mich klang dabei wieder einmal durch, wie sehr sie aus dem Hintergrund an allen Unternehmungen ihres Mannes beteiligt ist, hier anspornt, dort bremst, hier warnt, dort ermutigt. Sicherlich merkt Harry kaum, wie klug Katlen mit leichter Hand dies und das korrigiert und sehr gewissenhaft darauf achtet, daß die Kirche im Dorf bleibt, die Risiken beschnitten werden.

Dann habe ich darauf gedrängt, daß sie sich zur Ruhe legte. Die Fahrt war anstrengend, und die Tage davor werden auch einige Nerven gekostet haben.

Wir haben noch herrlich viele Tage vor uns, die uns allein gehören. Sie wird vor dem 17. Juli sicherlich nicht abreisen. Am 20. kommt Prissy von ihrer Fahrt mit den Schwiegereltern wieder. Am 23. erwartet Katlen ihren Mann aus Portland zurück.

Ich bin sicher, daß Katlen noch einiges mit mir reden will. Sie erwähnte bereits, daß sie sich mit Fritze »ausgesprochen« hätte.

Wir hoffen auf viele ungestörte Stunden, in denen wir über tausend und eine Sache diskutieren können.

Sie hat es also ausgesprochen. Ihre Ehrlichkeit ist nicht zu bändigen. Sie muß die Wahrheit sagen, sonst gerät ihr seelischer Stoffwechsel in Unordnung. Auch ist sie so voll Zorn über das, was Fritze geglaubt hat ihr auseinandersetzen zu müssen. Sie mußte es mir berichten. Sie fühlte sich außerstande, es allein mit sich umherzutragen – mit ihrem Mann würde sie nie erörtern, was nur ihre Seite der Familie angeht.

Ich bin nicht ganz davon überzeugt, daß es unter allen Umständen besser ist, der Wahrheit oder den Wahrheiten stets ihren Lauf zu lassen. Manche bleiben besser verhüllt, weil sich's mit Wahrheiten zuweilen nur schwer weiterleben läßt. Mit jener allerdings, auf die mein Sohn Fritze gestoßen ist, werde ich ohne allzu große Mühe weiterleben, da sie mir schon seit langer Zeit vertraut ist. Man fährt ja auch mit einem alten Auto weiter, wenn man sich kein neues leisten kann, obgleich man weiß, daß die Karosserie schon an manchen Stellen durchgerostet ist.

Wir waren am Nachmittag des heutigen Sonntags (4. Juli 1971) auf den See hinausgerudert. Da es sehr warm war und kein Wind ging, zeigten sich bei meinem Hause – was selten genug vorkommt – die Fliegen und Bremsen ungewohnt aufdringlich. Andererseits mochten wir bei dem traumhaft schönen Wetter uns nicht ins Innere des Hauses verkriechen. Wir hätten daran denken können, auszureiten, irgendwohin auf die Höhe, wo sicherlich Wind gegangen wäre. Aber Betsy war nicht zu finden. Ich vermute, daß die Stute rossig geworden ist und sich zu Spotty auf die Hengstwiese durchgeschlagen hat. Wenn Pferde wie die unseren, die genauso erfindungsreich zu sein haben wie die wilden Tiere der Wälder – oder sogar noch erfindungsreicher –, von der Sehnsucht gepackt werden, sich zu paaren, dann kann ihrer List und Kraft kein Zaun und keine Buschbarriere widerstehen. Ich bin so gut wie sicher, daß ich die Stute auf der Hengstwiese antreffen würde. Aber sie soll ihre Flittertage ungestört verleben. Oky möchte gern noch ein – wahrscheinlich letztes – Fohlen von dem zuverlässigen und klugen Muttertier haben.

So bot sich das Boot an. Ich ruderte weit hinaus. Dann ließen wir uns treiben. Ganz, ganz langsam wurden wir wieder in die Nähe des Ranchufers zurückgetragen. Der Pourquoipas-Bach, der den See durchfließt, läßt eine schwache, nur eben schleichende Strömung auf unserer Seeseite vorbeitrödeln.

Draußen, über der reglosen, dunklen Flut, gab es keine Insekten, die uns hätten belästigen können. Katlen und ich konnten uns ungestört unterhalten. Sie hatte am Steuer gesessen. Ich zog die Ruder ein, hockte auf meiner Ruderbank und überließ das Boot sich selbst. Wir konnten uns in die Augen sehen.

Als aber Katlen auf das Eigentliche kam, hingen ihre Augen am fernen Ufer des Sees oder an der dunkelklaren Flut neben dem Bootsrand. Ich will mich nicht mit Einzelheiten aufhalten, sondern gleich in aller Kürze aussagen, was Katlens

Bericht über ihre Auseinandersetzungen mit Fritze im wesentlichen zum Inhalt hatte.

Fritze wirft mir, seinem Vater, vor, ihn zunächst bald nach seiner Geburt von seiner leiblichen Mutter getrennt zu haben. Dann aber hätte ich ihn auch seiner geliebten Adoptivmutter, meiner zweiten Frau, Susanne, beraubt, indem ich bei der Flucht aus Tiefentalau nicht mit genügender Sorgfalt und Vorsicht verfahren wäre. Und drittens, um das Maß vollzumachen, hätte ich ihn auch noch seines Vaters, meiner selbst also, beraubt, denn ein Vater, der sich Frau und Kind gegenüber so schuldig gemacht, so verantwortungslos gehandelt hat wie ich, könnte von ihm, dem Sohn, nicht mehr als Vater anerkannt werden. Natürlich sähe er, Fritze, durchaus ein, daß ich vor der Abreise nach Europa 1939 und nach der Rückkehr 1946 und dann wieder 1949 für meine beiden kanadischen Kinder, eben ihn und Katlen, reichlich vorgesorgt und im Rahmen der Umstände das Mögliche, wenn nicht das Beste, getan hätte. Wie aber könnte diese wesentlich nur materielle Unterstützung einen Ausgleich dafür schaffen, daß ich ihm die Eltern genommen hätte, die Eltern, nach denen es ihn sein Leben lang, bis in die Gegenwart hinein, verlangt hätte. Schließlich hätte ich ihn dann zu allem Überfluß noch über die wahren Hintergründe seiner, Fritzes, Existenz absichtlich im dunklen gelassen; wenn er, Fritze, nicht selbst die Sache in die Hand genommen und selber nachgeforscht hätte, wäre er nie imstande gewesen, die wahren Umstände und Hintergründe seiner Herkunft und Entwicklung zu durchschauen, »mit sich selbst ins reine zu kommen«, wie er es nach Katlens Bericht ausgedrückt haben soll.

Katlen hat die ganze Geschichte nicht mit so dürren und harten Worten vor mir ausgebreitet, wie ich sie eben wiedergegeben habe. Sie hat versucht, sich schonend und auf Umwegen auszudrücken, und sie war sogar ein wenig entsetzt, als ich dann ihren Bericht entschminkte und in etwa den gleichen Worten zusammenfaßte, wie ich sie eben aufgeschrieben habe. Aber bestreiten konnte sie letzten Endes nicht, daß ich Fritzes Ansichten richtig formuliert hatte.

Es wunderte und verwirrte sie, daß ich gar nicht ernst oder traurig dabei zu sein schien, sondern sogar lächelte. Sie fragte mich danach. Ich antwortete:

»Ich lächle ein bißchen über Fritze, über mich selbst natürlich, über die ganze verdrehte Welt und sogar auch ein wenig über dich, Katlen!«

»Über mich? Warum denn?« Fast klang es pikiert, was gar nicht zu ihr paßte.

»Warum? Weil ich das alles nicht mehr so furchtbar wichtig nehmen kann, dich für mich und Fritze gegen mich. Jeder anständige Mensch handelt in jeder Situation so, wie es ihm einerseits die Umstände und andererseits sein Gewissen vorschreiben. Diese zweierlei Vorschriften decken sich keineswegs in jedem Fall. Vielleicht lassen sie sich überhaupt nie vollkommen zur Deckung bringen. Das tatsächliche Handeln wird also stets ein Kompromiß sein müssen. Kompromisse sind zwar notwendig, weil sich ohne sie nicht leben läßt. Aber dadurch werden sie nicht erfreulicher. Im Grunde verlangen wir danach, die absolute Forderung zu erfüllen – scheitern aber stets daran, der eine mehr, der andere weniger. Fritze hat den scharfen Verstand seiner Mutter geerbt – und zeigt sich deshalb in Dingen des Lebens oft genug überwältigend dumm. Auch die Fähigkeit seiner leiblichen Mutter zu scheinbar unentrinnbarer logischer Konstruktion ist auf ihn übergegangen. Aber das Leben fügt sich nicht in logische Konstruktionen. Fritze ist mit großen Teilen seines Wesens infantil geblieben. Er hat außerdem das Glück gehabt, daß er große seelische oder moralische Konflikte bisher nicht zu bestehen gehabt hat, soviel ich weiß.

Er wird früher oder später in solche Konflikte hineinstolpern – man stolpert meistens in sie hinein, ohne sie gewahr zu werden oder sie wahrhaben zu wollen – und wird dann ebenfalls zu nur halbguten oder halbrichtigen Entscheidungen gezwungen sein – oder scheitern. Aber er scheitert nicht. Dazu ist er zu gesund. – Und über dich, meine liebe Katlen, lächle ich, weil ich mich freue, daß du mit soviel Zorn und Entschiedenheit meine Partei ergriffen hast.«

»Ja!« sagte sie; sie war in der Tat zornig, »das habe ich. Und habe meinem Herrn Bruder mit aller nur wünschenswerten Deutlichkeit erklärt, daß ich nie wieder ein Wort mit ihm wechseln werde, solange er nicht die blödsinnigen Anschuldigungen gegen seinen Vater mir und ihm gegenüber widerruft. Ich möchte dir bei dieser Gelegenheit erklären, Vater, ich bin nicht nur überzeugt, sondern ich weiß ganz einfach, daß du stets alles getan hast, was billiger- und sogar unbilligerweise von einem Menschen erwartet werden kann – und daß es gerade uns nicht zusteht, dir etwas vorzuwerfen; wir haben auch nicht den geringsten Grund dazu.«

Ihr schönes Gesicht war rot geworden bei diesem Geständnis. Wieder hatte ich Anlaß zu lächeln. Ich erwiderte heiter:

»Mit anderen Worten: du willst mir sagen, daß du mich liebst. Das tut mir unbeschreiblich gut, Kind. Ich danke dir!«

Sie wurde noch röter, faßte sich aber nach einigen Sekunden und fuhr leiser fort:

»Sonderbar ist, daß ich bei allem das Gefühl nicht loswerde: auch Fritze hat dich im Grunde sehr, sehr gern. Er getraut sich zur Zeit nur nicht, dies angesichts all der Hindernisse, die er sich ausgedacht hat, einzugestehen.«

Ich versuchte, einen anderen Zipfel des Geschehens in die Hand zu bekommen:

»Sieh, Katlen, wir haben doch alle schon einmal Sigmund Freud gelesen und halten es ein wenig mit der Psychoanalyse, wenn auch mit vielen Vorbehalten. Fritze war nicht nur in seine Mutter verliebt wie die allermeisten Söhne, sondern er hat sogar zwei Mütter, die seine Liebe anziehen. Natürlich will er seinen Vater töten, um mit Freud zu reden. Aber eines schönen und ich glaube baldigen Tages wird er diese uralten Triebmechanismen, Erinnerungen an eine vormenschliche Frühzeit, durchschauen und wird sich zu einer befreiten und menschlichen Haltung hindurchmausern. Sei ihm nicht allzu böse, Katlen. Du hast es leichter. Bei dir liegen die Dinge umgekehrt – falls Herr Freud sich nicht geirrt hat. Ich sitze dir ja vorläufig noch sehr lebendig gegenüber, stehe keineswegs an, dich bereitwilligst meiner uneingeschränkten Sympathie zu versichern – und außerdem bist du – Gott sei Dank – glücklich verheiratet und wirst von deinem Manne nicht nur sehr geliebt, sondern auch respektiert und verehrt. Bei dir ist also alles in bester Ordnung. Bei Fritze nicht.«

»Nein«, gab sie zögernd zu, »er macht Tilly oft genug das Leben schwer mit seiner scharfsinnigen und leider meistens schwer widerlegbaren Rechthaberei und seiner Leidenschaft, auch im privaten Bereich alles bis ins letzte zu organisieren.«

Dann erst begriff sie, was ich speziell ihr gesagt hatte, und warf mir einen zweiflerischen Blick zu; sie fuhr fort: »Ich finde auf die Dauer Herrn Freud sehr enttäuschend. Die Schemata, die er über die Menschen stülpt, mögen manches erklären. Ob sie es richtig erklären, ist mir zweifelhaft geworden. Die Erklärung nutzt auch dem einzelnen Betroffenen meist nicht viel. Mußte er zuvor mit seiner Verdrehtheit fertig werden, so nun mit der sogenannten Erklärung dieser Verdrehtheit, was meist nicht leichterfällt. Wenn er keinen Schiffbruch erleiden will, dann bleibt ihm zum Schluß doch nur übrig, was schon seit tausend Jahren gegolten hat und noch gilt: sich an die Kandare nehmen und zur Haltung zwingen. Pferden geht es genauso, und von Pferden kann man vieles lernen.«

Mit letzterem war ich sehr einverstanden, mit dem übrigen nicht völlig; doch ließ ich es dabei bewenden und ging nicht weiter auf ihre Worte ein. Wie aus Trotz wiederholte sie noch einmal:

»Ich bleibe dabei: Entweder nimmt Fritze seine schrecklich dummen, um nicht zu sagen unverschämten Anklagen wieder zurück, auch wenn er sich dabei verschluckt; oder ich werde nie wieder das Wort an ihn richten. Das ist mir so ernst, wie es nur sein kann. Und er weiß es –!«

Ja, das ist meine geliebte Katlen mit allem Glanz und aller Gloria! Sie besitzt genug Klugheit und Charakter, um drei Männer damit auszustatten – was erstaunlicherweise ihrer hinreißenden Weiblichkeit keinen Abbruch tut.

»Ach, Katlen«, sagte ich dann, »reden wir nicht weiter darüber. Der Tag ist viel zu schön dazu. Wir treiben langsam unserem Ufer zu.«

»Laß mich noch eine Weile rudern, Vater. Ich muß mir den Ärger aus den Knochen arbeiten. Komm du ans Steuer.«

Das Wechseln der Plätze wurde zu der üblichen kippligen Krabbelei, aber wir schafften es, ohne zu kentern.

Während sie vor mir die schönen Arme kräftig bewegte, die langen, höchst exzellenten Beine gegen die Spanten gestemmt, während das goldene Armband an ihrem Handgelenk zärtlich klimperte und auf ihrer Stirn feine Schweißtröpfchen erschienen – sprechen konnte sie bei der angestrengten Übung nicht –, überlegte ich bei mir, was in Fritze rumoren mochte. Wenn man nur den geeigneten Standpunkt der Betrachtung wählte und jede Gunst ausschloß, mußte man zu Fritzes Auffassung gelangen. Aber durfte ich nicht auch erwarten, daß ich – gerade von seiner Seite – mit ein wenig Gunst betrachtet wurde, wie man die allermeisten Menschen betrachten muß, wenn man sie nicht alle verdammen will? Ich selber, hinter der Wand meiner Stirn, ich selber durfte mir das allerdings nicht zubilligen. Ich selber hatte mich nur mit kaltem Sarkasmus, bitterer Ironie, hatte mich mit dem illusionslosen Zynismus zu betrachten, der dem eigenen Ich gegenüber angebracht ist. Die Hoffnung auf ein wenig Erbarmen von anderswoher bleibt einem dabei natürlich unbenommen.

Lotta hatte uns zum Abendessen eingeladen. Wir nahmen nicht das Auto, um hinüberzufahren, sondern gingen zu Fuß. Der späte Tag leuchtete. Die zwanzig Minuten Fußweg taten uns gut.

Unterwegs fragte mich Katlen:

»Haben sich Oky oder Lotta schon geäußert, was sie mit der Ranch machen wollen? Wollen sie die neue Ranch bei Riske Creek kaufen und diese verkaufen? Oder wollen sie das eine tun und das andere nicht lassen? Sie können die Entscheidung nicht unbegrenzt hinausschieben.«

»Ich weiß bisher nicht mehr als das, Katlen, was du mir bei deinem letzten Besuch unter dem Siegel der Verschwiegenheit verraten hast. Ich habe selbstverständlich dieses Siegel respektiert.«

»Dann scheint es mir höchste Zeit zu sein, daß ich es breche. Ich finde solche Ungewißheiten scheußlich. Ich hoffe, Vater, du hast nichts dagegen, wenn ich Lotta darauf anspreche.«

Ich hatte nichts dagegen. Es war mir sogar lieb. Sollten Hansteds wirklich die Absicht haben, den Pourquoipas zu verlassen, so hatte ich eine Reihe von Entschlüssen zu fassen, die mir nicht leichtfallen würden. Es ist mir von jeher peinlich gewesen, dergleichen auf die lange Bank zu schieben. –

Wir haben beim Abendessen über mancherlei Amüsantes gesprochen. Lotta hört begierig zu und wird nicht müde, sich zu erkundigen, wenn Katlen von Victoria, ihrem Haus, der kleinen Prissy, ihren Freunden und Bekannten und Harrys Geschäften erzählt.

Erst als der Tisch abgeräumt war und wir noch bei einer Tasse Kaffee saßen, schoß Katlen ihre Frage ab:

»Wir haben noch gar nicht darüber gesprochen, Lotta, aber es interessiert mich doch sehr – und mein Vater wird sich noch mehr dafür interessieren –, ob ihr nun die größere Ranch bei Riske Creek kaufen wollt. Oder ob ihr hier bleiben wollt? Oder was ihr sonst vorhabt?«

Lotta erschrak vor dieser unbefangen vorgebrachten Frage. Sie blickte auf ihre Hände hinunter und brauchte eine Weile, ehe sie bereit war zu antworten; es fiel ihr nicht ganz leicht:

»Oky besteht darauf, von hier fortzugehen. Er ist der Meinung, daß wir unser Geld nehmen und noch weiteres bei der Bank leihen sollten, um den größeren Betrieb zu kaufen. Dort hätten wir es nur zwanzig Meilen weit bis zur Stadt Williams Lake, und es würde keine Schwierigkeit machen, Arbeitskräfte für Haus, Hof und Ranch anzuheuern. Hierher kommt ja niemand, es ist den Leuten zu weit; sie wollen in der Nähe der Stadt Arbeit haben. Diesen Platz hier will Oky behalten, um von hier aus mit seinen bestzahlenden Jagdkunden in die Berge zu ziehen wie bisher. Dazu braucht man hier nicht ständig zu wohnen. Hans könnte mitkommen nach Riske Creek. Das Haus dort ist sehr groß. Außerdem gibt es dort noch einige Nebenhäuser weiter ab, die ohne weiteres für Hans eingerichtet werden könnten. Und im Sommer –«, sie wandte sich mir wie um Verständnis bittend zu:

»Im Sommer kannst du natürlich hier dein Quartier aufschlagen. Dein Haus bleibt dir ja! Auch im Winter wirst du manchmal wieder hiersein können. Oky will die guten Wiesen hier als Heureserve behalten und wintersüber Vieh hierherstellen. Am Riske Creek und am unteren Chilcotin regnet es nicht so zuverlässig wie hier; dort kann man sich nicht immer auf genügend Heu für den Winter verlassen. Weder Oky noch ich, Hans, wollen über deine Wünsche und Interessen hinweggehen, bitte, glaube mir das! Dazu stehen wir uns viel zu nahe, und du hast uns stets geholfen. Wir werden nichts über deinen Kopf hinweg unternehmen.«

So stehen die Dinge also.

Ich sagte – was sollte ich anders sagen? –, ich sähe gewiß ein, daß Oky und Lotta daran denken müßten, in die Nähe der Stadt zu ziehen. Dort gebe es Arbeitskräfte, die hier draußen nicht zu bekommen seien, das stimme sicherlich! Lotta und Oky würden nicht jünger, und Oky hätte ohne Zweifel recht, wenn er das hier in der Wildnis erwirtschaftete Geld in einem leichter und bequemer zu versehenden Betrieb anlegte. Um mich sollten sie sich nicht zuviel Sorgen machen. Ich würde schon zurechtkommen, hier oder am Riske Ceerk oder sonstwo. Daß Lotta und Oky das Ansinnen ihres Sohnes Oscar abgelehnt hätten, fände ich allein vernünftig!

Trotz meiner beruhigenden Worte war Lotta irgendwie befangen, als wir uns ziemlich früh verabschiedeten.

Stumm gingen Katlen und ich auf dem Heimweg nebeneinander her. Erst als wir unser Ziel schon fast erreicht hatten, schob Katlen ihren Arm in den meinen und flüsterte:

»Wirklich, Vater, wir würden dich sehr gern für immer bei uns in Victoria haben.«

Sie spürte also genau wie ich, daß die Sandbank, auf der ich mich angesiedelt habe, im Begriffe steht, fortgewaschen zu werden. Die Wasser steigen schon.

Die letzten Seiten habe ich spätabends geschrieben, heute, am Montag, dem 5. Juli. Tagsüber haben wir uns sehr angenehm die Zeit vertrieben. Katlen wollte fischen gehen. Ich brachte den Außenbordmotor ins Boot und fuhr sie ganz ans Ostende des Pourquoipas, wo nach Okys Kenntnis die besten Forellen zu finden sind. Katlen hat nicht lange zu warten brauchen, dann gingen ihr ein Fünf- und ein Sechspfünder an die Angel. Dann haben wir noch unter der hohen Klippe mit dem glatten Sandstrand davor gebadet, wohin wir bei unserem letzten Besuch geritten waren. Was ist Katlen für ein schönes Wesen!

Abends hatte sich Betsy immer noch nicht eingefunden. Ich habe mit Katlen verabredet, daß wir gemeinsam morgen, am 5. Juli, zur Hengstwiese hinauswandern. Ich bin so gut wie sicher, daß wir die Stute dort finden. Wie ich Spotty kenne, wird er sie mit stürmischem Vergnügen in seinen Harem aufgenommen haben. Sollte das Liebesgeflüster schon verflossen sein, werde ich ihm die Dame wieder entführen – und er wird es mir nicht übelnehmen.

Nachtrag

Diesen Nachtrag schreibt Cathleen Macphail, genannt Katlen, geborene Kaltenborn, adoptierte Reckel. Mein geliebter Vater, Adoptivvater, Hans Reckel, ist tot. Vorgestern, am Donnerstag, dem 8. Juli 1971, haben wir ihn begraben. In zwei Monaten wäre er 71 Jahre alt geworden.

Wir haben gemeint, wir sollten Vaters Leichnam nicht von hier fortbringen, wir sollten ihn hier begraben, ein wenig abseits unter den ersten Bäumen des Waldes, von wo man wie von seinem Schreibtisch her über den See, die Wälder und Berge hinwegsehen kann. Wir haben ihn begraben, Fritze, Lotta und ich. Der alte Fennimoor, der sich am übernächsten Sonntag hier einfinden wollte, um einen kleinen Gottesdienst zu halten, hat am offenen Grabe ein Gebet und ein Vaterunser gesprochen – und dann haben Fennimoor und der Sergeant von der Royal Canadian Mounted Police aus Alexis Creek das Grab zugeschüttet und einen länglichen kleinen Hügel darüber aufgerichtet.

Mein Bruder Fritze wäre nicht fähig gewesen, bei der Schließung und Zurichtung des Grabes zu helfen. Es war schrecklich mit anzusehen, wie er weinte und geschüttelt wurde.

Der Mounty war noch am Abend des Unglückstages auf Hansteds Ranch erschienen, um das Protokoll über den Tod meines Vaters aufzunehmen. Zweifel an meiner Darstellung der Katastrophe gab es nicht. Die Beweise lagen vor der Polizei im zertretenen Gras. Die Polizei hat außerordentlich schnell reagiert. Nach dem Unglück war Lotta in meinem Wagen zur Überlandstraße 20 hinübergefahren, hatte glücklicherweise nur zehn Minuten zu warten brauchen, bis ein anderer Wagen ostwärts vorbeikam. Lotta hatte den Mann, einen indianischen Rancher aus der Gegend von Nimpo Lake, den sie kannte, gebeten, in Alexis Creek bei den Mounties vorbeizufahren und die Nachricht von dem Unfall zu überbringen. Ich selbst hatte mich von dem entsetzlichen Schock so weit erholt, daß ich Lotta Fritzes Adresse an die Hauptstraße mitgegeben hatte. Der Indianer hat die Adresse richtig der Polizei ausgehändigt, die sofort dafür gesorgt hat, daß Fritze ohne Aufenthalt telegrafisch benachrichtigt wurde. Er ist schon am Morgen des nächsten Tages, am Mittwoch, 7. Juli, hier angekommen, war die ganze Nacht durchgefahren, als hetzten ihn die Furien; vielleicht haben sie ihn gehetzt; vielleicht hat er einiges abgebüßt. Er brach völlig zusammen, als er vor Vaters entseeltem Leibe stand. Vaters Gesicht war nicht zerstört, aber zwischen Ohr und Schulter auf der linken Körperseite klaffte die furchtbare tiefe Wunde, durch die ihm das Leben in wenigen Minuten davongeströmt ist.

Fritze ist vierundzwanzig Stunden nach dem Begräbnis wieder abgefahren. Er hat Lotta und mir nicht mehr helfen können; es war nichts wirklich Dringendes mehr zu erledigen. Lotta und ich, wir gestanden uns gegenseitig, daß uns seine Abreise erleichtert hat. Es schien ihm nicht gelingen zu wollen, sich zu fassen. Dafür haben weder Lotta noch ich selbst viel Verständnis. Er kann seine Arbeit in Vancouver nicht lange anderen überlassen. Er mußte sich auf den Rückweg machen. Die lange Autofahrt wird ihm seine Haltung wiedergegeben haben. Ich selbst komme mir so vor, als sei mir sofort nach der Katastrophe eine unsichtbare Haube über den Kopf gestülpt worden, die meine Empfindungen und Gefühle sonderbar dämpft, ohne mich unfähig zu machen, den praktischen Anforderungen des Augenblicks auf vernünftige Weise zu entsprechen, ganz zuverlässig und genau.

Ich wundere mich über mich selbst. Ich fürchte, daß der entsetzliche Schock, den ich bekommen haben muß, erst später offen ausbrechen wird, zu einer Stunde, die ich nicht voraussehen kann. Noch hält die Kappe dicht, macht mich ständig ein wenig benommen und starr. Aber gerade deshalb kann ich diesen Bericht noch schreiben. Vater hatte seine Niederschrift für seine Kinder und Enkel bestimmt, also auch für mich. Es ist also an mir, der einzigen Zeugin seines Todes, seine Mitteilungen mit einem Schluß zu versehen – ohne daß ich weiß, wie lange und zu welchem Ende er seine Aufzeichnungen fortzusetzen beabsichtigt hat.

Ich muß aber nun der Reihe nach erzählen.

Vater hatte mir am Abend vor dem Unheil vorgeschlagen, mit mir am nächsten Vormittag nach dem Frühstück zur Hengstwiese hinauszuwandern, um Ausschau nach seiner Stute Betsy zu halten. Er fürchtete, daß das Tier in seinem erregten Zustand mit aller Gewalt in die Nähe des Hengstes gedrängt hat, sich vielleicht irgendwo beim Durchbrechen der Zäune verletzt haben könnte, vielleicht in dem versumpften Buschland zwischen der großen Hauswiese hier vor meinen Augen – ich schreibe dies an Vaters Schreibtisch – und der etwa zwei Meilen entfernten Hengstwiese zu Schaden gekommen sei. Aber zunächst wollten wir bei Spotty, dem Hengst, Nachschau halten. Vater hielt es für weitaus am wahrscheinlichsten, daß Betsy längst – gestillt und zufrieden – mit Spottys kleiner Stutenherde auf der Hengstwiese weidete.

Der Weg zur Hengstwiese führt von hier über den Hanstedschen Ranchhof; man muß am Haupthaus vorbei. Wir sagten also kurz bei Lotta »guten Tag«. Sie war mitten in der Arbeit. Aber sie nahm sich doch die Zeit zu warnen.

»Du bist wieder unbewaffnet, Hans. Du weißt doch, daß

Oky es gar nicht gerne hat, wenn irgendwer die Umzäunung der Hauswiese verläßt, ohne ein Gewehr bei sich zu haben oder die Hunde. Die Hunde hat Oky mitgenommen. Wenn sie des Nachts bei den Zelten angebunden werden, braucht niemand zu wachen des Nachts; sie melden jedes wilde Tier. Aber ein Gewehr solltest du auf alle Fälle mitnehmen, Hans!«

Mein Vater weigerte sich zunächst, »die blöde Knarre mitzuschleppen«, schlang sich aber schließlich den Riemen eines Gewehrs über die Schulter, das Lotta ihm aus Okys Waffenschrank schnell herbeigebracht hatte – nicht ohne durchzuladen und zu sichern. Dann wanderten wir durch den hellen Tag davon, verließen den Ranchhof und schleusten uns durch das feste Tor, welches an der Westseite die Hauswiese gegen den Wald hin öffnet. Der Wald nahm uns auf, freundlich und rauschend, und schließlich jener äußerste breite Ausläufer des sumpfigen Buschlandes zwischen dem unteren Teil der Hauswiese und der Hengstwiese, ein dicht verwachsener, feuchter Wald aus Weiden, Espen und Pappeln. Der Weg wurde hier schmal und verschwiegen, und man hielt unwillkürlich danach Ausschau, was hinter der nächsten Biegung auftauchen mochte. Ein beklemmendes Gefühl beherrschte mich auf diesem Abschnitt des Weges. Aber Vater schien nichts davon zu merken. Er plauderte sehr munter, wenn auch etwas ironisch, wie mir schien, von Okys geplantem großen Umzug nach Riske Creek und von seiner Absicht, uns in Victoria dann mehr als einmal im Jahr »prächtig auf die Nerven zu fallen«.

Wir erreichten das Tor in der Umzäunung der Hengstwiese, als wären wir im Thunderbird-Park von Victoria spazierengegangen. Die Umzäunung schlingt sich durch den äußersten Rand des Waldes rings um die weite grüne Fläche, benützt viele der Bäume, wo sie passend stehen, als Tragepfosten für die schweren Querplanken und folgt den drei oder vier spitzen Waldzipfeln, die wie Zungen in die Wiese hineinragen, zwischen sich ebenso viele Wiesenbuchten einwinkelnd.

Die Wiese vor uns zeigte sich leer. Mein Vater sagte:

»Als ich das letztemal hier war, standen die Pferde hinter der Waldzunge da drüben. Wir wollen sehen, ob wir sie auch diesmal dort finden.«

Er begann an dem dicken Knoten zu zerren, der den Strick sicherte, mit dem das Tor an dem Eckpfahl festgebunden war. Der Knoten war sehr fest gezogen, und Vater wurde ein wenig ärgerlich, weil er ihn nicht gleich lösen konnte. Auch rutschte ihm mehrmals das Gewehr von der Schulter und störte ihn, plötzlich in der Armbeuge baumelnd. Er streifte den Riemen ab und hängte die Waffe an einen Aststumpf eines Baumes nahebei.

Endlich gab der ungefüge Knoten nach. Der Strick ließ sich lösen, das Tor schwang auf. Wir konnten endlich auf die Wiese hinausschreiten. Sorgfältig hatte Vater das Tor hinter uns wieder geschlossen und mit dem Strick gesichert.

Als wir schon ein Stück Weges auf der Wiese zurückgelegt hatten – das nicht allzu starke Gras war trocken; es ging sich gut –, merkte ich:

»Vater, du hast ja das Gewehr vor dem Tor hängen lassen.«

»Keine Sorge, Katlen! Es gibt hier niemand, der es stehlen könnte. Es ist sowieso nur Ballast. Wir nehmen es auf dem Rückweg wieder mit.«

Mein Vater schien mir wie befreit zu sein, daß er die Waffe nicht mehr zu tragen brauchte.

Wir näherten uns dem in die Wiese vorstoßenden Waldzipfel. Dichtes Unterholz macht ihn undurchsichtig. In der Ferne kam allmählich eine andere, die nächste Waldzunge zum Vorschein, die jenseitige Begrenzung der Wiesenbucht, in welcher wir die Pferde zu finden hofften. Tatsächlich wurde vor der zweiten Waldzunge ein schwarzes Pferd sichtbar, ziemlich weit entfernt. Es hob den Kopf und blickte zu uns herüber.

»Ich müßte mich sehr täuschen«, sagte Vater, »wenn das nicht eine der Stuten ist, die der Hengst ständig im Gefolge hat. Ich bin wirklich neugierig, ob wir Betsy hier finden.«

Vater war einen Augenblick stehengeblieben, um das Pferd in der Ferne genauer ins Auge fassen zu können. So kam es – o Gott, hoffentlich berichte ich alles ganz genau! –, so kam es, daß ich als erste an der buschigen Spitze der ersten Waldzunge ankomme, zwei, drei Schritte vor Vater.

Gerade will ich den Busch umrunden, da fährt mir, kollert mir ein dicker Fellklumpen buchstäblich zwischen die Beine, stößt einen quiekenden Angstlaut aus, rollt zur Seite und bleibt auf den Hinterbacken sitzen, ein kleiner Bär, quiekt noch weiter. Ich bin getaumelt, fange mich aber und bleibe auf den Füßen. Im gleichen Augenblick richtet sich ein schwärzliches Ungetüm vor mir auf, die Bärin, riesengroß, und ist mit zwei watschligen Schritten vor mir. Ich höre noch Vaters Stimme:

»Spotty, Spotty –!«

Ich bekomme einen harten Stoß und Schubs an der Schulter und fliege nach links. Vater ist neben mir, hat mich beiseite geschleudert. So bekommt die Bärin nicht mich, sondern ihn zu packen, umschlingt ihn mit den Vorderbeinen und gräbt ihr fürchterliches Gebiß in Vaters Leib zwischen Hals und Schulter. Die Halsschlagader muß sofort gerissen sein, denn das Blut kam entsetzlich stark wie ein Springbrunnen. Ich war in die Knie gegangen und blieb so hocken, vollkommen erstarrt vor Entsetzen. Diese Starre ist immer noch nicht ganz von mir gewichen. Noch einmal biß die Bestie zu, an der gleichen Stelle, biß noch tiefer. Ich hörte die

Schulterknochen knirschend brechen. Dann ließ die Bärin ihr Opfer fahren. Haltlos sank der geschundene Leib zu Boden. Einen Augenblick verhielt das furchtbare Tier, erblickte dann mich –!

Aber ehe es dazu kam, auch mich anzugreifen und zu morden, wurde es selbst bedroht und wollte zum Waldrand ausweichen. Es kam nur ein paar Schritt weit, dann war der Hengst heran, umkreiste mit donnernden Hufen die Bärin, einmal, zweimal, immer enger, zwang so die Bestie, sich ebensooft im Kreise zu drehen, denn daß hier ein Kampf auf Leben und Tod ausgebrochen war – selbst ich in meiner fürchterlichen Angst und Benommenheit erkannte dies. Bei der dritten Umzirkelung verhielt der Hengst so plötzlich, als sei er an eine unsichtbare Wand geprallt, warf sich mit der gleichen Bewegung herum und schmetterte der Bärin, unfehlbar gezielt, seine stahlharten Hinterhufe vor die Schnauze. Im gleichen Augenblick strömte Blut aus dem Bärenrachen, schwarz fast und dick. Der unerhörte Schlag hatte die Bärin betäubt, längst noch nicht getötet. Aber es war um sie geschehen. Ehe sie sich noch erholen konnte, schlugen ihr zum zweiten Male die Keulen der Hufe an den Schädel, schlugen ihn wahrscheinlich ein, sie sank zur Seite. Der Hengst hat die Bestie dann zerstampft, zermalmt, bis sie sich nicht mehr regte.

Das alles hatte sich in wenigen Minuten, vielleicht Sekunden nur, dicht neben mir abgespielt. Der vor Zorn rasende Hengst hat mich nicht berührt, nicht gestreift, nur die von seinen Hufen aufgeschleuderten Grasbülten flogen mir um die Ohren.

Die Stuten standen zwanzig Schritt abseits in einer kleinen Gruppe und sahen bewegungslos zu, wie der Herr der Herde sein blutiges Werk verrichtete.

Dann war alles vorüber. Der Hengst stach seinen Kopf

hoch in die Luft, wieherte schallend, umkreiste dann seine Stuten, unter denen ich Betsy erkannte, schnupperte, nervös noch, am frischen Gras und begann zu fressen.

Ich schleppte mich zu meinem Vater, hob sein unversehrtes Haupt in meinen Schoß. Er schien mir noch zu atmen. Ich rief verzweifelt:

»Vater, hörst du mich –?«

Dann geschah es, er kam noch einmal zu sich, schlug die Augen auf, erkannte mich, flüsterte kaum vernehmlich:

»Katlen –«

Sein schmerzverzerrter Mund entspannte sich; ein merkwürdiges Lächeln verbreitete sich auf seinem Gesicht, beglückt und traurig zugleich. Dann schloß er die Augen, war tot, verblutet, eine wächserne Blässe über seinen Zügen. Aber das Lächeln blieb. Auch als Fritze und der Mounty den Leichnam am nächsten Tag in die Kiste betteten, die Fennimoor, der Nachbar, aus vorhandenen Fichtenbrettern gezimmert hatte, stand auf Vaters Antlitz immer noch dies seltsame, eigentümlich überlegene und heiter wissende Lächeln. Noch in meiner eigenen letzten Stunde werde ich dieses Lächeln vor mir sehen.

Wie ich dann von dem Schauplatz der Katastrophe wieder auf die Ranch zu Lotta gelangt bin, weiß ich nicht mehr.

Ich erinnere mich nur noch daran, daß ich das Gewehr mitgenommen habe. Es hätte uns bei dem Zusammenprall mit der Bärin nichts genutzt.

Und dann habe ich mich, bevor ich den Ort des Unheils verließ, noch einmal umgesehen. Die Stute Betsy stand neben dem Leichnam meines Vaters, schnüffelte daran, streckte dann den Kopf schräg und lang nach vorn und zog die Oberlippe von den Zähnen, daß ich sie noch aus der Ferne blekken sah. Dann wandte sie sich langsam ab und schloß sich den anderen weidenden Pferden wieder an.

Lotta erschrak fürchterlich, als ich blutbesudelt – mit Vaters Blut! – zu ihr in die Küche taumelte. Doch verlor sie den Kopf nicht.

»Du mußt dich zusammenreißen, Katlen«, sagte sie. »Ich kann Hans allein nicht hereinbringen. Wir können ihn nicht da draußen liegen lassen. Du mußt mir helfen.«

Ich habe nicht versagt. Wir machten eine Schleife aus einer Segeltuchplane. Lotta schirrte eines der beim Hause stehenden Pferde an, spannte es vor die Schleife. Wir haben den Leichnam vereint auf die Plane gezerrt; das Pferd, von Lotta geführt, schleppte uns den Toten bis vors Haus. Dort haben wir ihn, so gut es ging, gewaschen, haben die furchtbare Wunde verhüllt.

Auf der Hengstwiese hat Lotta die vier Jungbären erschossen. Sie hatten sich verstört um den zerschlagenen Leib des Muttertiers versammelt.

Ehe der alte Fennimoor den Sargdeckel zunagelte, habe ich – und Fritze hatte nichts dagegen – meinem Vater meiner Mutter »Logbuch« unter die starren Hände gelegt.

Damit er dort unten nicht so allein ist.

Ich muß diese Seiten noch einmal aufschlagen. Morgen, am 13. Juli, erwartet Lotta Oky, die Jäger und das Ehepaar Berk aus den Wäldern zurück. Dann werde ich abgelenkt und beansprucht sein. Deshalb teile ich zum Schluß noch mit, daß ein Brief von Wilhelm Ihlenbach aus Stuttgart in Deutschland hier angekommen ist, dem früheren Gärtner aus Tiefentalau. Der Brief war an meinen Vater gerichtet. Ich habe ihn geöffnet. Ich will das kurze Schreiben wiedergeben, ohne etwas daran zu ändern:

»Lieber Herr Reckel,
nachdem wir hier bei unserem Sohn zur Ruhe gekommen sind, muß ich Ihnen noch etwas mitteilen, was ich Ihrem Sohn Fritz nicht erzählt habe. Meine Frau hat gemeint, dies dürfen wir nur Ihnen selbst sagen.

Herr Reckel! Ihre Frau und das Kind, die Frau Baronin und an die zehn Männer und Frauen sind damals nicht in dem Tal an der Kublinka umgekommen, alle die, die vorne im Treck gewesen waren. Als die Panzer den Treck von hinten überrollten, hatten sie gerade noch Zeit, sich über das Eis der Kublinka auf die andere Seite zu retten. Von dort haben sie mit angesehen, wie die Panzer den Treck überfuhren. Als das vorüber und nichts mehr zu retten war, haben sie sich zu Fuß auf den Rückweg gemacht und sind auch vier Tage später wieder hier angekommen. Für Ihr Leben und Wieczorreks Leben hat keiner mehr etwas gegeben; sie hatten die Schießerei gehört. Die Baronin hat den Rückmarsch befohlen, und sie soll gesagt haben, daß, wenn Herr Reckel noch am Leben wäre, dann würde er ganz bestimmt auch nach Tiefentalau zurückkommen. Ihre Frau, Herr Reckel, hat bald gar nichts gesagt, als sie wieder hier angekommen war. Ihr kleiner Sohn hatte Frost in die Hände und das Gesicht bekommen; der ließ ihr mit seinem Schreien keine Ruhe.

Zwei Tage später waren mit einmal die Russen da. Die haben die Frau Baronin gleich erschossen. Gutsbesitzerin, sagten sie, da muß man kurzen Prozeß machen. Die anderen Leute, die von dem Treck zurückgekommen waren und die deshalb für Deutsche gehalten wurden, sind von den Russen zur Arbeit abtransportiert worden. Wir, meine Frau und ich, hatten von Anfang an nur polnisch geredet und waren ja auch nicht auf den Treck gegangen. Uns hat man nichts getan; nur meine Frau hatte manches auszustehen. Von den

Leuten, die abtransportiert worden sind, haben wir nie mehr etwas gehört, unter ihnen war auch Ihre Frau, Herr Reckel.

Das mußte ich mir doch von der Seele schreiben, und ich denke, auch Sie werden die Wahrheit wissen wollen.

Viele Grüße von Wilhelm und Klara Ihlenbach.«

Das ist der Brief, den der ehemalige Gärtner von Tiefentalau an meinen Vater geschrieben hat. Dürftiger ist er kaum denkbar. Aber der Mann wird sich sicherlich damit gequält haben.

Es ist gut, daß Vater diesen Brief gar nicht mehr zu Gesicht bekommen hat.

Auch Fritze soll diesen Brief nicht lesen. Das Schreiben würde ihn noch viel schrecklicher verstören, als er schon verstört ist.

Ich habe den Brief noch zweimal gelesen, dann zerrissen und im Kamin verbrannt, habe eigens dafür abends spät ein großes Feuer entfacht, damit keine Spur des Briefes zurückbleibt.

Wenn Oky zurückkommt, wird er um Vaters Grab einen festen Staketenzaun bauen, so, wie die Indianer es mit ihren Gräbern tun. Ich und Fritze und unsere Kinder werden dies Haus nicht aufgeben, auch wenn wir die ganze Hanstedsche Ranch dazu kaufen müßten. Vater soll sein Grab ungestört hier über dem Pourquoipas behalten, den er so sehr geliebt hat. Dafür werde ich sorgen.

Auf Hansteds Ranch am Lake Pourquoipas
an meines Vaters Schreibtisch
am 12. Juli 1971 Cathleen Macphail